KB163040

 급 연애

VOL.1

피사 장편소설

VOL.1

초판 1쇄 인쇄일 | 2020년 9월 21일
초판 1쇄 발행일 | 2020년 9월 28일

지은이 | 피사
펴낸이 | 박성면
펴낸곳 | (주)동아

출판등록 | 제406 - 3960100251002007000071호
주소 | 경기도 파주시 문발로 115, 세종대학교출판부 206호
전화 | (031)8071 - 5201
팩스 | (031)8071 - 5204
E - mail | bear6370@hanmail.net

정가 | 12,800원

ISBN 979-11-5641-171-0 (04810)
      979-11-5641-170-3 (set)

ⓒ 피사, 2020

피사
장편소설

B급
연애

VOL.1
CHIC NOVEL

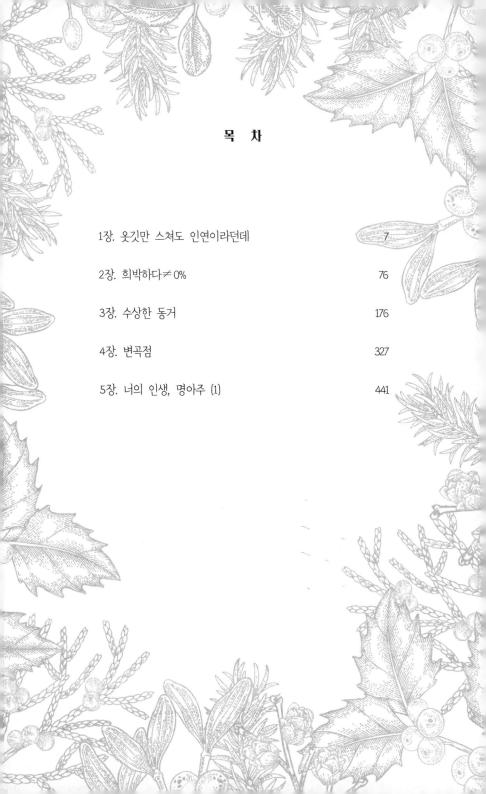

목 차

1장. 옷깃만 스쳐도 인연이라던데   7

2장. 희박하다≠0%   76

3장. 수상한 동거   176

4장. 변곡점   327

5장. 너의 인생, 명아주 (1)   441

1장. 옷깃만 스쳐도 인연이라던데

형사3부가 밀집한 5층으로 뚜벅뚜벅 돌아온 일우는 자리에 앉지도 못하고 바로 부장 검사실로 발걸음을 돌렸다.

부장 검사실 문 앞에 서서 재킷 단추를 잠그고 넥타이도 한 번 정돈했다. 부장에게 잘 보이려는 게 아니라 괜한 걸로 책잡히기 싫어서였다.

똑똑.

"부장님, 현일웁니다."

"들어와."

문을 열고 들어가 소파에 앉아 있는 부장 옆에 섰다. 또 어떤 잔소리를 하려고 이렇게 무게 잡나 싶었다. 곰곰이 되짚어 봐도 최근엔 사고친 게 없었다.

"뻣뻣하게 서 있지 말고 앉아. 내외하는 것도 아니고 식구끼리 왜 이래?"

일우는 아까 먹은 부대찌개에 누가 약을 탔나 잠시 의심했다. 언제부터 부장과 일우 사이에 식구라는 말을 썼는지 모르겠다.

식구(食口)란 한 집에서 밥을 같이 먹는 사이를 뜻한다. 단어 뜻 그대로 단순히 밥을 같이 먹는 걸 가리킨다면 맞지만, 부장은 같은 뜻을 품고 같은 곳을 걸어간다는 의미로 얘기했다. 그거라면 결코 동의할 수 없었다.

"예."

물론 생각을 입 밖으로 꺼내는 짓은 하지 않았다. 공연히 싸움만 일으킬라, 잠자코 시키는 대로 자리에 앉았다.

"현 프로도 오늘 뉴스 봐서 알지?"

뉴스가 한두 개인가, 알긴 뭘 알아. 일우가 뾰족한 시선을 가까스로 갈무리했다. 그런 일우를 앞에 둔 부장이 편철된 서류 하나를 테이블에 던졌다.

"뭡니까?"

사건 기록이었다. 이런 식으로 일우만 불러 사건을 배당하는 경우는 한 번도 없었기에 짙은 의심을 품고 물었다.

"읽어 봐. 보면 알 거야."

부장은 별다른 설명 없이 읽을 것을 종용했다. 느낌이 별로 좋지 않았다. 그렇다고 안 읽겠다고 할 수도 없는 일이었다. 결국 서류를 집어 들 수밖에 없었다.

천천히 읽던 일우가 사건 기록 앞에 쓰인 글을 보고 멈칫했다.

'인내동 화재 유가족 형제 살해'

요즘 가장 이슈가 되고 있는 사건이었다. 피의자가 영장 실질 심사를 받을 때 취재진들이 인산인해를 이뤄 보도하던 것도 희미하게 기억에 있었다.

놀라기도 잠시, 이걸 왜 나한테 보여 주나 하는 의심이 연달아 들었다.

"그 건, 현 프로가 처리해."

이 사건을 맡고 싶어서 줄 선 사람이 한 트럭일 게 눈에 훤했다. 거기서 언제나 기수 열외였던 일우가 걸릴 가능성은 복권 1등에 당첨될 확률보다 낮았다.

모든 일에는 대가가 따른다는 말이 있다. 일우도 전적으로 동의했다. 복권 당첨률보다 낮은 사건 배당 확률에 따라올 대가는 뭘까 생각했다. 가능하다면 짧고 굵은 것보다는 가늘고 길게 살고 싶은데.

"감사한데, 왜 하필 접니까?"

돌직구로 물어봤다. 부장이 어이없다는 눈으로 일우를 훑었다.

"허 참, 이젠 줘도 난리네, 줘도. 하기 싫어?"

"아닙니다."

그냥 의심스러워서 그럽니다.

솔직하게 밝힐 필요도 없었다. 이미 일우의 얼굴에 대문짝만하게 쓰여 있었다.

부장도 그간 제 행보와 다른 건 알고 있었는지 큼큼, 헛기침하다가 태연자약하게 답했다.

"왜긴 왜겠어. 현 프로 마스크 좋잖아? 이번 건으로 매스컴 좀 크게 타자고. 차장님도 현 프로 주는 거 동의하셨어. 잘 처리해 봐."

차장까지 동의했다니. 자연히 구린내가 진동했다.

"바로 결재해 줄 테니까 이번 주 내로 기소해. 그 이상 넘어가면 여론 시끄러워져."

"예."

"모레 브리핑 있으니까 적당히 구색 맞춰 놓고."

기록을 이제 전달받았는데 브리핑이라니. 말도 안 되는 소리를 말이 되는 것처럼 지껄이고 있었다. 내가 도깨비방망인가, 나와라 뚝딱 하면 다 되게.

"알겠습니다."

반박하고 싶어도 용건은 여기까지였는지 부장이 나가라고 손까지 휘젓는 통에 일우는 빠르게 물러갈 수밖에 없었다. 결국 문을 닫고 나온 뒤에야 생각을 이어 했다.

아직 수사 중인 사건에, 특히 대서특필될 정도로 어지간히 큰 사건이 아니면 현직 검사가 매스컴과 직접 접촉하는 일은 거의 없다 봐도 된다.

차 부장 검사 정도 직함이면 기사에 인터뷰 몇 줄 나가는 경우는 있으나 일우 같은 평검사라면 이름 하나 올라가는 것도 감지덕지다.

게다가 이미 기소 여부까지 결정해 둔 거면 자기가 수사할 것이지, 왜 본인에게 넘기는지 다시 한번 의문이 떠올랐다. 대체 뭔 꿍꿍이인가 싶다.

까 놓고 보니 의심스러운 게 한둘이 아니었다. 그래도 어쩌겠나.

"씨발, 까라면 까야지."

일우가 탁, 소리가 나게 사건 기록을 옆구리에 끼웠다.

* * *

신은 불공평하다, 라는 문장은 현일우를 위해 존재하는 것만 같았다.

단순히 얼굴과 키에 대한 예찬을 늘어놓는 수준이 아니다. 그건 어느 정도 잘생긴 경우에 해당하는 거지 일우 같은 사람은 논외였다. 백문이 불여일견. 백 번 듣는 것이 한 번 보는 것보다 못했다.

10년도 전, 일우가 대한민국에서 가장 좋다는 대학에 다닐 때였다.

수재들만 모아 둔 곳에서 장학금을 받을 정도로 좋은 머리도 유명했지만, 그것보다 유명한 게 그의 외모였다. 군계일학. 어딜 가도 튀었다. 연예계에서 러브 콜을 숱하게 받아서 질린 나머지 잘 때 방송국 쪽으론 발도 안 뻗는다는 소문까지 있었다.

유일한 단점이라면 어디로 튈지 모르는 성격이었다. 남학우는 모든 술자리에 불참하며 싹싹하게 굴지 않은 일우를 재수 없다며 싫어했고, 여학우는 일우의 단호함에서 더 큰 매력을 느꼈다.

평가가 극과 극으로 갈릴 수 있었던 이유는, 일우가 단순히 매너 없는 무뢰한이 아니라 모든 이들에게 평등하게 친절하지 않은 사람이었기 때문이다.

신이 모든 걸 몰빵한 일우는 역시나 우수한 성적으로 검사에 임관됐다. 첫 발령지는 성적순으로 서울부터 점차 지방으로 내려가는데, 일우의 경우엔 서울남부지검이었다. 연수원에서도 날렸던 외모는 거기서도 날렸다. 오죽하면 조사받는 참고인조차 대놓고 추파를 던졌을 정도였다.

어마어마한 화제성을 가진 일우였으니, 안 그래도 막내라고 열리는 행사마다 빠지지 못하고 참석하는데 남들보다 참여해야 할 행사 수가 배로 많았다. 형사부에 배치된 일우를 키 링처럼 달고 다니는 부장 검사는 괜찮은 애라며 일우를 종종 선배 검사에게 소개시키며 눈도장을 쾅쾅 찍었다.

그러던 어느 날이었다. 여느 때처럼 강제로 참가한 한 행사에서 불행이 시작됐다. 그 조그마한 곳에서도 빛나던 잘난 외모가 하필 높으신 나리 눈에 띄었더랬다.

'쟤 괜찮네. 쟤로 해.'

머릿수 채우는 엑스트라 검사 1 역할로 지나가는 줄만 알았던 일우가 무려 검사장한테 지목당했다. 일우는 당연히 그 사실을 몰랐다. 알았더라면 복통을 호소해서라도 당장 자리를 피했을 터였다.

옆에 있던 부장은 마치 본인이 간택당했다는 듯, 연신 고개를 끄덕이며 일우의 의사와는 하등 상관없이 그러겠노라 답했다.

'다음 달부터 우리 형사부 다큐멘터리 찍을 거야.'

그런 속사정도 모르고 행사가 끝난 뒤에 부장에게 불려 간 일우는 자신이 희생양이 되었다는 사실을 전달받았다. 당연히 거절은 선택지에 없었다.

일우는 자신이 들은 말이 사실인지 다시 한번 부장에게 물어봐야 했다. 안타깝게도 돌아오는 답은 같았다.

'다큐 찍는다고. 검사장님이 너 지목했다. 이거 무르지도 못해.'

'왜 하필 접니까?'

'그건 자네가 더 잘 알지 않나?'

부장은 그걸 몰라서 묻냐며 일우의 얼굴을 가리켰다. 일우는 속으로 '씨발'을 삼켰다. 뭘 더 어떻게 하겠는가. 그냥 얌전히 나 죽었소 하고 YES를 외칠 수밖에.

'예, 알겠습니다.'

왜 갑자기 다큐인가. 일우가 부장실을 빠져나오며 고민했다. 생각해 보니 딱 그맘때 사회와 정치면 기사가 검찰의 봐주기 수사로 뜨거웠다. 검사장 출신인 모 정당 국회의원의 청탁 수사에 대기업 임원에게 받은 뇌물들까지 얽혀서 비난 여론이 쇄도했다. 돈만 주면 멀쩡한 사람도 죽이는 사냥개, 일명 개검이라며 불명예스러운 타이틀을 얻기도 했다.

이걸 어떻게 빨리 잠재우긴 해야겠는데, 여론은 날이 갈수록 나빠지기만 했다. 그래서 생각해 낸 게 검사에 관한 다큐멘터리를 찍는 거였다.

그래, 너희 말처럼 봐주기 수사하는 검사가 있을 수도 있겠지. 근데 우리, 너희 예상과 달리 되게 열심히 일한다? 대한민국 검사 중에 가장 일 많이 하는 곳이 형사부야, 형사부! 뉴스 속 개검은 소수에 불과하다고!

이런 식으로 국민을 상대로 호소하는 거였다. 더불어 홍보 효과도 얻을 수 있었다. 일석이조인 셈이다.

어렵지 않게 이유를 유추한 일우가 비웃음을 걸쳤다.

지금까지 공부만 했던 인간들이 득실득실한 곳이라 그런지 법은 빠삭해도 행정은 영 별로다. 탁상공론이 아닐 수 없다. 말이 좋아 다큐지, 결국 이미지 메이킹의 일환이다. 일우는 아주 단단히 잘못 걸린 희생양 중 하나에 불과했다.

솔직히 검사라는 직업이 굳이 다큐로 제작해 방영할 만큼 재미있는 일은 아니다. 더불어 형사부는 뉴스에 뜨겁게 보도되며 정의를 구현하는 굵직한 사건보다는 외려 자잘한 교통사고, 사기, 폭행 같은 일상생활과 밀접한 사건이 더 많았다. 사실 그게 거의 다였다. 그러니 검사가 종일 책상에 앉아 파란 골무를 끼고 조서를 읽는 모습이 흥미로울 리가 있나.

해서 일우는 촬영 당사자이면서도 다큐가 망할 거라고 생각했다. 다시는 이런 짓 못 하게 아주 폭삭 망해 버렸으면 좋겠다고 신에게 빌었다. 위에 보고하기 민망할 만큼 처참한 시청률을 기록하길 바라고 또 바랐다. 일우뿐만이 아니라 동료 검사, 수사관, 실무관도 마찬가지였다.

'안 그래도 바쁜데 별걸 다 하네요.'

'현 검사님이 워낙 잘생겨서 그렇죠, 뭐.'

'그건 그래요.'

불평이 넘쳐나는 것과 별개로 다큐 주인공이 일우라는 것에는 모두 수긍하는 분위기였다. 또 사람들은 생각보다 촬영에 빨리 적응했다. 워낙 일이 바쁘기도 하고 조사받느라 외부인이 자주 들고 나는 탓이었다.

카메라와 촬영팀이 어색한 것도 아주 잠깐이었다. 촬영 시작 후 2주 정도가 지나자 다들 익숙해졌다. 그것도 달이 넘어가니 카메라는 무생물에 불과하다고 느낄 수 있게 됐다. 그즈음 촬영팀은 촬영을 끝내고 철수했다.

눈에서 사라지니 자연히 흥미도 금방 사라졌다. 사건이 배당될 때마다 어마어마한 자료의 양에 한숨을 삼켰던 일우도 다큐에 관한 것을 완전히 잊고 말았다. 대부분 그 속에 '뭐, 망하겠지'라는 생각이 잠재돼 있어서였다.

그런 모두의 예상을 깨고 방영된 다큐는 반응이 아주 뜨거웠다. 전부 그의 잘난 얼굴 때문이었다.

* * *

다큐 방영 이후 돌아다닐 때 알아보는 사람도 많아져 피곤한 와중에 일은 일대로 해야 했다. 차라리 일이나 덜어 가 줬으면 했지만, 그런 기적은 일어나지 않았다.

역시 좋은 일보다 나쁜 일이 더 많았다. 한 예로 아주 가끔 일우를 알아본 피의자들이 그를 조롱하기도 했다.

'아, 미남 검사님! 거 좀 봐주십쇼'처럼 일우의 타이틀을 물고 늘어지며 비아냥거리거나 혹은 '그 잘난 얼굴 잘 쓸 수 있는 곳 내가 알려 줘요?'같이 은근히 깎아내리는 경우가 대부분이었다.

그 탓에 일우의 흡연량이 기하급수로 늘었다. 욕과 짜증은 1+1 선물처럼 따라왔다. 간혹 시비 걸며 협박하거나 폭력을 휘두르는 경우엔 조용히 공무 집행 방해죄를 추가했다.

일우 앞으로 배달되는 선물들을 돌려보내는 것도 일이었다. 매정해 보일지 몰라도 일우는 제 주위에 쓸데없는 잡음이 생기는 건 사양이라며 편지와 선물을 모두 거절했다. 그걸 보고 속사정을 잘 모르는 사람들은 일우에게 정말 청렴한 검사라며 찬사를 보냈다. 일우는 그때마다 속으로 비웃음을 걸쳤다.

'청렴은 지랄.'

한동안 지긋지긋하게 시달린 일우는 제게 신선한 엿을 선물한 행사 이름을 아직도 기억하고 있었다.

'청렴(淸廉)한 검찰을 위한 첫걸음.'

지금 생각해 보면 개소리도 그런 개소리가 없었다. 소위 잘나간다는 특수통 검사들이 어떻게 노는지 대강 아는 일우가 보기엔 눈 가리고 아웅 하는 격이었다.

그래도 여기까진 어떻게 참을 수 있었다.

'어디서 봤던 거 같은데…… 진짜 배우 아니에요?'

참을 수 없게 짜증 나는 건 단 하나, 술집과 클럽처럼 일우의 신분이

드러나면 곤란한 경우에 사람들과 맞닥뜨리는 경우였다. 다큐로 유명해진 이후에 일우를 알아보는 이가 급속도로 늘어났다.

본래 이런 식으로 일우의 외모를 이용해 아는 척하는 경우는 학생 때도 종종 있었다. 그럴 때마다 무시하거나 적당히 응해 주면 그만이었다. 그러나 그땐 그때고 지금은 일우의 직업이 문제였다. 책임에서 자유로운 학생 때는 오래전에 지났다.

품위 유지가 필수인 직업 특성상 문란한 사생활은 일우의 평판에 몹시 영향을 줬다. 검사들 더럽고 문란한 거야 공공연한 비밀이니, 단순히 나쁜 쪽이 아니라 귀찮은 쪽으로 말이다. 그 이유는 간단했다.

외모 하나로 지검 마스코트가 된 일우는 사내 모든 술자리에 초대됐다. 큼지막한 사건들을 턱턱 맡는 특수부의 술자리 역시 마찬가지였다. 거기에 배치된 검사들 끗발 날리는 건 혀를 내두를 정도였다. 워낙 거물급들을 수사하기 때문에 끼리끼리 놀고, 끌어 주고, 당겨 주고 난리도 아니었다.

그런 특수부가 형사부인 일우를 부른 건 꽤 이례적인 일이었다. 그들이 일우를 부른 이유는 명료했다. 잘생기기로 유명한 검사의 실물은 어떤가 하는 호기심도 있고 다큐 주인공으로 스크린 데뷔한 후배를 놀리려는 의도도 있었다.

일우에게는 그들에게 잘만 보이면 출세할 길을 틀 수도 있는, 일종의 기회이기도 했다. 거기엔 특수부 부장이 초임인데도 꽤 괜찮은 실력을 내보이는 일우를 눈여겨보는 까닭도 있었다.

기회를 목전에 둔 일우는 그날 특수부 술자리에 불려 간 뒤 다시는 그들과 엮이는 일이 없었다. 기회를 발로 차다 못해 쓰레기통에 넣어 소각해 버렸다.

구두에 양말을 담그고, 술을 따르고, 침을 뱉고, 별 지랄을 다 섞어 폭탄주를 제조하는 것부터 여자들과 온갖 상스러운 짓을 하는 그들의 추태를 가만 지켜보던 일우가 무거운 입을 열었다.

'선배님.'

석상처럼 가만히 있던 일우가 반응을 보이자 노래를 부르네 마네 하며 마이크를 뺏고 쥐던 선배 검사가 마이크를 강제로 건넸다.

'아, 그래! 현 프로도 가만있지 말고 나와서 노래 한 곡 불러!'

넥타이는 어디에 갖다 팔아먹었는지 사라지고 없고, 셔츠는 반쯤 풀어 헤쳐 있었다. 안에 받쳐 입은 흰색 나시는 꾀죄죄한 게 일우의 눈을 더럽혔다.

일우는 마이크를 쥐고 비장하게 앞으로 나갔다. 선배 검사가 박수 치며 환호를 질렀고 뒤이어 다른 검사와 여자들도 소리 질렀다.

모든 이의 기대와 달리 일우는 노래를 예약하지 않았다. 퇴근하고 룸에 들어온 순간과 별 차이도 없는 깔끔한 차림으로 픽 웃고는 자신을 바라보는 무리를 향해 병명을 읊기 시작했다.

'HPV, 매독, 헤르페스, 곤지름, 임질.'

노래방 마이크 에코가 일우의 목소리를 웅웅 울렸다.

'HIV.'

에이즈를 얘기할 땐 음산하기까지 해 검사 몇이 흠칫 어깨를 떨었다.

'여기 조심해야 할 분들이 많이 보입니다. 콘돔 사용 좀 생활화해 주시길 간곡히 부탁드립니다.'

꽤 예의 바르게 고개를 까딱 숙인 일우가 황당한 소리를 늘어놨다. 갑작스러운 성교육에 벙찐 사람들은 일우를 멍하니 쳐다보기만 했다.

'저는 제 몸 소중한 걸 알아서 이만 들어가 보겠습니다.'

일우는 그대로 등을 돌려 나갔다. 당장 성병 걱정할 만큼 더럽게 논다는 걸 돌려 말한 거였다.

룸에 남은 사람들은 헛웃음을 지으며 일우의 객기에 감탄했고 종내 건방진 농담으로 넘겼다. 물론 그들은 바로 다음 날 자신들의 생각을 싹 고쳐야 했다.

일우는 그때 그 자리에 있었던 선배 검사들을 대면할 때마다 장갑을 꼈다. 마스크도 착용했다. 손 소독제도 항상 들고 다녔다. 복도에 같이 있기만 해도 소독제를 칙칙 뿌리는 통에 그 소리에 노이로제 걸리겠다는 사람도 있었다.

부장 검사가 일우의 해괴한 차림에 대해 이유를 물으면 성병 핑계를 댔다. 훗날 같은 기수인 특수부 부장을 통해 대강 이유를 들은 형사부 부장은 모든 병이 단순 접촉으로 옮는 건 아니라며 일우를 타박했다.

일우도 알고 있었다. 그는 매년 사비로 건강 검진을 받았으며, 유일한 친구가 의사였다. 그것도 산부인과.

어쨌든 그다음부터 특수부한테 아쉬운 소리를 들은 형사부 부장은 일우를 책잡기 시작했다. 특수부 부장도 고개를 저으며 일우를 흔히 말하는 부적응자로 낙인찍었다. 윗물이 맑아야 아랫물도 맑다고, 자연히 그 아랫사람들도 부장을 따라 일우를 따돌리기 시작했다. 나이 서른, 마흔 씩 먹은 사람들이 유치하기 짝이 없었다.

사소하게는 일우만 빼고 점심을 먹는 것부터 크게는 사건 배당을 아예 하지 않기도 했다. 연이은 부당한 대우에도 일우의 고집은 꺾이지 않았다.

다큐로 유명세를 탄 일우가 혼자 밥을 먹고 있으면 삼삼오오 몰려드는 이가 있어 외롭지 않았고, 사건 배당을 하지 않는 것도 한계가 있었다.

일우가 배당받지 않으면 그걸 고스란히 넘겨받은 다른 검사들만 죽어 나갔다.

결국 특수부와 부장을 포함한 윗선은 일우를 또라이로 분류했다.

그 덕분인지 다음 발령은 수도권이 아니라 아주 멀고 먼 지방의 작은 지청이었다. 첫 발령 때 운 좋게 다큐까지 타서 눈도장 제대로 찍었던 일우가 완벽히 끈 떨어진 연 신세가 된 것이다. 그 일을 회고할 때마다 일우는 본인이 애초에 제대로 하늘을 날아 본 적 없다고 정정했다. 처음부터 떨어질 끈도 없었다는 소리였다.

'자기들끼리 북 치고 장구 친 것뿐이지, 애초에 기대도 안 했어.'

어느덧 일우는 여러 지청을 거치며 7년차 검사가 됐다. 첫 발령 당시 태어난 애가 내년이면 초등학교 들어가는 오랜 세월이었다. 그간 큰 사고 안 치고 조용히 살고 있었는데, 갑자기 부장 검사가 불러서는 또다시 자신에게 주목도가 높은 사건을 맡겼다. 반갑기는커녕 그 관심이 번거롭기만 했다.

"동생이 형을 살해했다, 라⋯⋯."

이왕 이렇게 된 거 미꾸라지처럼 이리저리 헤엄칠 생각은 사건 기록을 제대로 펼쳐 읽으며 싹 지우게 됐다. 차라리 강을 거스르는 연어가 되련다.

"허이고, 씨발."

식후 졸음이 몰려오는 걸 애써 참고 자글자글한 눈주름을 찡그리며 모니터를 쳐다보고 있던 수사관도, 통화하던 실무관도 혼자 중얼거리는 일우를 돌아봤다.

이어서 현장 감식 사진도 봤다. 바닥이 온통 피범벅이었다. 적나라함에 일우가 얼굴을 찌푸렸다. 뒤에 있는 부검 소견서도 살폈다.

자창에 의한 저혈량 쇼크사, 즉 실혈사였다.

한 번도 아니고 오른쪽 가슴과 옆구리를 세 번이나 찔렀다. 다름 아닌 제 친형을 말이다.

한국인은 삼세번이라는 말을 이런 곳에 적용하진 말았으면 한다. 이 래선 우발적이라고 할 수도 없었다. 누가 봐도 고의성을 띠었다.

"이거 완전 또라이 아냐?"

감상이 막 튀어나온다. 일우가 질색팔색하며 편철된 서류를 거칠게 덮었다.

살인, 살인 미수, 강도, 강도 상해 등 강력 범죄를 다루는 형사3부라지만 생각보다는 살인 사건이 많지 않다. 대부분 폭행, 상해, 협박, 공갈 뭐 그런 정도에 그친다. 저 범죄들이 가볍다는 뜻은 결코 아니다. 단순히 형량으로만 따져 봤을 때 그렇다는 거다.

자주 다루지도 못할뿐더러 본래 일우는 피가 나오는 사건은 별로 좋아하지 않았다. 기록을 검토할 때 참상을 필수로 봐야 하기 때문이다. 물론 검사로 일하면서 이게 진정 숨을 쉬던 사람인가 싶은 시체도 여럿 봤다. 그럴 때마다 얼마 있지도 않은 인류애가 바사삭 사라졌다.

마른세수를 하며 잠시 호흡을 고른 일우가 다시 각을 잡고 앉았다. 파란 골무를 낀 손이 재차 연필을 쥐고 진술서에 줄을 치기 시작했다. 그러던 일우에게 문장 하나가 눈에 딱 들어왔다.

'제겐 유일한 가족이고, 정말 사랑하는 형이에요. 진짜 실수였어요.'

사랑, 사랑이라.

일우가 잇새로 앓는 소리를 내며 넓은 손바닥으로 눈을 덮었다. 잘 쥐고 있던 연필이 데굴, 책상 위를 굴렀다. 허리를 뒤로 확 기울였다. 의자도 끼익, 소리를 내며 체중을 싣고 뒤로 넘어갔다.

'사랑해서'라는 변명은 생각보다 흔했다. 짝사랑, 외사랑도 사랑으로 따진다면 범위는 더 넓어진다. 단순 스토킹, 폭행, 강간, 살인의 동기도 사랑이다. 그럼 사랑이 거의 핵무기쯤 되는 거 아닌가. 국가가 나서서 금지해야만 하는 아주 위험천만한 거지. 그렇게 사랑하는 형은 왜 죽었대. 실없는 상상을 하던 일우가 다시 허리를 세웠다.

자기가 죽였다고 범행을 시인하긴 했으나 당장 정확한 범행 동기는 보이지 않았다. 돈이나 치정이나 그런 거라도 있어야 하는데, 별달리 잡히는 게 없다. 몇 번 반복해 읽어도 결과는 똑같았다. 으, 앓는 소리가 절로 나왔다.

피의자가 범행을 시인한 데다 증거까지 다 있는, 말 그대로 다 차린 밥상에 숟가락만 얹으면 되는 상황이었다.

"빚이 꽤 있네."

대강 훑어본 결과 범행 동기도 빚 때문인 것 같았다. 사랑보다 더 흔한 이유가 돈이었다. 대체 돈이 몇 사람을 죽이는 거야. 자본주의 사회에서 돈이 최고인 거야 어쩔 수 없는 일이지만 앓는 소리가 절로 나오는 건 막을 수 없었다.

일단 기록은 훑었으니 실물 증거를 확인하며 대조하기만 하면 됐다. 보통 검사는 증거 목록으로 정리된 것만 보고 넘기지만 일우는 달랐다. 꼭 실물을 확인해야만 하는 또 다른 이유가 있었다. 달리 마땅한 변명이 없어서 수사관한테 챙겨 달라고 부탁도 못 했지마는.

사무실 내 수사관과 실무관이 전부 퇴근하고 나서야 일우도 회사를 벗어났다. 밤늦게까지 쉬지도 않고 종일 모니터와 서류만 보니까 세상이 흑백으로 보였다.

"안 그래도 일 존나 많은데 발로 뛰기까지 해야 되네."

가지가지 한다, 진짜. 목을 양쪽으로 번갈아 꺾으며 주차장으로 향한 일우가 잠시 미뤄 뒀던 사건 조사를 시작하기 위해 차에 올라탔다.

* * *

최초 신고가 있었던 관할 경찰서로 간 일우는 범행 장소에 있었던 증거물을 확인할 수 있었다. 개중엔 피해자를 찌른 흉기도 있었다.

"흠, 국과수에서 반환을 이렇게 빨리 해 주나?"

이미 사건이 끝났다는 것처럼 깔끔히 정리된 것들을 보자 괜히 께름칙했다.

어차피 모든 상황과 증거는 피의자를 향해 있다. 그래서 부검만 국과수에 의뢰하고 나머지는 경찰 감식으로 끝냈을 수도 있다. 너무나 명백하니까.

"너무 떠먹여 주는 거 같은데……."

이미 초동 수사가 말끔히 끝나 특별히 조사할 게 없는 자백 사건만큼 편하고 실적 올리기 좋은 건도 없었다. 사건이 너무 쉬워서 찜찜하다면 그건 일우의 기우일까, 부장의 농간일까.

일우는 이 모든 생각이 부장의 꼬투리를 잡는 것밖에 안 된다는 걸 알았다.

뭐 어쩌겠나. 평소엔 복잡하고 처리 기한이 오래된 미제 건들, 소위 깡치 사건만 던져 주며 일우를 다방면으로 무시했던 사람이라 의심을 그냥 거두기도 힘들다. 심지어 오늘은 난생처음 보는 태도로 구속 사건을 주질 않았던가.

"뭐, 보면 알겠지."

사건 기록에서 확인할 수 없는 진실을 판가름할 준비를 했다. 일우는 항상 들고 다니는 일회용 라텍스 장갑을 품에서 꺼냈다. 수술실에 입실한 의사처럼 장갑 낀 손으로 증거물이 든 비닐을 양쪽으로 조심스레 열었다. 비닐의 미끄러운 질감이 손끝에 전해졌다.

꺼내 드는 걸 잠시 망설였지만 눈 딱 감고 피 묻은 흉기를 만졌다. 날붙이의 차갑고 섬뜩한 촉감. 손끝을 타고 뇌까지 바로 연결되는 어떤 기억의 향연을 버티지 못한 일우가 벽에 기대앉았다.

검은색 후드를 뒤집어쓴 한 남자가 아래에 깔린 사람을 무자비하게 찔렀다. 자창에 의한 저혈량 쇼크사. 피해자의 사망 원인이 문득 떠올랐다. 한 번 찌르고 또 한 번. 잠시간 지켜보다 마지막으로 한 번 더. 총세 번.

피가 상처 부위에서 울컥울컥 치솟았다. 초범이라곤 믿을 수 없는 솜씨였다. 찌르는 데 그 어떤 망설임도 없었다.

남자는 죽어 가는 사람을 가만 지켜보다 일어섰다. 손에 쥔 칼은 바닥에 거칠게 내동댕이쳤다. 땡그랑, 바닥에 떨어지는 날붙이의 소음이 시끄러웠다. 흉기의 기억을 훔쳐보던 일우의 시야도 덩달아 흔들렸다.

차갑게 식어 가는 사람 옆에서 일우는 남자의 자취를 쫓았다. 피해자를 물끄러미 바라보던 남자는 금방 시야에서 사라졌다.

"하, 씨발."

참았던 숨을 터트리며 거칠게 라텍스 장갑을 벗어 던졌다. 사람을 죽이는 장면까진 볼 필요 없었는데. 꼭 제 얼굴에 뜨끈한 피가 튄 것만 같아 기분이 더러웠다.

설마 그렇게 찌르는 장면을 볼 줄은 몰랐지. 뒤늦게 호흡을 골랐으나 눈앞에서 살인 현장을 본 섬뜩함은 지워지지 않았다. 한동안 이 잔상에 시달릴 듯싶었다. 그만큼 충격적이고 망설임 없는 살인이었다. 실수라는 진술도, 초범이라는 사실도 모두 믿기지 않았다.

차갑게 식은 손으로 마른세수를 했다. 이래서 능력 쓰는 걸 가급적 피하고 싶었다. 이런 걸 한두 번 본 게 아닌데도 적응되지 않는다. 하긴 의사도 사람 죽는 것에 익숙해지지 않는다고 했다. 하물며 검사인 일우는 오죽할까.

일도 많고 재촉당하는 상황에서 잠까지 못 자고 싶진 않았다. 부디 악몽으로 남지 않길 바랐다. 일우는 진심을 다해 피해자의 명복을 비는 성호를 그었다.

* * *

"씨발, 좆같네."

경찰서를 빠져나온 일우가 중얼거렸다. 주차해 둔 차 옆에 서서 답답함을 환기시키려 담배에 불을 붙였다. 마지막 남은 돛대였다. 지금 심정으론 이 자리에서 줄담배를 피우고 싶었으나 담배마저 도와주질 않는다.

초범에 자백까지 했다고 하니 좀 쉽게 생각했는데 섬뜩함이 계속 등줄기를 타고 올랐다.

"초범 맞아? 존나 능숙하던데…….."

기억 속에선 실수라던 피의자의 진술에 걸맞은 행동이 보이지 않았다. 평범한 사람들이 정말 우발적으로 누군갈 상처 입혔을 땐 공통적으로 보이는 행동이 있다. 예를 들면 당황해서 손이 떨린다든가, 도와 달라 외치거나, 본인이 한 결과에 놀라 주저앉거나, 119에 신고하거나 등.

"……뭐, 괜한 생각이겠지."

모레 브리핑 결과에 따라 부장과의 대면 시간이 결정되는지라 생각이 쓸데없이 많았다.

"이럴 줄 알았으면 애들 밥이나 미리 주고 올걸."

일우가 짜증을 참지 못하고 핸들에 머리를 쾅 받았다. 빠앙! 경적이 날카롭게 울렸다. 예전부터 생각건대, 말이 좋아 검사지 거의 공노비나 다름없었다. 검사(檢事)의 사(事)가 괜히 '일 사'인 게 아니라는 소리다.

대부분의 검사에게는 다달이 새로운 사건, 즉 신건이 백 단위로 쏟아져 나오고 월말에 미제 건을 보고하며 그달 실적을 마무리한다.

형사 소송법상 한 사건당 처리 기한은 3개월이다. 수사를 시작한 지 3개월 이내에 기소 여부를 결정해야 하고, 사람 일은 생각한 대로 흘러가지 않는다. 오죽하면 3초 사건, 즉 3개월이 초과한 사건은 신이 와도 해결 못 해 준다고 할까.

형사3부의 일우만은 그 법칙을 가까스로 비껴갔다.

성병 소문과 별개로 돌아이처럼 사건을 해결한다는 명성에 걸맞게 실적은 최고였다. 그는 매달 남은 사건이 평균 30건도 안 되게 마감했다. 마감 인생이라고 한탄하며 미제 건에 쫓기는 검사들이 가장 부러워하는 부분이었다.

'현 프로, 너 대체 무슨 짓을 하는 거야?'

말하면 믿을 텐가. 선배 검사의 물음에 일우는 속으로 픽 웃었다.

'제 손이 좀 특별합니다. 보이지 않는 곳까지 보거든요.'

묘하게 대답한 일우는 손을 쫙 펴서 팔랑팔랑 흔들었다. 종일 종이 넘기며 혹사하는 손끝에 끼워진 파란색 골무가 인상적이었다. 선배 눈에는 골무를 자랑하는 꼴로밖에 안 보였다. 뭐야, 새로 샀다 이거야?

그날 이후로 그의 별명은 애덤 스미스가 됐다.

타칭 '보이지 않는 손'을 가진 애덤 스미스 일우는 다른 건 몰라도 이번처럼 고합으로 넘길 중범죄 사건을 다룰 때만은 참고 또 참아 제 능력을 사용했다.

사이코메트리(psychometry).

보이지 않는 곳까지 본다던 말은 단순한 농담이 아니었다. 영화처럼 손을 대면 당시의 현장이 가감 없이 보이는 것이 아닌, 일우의 의지로 행해지는 능동적 능력.

검사로선 꽤 편리한 능력이었다. 일우만 볼 수 있는 기억이라 증거는 되지 않아도, 적어도 무고한 사람을 잡는 일은 없었다. 조금 전, 흉기에 녹아든 기억을 봤던 것 또한 그의 능력이었다. 다만 일우는 능력을 남용하지 않았다. 그럴 수밖에 없는 치명적인 단점이 있었다. 절대 바꿀 수 없는 몸의 특성이자 은밀한 비밀이고, 원나잇을 밥 먹듯이 해야만 했던 이유이기도 했다.

능력을 씀과 동시에 발기하는 것이 첫 번째요, 사정하기 전까진 식지 않는 몸이 두 번째요, 사정을 빨리 하지 않을수록 이성을 잃어 가는 게 세 번째였다.

그중 이성을 잃어 간다는 게 가장 큰 단점이었다. 해서, 능력을 쓰면 일하던 도중이라도 당장 뛰어나와 급한 대로 자위라도 해야 했다. 물론 일우는 그 과정을 썩 내켜 하지 않았다. 화장실에 앉아 혼자 좆을 쥐고 흔드는 건 자괴감을 불러일으켰다. 꼭 그게 아니더라도 훌륭한 몸과 외모란 재원이 있는데 쓰지 않을 이유가 없었다.

호랑이도 제 말 하면 온다더니, 아래가 달아오르기 시작했다. 담배 필터를 잘근 씹어 씁쓸함을 입 안에 머금은 그가 불씨를 비벼 끄고는 꽁초를 버렸다. 온몸이 섹스에 미친 것처럼 뻐근했다. 일우가 한숨을 쉬고는 차에 올라탔다. 시동을 걸고 청사가 있는 인천을 벗어나 멀리 향할 준비를 했다.

"진짜 내가 무슨 부귀영화를 누리겠다고 이 지랄을 떠는지."

조소한 그가 안전벨트를 매고 액셀을 밟음과 동시에 핸들을 꺾었다.

한 시간가량 운전한 일우는 서울 중심가에 위치한 한 클럽 근처에 주차했다. 차에서 내리는 순간부터 그는 남녀를 막론하고 시선을 집중시켰다. 일우는 그 시선이 즐겁기보단 번거롭고 귀찮기만 했다. 당장 일우의 목표는 단 하나, 빠르게 밤을 보낼 상대를 찾는 것뿐이었다.

왜 몸이 이렇게 생겨 먹어서는. 속으로 욕을 수백 번도 더 삼켰다. 섹스에 미친 것처럼 몸이 달아오르자 입 안이 말랐다. 또 담배가 당긴다. 일우가 담배를 한 개비 꺼내려다 멈칫했다.

"아, 씨발. 아까 돛대였지."

되는 일이 하나도 없네. 클럽 쪽으로 향하던 일우가 근처 편의점으로 발길을 돌리며 시간을 확인했다. 어둑한 밤거리를 밝은 핸드폰 불빛이 밝혔다.

[오후 11:41]

한 게 뭐 있다고 벌써 하루가 다 지났다. 아무나 붙잡고 나와 욕구를 잠재우면 한두 시쯤 될 것이다. 여기서 인천까지 한 시간 정도 걸리지만 새벽이니까 대강 40분으로 잡으면…… 애들 밥 주고 겨우 몇 시간 잘 수 있는 시간이다. 그렇게 생각하니 벌써 피곤이 몰려오는 것만 같았다.

"하여간 빨리 때려치우든 해야지."

그럴 생각도 없으면서 홀로 자조한 일우는 골목 끝에 있는 편의점을 발견하고 들어갔다. 모텔과 온갖 술집이 모여 있는 곳이라 그런지 콘돔이 아주 종류별로 있었다. 일우는 익숙하게 자주 쓰는 특대형 콘돔을 집었다.

"플레이버 1밀리도 하나 주세요."

필요한 걸 계산하고 돌아선 일우가 편의점을 나서자마자 담배를 하나 물었다. 사람 없는 골목에 서서 불을 붙이곤 필터 끝을 잘근 씹었다. 희뿌연 연기를 내뱉고 나서야 머리가 제대로 사고했다. 중독보다는 습관에 가까운 짧은 흡연 후 꽁초는 근처 쓰레기통에 버렸다.

일우는 문득 제 얼굴과 몸이 꼭 섹스를 위해서 만들어진 것만 같다는 웃긴 생각을 했다. 하긴 이상한 게 한둘이 아니지. 평범한 사람 같지 않은 요소는 그뿐만이 아니었다.

남들보다 월등한 외모와 두뇌를 제외하고도 사이코메트리란 능력은 꼭 어떤 목적을 위해 만들어진 것 같았다.

거기까지면 장점뿐이니 참으로 좋겠지만 이런 씨발, 섹스 중독자 같은 부작용이나 있고. 자신을 만든 놈이 누군지는 몰라도 존나 개변태인 게 틀림없었다. 능력을 줄 거면 좀 곱게 줄 것이지. 욕을 바가지로 퍼붓고 싶었다.

믿기지 않겠지만 일우의 소원은 평범하게 사는 것, 그 하나만 원했다. 남들처럼 평범히 사랑하고 가족을 꾸리고 싶었다. 물론 아이는 없어야 한다. 제 피를 받은 2세가 어떨지 상상조차 하고 싶지 않다.

혼자 청승맞게 밤거리를 걸으며 뭔 사랑 타령인가 싶겠지만 그래도 언젠가는 만날 수 있지 않을까 싶었다. 짚신도 제짝이 있다는 말처럼 말이다.

일우의 눈이 때아닌 아련함을 머금고 촉촉이 빛날 때쯤, 퍼엌! 소리와 함께 젖어 든 눈에 별이 튀었다. 갑자기 튀어나온 무언가와 부딪친 일우가 아릿한 어깨를 느끼며 상대를 쳐다봤다. 무의식적으로 인상을 쓸 정도로 꽤 강한 부딪침이었다.

가로등을 등지고 있어서인지 상대 얼굴에 그림자가 졌다. 그래서 정확히 보이지 않았다.

"뭐야?"

사과 안 하냐는 의미를 담아 물었으나 부딪친 상대는 일우를 잠시간 바라보다가 편의점 쪽으로 뛰어갔다. 어이없어하기에도 짧은 시간이었다.

겨우 고등학생 정도 됐을까 말까 한 앳된 얼굴이 잠깐 가로등 불빛에 비쳐 보였다. 통통 뛰어가는 자세가 재빠르기도 했다.

"하, 이제는 애새끼한테도 치이고 사네."

아침부터 다사다난했더니 온갖 군데서 불쾌함이 쏟아져 나왔다. 부딪친 것 때문에 도망간 애를 쫓아가서 끌고 올 만큼 열정적이지도 않았다. 운이 쥐꼬리만큼도 없는 날이라고 여기며 욕을 삼켰을 뿐이다.

* * *

클럽에 들어서기 직전, 제 얼굴을 보고 다가온 여자를 마다치 않은 일우는 그와 몇 번 대화를 나누다 말고 바로 모텔로 향했다. 여자도 일우와 목적이 같았는지 어떤 거리낌도 없이 그를 따랐다.

모텔 입구에 다다라서야 여자가 일우와 팔짱 끼고 있던 걸 풀었다. 여자는 클러치에서 담뱃갑을 꺼낸 뒤 일우를 바라봤다. 일우는 조금 전 피웠기 때문에 또 피우지 않았다. 그제야 여자가 의아하다는 듯 물었다.

"넌 안 피워?"

"어. 오기 전에 피웠어. 피울 거면 피워."

"그럼 나도 됐어."

안 피우겠다는데 굳이 종용할 생각은 없었다. 담뱃갑을 다시 집어넣은 여자가 일우의 뒤를 따랐다. 건조해 보여도 선은 넘지 않는 대화. 이런 게 편하고 어색하지 않다는 걸 일우도 여자도 알고 있었다.

아무 말 없이 목석처럼 하긴 싫고, 그렇다고 입구에서부터 입술 비비며 짐승처럼 굴기도 싫었다. 너무 많은 사람을 거친 탓인지 점점 취향이 원하지 않아도 확고해졌다.

은은하게 불빛이 감도는 모텔로 들어간 일우는 뒷주머니에 넣어 뒀던 지갑을 찾으며 카운터로 갔다.

"대실이요."

주인이 카드 키를 건네기 전 일우를 향해 손을 내밀었다. 선불이라는 걸 알리는 손짓이었다.

거기에 맞춰 일우 역시 지갑을 꺼내 계산하려 했다. 그런데 지갑을 넣어 뒀던 뒷주머니가 얄팍한 것이 번뜩 이상함과 스산함이 스쳤다.

왜 꼭 그런 직감이 있지 않은가. 눈을 떴을 때 이상하게 개운한 몸이나 조용한 주위를 느끼며 지각을 예감하는 경우. 그것도 5분 지각 이런 게 아니라 대지각. 지금이 딱 그랬다. 온갖 곳을 뒤진 것도 아닌데 지갑이 없어졌다는 걸 본능적으로 알았다.

"잠시만요."

그래도 혹시나 하는 마음에 급히 입고 있는 옷에 달린 주머니란 주머니는 다 찾아봐도 차 키, 콘돔, 담배, 라이터, 핸드폰뿐이었다. 어디에도 지갑은 없었다.

"계산 안 해요?"

여태 손을 내밀고 있던 주인이 퉁명스레 묻자 일우가 잠시만 기다려 달라는 듯 요란하게 별 소득 없는 찾기를 반복했다.

편의점에서 카드를 내밀고 계산했던 때까지는 분명 있었던 지갑이 흔적도 없이 증발했다. 일우가 짜증과 화가 뒤섞인 표정을 짓자 뒤에서 보다 못한 여자가 나섰다.

"야, 됐어. 그냥 내가 낼게."

여자가 일우를 밀치고는 가방에서 남색 장지갑을 꺼내 카드를 내밀었다.

"네가 왜 내나? 사장님, 계좌 주세요. 지금 송금할게요."

일우가 은행 앱을 켜려고 핸드폰을 집자 여자가 말리면서 다시 한번 그를 툭 밀었다.

"나도 돈 있어. 아저씨, 여기요."

"2만 원입니다."

누가 계산하든 상관없는 주인은 재빨리 카드와 영수증, 201호라 적힌 카드 키를 여자에게 건넸다.

"돈이 없으면 없다고 하지 쪽팔리게 뭐 하러 잃어버렸다고 거짓말까지 해."

짜증 어린 말투로 툭툭 내뱉는 혼잣말이 일우의 귀에 꽂혔다. 일우 본인도 믿기지 않을 만큼 어이없는 상황이었으나 이런 오해는 결코 반갑지 않았다. 외려 신선하기까지 했다.

"뭐라고?"

아래가 터질 듯 팽팽하게 곤추서지만 않았어도 지랄을 떨었을 것이다. 다만 한 가지는 분명하게 짚고 넘어가야 했다. 자신은 모텔비 2만 원이 없어 지갑 잃어버렸다고 거짓말하는 개자식은 신에 맹세코 아니었다.

"뭐, 거짓말?"

일우가 헛웃음을 참으며 되묻자, 여자가 하, 하면서 어처구니없다는 듯 숨을 거칠게 내뱉었다.

일우가 지갑을 찾느라 꺼내 둔 물건을 보며 여자는 비웃음을 걸쳤다. 개중 콘돔이 제일 기가 막혔다. 좆에 씌울 껍데기는 챙겼으면서 지갑은 없다는 걸 믿을 수 없었다. 오히려 어떻게든 돈 안 내려고 수 쓰는구나 싶어 한심하게만 보였다. 한번 그렇게 생각하니 일우를 둘러싼 모든 게 짜증 나 부딪치기도 싫었다. 외모가 잘나면 뭐 하나, 찌질한데. 전부 부질없었다.

"그래, 이 찌질한 새끼야. 왜, 들키니까 겁나? 막 간이 쪼그라들어?"

여자가 2만 원은 그냥 버리는 셈 치고 속이나 풀어 낼 생각으로 다다다 쏘아 댔다.

"너 지금 들고 있는 차 키도 그냥 라이터잖아. 꼴에 외제 차 탄다고 자랑하고 싶어서는. 내가 좀 덜 생긴 건 참아도 속 좁고 찌질한 건 못 참거든?"

얼떨결에 일우는 찌질한 성격이 제 외모를 전부 깎아 먹는 머저리가 됐다.

여자는 일우가 어떻게 대답하든 이제 아무 상관도 없는지 주인한테 카드 키를 돌려주곤 그대로 일우를 지나쳐 갔다.

나가기 직전, 여자가 휙 돌아보고는 일우가 손에 쥐고 있는 콘돔을 보고 비웃었다.

"다음엔 모텔비라도 챙겨서 와. 대놓고 돈 없다고 말할 간도 없으면서 괜히 콘돔 사이즈로 허세 부리지 말고."

저 말이 마지막이었다. 정말 그렇게 사라졌다. 화낼 타이밍도 잡지 못한 일방적인 싸움이었다.

"아하, 하하하. 아하하하하하."

모텔 로비에서 이런 싸움 한두 번 보는 게 아니라는 듯한 주인의 오묘한 눈빛을 오롯이 받으며 일우가 허탈한 웃음을 토해 냈다.

졸지에 일우는 돈도 없고, 허세 부리는 찌질이에, 좆 사이즈까지 거짓말 친 미친놈이 돼 있었다.

가볍게 충격을 받은 일우가 차 키를 괜히 꾹꾹 눌렀다. 삑삑 소리를 내며 반응해야 할 차는 저 멀리 있으니, 당장 손에 쥔 것이 한낱 라이터가 아니란 것도 증명하지 못했다.

"씨발, 진짜 좆같네."

곱씹으면 곱씹을수록 일우 본인의 안일함과 끓어오르는 화만 가중될 뿐이었다. 이대로 욕구도 풀지 못하고 벌겋게 충혈된 눈으로 출근하긴 싫었다.

다시 클럽으로 돌아가서 다른 사람을 데리고 나오든지, 아니면 방 잡고 자위해서라도 물을 빼내든지 해야 한다.

후자는 최후이자 최선의 방법이어도 선택지에서 지웠다. 그럴 거면 뭐 하러 귀찮게 신촌까지 넘어왔나.

"아, 다시 찾는 것도 존나 귀찮은데."

이젠 섹스까지 매너리즘에 빠지게 생겼다. 가능하면 최대한 능력을 쓰지 말아야겠다. 설령 써야만 하는 상황이 되어도 신중하게 쓸 거라고 다짐했다. 얼마나 갈지는 모르겠으나 일단 그렇게 마음먹었다.

쪽팔림과 짜증만 가득했던 모텔을 빠져나온 일우가 줄담배를 피웠다. 발치에 놓인 꽁초가 한두 개비가 넘어가고 세 개비쯤 될 때까지 입 안 가득 남은 멘톨 향을 머금고 일우가 심신을 다스렸다.

'네 성깔머리가 터질 거 같을 때 이렇게 해 봐. 흐으으읍, 후우우우우 우우.'

산부인과 의사인 친구의 조언대로 라마즈 호흡법을 실시했다. 코로 3초 들이마시고, 잠시 참고, 입으로 6초 내쉬고. 보기엔 영 아니어도 꽤 도움이 됐다.

심박수가 천천히 잦아들고 머릿속 스팀도 어느 정도 가라앉자, 꽁초를 주워 길가에 놓인 쓰레기 봉지에 던져 넣었다.

이제 어디로 갈지 목적지를 정하려 일우가 고개를 들었을 때 메시지가 하나 도착했다. 무시하려 해도 혹여나 일 때문에 온 것일까 봐 신경질적인 티를 팍팍 내며 핸드폰을 꺼내 확인했다. 얼마 지나지 않아 일우는 얼굴에 물음표를 띄웠다.

[Web발신]
한신카드(1472)승인 현*우 3,200원(일시불)
09/18 00:17 KS25신촌파크점 누적 4,380,200원

문자는 다름 아닌 카드 결제 알림이었다. 3,200원. 다달이 결제되는 핸드폰이나 보험비 그 무엇도 해당하지 않았다.

결제된 곳은 편의점이었다. 시간도 겨우 1분 전.

추측은 어렵지 않았다. 일우의 잃어버린 지갑을 누군가 주워 카드를 꺼내 썼거나 혹은 훔쳤거나. 좌우지간 둘 중 하나였다.

"허, 간이 토끼처럼 땡땡 부은 새끼네, 이거."

심지어 장소도 일우가 방금 담배와 콘돔을 샀던 곳이었다. 바로 도망가지 않았다면 당장 뛰어가서 간이 배 밖으로 나온 놈의 목덜미를 잡아챌 수 있는 거리였다.

오늘 일진 정말 왜 이러나 싶다. 부장한테 불려 가 강제로 눈도장 찍히질 않나, 애새끼하고 부딪치질 않나, 여자하고 일방적으로 다투며 찌질한 새끼 취급당하질 않나.

라마즈 호흡은 지랄. 일우의 머리꼭지가 스팀다리미처럼 열을 뿜어내고 있었다. 어떤 놈인지 몰라도 가만두진 않으리라.

"씹새끼가. 잡히면 뒤졌어."

일우가 상쾌한 웃음을 걸치며 범죄를 예고했다. 정말 여차하면 능력을 써서라도 추적할 것이다. 조금 전, 절대 능력을 함부로 쓰지 않겠다는 다짐은 이미 사라진 후였다.

그는 망설임 없이 편의점을 향해 성큼성큼 걸어갔다. 온갖 할인 행사 정보가 다닥다닥 붙어 있는 유리문을 거칠게 연 일우는 카운터로 다가가 조금 전 마주했던 알바생을 불렀다.

"저기요."

"네?"

"제가 아까 여기서 콘돔하고 담배 사 갔거든요."

일우는 부끄럼도 없이 뻔뻔하게 질문했다. 알바생은 당당한 일우의 모습에 당황하기도 잠시, 고개를 끄덕였다. 다른 걸 다 떠나서 쉽게 잊어버리기 힘든 외모였다.

"제가 그거 사고 지갑을 잃어버렸는데 방금 여기서 어떤 씹, 사람이 제 카드를 썼거든요."

일우가 침착하게, 욕을 삼켜 가며 알바생한테 결제 문자 내역을 보여 줬다.

"방금 3,200원짜리 계산한 거 있어요?"

알바생이 다급히 기억을 더듬었고, 일우의 설명대로 3,000원 정도 계산한 적 있던 걸 떠올렸다.

"아, 네! 딱 3,200원짜리 있어요."

"인상착의 기억나요?"

"그, 남자였는데요. 음, 키는 한 이만하고……."

자기가 기억하는 한에서 상세하게 설명하는 알바생의 말을 주워 담았다.

"혹시 어디로 나갔는지 알아요?"

"핸드폰 하느라 못 봐서……. 근데 멀리 못 가지 않았을까요? 계산한 지 5분도 안 지났거든요."

뒷머리를 긁적이는 알바생을 뒤로한 현우가 고맙다는 짧은 말과 함께 밖으로 나왔다.

알바생의 묘사를 종합해 보면, 일우의 지갑을 날름 주워 쓴 도둑은 학생처럼 보였으며 키가 크지 않고 외관과 옷이 깨끗하지 않았다고 했다.

'도움이 될지 모르겠는데요. 냄새도 좀 나더라고요.'

거기에 카드로 비싼 걸 산 것도 아니고 겨우 삼각김밥 세 개와 물을 하나 사 갔다는 얘기로 미루어 보아 대강 카드를 훔쳐 쓴 이유를 어렵지 않게 유추할 수 있었다.

아마도 본능을 포함한 생존의 이유겠지.

일우의 눈이 잠시 과거를 더듬듯 가늘어졌다. 검사라는 번듯한 직업을 가진 일우를 아는 사람이라면 어느 누구도 믿지 못할 만큼 처량하고 배고픈 밑바닥 시절도 있었다. 이렇게 굶다간 곧 죽을지도 모른다는 공포에 시달린 적이 있어서 그런지 일우는 유독 배고픔에 관해선 너그러웠다. 길고양이와 강아지를 챙기는 것도 그런 이유에서였다.

이처럼 배고픔에 한해서 쉬이 녹아내리는 마음이 이번만은 비껴갔다.

안 그래도 오늘 애들 밥도 못 챙겨 줘서 짜증 나는데, 도움이 필요한 동물도 아니고 사지 멀쩡한 놈이 감히 제 지갑을 훔쳤다. 게다가 일우를 한낱 2만 원도 없는 찌질한 새끼로 만들게 한 놈은 그냥 넘어갈 수 없었다.

"뭐, 사과하면 밥 한 끼 정도는 사 줄 수도 있고."

그래도 잡아 족치겠다는 원계획은 살짝 고쳤다. 싹싹 빌면 넘어가 줘야지. 어쩌겠어.

아직 도둑을 잡지도 않았으면서 일우는 도둑의 의사와 상관없이 차후 계획까지 세우며 여유롭게 마지막 담배를 피웠다.

"뭘 사 줘야 잘 사 줬다고 소문이 나려나."

어디 구석에 기어들어 가 삼각김밥을 갉아 먹고 있을 초식 동물의 모습이 뻔히 그려졌다. 애들이 좋아할 음식은 아무래도 패스트푸드일까.

일우의 친구가 들으면 코웃음 칠 소리였다. 이 구닥다리 새끼야. 까랑

까랑한 여자의 목소리가 귓가에 울려 퍼지는 환청이 들렸다.

일에 파묻혀 사느라 SNS는 고사하고 요즘 트렌드도 모르고 사는 일우의 생각으로는 패스트푸드가 한계였다. 니코틴으로 기력을 충전한 일우가 마지막 연기를 후 뱉으며 씨익 웃었다.

"그럼 도망간 토끼를 잡으러 가 보실까요."

* * *

한껏 여유 부리던 그가 간과한 건 단 한 가지. 배고픈 토끼는 생각보다 발이 훨씬 빠르다는 점이다.

게다가 일우가 잡아야 되는 토끼는 때 되면 주인이 밥 챙겨 주는 집토끼가 아니라 밖에서 이리저리 뛰어다니며 자기가 챙겨 먹어야 하는 산토끼였다.

생존이 걸려 있을 땐 어느 생명체든 행동이 빨라진다. 야생의 법칙을 뒤늦게 깨달은 일우는 인적이 드문 곳으로 가던 발길을 멈췄다. 아무리 멍청해도 골목 끄트머리에서 식사하진 않을 것 같았다. 눈에 안 띄고 어둠을 벗 삼아 몸을 숨기기 가장 좋은 곳이 어딜까. 답은 금방 나왔다.

"근처에 공원이 있던가."

일우가 주변을 휙 둘러보고는 푸릇한 식물이라곤 가로수밖에 없는 거리에 혀를 찼다.

이쪽 지리를 잘 모르는 일우는 천재들이 이룩시킨 첨단 문명을 이용해 찾기로 했다. 지도 앱을 켜 현 위치를 찍고 주변을 탐색했다. 근처에 공원이라고 하나 있는 건 공원보단 광장에 가까웠다. 술집이

널리고 널린 이곳에서 그나마 가장 인적이 드문 곳은 초등학교 주변이었다.

일우는 무슨 자신감에서인지 초등학교 쪽으로 발을 돌렸다. 자신의 직감을 믿은 것이다.

"존나 구석에도 처박혀 있네."

겨우 500미터 걸으면서 하는 소리가 저거였다. 그도 그렇게 거리는 얼마 안 돼도 밤늦게 술 한잔하러 오는 사람들을 거슬러 오르느라 속도가 더딘 탓이었다.

어린이 보호 구역이라는 표시가 보이고 시끄러운 술집보다 주택이 늘어날 때쯤, 일우가 초등학교 입구에 도착했다. 학교는 이미 출입 가능 시간이 지나 꽉 닫혀 있는 상태였다.

그냥 담을 넘을까.

큰 키에 다리까지 긴 일우라면 어렵지 않게 넘을 수 있는 낮은 담이었다. 다만 '담을 넘지 마시오!'라고 빨간색으로 적힌 문구가 일우의 양심을 쿡 찔렀다. 하는 수 없이 담만 붙잡고 안쪽을 슥 둘러봤다. 인기척은 느껴지지 않았다. 아무도 없는 것 같긴 한데 구석까지 본 게 아니라 확신이 서지 않았다.

능력을 쓰려면 쓸 수는 있다. 다만 이미 한 번 쓴 상태라 성욕이 최고조에 달해 있었고, 대상을 특정하려면 도둑이 만진 물건이 있어야 했는데 지갑은 도둑이 들고 있는 데다 편의점은 돌아가기엔 많이 멀어진 상태였다.

그렇다고 미친 사람처럼 주저앉아 보도블록 하나하나 만지고 있을 수는 없지 않은가.

"밥 한번 사 주기 더럽게 어렵다, 어려워."

목적이 밥 사 주는 게 전부가 아니면서 일우는 자원봉사라도 하는 듯 중얼거렸다. 조금 전에 사고도 벌써 반 이상 피운 담배를 또 꼬나물었다. 담뱃갑 안에 넣어 둔 라이터를 꺼내고 틱틱, 파란 불꽃에 끝을 태웠다.

담배를 겨우 한 모금 빨았을 때, 옆에서 덜컹하는 소리가 들렸다. 가로등 아래 서서 가을에 접어든 바람을 느끼던 일우가 고개를 돌렸다.

검은색 실루엣이 꿀렁꿀렁 담을 넘어 나오고 있었다. 운동장에서 뜀박질할 노인네의 움직임은 아니고, 호기심 가득한 어린애가 돌아다닐 시간은 더더욱 아니었다.

"……뭐야?"

거대한 애벌레가 발을 잘못 디뎠는지 죽 미끄러지며 바닥으로 떨어졌다.

허이고, 넘을 거면 잘 좀 넘든가.

부딪친 곳이 꽤 아픈지 바르작거리면서 엎어져 있는 꼴이 참 볼만했다. 그래도 가만히 지켜보고만 있을 수는 없어 담배를 대강 버리곤 가까이 다가갔다.

"저기요."

빛이 없어서 새까맣게 보이는 줄 알았으나 이제 보니 입고 있는 옷이 전부 검은색이었다. 검은색 점퍼에 검은색 바지에 검은색 신발. 이건 뭐 장래 희망이 까마귀야? 까마귀가 친구 하자고 달려들겠다는 생각을 한 일우가 무릎까지 꿇고 바닥에 엎어진 사람을 일으켰다.

먼저 심히 가벼운 무게에 한 번 놀라고, 고약한 냄새에 두 번 놀랐다. 신촌에서 인천까지 데굴데굴 굴러가도 이 정도는 아니겠다. 자연히 인상을 쓴 일우가 여전히 고개를 떨구고 있는 사람과 눈높이를 맞췄다.

"괜찮아요?"

"······으."

동글동글하고 덥수룩한 머리칼이 설레설레 고개를 저었다. 이걸 병원에 데려가야 하나 고민할 즈음 상대가 슬며시 일우를 쳐다봤다.

일우도 그를 내려다보고 있었다. 타이밍 좋게도 꾀죄죄한 남자와 눈이 정확히 마주쳤다.

눈싸움 하나는 자신 있는 일우는 절대 시선을 피하지 않았다. 외려 어디서 본 것 같은 기시감에 상대를 샅샅이 살폈다. 한참을 봤지만 기시감의 이유를 찾지 못한 일우는 심드렁한 감상평을 남겼다.

그냥 애새끼네. 부모님 몰래 담배라도 피우러 나왔나.

빤히 바라보는 일우의 시선이 부담스러운지 상대는 사방으로 뻗친 머리칼을 꾹 누르며 부지런히 정리했다. 그래도 별로 달라지는 건 없었다. 이젠 상대가 슬금슬금 시선을 피했다. 엉덩이도 주춤주춤 뒤로 뺐다. 일우는 본인이 전염병 환자라도 된 것 같았다. 기분이 몹시 더러웠다.

"고맙다고 안 해요?"

좋은 일을 했다고 다 보답받아야 하는 건 아니어도 기본적인 인사 정도는 기대해도 되는 것 아닌가. 안 그래도 기분이 바닥 치는 일우가 퉁명스레 비꼬았다.

"도와 달라고 한 적 없는데······."

상대의 대답은 일우의 예상을 뛰어넘었다. 외려 일우보다 더하면 더했지 덜하진 않았다. 스윽. 이번엔 아예 고개까지 떨군다. 일우의 신경이 뚝, 끊어지는 소리가 났다.

상대는 애다, 애. 참을 인 세 번이면 살인을 면한다는 말을 되뇌었다.

거꾸로 살인 한 번이면 참을 인 세 번을 면하지 않나, 하는 궤변이 생각 났다.

은근슬쩍 슬금슬금 자리를 옮긴 남자는 일우와 두어 발자국 정도 더 떨어졌다. 저렇게 움직이는 걸 보면 덜 아픈 건 분명한데.

일우의 짜증과 의심이 증폭될 때 순간 스친 것이 있었다. 미주알고주알 얘기하던 편의점 알바생의 목소리. 일우의 카드를 훔쳐 쓴 남자, 앳된 외모, 깨끗하지 않은 옷과 악취. 순간 일우의 직감은 확신했다.

카드를 훔쳐 쓰고 도망간 토끼는 까마귀로 위장하고 있었다.

아, 그 애새끼가 이 애새끼였구나.

"야, 너 나 알지?"

일우가 확신에 찬 웃음을 씩 지었다.

보통 사람의 경우 이런 식으로 말하면 화를 내야 정상이나 토끼는 바르작거리면서 어깨를 흠칫 떨었다.

"……!"

도리도리. 아주 세차게 젓는 고개를 보며 일우가 픽 웃었다. 정답이다. 그것도 백 점짜리 정답. 강한 부정은 곧 긍정이다. 일우가 좆같이 싫어하는 격언이었으나 지금은 심히 공감했다. 거짓말하는 게 그냥도 아니고 존나 티 났다.

"그래서 삼각김밥은 맛있던?"

하긴 남의 돈으로 먹는데 뭔들 맛없겠어.

그렇게 시선을 피하던 토끼가 고개를 팟, 하고 들더니 일우를 쳐다봤다. 휘둥그레 뜬 눈이 굉장히 컸다. 툭 치면 눈알이 막 굴러 나올 거 같은데. 실없는 생각이었다.

"내가 너 찾으려고 여기까지…… 어? 야, 야!"

일우가 천천히 말을 꺼내던 도중 갑자기 토끼가 미친 속도로 내달리기 시작했다. 허망하게 사라져 가는 뒷모습을 멍하니 바라봤다. 일우 나름대로 친근하게 다가간 거였으나, 그게 꼭 동네 양아치 말투 같았고 토끼한테는 살해 협박처럼 들렸다는 것까지는 몰랐다.

"이런 미친."

온갖 신분증이며 카드를 재발급받을 생각하니 눈앞이 잠시 아찔해졌다. 복권에 당첨됐다고 다 좋은 건 아니다. 숫자 하나 차이로 복권 1등을 놓치는 것만큼 짜증 나는 일은 없다. 눈앞에 굴러떨어진 애를 놓치기 일보 직전인, 지금 상황이 딱 그랬다.

늦은 밤에 때아닌 추격전이 시작됐다.

"야! 거기 안 서?!"

일우가 동네 떠나가라 소리를 지르며 뒤를 쫓았다. 쫓아가면 쫓아갈수록 격차는 점점 좁혀졌다. 당연했다.

우선 신장부터 차이가 컸다. 건강 검진할 때마다 0.1센티의 오차도 없는 188센티미터라는 신장은 그에게 긴 다리를 선사했다. 물론 말도 안 되는 상·하체 비율도 한몫했다. 더불어 일우의 체력은 지검 내 다섯 손가락에 들었다.

신촌에서 홍대로 넘어갈 기세로 달리다 보니 어느새 큰 길가로 나왔다. 평일 밤에도 사람이 많은 동네다. 하물며 차까지 툭하면 신호를 위반하는 곳에서 토끼는 우왕좌왕 길을 헤매고 있었다.

거꾸로 강을 거슬러 오르는 연어처럼 이리저리 치이는 토끼의 속도가 점점 줄어들었다. 일우에게 목덜미가 잡히기란 시간문제였다. 성큼성큼. 사람들 사이를 빠르게 헤친 일우가 검은색 상의를 쭉 뒤로 잡아당겼다.

"씹새끼가 어른 말씀하시는데 도망을 가?"

순간 중심을 잃은 토끼가 기우뚱 일우의 품으로 떨어졌다. 토끼가 도망갈세라 그의 허리를 팔로 꽉 붙들었다. 마른 몸처럼 얄팍한 허리에 일우가 잠시 인상을 썼으나 동정으로 이어지진 않았다.

"악! 사, 사람 살려!"

버둥버둥 움직이며 꽥 소리를 지르는 모습을 보고도 일우는 꿈쩍도 안 했다. 이미 예상했던 바이다. 그 말인즉슨.

"가출한 동생 잡으러 왔습니다. 볼일들 보세요."

삽시간에 일우에게 집중된 시선을 분산시킬 방법도 있다는 뜻이었다. 경찰에 신고해야 하나 하는 눈빛으로 일우를 쳐다봤던 시선들이 단숨에 걷혔다.

그도 그럴 게 육안으로도 토끼는 어렸고, 일우는 누가 봐도 어엿한 성인이었다. 나이 차 나는 형과 동생 사이라고 보이기에 모자람이 없었다. 나이 지긋한 어르신은 '이젠 형 말 좀 잘 들어!' 하면서 훈계하며 지나가기도 했다. 일우에게 붙잡힌 토끼가 고개를 절레절레 흔들며 형이 아니라고 변명한들 소용없었다. 그때마다 일우가 태연히 '잘 교육시키겠습니다' 하며 대답하고 넘어갔기 때문이다.

"이거 놔!"

앙칼지게 일우를 뿌리치려 한 토끼의 완력은 일우를 이기지 못했다.

"가만히 좀 있어."

외려 달랑 들려서 엉덩이를 맞기까지 했다. 토끼의 눈알이 충격으로 물들었다. 지금 네가 나를 때렸어? 그런 목소리가 들리는 것만 같았다.

"그래, 때렸다. 어쩔래."

일우는 토끼의 아우성을 무시한 채 골목 구석으로 질질 끌고 가기 시작했다. 어떻게든 포기하지 않고 벗어나려는 토끼의 용기 하나는 칭찬해 줄 만했다.

거세게 반항할 때마다 엉덩이 한 대씩 추가로 때리니 얼마 안 있어서 잠잠해졌다.

* * *

막다른 골목 하나를 겨우 찾은 일우가 그곳에 막 붙잡은 토끼를 사뿐히 내려놓았다. 바닥에 다리가 닿자마자 튀어 나가려는 걸 발을 걸기도 했다.

철퍼덕, 토끼는 쓰레기봉투 위로 또 엎어졌다. 냄새가 좀 나긴 해도 안 다쳤으니 됐지 뭐. 사과는 하지 않는 일우였다.

"그만 머리 굴리고 저기 가서 앉아."

일우가 살벌하게 고개를 까딱였다. 그제야 상황을 파악한 토끼가 쓰레기봉투 더미에서 내려와 구석에 쭈그려 앉았다.

"지갑."

일우가 어린애 돈 뜯는 불량아처럼 앞에 쭈그려 앉아 시선을 맞췄다.

"너 내 성격이 좋아 보이냐? 막, 인내심이 흘러넘쳐서 널 쥐어 패지 않고 얌전히 기다려 줄 거 같아?"

휙휙휙. 토끼의 고개가 양쪽으로 세차게 돌아갔다. 답은 이미 나왔고 이제는 행동으로 보여 줄 차례다.

"뭐 해? 내놔."

토끼가 기다렸다는 듯이 스으으으윽, 상의를 걷었다. 허여멀건 피부가 어둠 속에 드러나고 일우가 눈을 가느스름히 떴다. 토끼의 앞발이 본인 몸을 더듬기 시작했고 일우는 점점 더 미궁에 빠졌다. 대체 무슨 꿍꿍이야?

어둠 속에 보이지 않아 몰랐던 것일 뿐 이유는 금방 알 수 있었다. 토끼는 제 몸에 복대를 차고 다녔고 거기에 지갑을 끼워 넣고 있었다. 하는 짓은 어설프기 짝이 없고 허술했는데 또 묘한 곳에서 프로의 향기가 났다. 복대까지 찬 걸 보니 한두 번 훔친 게 아닌 듯했다.

"생긴 건 조직 끄나풀 같은 게 가지가지 하네."

솔직히 끄나풀도 못 될 거 같다. 조직원이 되고 싶어 찾아갔다가 엉덩이만 흠씬 두들겨 맞고 쫓겨날 것처럼 비실비실하게 생겨 먹었다. 조직의 얼굴마담이라면 모를까.

"……나 풀 아닌데."

"나 인내심 짧다. 닥치고 내놔."

혼잣말까지 신경 쓰며 항변하는 토끼의 입에 서늘한 시선을 번쩍번쩍 빛낸 일우가 가볍게 지퍼를 채웠다. 토끼는 입을 꾹 다물곤 일우에게 지갑을 건넸다.

"손 놔라."

절대 순순히는 안 준다는 게 함정이었다. 여기까지 도망쳤다가 잡힌 놈이 끈질기기도 하다. 두 손으로 공손하게 지갑을 내밀고는 어떻게든 안 뺏기려 힘을 부들부들 주고 있었다. 가만있을 일우가 아니다. 아까도 지금도 힘으로는 일우를 이기지 못했다. 일우가 지갑을 쥐고 팍 당기자 대치한 게 우습게도 손쉽게 뺏었다.

우여곡절 끝에 빼앗은 지갑이 뜨끈뜨끈한 게 묘하게 기분 나빴다. 그래도 되찾았다는 것에 의의를 뒀다.

"이름."

일우가 토끼의 이름을 물었다. 언제까지 토끼, 까마귀 같은 동물로 지칭할 수는 없는 일이니까. 이렇게 만난 것도 인연인데 통성명이나 할까요, 같은 낭만적인 상황은 아니다. 내가 네 신상 정보를 알고 있으니 앞으로 착하게 살라는 뜻의 위협을 심어 줄 생각이었다.

"……주."

한참을 우물쭈물하던 토끼가 웬일로 대답했다. 꼬박꼬박 말대꾸하던 배짱은 어디 가고 목소리가 어째 개미만 했다.

"크게 말 안 해?"

"명! 아! 주!"

이번엔 데시벨이 귀청을 꿰뚫었다. 일우는 아주가 이전과 달리 제 귀를 잡아먹을 기세로 소리쳤다는 것보다 저보다 한참은 어린 애가 반말했다는 점에 집중했다. 이상한 포인트에서 깐깐했다.

"말이 짧다."

"……명아주요."

"아, 나물 무쳐 먹는 그거? 풀떼기 맞네."

일우가 픽 웃었다. 조금 전 자기는 풀이 아니라며 항변했던 아주를 기억하고 농담한 것이다.

"왜 훔쳤어."

아주가 큰 눈을 한 번 데굴 굴렸다. 일우는 어쭙잖게 시선을 피하는 아주를 보곤 코웃음 쳤다.

하긴 지갑을 왜 훔치겠냐마는. 삼국 시대 맹종처럼 노모의 병을 낫게 하기 위해 한겨울에 죽순을 찾아 나서는 눈물겨운 얘기는 아니겠지. 어떤 변명이든 결국 다 돈 때문이다.

"아, 돈 없어. 오늘 다 쓰고 내일 죽을래도 없다."

한번 볼래? 권유에 대한 답도 듣지 않고 일우가 지갑을 거꾸로 들어 탈탈 털어 줬다. 그 흔한 영수증도 없이 먼지만 떨어졌다.

"공무원 월급이라는 게 이래요. 개고생하면 뭐 하나. 원래 고생의 대가는 돈으로 주는 거야. 칭찬이나 인정 이딴 게 아니라."

애초에 돈만 좇을 거라면 검사 경력도 쌓았겠다, 검사 때려치우고 변호사로 전향하면 되긴 했다. 문제는 직업적 양심이라도 범죄자는 절대 변호하고 싶지 않다는 점이다.

처음 검사로 임관됐을 때 있던 열정도 반쯤은 희석됐으나 아직 반은 남아 있었다. 적당히 헌신적이고 적당히 넘어가고. 그 열정이 완전히 사라지기 전까지는 일하겠다는 게 일우의 소신이었다.

"밤낮 꼬박 새우면서 일하다 보면 가끔은 내가 뭘 위해 이러고 있는지 모르겠다니까."

일우는 아주가 알아듣지 못할 이야기와 한탄을 빠르게 쏟아 냈다.

"그게 무슨 소리예요?"

"그런 게 있어. 가만 듣기나 해."

"알려 주지도 않을 거면서 치사하게……."

아주가 뾰로통 입술을 쭉 내밀었다. 이 상황이 다 누구 때문인데? 오리 주둥이 같은 게 눈앞에 어른거리니 어이가 없었다.

"참 나……."

아주의 뇌는 일반인과 구조부터 다르다는 걸 느낀 일우가 허탈한 웃음을 지었다. 이제 보니 꼭 스펀지 같았다. 뇌가 스펀지 같다는 건 통상 두 가지 뜻이 있다.

가장 흔히 쓰이는 의미론 첫 번째, 하나를 가르치면 열을 안다고 현명함을 상징했다. 두 번째, 스펀지처럼 구멍이 뽕뽕 뚫려 무르고 생각이 없다는 것. 아주는 후자였다.

가만 생각해 보니 기분이 나빴다. 일우 본인이 스펀지처럼 무른 뇌를 가진 놈한테 당했다는 사실이 불쾌하기까지 했다.

"근데 왜 하필 나였을까? 만만한가?"

일우가 눈썹을 찡그리며 얼굴 이곳저곳을 매만졌다. 일우는 빈말이라도 만만해 보이는 외관은 아니었으며 외려 가까이 다가가기 힘든 부류였다. 몸에 밴 습관들을 봤을 때 본인 잘난 걸 너무나도 잘 알고 있어서 재수 없기까지 했다.

"그냥……."

"세상에 그냥은 없어."

험난한 세상에 그냥과 공짜란 절대 없다고 뼈저리게 겪으면서 자란 일우는 단칼에 빤한 변명을 잘랐다. 호의든 뭐든 하찮은 이유라도 있는 법이다.

"배고파서……요."

아주의 대답 텀이 좀 길었다. '배고파서'로 끝날 대답 역시 길게 늘어뜨리며 '요'를 붙여 잘 마무리했다.

"배고프면 남의 지갑을 훔쳐? 변명도 아주 기가 막히네, 기막혀."

이래도 지랄, 저래도 지랄. 어떤 말을 해도 이길 수 없자 심술이 난 아주가 턱을 비스듬히 들고는 일우를 노려봤다. 그래 봤자 상대도 안 됐다.

"나이는."

"몰라요."

"무슨 대답이 '몰라요'가 디폴트야. 3초 더 생각하고 말해."

일우는 맹랑한 소매치기를 내려다보며 껄렁하게 명령했다. 3, 2, 1. 딱 3초 후. 동일한 대답이 반복됐다.

"진짜 모르는데……요. 근데 왜 나만 말해요?"

억울함을 한껏 표하며 아주가 툴툴댔다. 일우는 아주의 억울함이 어디서 기인한 건지 알았으나 이해는 하지 못했다. 범죄를 저질러 놓고 네가 감히? 라는 눈빛이었다.

"네가 내 지갑 훔쳤으니까 너만 말하지."

애초에 하지 않았으면 되잖아, 라는 뜻을 담은 사실로 폭행당한 아주가 시선을 슬그머니 돌렸다.

"진짜 모르는 걸 어떻게 대답해요."

"이름은 알면서 어떻게 나이를 몰라. 내 상식으론 말이 안 돼."

일우가 답답함에 담배를 꺼내 들었다. 입에 물고만 있을 뿐 아직 불을 붙이진 않았다.

"세상이 꼭 아저씨 상식대로 돌아가는 건 아니잖아요."

꽤 철학적인 발언에 일우가 물고 있던 담배를 콱 깨물었다. 텁텁한 연초 맛이 느껴졌다. 맞는 말이다.

"그래, 듣고 보니 그렇네."

일우의 수긍은 무엇보다 빨랐다. 반대로 질문을 되돌리는 것도 빨랐다.

"그럼 네 상식에선 어떤데."

"뭐가요."

"배고프면 남의 지갑 훔쳐도 되고 그러냐고."

"사람마다 사정이 다르잖아요……."

"어쩌라고. 난 그딴 사정 따위 알고 싶지 않은데?"

"다른 방법이 없었어요."

"그게 네 상식에서 말하는 방법인가?"

사람들은 흔히 구질구질한 제 사정이 범죄의 변명이 될 거라고 착각한다. 그건 자기 자신을 너무나 불쌍히 여기는 본인의 시선 탓이다. 원래 안 그러던 사람도 상황이 나빠지면 세상에서 내가 제일 불쌍하고, 힘들고, 안쓰럽게 변한다.

어쩔 수 없어서 범죄를 저지르는 경우보단 그게 빠르고 쉬워서 같은 이유가 더 많다. 특히 이런 절도 같은 경우엔 대부분이 그랬다.

생계형이라면 일도 잠시나마 이해한다. 배고픔과 가난이 사람을 위축시키고 처절하게 만드는 걸 누구보다 잘 알았다.

다만 이런 태도는 아니다. 적어도 죄를 지었다는 자각은 있어야 했다. 그래야만 범죄를 또 저지르지 않는다. 범죄는 결코 수단이 될 수 없다는 걸, 아주 본인이 알아야 했다.

"이거 어쩌지. 난 납득이 안 되는데."

"겨우 3,200원이잖아요!"

아주의 말대로 고작 3,200원이었다. 삼각김밥 세 개와 물 한 병을 바꾼 값이다. 그래서 봐줬다.

애초에 사막에서 바늘 찾는 것처럼 무작정 찾아 나설 필요가 없었다. 아주를 도둑으로 신고해 편의점에서 CCTV를 보고 추적하는 게 훨씬 쉽다. 단순 절도라 바로 처리가 안 될 수 있다면, 그때 일우는 제 신분을 밝히면 된다. 현직 검사. 대외적으론 꽤 대단한 타이틀이다.

"겨우 3,200원이 없어서 훔쳐 놓곤."

"갚으면 되잖아요!"

"그건 말이 안 되지. 애초에 나한테 말하고 빌려 간 게 아니잖아. 설령 빌려 갔다고 한들 갚을 능력도 없는 상태에서 갚을 수 있다고 속이고 빌려 가는 건 사기인데. 죄목에 사기도 추가해 줘?"

"……."

단숨에 아주의 입에 지퍼가 채워졌다. 논리 정연하게 답할 수도 없었지만 대답해 봤자 이길 수 없단 걸 알았다.

"풀떼기, 차라리 아까 변명이 나았어."

"기막히다고 할 땐 언제고요……."

"그건 내 개인적인 감상이고. 이건 조언."

"아무한테나 조언하는 거 아니랬는데요."

가만 보니 아주의 입에서 영 똥만 나오는 건 아니었다. 날카로운 얘기도 종종 했다.

"그 말을 누가 했는진 모르겠는데 똑똑하네. 맞아."

어디서 주워들은 건 있어 가지고 사람 속을 뒤집는다.

"근데 왜 아저씨는 함부로 해요?"

"난 함부로가 아니지. 너 내 지갑 훔쳤잖아. 다른 사람은 몰라도 난 자격 있어."

그러니까 닥치고 들어라, 라는 뒷말이 생략된 표정이었다.

"넌 네 나이도 모른다면서 무슨 아저씨 타령이야. 넌 이 얼굴이 아저씨 같냐?"

일우가 제 얼굴을 가리키며 황당한 목소리로 말했다.

"……아니요."

멍하니 일우를 보던 아주가 조용히 읊조렸다. 거기엔 분명 탐탁지 않음이 들어 있었으나 부정은 하지 못했다. 일우의 외모가 아주한테도 먹혔다는 뜻이었다. 그걸 증명하듯 아주는 지나치다 싶은 시간 동안 일우를 쳐다봤다.

"그래. 알면 됐어."

반강제로 아저씨란 호칭을 지운 일우가 만족스레 웃었다. 양심이 없었다.

자기 잘난 거 아는 일우가 만족감에 킥킥 웃다가 옆구리가 터진 담배를 담뱃갑에 다시 담았다. 이번에는 정말 피울 요량으로 새 담배를 꺼내 물었다. 불도 붙였다. 상황이 진정되고 니코틴이 몸에 흡수되자 머릿속이 차분해졌다.

아주는 여전히 무릎 꿇고 멀뚱멀뚱 일우를 쳐다봤다. 공중을 맴도는 담배 연기를 사이에 둔 채 일우의 시선을 마주했다. 그런 아주를 몇 번 훑던 일우가 슬슬 일어났다.

"이만하면 됐다."

말이 길어진 건 일우의 예상과 달리 하는 짓이 좀 웃겨서 그랬던 것뿐이다.

"앞으로 소매치기 같은 짓 좀 하지 말고 착실하게 살아."

애초에 아주를 잡아 온 목적도 무단으로 카드를 쓴 것에 대한 훈계였지 아주와 만담할 생각은 없었으니 말이다.

그만 자리를 파하려던 일우가 갑작스레 모든 행동을 멈췄다. 열이 확 오르는 게 느껴졌다. 본능적으로 이 이상 지체하면 위험할 거란 확신이 들었다.

"……하."

발끝부터 올라오는 열감을 느낀 일우가 다시 바닥에 주저앉으며 마른세수를 했다. 지금 이 상황을 표현할 단어는 단 하나뿐이다.

좆 됐다.

"왜 그래요?"

여전히 무릎 꿇고 있는 아주가 고개를 옆으로 젖혀 가며 일우를 살폈다. 일우는 답하지 않았다. 대답할 상황이 아니었다.

"어디 아파요?"

최대한 머리를 식히려 노력했다. 앞에서 알짱거리는 아주만 아니어도 더 쉬울 것 같았다. 일우가 벽에 기대며 눈을 감았다.

능력을 쓴 게 10시 반쯤이고, 신촌에 넘어온 게 11시 반…… 편의점 결제 문자가 12시 20분쯤. 능력을 쓴 시점부터 대강 계산해도 벌써 두 시간이 지났다.

"풀떼기."

"네?"

"……지금, 몇 시냐."

"나 시계 없어요."

일우가 아주를 향해 이리 오라고 손짓했다.

"담배 좀 받아."

반대편 손에서 타들어 가는 담배가 뜨거울 텐데 손끝에 감각이 없었다. 일우의 몸이 뜨거운 건지, 감각을 잃어 가는 건지. 어느 쪽인지 확신하지 못했다.

"나 담배 안 피워요."

피식. 누가 피우라고 주나. 눈치 없는 행동에 웃음이 나왔다.

"알겠으니까 빨리 받아."

일우가 얼른 받으라고 채근했다. 이러다간 감각 없는 손에 화상 자국이 남아도 모를 것 같았다.

"진짜 안 피우는데……."

결국 받아 든 아주가 끝까지 중얼거렸다.

"바닥에 비벼서 꺼."

불신을 눈에 담은 아주가 말은 착실히 들었다. 바닥에 담배를 비벼 껐다. 타 버린 담배를 일우 앞에 들이밀어 보여 주기까지 했다.

"껐어요."

"지금 몇 신지 시계 좀 봐. 내 주머니에 핸드폰 있어."

왼손에 손목시계를 차고 있다는 사실조차 잊었다. 아주가 주머니를 더듬어 핸드폰을 꺼냈다.

"어떻게 써요?"

"여태 핸드폰도 없었어?"

"네. 없었는데요."

질문에 대한 대답은 거르지 않고 착실하게 다 하는 아주였다.

"묻는 거에만 대답해. 다 하지 말고. 핸드폰 옆쪽에 버튼 있어. 그거 눌러."

일우가 시키는 대로 아주가 옆쪽 버튼을 눌렀다. 그러자 밝은 빛을 뿜는 화면이 나타났다.

"영영 시 59분이요."

"영영 시는 또 뭐냐. 열두 시지."

"읽으래서 읽었는데 왜 뭐라고 그래요?"

"네 무식함에 박수가 절로 나와서 그런다."

한껏 비아냥거린 일우가 인상을 썼다. 허리 부근에서 지끈거리던 열이 점점 올라오는 게 느껴졌다.

"핸드폰 내 얼굴 쪽으로 가져다 대 봐."

아주는 일우가 시키는 대로 핸드폰을 그의 얼굴 앞에 가져다 댔다.

화면 잠금이 풀려 자유롭게 사용할 수 있게 됐다.

"화면에 손가락 대고 옆으로 밀어."

아주가 액정을 손가락으로 슥 밀었다. 순식간에 화면이 바뀌었다. 아주가 신기하다는 듯 바라봤다. 액정 뚫어지겠네. 일우가 숨을 몰아쉬고 상체를 일으켰다.

"촌놈처럼 그만 신기해하고 핸드폰 이리 줘 봐."

짜증을 꽉꽉 낸 일우가 어디론가 전화를 걸었다. 수신자의 이름은 박선영. 일우의 유일한 친구였다. 그는 일우에게 그렇게 막 살다간 늙어서 비뇨기과를 전전하거나 치정 싸움에 얽혀 살해당할 거라는 조언을 아끼지 않는 이였다.

그런 선영은 일우의 다급한 마음을 모르는지 전화를 받지 않았다. 익숙한 기계음만 반복됐다. 그게 한 세 번쯤 반복됐을 때 한 가정이 떠올랐다.

선영은 산부인과 의사다. 그것도 산과 전공이다. 산과 수술에는 대중이 없다. 배 속 아이가 눈치 있게 '어머니, 지금은 늦은 밤이니까 내일 아침에 나오겠습니다' 하며 효자 노릇을 하진 않는다.

세 번 연속으로 전화 걸었는데 안 받는 걸 보니 수술실에 들어간 것 같았다. 최소 몇 시간은 연락되지 않을 걸 경험으로 알았다. 당장 일우를 구제해 줄 동아줄이 사라진 셈이다.

"하, 진짜 좆 됐네."

혼자 욕을 중얼거리던 일우 앞에 아주가 고개를 스윽, 밀어 넣었다.

"뭐가요?"

이 상황의 원인 중 하나인 아주를 일우가 빤히 바라봤다. 첫 만남은 비록 도둑질이더라도 눈앞의 아주는 일우에게 마지막 동아줄이다.

문제는 동아줄이 썩었다는 거였다.

"······씨발."

그것보다 더 최악은 아주 말고는 달리 일우를 도와줄 사람도, 방법도 없다는 점이다. 조금 전까지 아주를 향해 온갖 소리를 퍼부었던 일우가 이번엔 도와 달라고 빌어야 했다. 머리가 지끈지끈 아파 왔다.

"야."

"네."

"시간 있냐?"

일우는 본인이 내뱉고도 혀를 깨물고 싶었다. 데이트 신청하는 것도 아니고 대뜸 시간 있냐니. 몹시 멍청한 질문이다.

"있어요."

"그럼 그 시간 내가 좀 사자."

대뜸 강매를 시작했다.

"네?"

"5만 원 줄게. 팔아."

아무리 몸을 못 가눈다고 해도 일우를 모텔로 옮기는 데 30분이면 될 것이고, 5만 원이면 결코 적은 액수는 아니다. 시급으로 따지면 무려 10만 원인 셈이다.

"나, 난 몸 안 팔아요."

어떤 오해를 했는지 아주가 갑자기 무릎걸음으로 두 발자국 정도 물러났다. 팔로 엑스 자를 만들어 가슴을 가리기도 했다.

"네 몸 말고 시간, 시간! 타임! 씨발 새끼야!"

흥분 때문에 끓는점이 낮아진 일우가 말귀를 못 알아먹는 아주에게 화를 냈다.

"왜 화를 내요!"

이쯤 되니 아주도 뭔가 이상한 걸 느꼈는지 참지 않고 소리 질렀다.

원래 가만히 말을 듣는 애는 아니라는 걸 알고 있었지만, 혹시나 아주가 벌떡 일어나서 도망갈까 봐 걱정됐다. 이 몸 상태로는 쫓아가지도 못했다.

일우가 잠시 호흡을 골랐다.

만약 아주가 도망가면 새벽에 쓰레기 수거하는 사람이 올 때까지 꼼짝없이 이 상태로 있거나, 경찰에 신고하는 수밖에 없었다. 후자는 죽어도 싫었다.

선생님, 성함이 어떻게 되십니까? 직업은요? 왜 거기 계셨습니까?

혐의가 있는 것도 아니니 금방 귀가하겠지만 검사 신분으로 조사받는 것만큼 쪽팔리고 끔찍한 게 있을까. 생각을 마친 일우가 천천히 아주를 어르고 달래며 설득했다.

"풀떼기. 5만 원이면 너 목욕탕 가서 씻을 수도 있고 밥도 먹을 수 있어."

"……."

아주의 귀가 쫑긋 솟아오른 것 같았다. 결코 적은 돈은 아니다. 특히 3,200원이 없어 지갑까지 훔친 아주에게는 큰돈이다.

"어려운 일도 아니야. 네가 나 좀 부축해서 저기 앞 모텔까지만 가. 30분도 안 걸려."

"그러면 5만 원 줄 거예요?"

"그래."

"근데 돈 없다면서요."

"돈이야 뽑으면 되지."

"내가 아저씨를 어떻게 믿어요?"

"아저씨 아니고, 형."

"형을 어떻게 믿어요?"

"그럼 너 지금 신고해서 경찰에 넘길까?"

어르고 달래 설득하는 게 안 된다면 두 번째는 협박이다.

"너 이거 밑지는 장사 아니다. 지갑 훔친 것도 없던 일로 해 주고, 5만 원까지 준다는데 싫어?"

열이 더 빨리 올라오는 게 느껴졌다. 일촉즉발이었다. 아래는 더 팽팽하게 당겨지고 속은 환장하게 답답했다. 다급해지니 일우의 언변도 더 일취월장했다.

"아뇨. 좋아요."

"오케이. 계약 체결."

극적 타결이었다.

일우가 아주를 향해 손을 뻗었고, 곧 마주 잡았다. 아주의 키가 일우보다 작은 탓에 어정쩡하게 기대게 됐다. 불편한 걸 참고 한 걸음 내디뎠다.

"무거워요."

"어쩌라고."

아주의 입이 불평을 시도했으나 일우가 빠르게 받아쳤다.

"형, 키 몇이에요?"

"188."

88을 발음할 때 십이 쪽 씹으로 들렸다. 백팔씹팔. 결코 착각이 아니었다.

"그래서 무겁구나."

아주는 태연히 고개를 끄덕이며 또 한 걸음 내디뎠다.

"형, 나 힘든데요."

겨우 골목 끄트머리에 다다라선 하는 말이 저거였다. 종알종알 시끄럽고 굼뜨게 구는 이유를 알아챈 일우가 일갈했다.

"씨발, 10만 원 줄 테니까 좀 닥쳐."

"네."

그제야 아주의 입이 다물리고 발걸음이 빨라졌다. 거북이 속도로 걷던 게 토끼 속도쯤으로 변했다. 이인삼각 경기 치르는 것처럼 아주의 발재간에 일우도 보폭을 맞췄다.

인파를 가르고 한 모텔 앞에 겨우 도착한 일우가 심호흡했다.

"풀떼기, 내 지갑 꺼내서 방 하나 잡아."

아주는 5만 원도 아닌 10만 원에 영혼까지 팔 기세로 착실히 명령을 이수했다. 모텔 주인에게 키를 받아 온 아주는 일우를 다시 부축하고 엘리베이터에 올랐다.

일우는 눈을 감고 주먹을 쥐었다 폈다. 아주와 살갗이 닿을 때마다 욕망이 울컥울컥 치솟았다. 아까는 더럽다고 욕했던 것도 적응되니 거슬리지 않았다. 그럴 때마다 일우는 아무리 급해도 쟤는 안 된다, 쟤는 아니다, 현일우 미친 새끼야 참아, 같은 말을 수십 번 되뇌었다.

마침 띠링, 엘리베이터가 3층에 도착했다. 일우와 아주가 스프링처럼 앞으로 튀어 나아갔다.

방에 도착하자마자 일우가 셔츠 단추를 끌렀다. 아주의 눈이 정말 튀어나올 정도로 휘둥그레졌다.

"뭐, 뭐 하는 거예요? 나 몸 안 판다니까요!"

꽥 소리도 질렀다. 누가 들으면 오해할라, 일우가 다급히 아주의 입을 막았다.

"너랑 섹스할 생각 없으니까 좀 닥쳐."

일우가 빡침을 억누르고 음산히 얘기했다. 분위기가 예사롭지 않았다. 아주가 구석으로 물러나며 눈치를 살폈다.

일우가 옷을 벗다 말고 침대에 걸터앉아 아주를 바라봤다. 방구석 한편에 자리 잡은 귀신 같은 몰골이 몹시 눈에 걸렸다. 저걸 눈앞에 두고 자위할 순 없었다. 아무리 물불 안 가리고 살았다지만 최소한 쪽팔림은 있었다.

이젠 아주를 내쫓아야 됐다. 일우가 겉옷을 뒤지며 지갑을 찾다가 무언가 떠올렸다. 그러고 보니 현금이 없었다. 단돈 만 원도. 제정신이 아니니 그런 것도 잊고 있었다. 그렇다고 ATM에 들를 시간이나 정신머린 없었다. 지금 1분 1초가 급한데 그게 대수인가.

"야, 풀떼기. 일단 나가 있어. 돈 이따가 줄게."

일우가 거래를 시도했다. 당장 내보일 수 있는 최대한의 평화적이고 부드러운 접근이었다.

"싫어요. 지금 줘요."

아주는 당연히 거절했다. 말 한마디에 일우에 대한 신뢰도가 바닥으로 하락했다.

"돈 후불로 준다고. 안 준다는 게 아니라 이따가 준다고!"

일우가 단어 하나하나 끊어 얘기했지만, 아주는 고개만 붕붕 뒤흔들었다. 분명한 거절이었다.

씨발 씨발. 일우가 이젠 참지 않고 욕을 중얼거렸다. 터지기 일보 직전이다. 어디가 터지는지는 일우만이 본능적으로 느꼈다. 일우가 반쯤 풀어 헤친 셔츠는 가만두고 바지를 벗기 시작했다. 아주의 얼굴에 경악이 서렸다.

"변, 변태……!"

아주가 옆에 있는 리모콘을 무기처럼 꼭 끌어안았다. 그런 아주의 행동은 일우에게 어떤 영향도 미치지 못했다. 아직 나가지 않고 있는 아주를 내쫓을 뿐이었다.

"나가, 나가라고!"

팬티 차림으로 자신을 내쫓으러 오는 일우의 행태에 아주는 이리저리 도망 다녔다. 좁은 모텔 방을 동네 키즈 카페처럼 우다다다 뛰어다니는 아주를 좀처럼 잡을 수 없었다.

"다 싫으면 화장실에라도 들어가 있어!"

미운 일곱 살처럼 아주는 화장실도 들어가지 않았다.

"씨발!"

그때 일우의 고성은 마지막이 됐다. 열이 정수리까지 차올랐다. 그 자리에 주저앉은 일우는 아랫도리가 시키는 대로 행할 수밖에 없었다.

아주를 잡아 내쫓으랴, 소리 지르랴, 남아 있던 이성까지 모두 써 버린 일우는 결국 치욕스러운 모습을 아주에게 보이고 말았다.

* * *

"잊어."

"……."

"잊으라고."

일우가 연거푸 하는 경고는 한 귀로 듣고 한 귀로 흘린 아주가 무아지경으로 쌈을 싸 먹었다.

배달 삼겹살 2인분, 족발과 보쌈 대짜 하나. 전부 모텔에 배달된 야식들이었다. 물론 철저히 아주의 취향을 반영했다. 네 나이에는 패스트푸드가 최고 아니냐며, 햄버거와 피자를 추천한 일우는 아주의 매몰찬 시선을 받았다. 자기는 밥이 먹고 싶댄다.

잠깐의 실랑이 끝에 배달된 음식은 둘이 먹기에도 꽤 많은 양인데도 일우는 입도 대지 않았다. 불가항력으로 단백질을 쏟아 내 배가 고플 텐데 입맛이 없다. 오히려 입 안이 썼다.

눈앞에 펼쳐진 음식들의 향연을 무시하고 치욕과 수치, 빡침을 억누른 일우가 아주에게 또 한 번 최면을 걸었다.

"너는 아무것도 못 본 거야. 아무것도. 알아들었어?"

"아으어도?"

볼이 터지도록 쌈과 고기, 밥을 밀어 넣은 아주가 일우의 말을 따라 했다. 입 안이 꽉 차서 뭔 말인지 모른다는 게 문제였다.

"됐다, 밥이나 먹어라."

일우가 젓가락으로 삼겹살 한 점 집어 아주에게 하나 먹여 줬다. 아주는 좋다고 또 받아먹었다.

"맛있냐?"

끄덕끄덕. 위아래로 고개를 흔드는 게 그냥도 아니고 제 이름대로 아주 신이 나 있다.

그래, 좋겠지. 일우는 아주의 기억에서 한 장면 지우려고 밥도 바리바리 시켜 주고, 10만 원 주기로 했던 것도 더블로 얹어 줬다. 새끼손가락 걸고 약속도 했다. 너랑 난 모르는 사이야. 손바닥 복사도 하고 도장까지 찍었다.

"너 나 알지?"

일우가 확인차 다시 물었다.

"앙요."

아주가 입 안에 든 걸 꿀꺽 삼키고 대답했다.

"모르는데요. 누구세요?"

앙칼진 목소리는 백 점짜리였다. 귀에 딱지 앉게 반복한 덕분에 구멍 뚫린 뇌를 가진 아주마저 굴복시켰다.

일우가 밥 먹는 아주를 뒤로하고 머리를 말렸다. 드라이기가 위잉 시끄럽게 소음을 토했다. 벌써 새벽 3시. 인천으로 넘어가 출근할 시간이 머지않았다. 어쩌면 옷만 갈아입고 출근해야 할지도 모르겠다.

어제오늘 뭐 하나 제대로 되는 게 없었다. 그의 얼굴엔 어둠이 짙게 드리웠다.

ATM에서 뽑아 온 20만 원을 야무지게 챙겨 복대에 끼워 넣는 아주를 보며 벽에 머리를 쿵쿵 박기도 했다. 아주가 놀라 왜 그러냐고 물어도 일우는 멈추지 않았다.

손바닥에 위로 쏟아졌던 정액 냄새가 아직도 코끝에 어른거리는 것만 같았다. 깨끗하게 씻고 또 씻어도 말이다.

"씨발……."

본의 아니게 관람료까지 주면서 자위 쇼를 보게 했다. 관객은 단 한 명. 그것도 지갑 도둑인 명아주. 살면서 이보다 더한 어려움도 많았으나 적어도 수치스럽진 않았다.

또 한 번 아까 아주 앞에서 성기를 붙잡던 꼴이 생각났다. 그 치욕스러운 광경을 모두 지켜본 아주의 표정이 도저히 잊히지 않는다. 아마 무덤에 들어갈 때까지 기억에 남을 듯했다.

드라이기 전선을 보니 목에 휘감고 싶은 충동이 들었다. 심호흡을 거듭하며 충동을 참았다.

크게는 현직 검사가 모텔에서 숨진 채 발견됐을 때 파장이 걱정됐다. 분명 아주와 함께 모텔로 들어오는 모습이 CCTV에 찍혔을 것이다. 또 그런 이유는 아니지만 아주에게 돈도 건넸다. 성매매라니. 죽었다 깨어나도 그런 오명을 쓸 수는 없었다.

작게는 테르시오라는 세례명도 있는 일우가 어머니처럼 따르는 원장 수녀가 거품 물고 쓰러질 걸 알아서였다. 해서, 일우는 본인의 정신 건강 말고 주변인을 위해서라도 충동을 참았다.

머리카락이 대강 마르자 드라이기를 내려놓았다. 가운을 벗고 옷도 다 주워 입었다. 속옷은 입지 않았다. 거기에 남은 정액 냄새가 자꾸 일우를 괴롭혀서였다. 속옷까지 불편한 상태로 안 그래도 안 좋은 기분을 가중시킬 바엔 아예 안 입는 게 나았다. 이건 이거대로 기분이 이상했으나 모두 일우가 자초한 일이었다. 누굴 탓하리.

일우가 옷을 다 입고 바닥에 널브러져 있는 아주를 툭 건드렸다. 배가 남산처럼 부른 게 가관이었다.

"그걸 다 먹었냐?"

"네."

식탐도, 식욕도 대단하지만 제일인 건 아주의 위장이었다. 모든 용기가 깨끗하게 비워져 있었다.

저런 애가 어쩌다 삼각김밥 세 개만 사 먹었나 하는 생각이 문득 들었다. 아주도 나름대로 참은 거였다. 그렇다고 범죄가 용인되지는 않지마는 정상 참작 여지가 있었다.

"그만 가자."

아주가 먹은 쓰레기를 한데 모아 정리한 일우가 손을 까딱했다. 바닥에 붙어 있던 아주도 일우를 따라 나왔다. 엘리베이터에 있는 반납함에 키도 넣었다.

"풀떼기 너도 그만 가라. 난 한 대 피우고 갈련다."

일우가 착잡함에 담배를 하나 꺼내 피웠다. 후으. 새벽을 채우는 흰 연기를 아주가 가만 바라봤다.

"가라니까?"

아주는 계속 자리를 뱅뱅 맴돌기만 했다. 무언가 할 말이 있어 보였다.

"왜, 왜, 또 왜!"

일우가 성질내며 채근하자 그제야 아주도 입을 열었다. 입에서 나온 말은 예상치 못한 말이었다.

"핸드폰 번호 주세요."

"뭐?"

"번호요."

"왜?"

이유를 묻지 않을 수 없었다. 스마트폰 사용법도 제대로 모르는 것 같던 애가 무슨 번호인가 싶어서였다.

"보험이요."

"어쭈, 너 보험이라는 말도 아냐?"

기가 막혔다. 일우를 자기 보험으로 삼겠다는 말이 우습기도 했고, 머리가 영 없지는 않은 것 같아서 신기했다.

"나 그렇게 멍청하진 않아요."

"멍청하지 않다는 애가 카드를 쓰냐? 누가 나 좀 잡아가 주세요, 하고 호소하는 꼴이더만."

"그거랑 이거랑은 달라요."

"뭐가 다른데."

"아무튼 달라요."

뻔뻔하게 말을 받아친 아주가 별안간 또 배를 깠다. 20만 원 중 절반을 꺼내 다시 일우한테 건넸다.

"왜 다시 돌려줘?"

"핸드폰 번호 그냥 달라고 하면 안 줄 거잖아요."

"잘 알면서 묻네."

심드렁히 답한 일우가 돈을 쥔 아주의 모습을 하나씩 뜯어 바라봤다. 여전히 꾀죄죄한 머리칼, 밥을 먹어서인지 아까보다는 혈색이 좋아진 얼굴, 조명을 받고 빛나는 눈동자와 돈을 꼭 쥔 두 손까지.

풀떼기, 풀떼기 하며 막 부르던 아주가 새삼 곱상하게 생겼다는 사실에 놀랐다. 물론 그 곱상함이 일우에게 큰 변화를 가져오진 않았다. 그것보단 두 손으로 돈을 건네는 공손함이 일우를 고민케 했다.

"꼭 그렇게까지 해야 해?"

요컨대 아주 본인은 입을 다물 테니, 대가로 일우의 번호를 달라 이거였다. 필요할 때 연락하겠다, 뭐 이런 건가.

"아니, 그것보다 왜 나한테? 돈 받았잖아. 그러면 됐지. 뭘 더 바라?"

"……처음이에요."

"뭘."

"아까 그거요."

아주가 고개를 숙이며 얼굴을 붉혔다. 그에게 못 볼 꼴을 보여 치명적인 약점이 잡힌 일우로선 저 붉은 뺨이 많은 의미로 해석됐다.

"너 자꾸 오해하게 할래? 주어 똑바로 얘기해라."

아주의 언행에서 모텔에서의 끔찍한 악몽이 다시 떠오르려 했다. 일우가 오만상을 쓰며 아주를 닦달했다.

"어, 말해도 돼요?"

"아니, 씨발. 야, 새끼손가락 건 거 벌써 잊었어?"

혹여나 악몽이 아주의 입에서 다시 빠져나올까 봐 일우가 다급히 틀어막았다.

"아뇨, 기억나요. 근데 난 그거 말한 거 아닌데요."

"그럼 뭔데."

일우의 짜증이 거의 한계에 다다른 듯 눈매가 매서워졌다.

"난 밥 사 준 거 말한 건데요."

사람 간 떨리게 말을 흐리더니 아닌 척 발을 빼는 맹랑한 모습이 기가 막혔다.

"그럼 그렇게 얘기해. 씨발, 진짜 사람 환장하게 하지 말고."

"형이 멋대로 오해한 거면서 왜 나한테 그래요."

기다렸다는 듯이 아주가 입을 댓 발 내밀었다.

"이게 어디서 오리 주둥이를 해. 입 안 넣어?"

일우가 윽박지르자 겨우 1밀리미터쯤 들어갔다. 아까와 별 차이도 없다는 뜻이다.

"풀떼기, 밥 사 준 게 내가 처음이라고 그랬지."

"네."

"단 한 번도 없었어? 나 말고?"

"네."

마지막에 네, 하고 답하는 아주의 표정이 슬퍼 보였던 건 일우의 착각일까 환영일까. 짧은 대화에서도 분명히 알 수 있는 건, 아주의 인생에 적선 같은 일 역시 한 번도 없었다는 점이다.

일우는 저 말의 진위 여부를 가리지 않기로 했다. 평범함이 곧 행운이란 걸 모르는 사람이라면 절대 알 수 없는 기분일 테니까. 원장 수녀가 내민 손을 잡은 뒤에야 평범함이란 행운을 누린 일우도 겨우 일부 추측할 뿐이다.

"그래. 알려 줄게."

일우가 입막음으로 사 준 밥이 처음 겪는 행운이라는 아주를 매정하게 내칠 필요는 없다고 결론 내렸다. 설령 일우의 번호를 가지고 있다 한들, 일우의 직업과 이름, 아무것도 모르는 상태에서 아주가 크게 할 수 있는 건 없을 것이다. 아주가 지금 원하는 것도 밥 그 이상은 아닌 것처럼 보였고 말이다. 끽해야 밥이나 사 달라고 연락하지 않을까.

"……정말요?"

반신반의하던 아주가 되물었다. 아주에겐 일우가 별안간 부린 변덕처럼 보일지도 모른다. 어떻게 생각하든 상관없었다.

"어. 난 한 입으로 두말 안 해."

아주가 그 말을 듣고는 환히 웃었다. 좋단다. 일우가 눈을 흘겼다.

"그럼 빨리 돈 받아요. 저 팔 아파요."

"10분을 들고 있었어, 한 시간을 들고 있길 했었어? 겨우 1, 2분 가지고 지랄하네. 그리고 누가 돈 달랬냐?"

"그럼요?"

"담배나 한 갑 사 와. 이거랑 같은 거로."

안에 든 라이터를 빼고 담뱃갑을 아주에게 건넸다. 벌써 몇 개비 남지 않았다. 하루에 한 갑, 많이 피우면 두 갑 정도 피우는 일우다였다.

특히 오늘은 많이 피울 수밖에 없는 날이라 흡연량이 더 많았다.

"내가 사러 가면 도망가려고 그러죠?"

"내가 넌 줄 아냐? 기다릴 테니까 갔다 와."

"약속해요."

"하, 지랄……."

"아까 나도 했잖아요."

"너 그거 내가 잊으라고 했잖아."

아주가 새끼손가락 걸고 약속한 걸 언급하자 일우가 눈에 쌍심지를 켜고 득달같이 반박했다. 으르렁거리는 게 흡사 짐승 소리처럼 들렸다.

"빨리요."

"아, 알았어. 그만 보채."

결국 일우는 아주가 원하는 대로 새끼손가락을 걸어 줄 수밖에 없었다. 위아래로 두 번 흔들고, 엄지로 도장도 찍었다. 법적 효력은 없었다.

"금방 갔다 올게요!"

그제야 만족한 아주가 손을 붕붕 흔들며 편의점 쪽으로 뛰어갔다. 뭐가 좋다고 저리 해맑은 걸까. 일우가 발치에 흩어진 꽁초들을 주워 버리며 생각했다.

여러모로 긍정적인 게 참 살기는 참 편하겠네. 지점 내에서도 전무후무한 독불장군으로 유명한 일우가 할 생각은 아니었다.

얼마 뒤, 아주가 시무룩한 표정으로 돌아왔다. 손에는 일우가 줬던 돈만 들고 있었다.

"왜 빈손으로 와?"

"신분증 달라고 그래서 못 샀어요."

어이없는 변명에 일우가 황당한 표정으로 되물었다.

"신분증도 없어? 너 설마 미성년자냐?"

"몰라요."

"그걸 왜 몰라."

"아까 나이 모른다고 했잖아요."

일우는 아직 아주가 거짓말하는 거라 여겼었다. 진짜 제 나이도 모르고 길바닥을 돌아다니며 사는 애인 줄은 몰랐다. 근데 말뜻 그대로 정말 모른다니. 기함할 노릇이었다.

그런 애를 편의점에 보냈으니 알바생이 순순히 담배를 줄 리가 있나. 오히려 일우가 들려 보낸 담뱃갑과 같은 걸 달라고 말했을 아주를 수상하게 볼 게 뻔했다. 끽해야 스무 살 언저리로 보였으니까.

"다른 데 가 볼까요?"

"됐어. 안 가도 돼. 돈은 집어넣고."

"진짜요?"

"어."

"그럼 빨리 알려 주세요."

아주는 일우가 다시 돈을 달라고 할까 봐 잽싸게 돈을 복대에 끼운 뒤였다. 이젠 번호를 알려 주는 방법이 문제였다. 보통 상대 핸드폰으로 전화를 걸어 알려 주는데 아주는 핸드폰이 없었다.

트렌치코트 안쪽 주머니에서 볼펜은 하나 찾았지만 종이는 없었다. 널려 있는 전단지를 주우려다 발자국이 찍혀 있는 걸 보고 관뒀다. 결국 마땅한 종이를 찾지 못한 일우가 아주의 손목을 붙잡았다.

"손바닥 펴 봐."

"왜요?"

"말대꾸하지 말고 그냥 좀 하면 어디가 덧나냐?"

"세상에 그냥은 없다면서요."

"분명 말대꾸하지 말랬다."

그제야 종알거림이 멈췄다. 아주가 양 손바닥을 아주 활짝 폈다. 개중 하나를 붙잡은 일우가 숫자를 휘갈겼다. 찾은 방법이 사람 피부를 종이처럼 쓰는 거였다.

펜이 스치고 간 자리가 간지러운지 아주가 어깨를 자꾸만 움츠렸다.

"지워지기 전에 외우든가 적든가 해."

아주는 제 손바닥에 남은 열한 자리 숫자를 빤히 바라봤다.

"내 번호 존나 비싼데 이번만 특별히 알려 준 거야."

정말 진지한 목소리였다. 누가 들으면 천금과 맞바꿔도 아깝지 않을 정보 같았다.

"왜요?"

"그건 알 거 없고."

"그냥 알려 주면 어디가 덧나요?"

"세상에 그냥은 없다며."

일우가 아주를 이리저리 구워삶으며 놀렸다. 아주가 뚱한 표정을 짓는다. 그걸 보고 일우가 웃었다. 그러다 문득 나잇값도 못 한다는 생각에 표정을 굳혔다. 한참 웃다가 정색하는 게 더 이상했으나 일우는 개의치 않았다.

"아저씨 이상해요."

"너도 만만치 않아."

아주에게 질 일우가 아니다. 본인이 이상하게 행동하고 있다는 것쯤은 이미 아주를 상대하고 있을 때부터 느꼈다.

가끔은 이런 예기치 못한 변수도 있는 법이다. 나쁘진 않다.

"아까 분명 형이라고 했다. 너 자꾸 이랬다저랬다 할래?"

개중 제일 거슬리는 걸 다시 한번 지적했다. 아까 형이라고 호칭을 분명 정정했는데 계속 혼동한다. 이쯤 되면 일부러였다.

아주는 일우의 뾰족한 물음에 입을 꾹 다물었다. 자기 필요할 땐 형이라고 하더니, 역시 일부러가 맞았다.

"번호도 줬고, 밥도 사 줬고. 다 끝났지? 나 간다."

그 말을 끝으로 일우는 등을 돌렸다. 차를 세워 둔 곳이 꽤 멀리 있어서 한참을 걸어가야 했다. 잠잘 시간을 한참 넘겼더니 이젠 피곤하지도 않았다.

"……씨, 아저씨!"

몇 걸음 걸어갔을까, 아주의 목소리가 들렸다. 일우를 향해 달려오는 모습도 보였다.

머릿속으로 출근한 후 할 일을 정리하던 일우의 얼굴에 짜증이 서렸다. 짜증 난 이유는 단순히 붙잡혀서가 아니었다.

"풀떼기, 네 뇌가 두부 같은 건 알겠는데 이쯤 되면 알아서 형이라고 부를 때도 되지 않았나?"

퍼붓는 말속에 욕설은 없었으나 말투나 표정은 시정잡배 같았다.

"알았어요."

아주가 긍정하지 않느니만 못한 대답을 하고는 제 손바닥에 쓰인 숫자를 다시 바라봤다.

"왜."

"……"

"빨리 말해. 나 바쁜 사람이야."

바쁜 건 사실이다. 집에 돌아가서 애들 밥 챙겨 준 다음에, 씻고 옷만 갈아입고 다시 출근해야 한다. 빡빡한 일정이다.

"10초 준다."

처음 3초보단 훨씬 너그러웠다.

10, 9, 8…… 3, 2까지 내려가고 1로 바뀌기 직전. 아주가 입을 열었다.

"……전화하면."

굉장히 무거운 입이었다. 자기가 불러 놓고 일우를 기다리게 한다. 여간 귀찮고 어이없는 놈이 아닐 수 없다.

"하면 뭐."

아주는 어떻게 돼요? 하는 뒷말이 생략된 표정으로 일우를 바라봤다.

뭐 대단한 비밀이라도 말할 것처럼 굴더니 붙잡아 놓고 한 말이 겨우 저거였다. 좀 싱거웠다. 그러면서도 뚫린 대로 지껄이던 아주가 머뭇거리던 이유를 대강 추측할 수 있었다.

이것도 처음이겠지.

일우의 표현대로 인생에 행운이라곤 없던 아주가 처음으로 붙잡은 행운이고 어쩌면 기회였다.

"어떻게 되겠냐."

무구한 듯 묘한 아주의 얼굴을 본 일우가 정색을 지우고는 픽, 웃었다.

"궁금하면 해 봐."

일우는 아주가 원하는 명료한 답을 주지 않았다.

아주가 무슨 뜻인지 모르겠다는 듯이 눈을 느릿느릿 깜박였다. 이해를 했든 못 했든 상관없다. 애초에 붙잡은 행운을 이어 가는 건 아주의 몫이었다. 일우가 아니라.

"나 진짜 간다."

일우가 손을 들어 흔들었다. 아주는 일우의 연락처가 적힌 손이 아닌 반대쪽 손을 흔들었다.

아주도 일우도 서로를 향해 인사하는 그 모습이 조금 웃겼다. 꼭 다시 만날 사이처럼 구는 것 같아서. 그럴 일은 희박한데도 말이다.

그 희박한 확률이 어떤 환장할 인연을 만드는지, 그때 일우는 진정 몰랐다.

2장. 희박하다≠0%

밤을 새운 탓에 눈이 감겨 오고, 머리가 깨질 듯 아팠다. 새벽 내내 풀떼기와 밤이슬 맞으며 씨름하다가 겨우 샤워만 하고 출근한 탓이다.

잠도 제대로 못 자고 짜증은 있는 대로 난 상태에서 10포인트 글자로 인쇄된 서류가 눈에 들어올 리 없었다.

한숨 돌릴 겸 일우가 담배와 라이터, 핸드폰만 챙겨 바깥으로 나갔다. 엘리베이터 거울에 비친 얼굴이 몹시 신경질적이었다. 표정 관리, 표정 관리. 마음속으로 계속 반복했다. 별로 효과는 없었다.

흡연 구역에 도착한 뒤 담배에 불을 붙였다. 단단한 필터를 잘근 씹었다. 입 안에서 퍼지는 멘톨 향이 시원했다. 주차장 옆에 마련된 흡연 구역에 우뚝 선 일우가 담배를 반쯤 피우다 말고 일출을 구경했다.

"날씨 하난 더럽게 좋네."

경외나 찬탄이 어린 감상이 아닌, 좋고 나쁘다 둘로 나뉘는 이분법에 기반한 투박한 중얼거림이었다. 더럽게 좋은 날씨를 지칭하기엔 몹시 무미건조했다. 일우는 뻑뻑한 눈을 깜박이며 피곤함이 내려앉은 목과 어깨를 가볍게 풀었다.

"오늘 느낌이 영 별론데."

어째 뒷목이 싸한 게 꼭 귀찮은 일이 생길 것만 같은 예감이 들었다. 단순히 잠을 못 자서 그런 건 아니었다. 첫 번째 조짐은 새벽에 있었던 일이었고.

"……씨발, 아뜨뜨!"

두 번째 조짐은 아침부터 호출하는 부장이었다. 지잉 울리는 핸드폰을 급히 꺼내느라 손가락에 끼워 둔 담배를 놓쳤다. 뜨겁게 타오르는 담뱃재에 덴 일우가 확 짜증이 오른 표정으로 액정에 뜬 이름을 확인했다.

[신재철 부장(30기)]

"후우. 진짜, 내가……."

욕을 열댓 번 중얼거린 그가 목소리를 가다듬고 전화를 받았다. 핸드폰을 든 손가락이 화끈거렸다.

"예, 부장님."

'기분이 태도가 되면 안 된다니까. 그게 바로 프로페셔널의 기본 덕목이라고. 가뜩이나 넌 현 '프로'잖아? 프로다워야지.'

검사(prosecutor)와 전문가(professional)를 뜻하는 단어의 준말인 pro를 가지고 한 말장난이었다. 그걸 농담이라고 깔깔거리던 선영이 선명히 기억났다. 비록 본 목적은 일우를 놀리기 위함이었으나 지금 같은 상황에 도움은 됐다.

'너 이거 바로 결재 올리라니까? 이미 다 끝난 사건인 거 몰라? 내일이 브리핑인데 인마! 사람 답답하게 왜 이래, 정말?'

이른 아침부터 웬 호출인가 싶었더니, 사람 기분 망치려고 작정한 것처럼 침 튀기며 닦달했다. 그럴 거면 부장님이 수사하고 기소하시죠, 혹은 어제 배당받았는데 오늘 기소하면 그게 자판기지 사람이랍니까? 하고 받아치고 싶은 걸 간신히 참고 대답했다.

'빨리 처리하겠습니다.'

'말은 잘해, 말은!'

그 대답을 끝으로 부장실을 빠져나왔다. 오늘도 잘 참았다며 스스로를 칭찬한 그는 사무실에 돌아오자마자 심호흡하며 중얼거렸다.

"나는 프로다, 프로. 현일우는 프로페셔널한 프로섹큐터다. 프로, 프로페셔널 현 프로……."

자기 최면을 거는 일우의 모습은 결코 담담하지 못했다. 본인은 분노를 참는다고 생각해도 다른 사람이 보기엔 표출하는 중이었다. 아직 사무실에 아무도 없어서 망정이지, 아니었다면 결코 좋은 소리는 못 들을 행태였다.

"아니, 씨발. 왜 기분이 태도가 되면 안 돼? 그럼 태도가 기분이면 되나?"

물론 자기 최면은 채 3초도 가지 않고 바로 풀렸다.

어제부터 다들 짜고 현일우 기분 좆같게 만들기 캠페인이라도 하는지 이런 난리도 난리가 없었다. 결국 그는 답답함을 참지 못하고 다시 자리를 박차고 일어났다. 정수기 위 바구니에 가지런히 놓인 스틱 커피들을 제치고 그의 선택을 받은 건 냉수였다.

일우가 냉수를 한입에 털어 마시고 종이컵을 구겨 버렸을 때 사무실 문이 열렸다. 안으로 들어온 건 일우와 같은 팀인 유진아 실무관이었다.

"어, 검사님. 일찍 오셨네요?"

"예, 안녕하세요. 유 주임님도 일찍 오셨네요."

"오늘 들를 데가 있어서 일찍 나왔더니 좀 빨리 왔네요. 어우, 근데 검사님, 그렇게 서 있지 마세요."

유 주임이 컴퓨터를 켜고 가방을 내려놓으며 얼굴을 찌푸렸다.

"그렇게 서 있는 게 어떻게 서 있는 겁니까?"

일우가 조금 황당한 목소리로 되물었다. 자기가 물구나무서 있길 하나 뭘 하나. 평범하게 쭉 뻗은 두 다리로 바닥을 딛고 서 있을 뿐인데.

"지금처럼 햇빛 등지고 서면 검사님 쳐다도 못 보게 눈부시다니까요."

유 주임이 일우 뒤에 쳐진 블라인드를 가리켰다. 블라인드 사이가 살짝 벌어져 햇볕을 그대로 통과시키고 있었다. 거기에 유해한 일우의 외모가 더해지니 아침부터 시신경에 해로웠다.

"그건 그냥 제가 잘생긴 겁니다."

매번 신선한 농담을 던지는 유 주임 덕분에 일우가 모처럼 웃었다. 그도 그 나름대로 사실에 기반한 농담을 건넸다.

"검사님 잘생긴 건 민원실 정수기도 아는 사실인데요, 뭘."

유 주임의 반응은 냉정하기 그지없었다. 절대 부정하지 않고 바로 인정하는 그다운 태도에 일우도 픽 웃고만 말았다.

"아, 유 주임님, 오늘 이주경 씨 신문 좀 당길 수 있을까요."

부장이 그 지랄을 했으니 당장 한 시간이라도 당겨서 수사에 박차를 가하는 척이라도 해야 했다. 그거 당긴다고 뭐가 달라지겠냐마는. 벌써 한숨이 목을 옥죄었다.

"이주경 씨면…… 그 형제 살인 건이죠?"

"네."

"한번 확인해 볼게요. 원래 3시였는데 어떻게 조정할까요?"

"못해도 2시면 좋겠는데, 안 되면 어쩔 수 없고요."

"연락해 보고 알려 드릴게요."

"고맙습니다."

유 주임은 별말씀을 다 한다며 빙긋 웃었다.

신문 시간을 앞당기자는 일우의 요청 덕에 점심시간 즈음, 교정 공무원이 이주경을 인계해 왔다. 뒤이어 이주경의 변호사도 시간 맞춰 도착했다. 변호사가 사뭇 매너리즘에 빠진 표정이라면 이주경은 꼴이 말이 아니었다.

하긴 친형을 죽이고 제정신일 리 있나. 반대로 친형을 죽일 만큼 제정신이 아닌 사람일 수도.

"이주경 씨?"

일우의 질문에도 이주경은 계속 자기 손만 만지작거렸다. 몇 번 반복해 불러도 고개만 살짝 쳐들 뿐 대답은 없었다. 이주경의 입장에서 결코 반갑게 인사할 사이는 아니니 이해했다.

그 뒤에 서 있는 나이 든 남자가 깍듯하게 묵례하며 악수를 건넸다. 그는 이주경의 변호사였다.

"안녕하십니까, 검사님. 신희호입니다."

"예, 안녕하세요. 현일웁니다."

"잘 부탁드립니다."

손을 맞잡고 가볍게 일우와 악수한 변호사는 일우에게 명함을 건넸다.

'변호사 신희호.'

역시 국선이네. 예의상 명함을 대강 살핀 일우도 명함을 책상 옆에 내려놓곤 의자에 앉았다.

이주경이 피의자로 있는 사건은 기소 후엔 형제로 시작되던 사건 번호가 고합으로 바뀌어 재판에 회부될 것이다.

고단은 단독 재판, 즉 재판장 한 명이 진행하나 고합은 무게부터 다르다. 무기, 사형, 1년 이상 징역 등에 해당하는 사건을 심판하므로 재판장도 한 명이 아닌 세 명이 진행한다.

살인죄는 최소 5년에서 무기 징역까지 받는다. 이번 건 같은 경우 특별히 참작할 만한 사정이 있는 것도 아니고, 피해자에게 남은 상처도 우발적인 살해로 보기 힘들었다.

먼저 모텔에 칼을 들고 갔다는 점, 범행 시간이 야간이라는 점, 칼로 세 번이나 찔렀다는 점과 찌른 위치까지 전부 고의성을 띄었다. 범행 도구를 사전에 물색했다는 건 명백한 살인 의지를 표상했다. 거기에 지문이 묻은 흉기만큼 증명력이 높은 증거가 있을까. 일우는 없다고 봤다.

멋도 모르고 양형을 기대할 수도 있지만, 일우가 보기엔 글쎄. 미성년자도 아니고 굳이 양형될 만한 걸 찾는다 해도 초범이라는 사실과 순순히 자백했다는 점뿐인데, 여기서도 오류가 발생한다. 초범이라고 해도 살인이라는 중대한 잘못을 저질렀고, 실수라며 자백했어도 거의 원한이라고 볼 수 있게 가슴과 옆구리 등 세 번이나 찌른 고의성이 엿보였기 때문이다.

최소 15년 이상 구형해야 하지 않을까 싶은 잔혹한 범죄였다.

이대로 기소하면 당연히 유죄 판결 나는 건 따 놓은 당상이고 그렇다면

형 집행은 확실시된다. 한 사람의 인생을 돌이킬 수 없는 강에 흘려보내는 것과 같았다.

어색하게 조사실에 앉아 고개만 푹 숙이고 있는 이주경을 살피던 일우가 따뜻한 녹차 한 잔을 건넸다.

"안 잡아먹으니까 차라도 한잔해요."

이주경이 그제야 쭈뼛쭈뼛 종이컵을 감싸 쥐었다. 따뜻한 온기가 부르튼 손등을 타고 올랐다.

"변호사님도 들어요."

"전 괜찮습니다."

"마셔요. 독 안 탔으니까."

일우가 같은 티백을 우린 녹차를 보란 듯이 한 모금 마셨다. 따듯한 차가 식도를 타고 넘어가고, 일우가 자세를 가다듬었다. 이윽고 이주경의 눈을 응시했다. 단단하고 냉정한 눈이었다.

"이주경 씨, 본인이 왜 여기 나와서 조사받는지 아십니까?"

조금 전까지 얌전히 쥐고 있던 종이컵을 구기듯 힘을 주는 모습이나 손을 떠는 모습 등 즉각 보이는 반응이 이주경의 대답을 대신했다.

"진술 거부권이나 변호인 조력에 대해선 이미 고지받으셨을 테고요."

일우가 피의자의 기본 권리를 다시 되짚으며 변호사를 쳐다봤다.

"안 죽였어요."

일우가 가만 설명하던 도중 내내 조용하던 이주경이 읊조리기 시작했다. 푹 숙이고 있던 고개도 위로 쳐들었다. 퀭한 눈가와 눈물 어린 눈동자. 억울함을 토해 내는 표정이었다.

"네. 그래서……."

"난 안 죽였어요! 안 죽였다고요!"

이주경은 일우가 무슨 말을 하든 무죄를 증명하는 데 여념이 없었다.

"이주경 씨."

자꾸 말을 끊는 이주경을 일우가 차가운 목소리로 불렀다. 소리치던 이주경이 그제야 입을 다물고 불안한 시선으로 그를 응시했다.

"내가 오늘 그거 알아보려고 부른 겁니다."

경찰과 검찰, 언론과 여론, 심지어 일우마저도 이주경을 살인자로 낙인찍었지만 일우 자신만은 절대 아닌 척 피의자로 소환된 사람들이 흔히 범하는 오류를 짚어 줬다. 사건이 검찰에 송치된다고 바로 유죄로 결정되는 게 아니다. 수사가 끝난 뒤 기소해야 사건이 재판으로 넘어가고, 재판에서 판결을 받아야 유무죄가 결정된다. 아직 멀고도 멀었단 말이다.

"그만하시고 피의자 본인이 하지 않았다는 걸 밝히고 싶으면 잘 협조하세요."

일우가 그렇게까지 말하고 나서야 이주경이 낯을 굳히며 고개를 푹 숙였다.

"잘 협조해야 서로 피곤한 것도 없고 편하죠. 어차피 대조하면 사실인지 아닌지 다 나옵니다."

일우는 기계처럼 하는 협박성 멘트를 반복했다. 어차피 속는 사람은 속고, 속지 않는 사람은 안 속는다. 단순히 대조하는 거로 혐의를 다 밝혀낼 수 있었다면 검사가 왜 있겠나.

"……왜 다들 나한테만 그래요."

고개를 푹 숙이고 있던 이주경이 느닷없이 분통을 터뜨렸다. 왜 저러나 싶어, 일우가 이주경이 표출하는 분노에 집중했다.

"안 죽였는데 왜 자꾸 죽였다고 해요! 저 사람도 입도 벙긋 안 하고 앉아만 있고! 왜, 왜 나만!"

아, 그래서. 일우는 금방 납득했다.

"난, 안 죽였다고!"

신문 시 피의자와 함께 입회한 변호인은 신문에 마음대로 개입할 수 없다. 근본적으로 이주경의 변호사는 국선이다. 국선 변호사가 의뢰인을 고를 수는 없으니 뜻하지 않게 맡은 거겠지.

이주경처럼 긴급 체포된 범죄자가 살인하지 않았다고 주장하는 건 말도 안 되고 외려 수사를 방해한다며 안 좋은 인식을 심어 줄 가능성이 크다.

그럴 바엔 빨리 인정하고 뼈저리게 반성한다는 점을 부각시켜야 한다. 어차피 국선은 잘해야 본전이고 못하면 욕만 처듣는다. 업무는 넘쳐나고 받는 돈은 적고. 굳이 이주경의 의견을 하나하나 들어 가며 일을 크게 벌일 필요는 없었다.

"이주경 씨, 여기서 이러시면 안 됩니다. 일단 진정하세요."

가만히 듣고 있던 변호사도 이쯤 되니 사무적인 목소리로 이주경을 말렸다. 별로 적극적인 태도는 아니었다. 저런 사람이 한둘이 아니라 일우도 그러려니 했다.

"그래요, 그만 진정하세요. 가능하면 변호인 조언에 귀 기울이시고요."

일우가 경험에서 우러나온 말을 슬쩍 얘기했다. 억울하고 답답해도 변호사가 하고 싶다고 해서 할 수 있는 것도 아니다.

이주경이 괴로워하며 눈을 감았다. 그의 얼굴에서 나타난 답을 일우도 읽을 수 있었다. 친형을 죽인 극악무도한 살인자란 손가락질을 받고 있는 아픔도 엿보였다. 동정은 없었다.

"……검사님은 내가 안 죽였다면 믿을 거예요?"

방금까진 화만 내더니 태도 전환이 호떡 뒤집는 것보다 빨랐다. 어느 장단에 춤을 춰야 하나 잠시 고민했다.

"내가 이주경 씨를 믿으면 피해자를 살해하지 않았다는 증거가 어디서 나타나기라도 합니까?"

일우가 어떤 편도 들지 않고 사무적으로 대하자 이주경이 고개를 푹 숙였다. 당연했다. 일우는 이주경을 신문하는 입장인데 편을 들어서 뭐하나. 이게 시시한 동네 애들 싸움도 아니고 범죄인데. 이주경은 침통한 얼굴로 입술을 꽉 깨물고는 아무 말도 하지 않았다.

"……난 형밖에 없어요. 아빠가 사고로 돌아가시고 난 이후엔 남은 가족이라곤 형이 전부였어요."

이주경이 주절주절 제 신세를 늘어놓기 시작했다. 일우도 수사관이 오전에 보고한 기록을 통해 확인한 내용이었다. 어떻게 이렇게 빨리 정리했나 싶었는데, 수사관의 말을 빌리자면 기자들이 워낙 신나게 개인 정보를 풀어 대서 조합하는 게 어렵지 않았다고 했다. 형사 소송법 대원칙이나 개인 정보는 개나 주라는 거지.

인내동 화재 사고는 서른 명의 목숨을 앗아간 끔찍한 사고로 기억됐다. 형제는 그 사고와 직간접적으로 연결돼 있었다. 언론의 집중도가 높았던 이유도 그래서겠지.

사고 난 건물의 건물주였던 세창해운은 8, 90년대엔 낙도 보조항로 운항권을 독점해 국가에서 보조금까지 받으며 잘나가던 회사였다. 그것도 잠시, 군사 정권이 무너지며 운항권을 도로 반납하게 됐고, 별다른 수입원이 없던 세창해운은 눈에 띄게 매출이 줄기 시작했다

엎친 데 덮친 격으로 형제의 아버지가 사업을 물려받은 뒤엔 무리한 투자로 인해 빚이 생겼고 한번 생긴 빚은 눈덩이처럼 불어나기 시작했다.

그건 어느 순간 그들의 재산을 모두 팔아넘겨도 메꿀 수 없을 정도까지 됐다. 터지기 일보 직전인 둑을 무식하게 맨몸으로 막고 있는 실상이었다.

해서, 화재가 일어난 당시엔 세창해운이 빚이 많다는 점, 건물을 팔려고 했지만 워낙 낙후되고 위치가 좋지 않아 문의조차도 없었다는 점, 거기에 건물의 반이 비어 있어서 지하 단란 주점에서 나오는 월세 외엔 별다른 수익도 없었다는 점 등 총 세 가지의 유력한 범행 동기가 형제의 아버지를 방화범으로 몰았다.

"솔직히 언제나 좋은 형은 아니었지만…… 그래도 난 안 죽였어요. 빚 때문에 죽였다고요? 웃기지 말라 해요. 나, 빚 때문에 안 해 본 일이 없어요. 몇 년만 더 고생하면 되는데 이제 와서 내가 왜요? 왜 죽이냐고요!"

아버지는 지하 단란 주점에서 시체로 발견됐고, 죽음으로써 방화 혐의를 벗었다. 달리 더 특이점을 찾지 못한 경찰도 사고로 마무리했다.

사고 이후 나온 보험금 액수는 꽤 되었지만, 모두 들이부어도 빚은 청산되지 않았다. 집이며 회사를 전부 처분해도 빚이 밤톨만큼 남았다. 그게 끝이었으면 좋았을 걸, 이자는 계속 불어나 겨우 얼마 전까지도 두 형제의 목숨 줄을 달랑달랑 쥐고 있었다.

그런 생활에 지친 동생은 형에게 시골집을 헐값으로라도 팔아넘기자고 했다. 그 시골집은 어마무시한 빚을 떠넘겨 받은 형이 가진 유일한 재산이었다. 사실 별 가치도 없다고 했다. 화재로 사라진 건물처럼 팔리지도 않아 외려 골칫덩이였다고.

"글쎄요. 이유는 이주경 씨가 더 잘 알겠죠. 확인해 보니 학생 때부터 아르바이트를 많이 했더군요. 형 앞으로 떨어진 빚인데 같이 갚아야 한다는 게 싫었을 수도 있고요. 결정적으로 형은 빚을 갚기 위해 노력한 흔적이 별로 없네요?"

일우의 날카로운 질문에 이주경이 침묵했다.

"……흐음."

일우가 마음에 안 든다는 눈빛으로 신음했다.

지금 이주경의 모습처럼 그의 형은 동생의 의견을 묵살했고 결국 큰 싸움으로 번졌다. 별거 아닌 일 같지만 평생 빚에 쫓기던 형제에겐 의미가 남달랐을 수 있다. 형은 좁은 월세방이 아닌, 자기가 유일하게 발 뻗을 수 있는 집이라 여겼을 수 있고, 동생은 그저 짐이라고 생각했을 수 있다.

실제 동생이 근처 부동산을 찾아가 집을 내놓으려고 했던 정황도 포착됐다. 다만 형이 실소유자였기 때문에 그가 대리로 판매하지는 못했다. 자본주의 사회에서 돈만큼 강력한 동기가 어디 있을까. 이로써 범행 동기도 어느 정도 정리가 된다.

"……말걸."

일우는 웅얼거리며 뭉개지는 말에 집중했다.

"거기 가지 말걸, 왜 그 시간에 찾아갔을까. 형이 그렇게 허무하게 죽을 줄 알았으면, 짜증 내지 말고 잘해 주는 거였는데……."

이주경이 어린아이처럼 눈물을 뚝뚝 흘렸다. 구속되지 않은 양손을 이용해 눈물을 닦는 모습이 처량하기까지 했다.

"후회합니까?"

일우가 티슈를 몇 장 뽑아 건네며 물었다. 이주경이 티슈 뭉텅이에 얼굴을 묻고는 고개를 끄덕였다.

"형을 죽인 걸 후회합니까?"

마음이 가장 약해져 있을 때를 공격했다. 이주경이 앉은 자리에 있었던 피의자 몇은 여기에 걸려들어 범행 사실을 술술 불기도 했다. 상태가 불안하고 마음이 약해 보이는 이주경도 바로 고개를 끄덕일 줄 알았다.

예상과 달리 이주경은 모든 행동을 멈추곤 고개를 들었다. 얼굴 꼴이 아까보다 더 엉망이었다.

"난, 안 죽였어요."

눈물에 젖은 목소리는 아주 뚜렷했다. 어떻게 들으면 죽이지 않았다고 스스로 최면을 거는 것 같기도 했다. 그만큼 결연했다.

"이주경 씨, 본인이 안 죽였으면 흉기에 왜 이주경 씨 지문이 묻어 있을까요? 모텔까지 타고 간 택시비 지불 기록도 남아 있고 방에 들어가는 것도 CCTV에 찍혔습니다. 이걸 전부 부정하는 겁니까?"

"그, 그건…… 모함이에요. 난 정말 안 죽였어요!"

그럼 제삼자가 형을 죽이고 동생한테 뒤집어씌웠다는 건데, 형의 주변 인물을 전수 조사 해도 특별한 혐의가 보이는 사람은 없었다. 그날 연락하거나 싸운 지인도 없었고, 애인 관계도 깨끗했다. 유일한 문제라면 빚 때문에 날이 가기 무섭게 싸우던 동생, 이주경뿐이었다.

"누가, 왜, 무슨 이유로 이주경 씨를 모함해요? 이주경 씨가 뭐라고."

남는 건 결국 아버지 빚과 시골집 상속 문제로 자주 다투었던 동생밖에 없었다. 가까운 친인척도 없고 건너 건너 아는 먼 친척은 왕래 끊긴 지도 오래라고 하니, 형이 죽음으로써 이득을 볼 사람도 없다.

유일하게 동기를 가지고 있는 사람은 친동생인, 빚 때문에 청춘을 땅에 내다 버린 세월이 지겨워 탈출하고파 했던 이주경뿐이다.

"이주경 씨는 그냥 평범한 사람 그 이상 그 이하도 아니에요. 누가 나서서 모함할 만한 인물이 아니라는 거죠. 이미 증거까지 다 나온 상태에서 질질 끌어 봤자 사실 본인한테만 불리해요. 피의자는 불리한 증언을 거부할 수 있다, 백번 맞는 말인데 세상엔 괘씸죄라는 것도 있습니다."

정확히 말하면 괘씸죄보단 진술을 번복하는 피의자에게 양형이 불리하게 작용한다는 거지만, 요지는 비슷했다.

"······."

"그렇게 억울하면 경찰서에서 형을 죽인 건 실수라는 말은 왜 했습니까? 아예 처음부터 부정하면 일관성이라도 있는데."

짜증이 날 대로 난 일우가 전혀 이해 안 된다는 듯 물었고 몇 초간 정적이 흘렀다. 누구도 먼저 눈 돌리지 않았다. 정적이 대신 답하는 것만 같았다.

정적에서 이상함을 알아채기 직전, 이주경이 완전히 넋을 잃은 동공으로 멀거니 답했다.

"······난 그런 말 한 적 없어요."

단 한 번도.

"예, 뭐 그러시겠죠."

처음 체포당하게 되면 정신없이 신문에 응하는 사람이 대부분이었다. 자기가 무슨 말을 했는지도 기억하지 못하는 경우도 많다. 일우는 별일 아니라는 듯이 넘기려 했지만 이주경의 반항은 가히 최고였다.

"진, 진짜예요. 나 가서 내 이름이랑 주민 번호 말한 것밖에 없어요. 또, 또 뭐 말했지······."

이주경이 손가락을 하나씩 접어 가며 과거를 더듬기 시작했다. 두서없이 쏟아져 나온 그의 얘기를 조합해 보자면 자신은 형이 죽은 걸 발견한 뒤 너무 놀란 상태였다고 한다. 그래서 경찰이 들이닥쳤을 때 상황도 제대로 기억나지 않는다고.

"아니, 손목에 수갑 찬 것도 몰랐다고요? 그걸 나보고 지금 믿으라고요?"

기술이 날로 발전해도 여전히 수갑은 은색이다. 요즘 나오는 수갑은 뭐 투명하기라도 한가. 말이 되는 소리를 해야 믿는 시늉이라도 하지. 판타지 소설도 아니고 상상이 참 기발했다.

"⋯⋯진짜예요."

"그럼 경찰서엔 왜 갔습니까?"

"⋯⋯내가 목격자라서 조사하는 줄 알았어요."

지랄하네. 일우의 심정을 단번에 대변하는 마법의 문장이었다.

"소설도 참 재밌게 쓰시네."

이미 흉기에 남은 기억을 읽어 이주경이 죽인 게 맞다는 걸 확인한 일우는 우스워서 픽 웃었다. 연기력을 보면 배우도 괜찮은 거 같고, 시나리오 쓰는 걸 보면 작가 해도 될 듯싶었다.

"지금 뭔 말을 해도 말이 안 통할 거 같은데 일단 그만 가시고 이번 주에 다시 신문 일자 잡죠."

"알겠습니다."

이주경의 의사는 철저히 무시된 채 일우와 변호사의 대화만으로 상황은 빠르게 일단락됐다.

교정 공무원이 안 나가려고 버티는 이주경을 강제로 인계하고, 변호사는 일우에게 다시 한번 깍듯이 인사하며 나갔다. 혼자 남은 일우는 조금 전 기억을 복기하며 바람 빠지는 소리를 내며 피식피식 웃었다.

자백했다길래 일이 좀 쉬울 줄 알았더니 뭐 이건 하지 않은 게 더 나을 뻔했다. 차라리 영화 시나리오를 쓰지 그러나 하는 생각까지 들었다.

한 번씩 끝까지 범행을 부인하는 사람들이 있다. 빨리 인정할 건 하면서 양형할 생각은 하지 못하고, 심지어는 변호인의 조언도 다 흘려듣기까지 한다.

저 입을 열게 하려면 시간이 좀 걸릴 듯싶다. 혹은 끝까지 열지 않든지.

뭔가 단단히 골 아플 일이 생길 것만 같았다. 짐승의 육감이라면 육감이라지. 일우의 경험상 이런 개 같은 기분은 절대 빗나가지 않았다. 일우가 딱딱한 등받이에 기대 고개를 뒤로 확 꺾고 눈을 감았다. 인생사 쉬운 일 하나 없었다.

* * *

"주임님, 이주경 씨 관할 서가 부평이었죠?"

조사실에서 돌아온 일우가 자리에 앉자마자 유 주임에게 물었다.

"아, 네. 부평서요."

"거기 형사과 연결해서 이주경 씨 신문 영상 좀 받아요. 담당 형사 연락처도요."

이주경의 신문은 헛소리로 시작해 헛소리로 끝났지만 일단 확인은 하고 쓰레기통에 버리고자 했다. 그래야 일우도 다 확인했는데 이상 없었다며 입을 틀어막을 말이 생긴다.

"네."

유 주임이 바로 관할 경찰서로 전화해 일우의 요청 사항을 하나씩 처리했다. 다만 예상하지 못한 건, 해당 형사가 현재 자리에 없어 돌아오면 전하겠다는 상투적인 말이었다. 급한 거니 연락처라도 알려 달라고 했지만 거절당했다. 개인 정보 때문에 안 된다는 어떻게 들으면 그럴싸한 변명과 함께였다.

강경하게 나가다가도 협조 요청 드린다며 연거푸 부탁했지만 유 주임은

결국 난색을 표했다. 30분 가까이 전화 한 통을 뺑뺑이 돌리는 모습을
지켜보던 일우가 그만 끊으라는 손짓을 했다. 서류에 집중하려고 해도
계속 소리가 들리니 되지 않았다.

"담당자가 계속 자리에 없다고만 하네요. 연락처도 못 알려 주겠다고
하고요."

"아, 급한데."

그깟 영상이 뭐라고 이러는지. 꼭 사람 피곤하게 해야 직성이 풀리나.
기자는 개인 정보법이며 형사법 원칙도 다 무시하면서 기사를 싸지르는
데, 수사에 꼭 필요한 건 이리저리 복잡한 절차를 거쳐야 하고. 세상사
참 요지경이었다.

"다시 전화해 볼까요?"

"아뇨. 그만하면 됐어요."

잠시 고민한 일우가 자기 책상 뒤에 걸린 재킷을 꺼내 걸쳤다. 아무
렇게나 풀어 헤친 셔츠와 넥타이도 정돈했다.

"어디 나가세요?"

"부평서요. 자기들이 피하는데 어떡해요. 내가 직접 가야지."

쇠뿔도 단김에 빼라고 했다. 일우가 씨익 웃으며 뒤이어 있을 사태를
예고했다. 막 검사실을 나서는 일우의 뒤로 다녀오라는 수사관과 실무
관의 인사가 응원처럼 꼬리를 물었다.

* * *

"어떻게 오셨어요?"

발그스레한 표정으로 일우를 흘깃 쳐다보는 경찰에게 일우가 공무원

증을 내밀었다. 일우가 가끔 개 목걸이라고 부르는 것이었다. 공무원증만 걸면 아주 이리저리 끌려다니기 바쁘다. 제 주장은 뜻대로 펼치지도 못한다. 그만큼 거기에 매달린 책임의 무게가 무거운 탓이었다.

"인천지검에서 나왔습니다. 여기 형사과 김민철 형사님 좀 뵙고 싶은데요."

"아, 네. 저쪽이 형사과예요."

"예, 감사합니다."

일우가 인사하고 돌아섰다. 바쁘게 돌아가는 경찰서 내부를 휘적휘적 걷는 일우에게 시선이 순식간에 집중됐다. 누가 봐도 보통 사람은 아닐 거란 아우라가 주위에 흘렀다. 여기가 패션쇼 현장인지, 경찰서인지 헷갈리게 만드는 일우의 걸음걸이 뒤로 남자 하나가 불쑥 나타났다.

"저기, 저기요."

뒤에서 부르는 소리에 일우가 멈춰서 등을 돌렸다. 전형적인 형사의 얼굴이라고 할 만큼 눈빛이 매서운 남자가 일우를 위아래로 훑어봤다.

일우는 습관처럼 웃음을 걸쳤으나 눈은 웃고 있지 않았다. 잘생긴 외양 탓에 부러운 시선으로 보는 사람도 많았지만 지금처럼 평가하는 시선도 많았다. 결코 유쾌하지 않다.

"불러 세운 용건이?"

일우의 목소리에도 짜증이 서렸다. 언뜻 들으면 친절해 보이지만 말투나 태도는 아니었다.

"여기 함부로 들어오시면 안 되는데. 뭐 신고할 거 있으시면 저쪽, 민원도 저쪽. 오케이?"

그런 상황을 하등 모르는 남자는 일우가 걸어온 방향을 손가락으로 가리켰다. 요컨대 이쪽에서 돌아다니지 말라는 거였다.

"아."

"알았으면 그만 가쇼. 안 그래도 바쁜데, 어휴."

일우의 '아'를 알아들었다는 뜻으로 오해한 남자는 머리를 벅벅 긁으며 그대로 일우를 지나치려 했으나 일우가 그렇게 두지 않았다. 아까 보여 준 공무원증을 다시 꺼내 그 앞에 들이밀었다.

"인천지검 형사3부 현일우 검삽니다."

처음으로 정장을 차려입고 찍은 증명사진 속 일우도 지금 일우처럼 시원하게 웃고 있었다.

"나 온지 어떻게 아시고 마침 나타나 주네요."

"······!"

"안 그래요, 김민철 형사님?"

일우가 공무원증을 쥔 손끝으로 남자가 걸고 있는 공무원증을 가리켰다. 가끔은 개 목걸이도 쓸모가 있다니까. 김민철. 그의 이름 세 글자가 아주 잘 보였다.

"아까 전화하니 서에 없다고 하시던데."

귀찮음을 무릅쓰고 서까지 달려온 일우는 봐줄 생각이 없었다. 검사라고 밝히니 일우를 바라보던 태도도 180도 달라졌다. 일우는 감투 따라 친절과 불친절을 오가는 사람에게 굳이 친절할 필요는 없다고 봤다.

"아, 뭐, 그. 가끔 급한 출동도 있고 그러니까 그렇죠. 크흠."

나 여기 없다고 해, 절대! 고개까지 격하게 저어 가며 옆자리 동료에게 어필했던 김민철 형사는 급조한 변명을 쏟아 냈다. 그 변명이 전혀 말이 안 된다는 것쯤은 자기도 알 것이다.

"아아, 그 급한 출동이 막 20분 안에 끝나고 그런가 봐요."

일우는 형사가 뽑아다 준 커피를 한 모금 마시고 날카로운 말을 던지기 시작했다.

"예…… 뭐 그럴 때도 있고……."

이젠 되는 대로 지껄이겠다 이건가. 차라리 변비라서 그동안 화장실 갔다는 게 더 현실성 있는 변명이겠다. 형사도 좆같게 나오니 일우도 이젠 자기 기분이나 표정을 숨기지 않았다.

"형사님, 나 성격 별로 안 좋아요."

일우가 한 모금 마신 커피를 그대로 바닥에 부어 버렸다. 종이컵도 구겨서 쓰레기통에 던졌다. 그 행동을 하는 내내 미미한 미소를 짓고 있었던 게 더 소름 끼쳤다.

"사람들이 다 착각하더라고요. 잘생기면 다 성격 좋아 보이나 봐. 그게 생각과 달리 반비례할 수도 있는 건데 말이죠. 그죠?"

슈트 바지에 양손을 삐딱하게 넣고 형사를 바라보며 동의를 구하는 일우의 모습은 동네 불량배 그 이상 그 이하도 아니었다. 불량배와의 유일한 차이점은 비현실적인 얼굴과 몸이었다.

"아이, 우리 검사님 왜 그러실까."

"누가 우리 검사예요. 나 고안데?"

일우가 허, 숨을 뱉으며 헛웃음을 지었다. 부모님이 일찍 돌아가셨다는 말도 아니고 뜬금없이 고아라며 얘기하는 일우의 말에 형사가 당황했다.

"사람마다 다 사정이 있는 거지요. 검사님이 그, 고아…… 아무튼! 그런 것처럼요. 안 그렇니까?"

"사람마다 다 사정이 있다, 라."

그 말을 들으니 갑자기 새벽에 있었던 일이 생각났다.

'사람마다 사정이 다르잖아요…….'

개소리를 세상의 진리처럼 지껄이던 풀떼기도 함께. 큰 눈을 데굴데굴 굴리며 어떻게든 빠져나갈 궁리를 하던 모습까지. 여기도 그딴 말을 지껄이는 사람이 있었다. 외모는 풀떼기의 곱상함과 무척 거리가 멀었지만. 이쯤 되니 저 말이 일우만 모르는 진리처럼 느껴졌다.

"내가 그 사정까지 다 봐줘 가며 일해야 되나요? 김민철 형사님은 그래요?"

"아아니, 말이 그렇다는 거죠. 말이."

"난 그런 말 모르겠고."

일우가 슈트 재킷 안쪽에 있던 담뱃갑을 꺼냈다. 갑을 열어 빽빽하게 꽂혀 있는 담배 중 하나를 입으로 물어 꺼냈다. 형사가 허둥지둥 라이터를 꺼내 불을 붙여 줬다. 흰 연기가 피어오르고 필터를 잘근 씹은 일우가 한 모금 진하게 빨곤 얘기했다.

원랜 영상도 요청하고 실제 초동 수사를 담당했던 형사하고 대화하며 확인할 요량이었는데, 수상한 냄새를 풍기는 모습을 보니 이상한 생각이 든다. 꼭 이주경 뒤에 일우가 모르는 진실이 숨겨져 있을 것만 같은, 뭐 그런 거.

"이주경 뭐 있어요?"

한창 실없는 소리만 반복하던 형사가 입을 다물었다. 이래서야 나 뭔가 잘못한 게 있어요, 하고 광고하는 꼴과 다름이 무엇인가. 사람을 속일 거면 좀 제대로 하든가. 등신 같은 행태를 보니 짜증 내기도 싫었다.

"아니, 나 그냥 물어보는 거예요. 진짜 궁금해서 그래요."

조목조목 형사를 밟아 가던 일우가 형사의 대답을 기다리고 있었는데 뜻밖의 반응이 흘러나왔다.

"검사님, 참 듣자 듣자 하니까 너무하십니다. 저희가 뭘 했다고 그러십니까. 그냥 좀 바빠서 전화 못 받은 것뿐인데요."

일우가 이놈 보게, 라는 눈을 하며 대꾸했다.

"그러게. 형사님 말씀 들으니까 더 궁금해지네요. 그냥 영상만 줬으면 되는 일인데 왜 피곤하게 굴까요? 서로 바쁜 거 아는데 피곤하게 좀 하지 맙시다. 나 이거 말고도 할 일 많아요."

일우가 빡침을 억누르고 유려한 목소리로 속삭였다. 그 끝엔 협박이 실려 있다는 걸 형사와 일우 모두 알았다.

"조서 다 작성해서 싹 넘겼는데 굳이 확인하시겠다는 이유를 모르겠어서 그럽니다. 뭐 저희가 잘못 잡았다, 이런 의심 하시는 겁니까?"

허 참, 이건 또 뭔 소리래. 일우는 A를 물어봤을 뿐인데 형사 혼자 지레짐작하며 B부터 Z까지 대답하고 있었다. 아니, 진짜 뭐가 있는 건가. 그래서 국선 변호사도 대충 끝내려고 소극적으로 나오고, 부장도 기소하라고 지랄하고 그런 거야? 일우는 말도 안 된다며 떠오른 생각을 곧 지웠다.

머릿속으론 냉정히 현실을 바라봐도 형사에겐 마지막 미끼를 던졌다. 물면 좋고 안 물면 말고.

"이주경, 걔가 자긴 자백을 한 번도 안 했다고 얘기하는데 담당 검사로서 그냥 넘어갈 수 없잖아요. 검토해야지. 안 그러면 나중에 재판 가서 골 아파요."

일우도 이주경의 말을 헛소리 혹은 개소리로 치부한 주제에 말은 잘했다. 조금 전 형사의 말처럼 무고한 사람을 피의자로 넘겼다는 듯 약간의 의심도 포함해서 흘렸다.

"지금 검사님 그 새끼 말만 믿고 오신 겁니까?"

"네. 뭐 안 되나요?"

"아니, 그 새끼 살인자라니까요?"

"그래서요."

"살인자 말을 왜 믿어요. 걔가 지 스스로 술술 불었다는 거 전 국민이 다 아는 사실인데!"

"전 국민이고 나발이고 난 여론 같은 거 의식할 만한 위치는 아니라서 모르겠고. 아, 그래, 잘됐네. 이왕 왔으니까 가서 바로 봅시다."

"예?"

"신문 때 찍은 영상 있을 거 아녜요. 그거 좀 보자고요."

"그, 그건 제 관할이 아니라……."

"담당 형사가 관할이 아니면 대체 누가 관할입니까?"

"저야 조서 꾸리기만 했지 실제는……."

형사가 어물쩍 말문을 틀 즈음 신의 장난처럼 일우의 핸드폰이 시끄럽게 울렸다. 또 누가 전화질인가 싶어 신경이 곤두섰다.

"잠시 실례."

형사에게 강제로 양해를 구한 일우가 핸드폰을 확인했다. 02로 시작하는 번호였다. 저장된 번호도 아니고 낯익은 번호도 아니다. 딱히 서울에서 전화 받을 일도 없었다. 답은 금방 나왔다. 스팸이겠지 뭐. 일우가 웅웅 울리는 핸드폰을 무시하고 다시 주머니에 푹 꽂아 넣었다.

"조서 꾸린 건 형사님이고 실제는?"

중간에 끊겼음에도 불구하고 제대로 화두를 이어 간 일우가 뒷말을 기다렸다. 형사는 낭패라는 얼굴로 머리를 벅벅 긁었다. 유니폼인가 싶은 점퍼를 괜히 부스럭거리며 시간을 끌기도 했다. 그런다 한들 일우의 시선을 이기진 못했다. 결국 벌게진 낯으로 형사가 다시 입을 열었다.

"아니, 그러니까."

Rrrrrrrr.

아, 씨발.

일우의 퓨즈가 팟, 끊기기 직전이었다. 일 좀 해 보겠다는데 방해하는 곳이 이리 많다. 이번엔 형사에게 양해도 구하지 않고 멋대로 핸드폰을 꺼내 확인했다. 02로 시작하는 번호. 아까 걸려 온 것과 같았다.

"현일웁니다."

광고 전화면 가만두지 않으리라. 특히 통신사 광고라면 당장 핸드폰 매장으로 달려가 통신사를 갈아탈 생각도 있었다.

―현일우 씨?

"예. 어디십니까."

―여기 마포경찰서 홍익지구대인데요.

경찰서? 그것도 마포?

마포경찰서 관할이 어디더라. 또 홍익지구대는 어디야. 설마 홍댄가. 하필 어제 신촌에 갔던 터라 머릿속이 복잡해졌다. 어제 풀떼기하고 투닥거릴 때 뭘 떨어뜨렸나? 전화 올 일이라곤 그런 사소한 분실물뿐인데 이상했다. 풀떼기한테 지갑을 회수하고 확인했을 때 잃어버린 물건은 없었기 때문이다.

"예, 무슨 일이신데요."

―여기 동생분이 계신데요. 지금 좀 오셔야 될 것 같습니다.

씨발, 보이스 피싱이네. 현직 검사나 돼서 이런 거나 상대하고 있고 아주 잘하는 짓이다.

"저 동생 없습니다. 끊습니다."

일우는 상대의 대답을 듣기도 전에 매정하게 전화를 끊었다. 도망갈

타이밍만 호시탐탐 노리던 형사에게 재차 으름장을 놓기 직전, 또 한 번 전화가 왔다. 이번에도 같은 번호였다.

썹새끼들이 사람 가지고 놀려 드네.

"야, 너네 누군데 계속 전화하고 지랄이에요."

—여기 홍익지구대…….

"동생 없다고 몇 번을 말해야 알아들을까요? 응?"

—아니, 여기 동생분이 계신데…….

"아 예, 그래서 어쩌라고요. 뭔 놈의 전화를 세 통씩 해? 전화비도 안 나오겠네. 내가 그쪽 통장 사정 봐줄 만큼 싸가지 있진 않으니까 거기까지 해요."

대가리에 우동 사리만 찬 새끼들인가. 서울중앙지검이라고 대포 통장 도용 얘기하며 사기 치는 건 봐도, 고아한테 동생 운운하는 건 처음 봤다. 배경 조사도 제대로 안 하고 무슨 돈을 벌겠다는 건지. 하여간 요즘 애들 점점 더 날로 먹으려 든다. 글러 먹었네, 글러 먹었어.

일우가 빠르게 쏴 대자 반대편이 잠시 조용했다. 그만 전화를 끊으려 할 때 반대편에서 조심스럽게 물어 왔다.

—……혹시 명아주 씨라고 모르세요?

나물로 무쳐 먹기 딱 좋은 세 글자, 이름하여 명아주. 굉장히 낯익었다.

"풀떼기?"

일우도 모르게 아주를 부르던 별명을 읊조렸다. 그가 풀떼기란 단어를 내뱉자 상대편 전화기가 급격히 시끄러워졌다. 귓가를 아프게 때리는 소음에 일우가 인상을 쓰고 잠시 핸드폰을 귀에서 떼어 냈다. 그 순간 익숙한 목소리가 들린 것 같기도 한데.

—동생분 바꿔 드릴게요. 잠시만요.

설마 그 동생이 풀떼기를 말하는 걸까. 일우의 눈이 하늘을 향해 묻 듯 허공을 향했다.

—형, 형!

저게 자신을 부르는 소리일까. 아저씨라고 불렀다가 자기 필요할 때 는 형이라고 부르는 모습이 눈앞에 그려졌다. 아주 잠시, 얘가 소매치기 도 모자라 보이스 피싱까지 손을 뻗었나, 싶었지만 그렇게 똑똑한 애는 아닌 것 같아 금방 생각을 접었다.

—형, 저 경찰서에 있는데요. 지금 데리러 오면 안 돼요?

"너 뭔데 거기어. 또 돈 훔쳤냐? 내가 어제 돈 줬잖아. 벌써 다 썼어?"

—나 경찰서에 있기 싫은데 데리러 오면 안 돼요? 형이 어제 준 돈 다 뺏겼어요. 한 번도 못 썼는데 억울해요.

"다 대답하지 말라니까 아직도 이러네. 누구한테 뺏겼는데?"

—나 때린 사람한테요.

해맑은 목소리가 참 답답했다. 맞고 돈까지 뺏겼단 걸 저렇게 얘기할 수 있는 사람이 있구나, 신기할 정도였다.

"뭐? 맞았어?"

—네. 얼굴도 맞고, 팔도 맞고, 등도 맞고요. 멍도 파랗게 들었어요. 막 욱신거리고…….

쌓인 게 많은지 입에 모터라도 단 듯 하소연을 시작했다. 아주의 징 징거리는 말을 반은 흘려 넘긴 뒤 일우가 말했다.

"꼴이 아주 볼만하겠네. 옆에 경찰 바꿔 봐."

—그럼 데리러 올 거예요?

어쩐지 불신이 가득한 목소리다. 지금 도와 달라고 전화한 거 아닌가. 확 가지 말까. 청개구리처럼 일우의 마음이 획획 바뀌었다. 1초에도 수십 번 바뀌는 마음이지만 최종 종착지는 '그래도 가야지'에 머물렀다.

사방 천지에 널리고 널린 풀떼기가 뭐라고 이러나 싶다가도 신경이 쓰였다. 에휴, 그래도 가긴 가야지. 아예 아주를 몰랐으면 모를까, 별꼴 다 보여 준 마당에 무시하기도 그랬다.

"어. 빨리 바꿔. 맘 바뀌기 전에."

아주가 신나서 전화기를 건네는 게 느껴졌다. 전화기를 다시 받아 든 경찰관과 통화 후 경찰서 위치를 받았다.

—근데 아까 동생 없으시다더니 진짜 동생분 맞으세요?

보이스 피싱 취급당해 마음이 단단히 상한 경찰관의 목소리가 날카로 웠다.

"예, 뭐. 동생 맞아요. 걔가 가출해서 없다 생각하고 살아서요."

아주가 경찰에게 뭐라 설명했는지 모르니 일단 장단에 맞추기로 했 다. 괜히 아니라고 했다가 둘의 기묘하고 지랄스러운 만남부터 다 까발 려야 될지도 모른다는 불안함이 엄습했다.

—어제 준 돈 얘기는 뭐예요? 가출했다면서요?

앞뒤가 맞지 않는 말에 경찰관이 깊게 파고들려 하자 일우가 딱 잘 랐다.

"그런 게 있습니다. 근데 걔가 왜 거기 있어요?"

—취객으로 신고당해서요. 전자 제품 매장 앞 길바닥에서 자고 있던 거 데려왔습니다.

하, 진짜 가지가지 하네. 골이 울리는 기분에 이마를 짚었다.

"예, 알겠습니다. 지금 출발할게요."

전화를 끊고 딱 돌아섰는데, 일우를 바라보는 형사의 눈이 무척이나 매서웠다. 어쩐지 등이 따갑더라니 이것 때문이었나 보다.

"검사님 고아시라면서요."

요컨대 형사가 가진 불만의 요지는 얼떨결에 동생이 된 아주의 존재였다. 변명의 여지는 있다. 일우 본인도 방금 전까지는 모르던 혈육이었기 때문이다.

"고아 맞아요. 아까부터 자꾸 아픈 델 찌르시네."

"방금 통화하실 때 들었거든요. 동생 얘긴 뭡니까. 분명 없으시다면서요."

"왜 남의 통화 엿듣고 그래요? 아니, 살면서 친한 동생 하나 없으셨나. 그렇게 살면 나중에 경조사 있을 때 아무도 못 불러요. 잘 사셔야지."

다른 누구도 아닌 일우가 할 조언은 아니었다. 본인 사회생활과 지인 관계는 바닥과 파탄을 넘나들면서 형사에게 얘기하는 게 아주 볼만했다. 그래도 불만을 지우지 않는 형사를 보며 일우가 씩 웃었다.

"왜요, 우리 지금 들어가서 영상 확인 할까요?"

일우가 몸까지 틀어서 경찰서 방향으로 돌아가려 하자 형사가 재빠르게 "잠, 잠깐!" 하며 소리쳤다.

"어어, 맞다, 맞아. 오늘 회의가! 있었는데!"

"회의요?"

"예! 그걸 깜빡했지 뭡니까."

과장스러운 몸짓이 '나 거짓말하고 있다'라고 외쳤다. 빤히 보이는 꾀에 넘어갈까 말까 하다가 아주를 데리러 가야 하니 한 번만 속아 주기로 했다.

"어쩔 수 없네요. 그럼 가셔야죠. 나도 동생 데리러 가야 되는데 잘됐네요."

형사의 얼굴이 순식간에 만개했다. 얼굴에 감정이 다 드러나는 양반이 어떻게 형사로 일하나 싶은 생각이 문득 들기도 했다. 아니지, 단점처럼 보이는 게 어쩌면 장점일지도 모르겠다. 저런 모습으로 긴장을 놓게 만들고 있다가 훅 찔러 오는 사람일지 누가 알겠는가.

"네. 아, 영상은 저희 수사계장님이 요청하실 겁니다."

"······!"

물론 일우도 만만치 않았다. 형사가 허점을 찔린 듯이 눈을 크게 뜨며 일우를 바라봤다. 대체 뭐가 있길래 저래?

"이번엔 연락 좀 잘 받으시고요. 그럼 나중에 또 뵙죠."

일우가 가볍게 인사하고 그대로 돌아서 갔다. 주차해 둔 차 앞에 다다라서 뒤를 살짝 확인했는데, 형사가 허공에 주먹질하며 짜증을 있는 대로 내고 있었다. 인생은 멀리서 보면 희극이고 가까이서 보면 비극이라더니. 형사는 분노를 저런 방법으로 풀고 있는 거겠지만 일우가 보기엔 혼자서 팬터마임하는 거로밖에 안 보였다.

"요즘 형사는 개그감 보고 뽑나."

혼자 중얼거리며 웃은 일우가 그제야 차에 올라탔다.

야근은 따 놓은 당상이라 일은 조금 뒤로 미루고 바로 서울로 넘어갔다. 출퇴근 시간이 아니라 그런지 비교적 빠르게 지구대 앞에 도착한 그는 앞에 차를 대고 내리기 직전, 검사실에서 일우 일을 백업하고 있을 수사관에게 전화를 걸었다.

—네, 검사님.

"저 복귀 좀 늦습니다. 담당 형사는 만나서 얘기 끝냈으니 신문 영상 재요청하세요. 혹시 또 안 된다고 하면 내 이름 파시고요. 안 되면 신 부장님 팔든지."

어떻게든 꼭 본인 눈으로 영상을 확인해야겠는 일우는 수사관에게 부탁하고 전화를 끊었다. 안 주면 이제부터 진짜 수상하게 되는 거지. 처음부터 술술 풀리지 않을 것 같던 예감이 적중했다.

"하, 뭐라고 보고하냐 진짜."

일이라는 짐을 어깨에 한껏 올린 일우가 한탄하다가 한숨을 푹 내쉬곤 지구대 안쪽으로 들어갔다. 들어서자마자 전화기 너머로 일우를 애타게 찾던 아주를 바로 만날 수 있었다.

"야, 씨발, 풀떼……."

욕과 동시에 풀떼기를 부르기도 전, 아주가 먼저 달려와 안겼다.

"형!"

얘가 미쳤나 싶게 다정한 목소리와 표정이었다. 호칭은 일우가 그렇게 부르라고 수십 번은 고쳐 줬던 형. 새벽에 봤던, 머리부터 발끝까지 검은색 일색인 차림 또한 같았다. 유일한 차이라면 묘하게 더 지저분하다는 것 정도?

"야, 좀 놔 봐. 지가 아주 코알란 줄 알지."

일우 몸을 나무로 착각했는지 매달리기 시작하는 아주를 겨우 떼어낸 일우가 상체를 숙여 아주의 얼굴을 살폈다. 턱을 잡고 고개를 이리저리 돌리며 유심히 봤다.

그의 까다로운 심미안에도 예쁘던 얼굴이 엉망이었다. 큰 상처는 없지만 시멘트 바닥이라도 굴렀나 싶게 자잘한 생채기와 먼지가 남아 있었다.

"그나마 봐 줄 거라곤 얼굴밖에 없는데 누가 이렇게 조목조목 때렸대."

"형, 얼굴 말고 이거 봐요."

아주가 부끄러움도 모르고 배를 훌러덩 깠다. 어제 분명 복대를 차고 있었는데, 복대는 온데간데없이 사라지고 멍만 남았다. 하얀 배에 군데 군데 남은 멍이 무척이나 아파 보였다.

"얼씨구. 존나 많이도 맞았네? 안 아프냐?"

"아픈데 괜찮아요."

"지랄하네. 아픈데 뭐가 괜찮아. 아프면 안 괜찮은 거야. 머리에 든 거 하나 없는 이 천진난만한 새끼야."

"나 그렇게 헤롱헤롱하진 않아요."

"헤롱헤롱이랑 천진난만은 다른 건데. 어떻게 설명도 딱 지같이 하냐."

두 마디로 아주의 입을 다물게 했다. 둘이 실랑이 아닌 실랑이를 주고받는 걸 지켜보던 경찰은 둘의 대화가 어느 정도 끝났을 무렵 다가 왔다.

"아까 통화했던 가족분 되세요?"

"예. 현일웁니다."

"형이라고 하시는 것 같던데 성이 다르시네요?"

"요즘 가족 형태가 얼마나 다양한데요. 존중해 주시죠."

일우의 한마디에 경찰은 할 말을 잃었다. 따지고 보면 틀린 말도 아니었다. 그냥 일우의 성격이 장난 아니라는 건 바로 짐작할 수 있었다.

"예······. 그건 그렇고 명아주 씨 사건 접수 하려면 신원 확인 해야 하는데, 어떤 것도 확인이 안 됩니다. 이름 외엔 나이, 연락처, 주소, 주민 번호 모두 모르겠다고만 하시고요."

"아, 신원."

일우의 뒤에 앉아 자신을 구세주처럼 바라보며 눈을 빛내는 아주는 정말 이름 외에 아무것도 모르는 것처럼 보였다. 거짓말하는 걸 수도 있지만 경찰서까지 와서 굳이 숨길 필요가 있나 싶다. 자기가 정말 잘못한 것도 아니고 외려 피해를 입은 상황에서까지 말이다.

주민 등록 번호 없는 사람이라고 신고가 안 되는 건 아니지만 좀 귀찮다. 일우는 그만큼 시간을 쏟을 생각도, 여유도 없었다. 결국 일우는 가장 편한 방법을 선택했다. 거기에 아주의 의사는 조금도 들어가지 않았다.

"죄송한데, 사건 접수는 안 할 겁니다. 일어나. 집에 가게."

"예? 그래도 말씀은 해 주셔야……."

"쟤가 잘못했으니까 처맞았겠죠. 됐습니다."

"그 사람들이 먼저 때린 건데요. 난 잘못 안 했어요."

뒤에서 속삭이는 아주가 일우를 오만불손하게 쳐다봤다. 설마 아주가 진짜 잘못해서 맞았다고 하겠는가. 어떻게든 그냥 넘어가려고 일부러 매정하게 말하고 있는데 정말 방법도 다양하게 도움이 안 됐다.

"안 닥쳐? 하여간 눈치가 좆도 없어요."

일우가 으름장을 놓자 그제야 아주가 조용히 있었다.

"그럼 가 보겠습니다. 고생하십쇼."

그만 마무리하고 돌아가려는 일우를 경찰이 끈질기게 붙잡았다. 보통 이만하면 귀찮아서라도 보내는데, 의욕이 넘치는 걸 보니 신참인가 싶었다.

"저기, 그래도 저희가 기록은 남겨야 하거든요."

달리 빠져나갈 방법이 없다. 잠도 못 자 피곤한 상태에서 더 실랑이하고 싶지도 않았다. 마지막 보루인, 또 절대 쓰고 싶지 않았던 카드를 꺼냈다. 만능 프리 패스 카드인 공무원증이었다.

"저 검삽니다."

뜬금없이 자신을 소개하는 일우의 모습에 경찰이 어이없다는 표정을 지었다. 일우도 달갑진 않았다. 이런 식으로 넘어가는 게 쪽팔리기까지 했다. 어쨌든 요지는 나도 너도 같은 밥 먹는 처지니 잘 좀 넘어가자는 뜻이었다.

"예?"

"현 소속은 인천지검입니다. 동생이 신고한다고 하면 제가 처리하겠습니다. 일하다 나온 거라 빨리 돌아가야 하는 상황이라서요. 부탁 좀 드리겠습니다."

조용히 잘 넘기기 위해 말투와 목소리 모두 진중한 태도를 갖췄다. 허우대만 번지르르하고 입은 거칠기 짝이 없는 시정잡배 같던 일우가 현직 검사라고 밝히니 경찰도 놀란 눈치였다.

일우도 자신의 직업을 좋아해도 어디 가서 자랑하는 성격은 아니었다. 외려 적당히 숨기는 게 미덕이라고 여겼다. 직업을 핑계로 빠져나가는 이 순간도 별로 내키지 않았다. 풀떼기 하나 빼내겠다고 이게 뭔 짓인지. 정말 꼴사납다.

"문제 있으면 이쪽으로 연락하세요. 제 연락첩니다."

민원 서류 뒷면에 연락처를 적어 건넨 일우가 여전히 의심스러운 눈초리인 경찰에게 묵례했다. 건네자마자 지체 없이 아주를 끌고 나왔다. 더 있다간 블랙홀 같은 아주의 입이 어떤 개소리를 지껄일지 몰랐기 때문이다. 욕을 속사포로 쏟아부어 다물게 하긴 했지만 그게 얼마나 갈진 모르는 일이다.

지구대 앞에 주차해 둔 차 앞에 아주를 데려간 일우가 머릿속을 정리했다. 화를 낼 것인가, 아니면 아주를 돌려보낼 것인가. 그도 아니면……

"풀떼기, 일단 타."

"······납치범?"

"헛소리도 자기처럼 하네. 내가 너 같은 새끼 납치해서 뭐 하게. 빨리 타. 시간 없어."

"어디 가는데요?"

"회사."

경찰서에서 바로 나올 생각이었는데 계획대로 쉽게 풀리지 않아서 시간이 좀 많이 지났다. 최대한 빠르게 회사로 복귀해야 하는 상황이었다. 조금만 더 꾸물거렸다간 남들 퇴근할 때 회사에 들어갈 성싶었다.

"회사가 어딨는데요?"

"인천에. 너 인천이 어딘지는 아냐?"

"알아요. 나도 전에 거기 살았어요. 바보 취급하지 마요."

"근데 왜 지금은 서울 길바닥에서 처자고 있냐. 취객으로 신고당해서 경찰서까지 간 새끼가 말은 잘해요."

망부석처럼 서 있는 아주를 조목조목 밟아 조수석에 겨우 태웠다.

"안전벨트 매."

"어딨는데요?"

"문 옆에."

아주가 허우적거리면서 안전벨트를 찾았다. 지켜보던 일우의 얼굴이 점점 일그러졌다. 뭐 하나 말하면 어째 한 번에 제대로 하는 법이 없다. 기대하지 않으면 실망도 하지 않는다던데 공감할 수 없었다. 기대가 없어도 실망은 있을 수 있었다. 일우는 지금 그걸 느끼고 있었다. 실망보단 빡침에 가까웠지만.

결국 안전벨트를 찾지 못한 아주에게 일우가 팔을 길게 뻗어 안전벨트를 대신 채워 줬다.

"하여간 손도 골고루 많이 가요."

출발하는 데도 갖은 애를 먹는다. 차에 태우는 것도 힘들었는데 점점 난관이 많아지는 기분이었다. 이걸 확 두고 갈까, 하다가도 께름칙함에 그러지 못했다. 결국 고민 끝에 액셀을 밟았다.

* * *

"회사 들어가서 어떻게 하라고?"

회사로 돌아가기 전, 근처 핫도그 가게에서 치즈 핫도그와 감자 핫도그를 하나씩 아주의 손에 들려 준 일우가 되물었다. 아주는 대답 없이 핫도그로 입에 지퍼를 채우는 시늉을 했다.

"이젠 말 잘 듣네."

일우가 흡족히 웃으며 아주의 등을 세게 두 번 정도 때렸다. 아주가 아프다는 듯 슬쩍 째려보긴 했으나 당장 핫도그가 맛있었기 때문에 얌전히 시선을 내렸다.

아주를 당장 길바닥에 내쫓기는 매정하고, 집에 두기는 불안하고, 일우는 당장 회사에 복귀해야 하고. 달리 방법이 없었다. 한 명 생각나는 사람이 있었으나 걔도 회사에 있긴 매한가지였다.

퇴근 시간이 다 돼서 회사로 돌아온 일우는 배부른 표정으로 조는 아주를 깨워 거의 안아 들다시피 끌고 갔다. 복도를 지나고 엘리베이터를 타는 내내 일우와 아주의 묘한 형태를 훑는 사람들이 많았으나 다행히 질문하는 이는 없었다. 사실 일우의 얼굴이 절대 질문을 받아 줄 거 같진 않았다. 외려 누구 하나 걸리면 죽여 버리겠다는 표정이었다.

503호라고 적힌 현판 아래에 선 일우가 문을 열었다. 안에서 통화하거나 수사를 진행하던 정 계장과 유 주임이 일우를 보고 고개를 까딱했다.

"검사님 오셨어요?"

"네. 좀 늦었어요. 미안합니다."

"아니에요. 아, 말씀대로 영상은 요청해 뒀어요."

"감사합니다. 고생하셨네요."

한 문장에 축약된 노고가 엿보였다. 일우는 정 계장에게 진심으로 고마움을 표현했다.

"영혼까지 팔 기세로 얘기했다니까요. 그런데 뒤엔 누구……?"

정 계장도 유 주임도 이주경 말고 오늘 또 오기로 한 사람이 있었나, 하는 궁금증을 안고 일우를 쳐다봤다. 그들은 따로 전달받은 게 없었기 때문이다.

"아, 그냥."

"그냥?"

"병풍입니다."

"네?"

"벽에 있는 장식이나 시계라고 생각하세요. 똑딱똑딱. 시계요."

일우는 말도 안 되는 헛소리를 아무렇게나 막 지껄였다. 아무리 봐도 인간인데 어떻게 무시하라는 건지. 정 계장과 유 주임은 잠시 그의 눈치를 보다 자기 자리로 가서 할 일을 했다.

"넌 서 있지 말고 이리 와."

흘깃흘깃. 아주가 여전히 졸린 눈으로 일우의 뒤로 갈 때까지 직원들의 시선이 아주의 꽁무니를 따랐다. 검사님 동생이신가? 아님 친척? 두 사람의 메신저 창이 아주의 등장으로 인해 시끄럽게 울렸다.

일우는 모니터가 보이지 않는 쪽에 간이 의자를 두고는 아주를 거기에 앉혔다.

"기대 자든 말든 알아서 하고. 조용히 있어. 아님 이거 보든가."

일우가 아주의 무릎에 던져 준 건 법전이었다. 아주는 무게에 한 번 인상 쓰고, 슬쩍 펼쳐 본 빼곡한 내용에 또 한 번 인상을 썼다. 아주의 입이 불평하고 싶어 연신 씰룩거렸으나 핫도그 두 개를 받아먹었기 때문에 참았다.

배부른 상태면 말을 잘 듣는 건가. 정보를 습득한 일우가 흡족한 미소를 지었다. 열심히 바깥나들이하고 왔으니 이제는 일할 요량으로 모니터에 시선을 집중했다.

시간 가는 줄 모르고 서류를 훑었다. 6시를 조금 넘겼을 땐 정 계장과 유 주임이 차례대로 퇴근했다.

"검사님, 오늘도 야근하세요?"

"나갔다 온 값은 해야죠. 먼저 들어가세요."

바삐 일하던 일우는 퇴근하는 두 사람에게 조심히 가라며 인사하고 다시 서류에 집중했다.

그때 아주는 이미 꿈나라에 가 있었다. 퇴근하는 두 사람이 고개를 모로 꺾고 불편하게 잠든 아주를 보며 말해 줘야 하나 말아야 하나 고민하다가 병풍처럼 대하라는 일우의 말을 상기하곤 그대로 나갔다.

몇 번이나 줄을 친 곳을 읽고, 이면지 뒷면에 실컷 메모를 하며 골머리를 앓던 일우가 노크 소리에 뒤에 있는 아주의 존재는 까맣게 잊고 들어오라고 대답했다.

"현 프로 바쁘지?"

일우와 같이 형사부에서 근무하는 이동훈 검사였다. 같은 형사부라도 일우는 3부, 이 검사는 2부라 마주치는 일이 잦진 않았다. 층도 다르고 말이다.

"아뇨. 안 바쁩니다."

굉장히 바쁘다는 소리였다. 마음에도 없는 말을 태연하게 하는 거야 말로 사회인의 참된 습관이었다. 일우는 반사적인 습관에 따른 죄밖에 없었다.

"안 바쁜 사람이 야근은 왜 해. 가만 보면 현 프로도 거짓말 참 잘해."

"알면서 묻는 건 악취민 거 아시죠. 무슨 일이세요."

"아니, 나 이제 퇴근하는데 저녁이나 같이 먹자고 할라 했지. 현 프로 왕따잖아. 메뉴는 삼겹살 어때?"

왕따라니. 자발적으로 혼자 있는 것뿐이다. 일우가 어울리지 않는 거지 그들이 어울려 주지 않는 게 아니다. 변명 같지만 사실이었다. 입 밖으로 꺼내긴 구차해서 말하지 않았다.

이 검사 말대로 밥도 먹어야 하니 아주 잠시 뻔뻔하게 낯을 들이밀어 볼까 고민했다. 고민은 절대 길지 않았다. 메뉴가 삼겹살이면 소주도 당연히 곁들일 테고 결코 한 시간 안에 일어날 수 없을 것이다.

게다가…… 잠깐 잊고 있었으나 뒤에 도로롱 잠이 든 풀떼기가 있었다. 저걸 두고 회사를 벗어나는 건 불붙인 폭탄을 던져두는 것과 같았다. 저녁 식사 자리에 데리고 가는 것도 마찬가지였다.

"제안은 감사하지만 못 갑니다. 보시다시피 뒤에 짐이 있어서요."

키 170이 넘는 거대한 짐인 아주는 누가 업어 가도 모를 자세로 숙면 중이었다. 고개가 옆으로 툭 꺾인 게 아플 만도 한데 많이 피곤했나 보다. 잘도 잤다.

"짐? 그러고 보니 뒤에 누구야? 처음 보는데. 앉은 자리를 보니 외부인

같진 않고."

예상했던 질문이었다. 일우도 가장 무난한 대답을 꺼냈다. 믿을지 말
지는 미지수였다.

"제 동생이요."

"뭐?! 현 프로 고아잖아?!"

이 검사가 꽥 소리를 질렀다. 누가 보면 흉측한 괴물이라도 본 듯한
목소리였다. 동생의 유무가 저리도 놀랄 일이던가. 일우가 귀를 찌르는
소음에 눈을 찌푸렸다.

"동생 있었어? 언제부터?"

"고아는 무슨. 애 앞에서 그런 거 얘기 좀 하지 마요."

일우가 질색팔색하며 교묘히 질문을 피해 갔다. 이 검사는 느닷없는
일우 동생의 등장에 신이 난 모양인지 그런 사소한 것엔 신경 쓰지 않았다.

"……어, 형도 혼자예요?"

이 검사의 외침에 막 깨어난 아주가 중얼거리며 배시시 웃었다. 어째
잠결에도 꽤 기뻐 보였다. 난무하는 헛소리들에 일우가 영혼 없는 목소
리로 대강 맞장구쳤다.

"왜, 꼽나?"

"나도 혼잔데……."

"하, 좋냐, 좋아? 어? 내가 고아라서 좋냐?"

일우가 자신에게 동질감을 느끼는 아주를 보고 헛웃음을 지었다. 아
주가 눈치도 없이 고개를 끄덕였다. 잠에 잠긴 눈이 초승달처럼 휘어졌
고 입꼬리도 쑤욱 올라갔다.

"이거 존나 어이없는 새끼네……."

아주를 쳐다보는 일우의 시선에 황당함이 담겼다. 배알이 없어도

이렇게 없어도 되나 싶은 머리였다. 뇌에 표백제를 부었나, 그냥 생각나는 대로 다 말하네.

"아, 왜! 딱 현 프로 같구만 뭘. 눈치 안 보고 마이 웨이 하는 거 보니까 동생 맞네, 맞아! 내가 오해했어, 현 프로. 기분 풀어. 응?"

"아, 됐어요. 밥이나 먹으러 가세요."

"거참, 앙탈은."

여기나 저기나 골 때리는 인간들뿐이었다. 인복은 뻥뻥 발로 걷어찼는지 한 톨도 보이지 않았다.

"그럼 오늘 저녁은 동생한테 양보할게. 나중에 한 번 더 데리고 와. 맛있는 거 사 줄게."

"예, 기회 되면요. 그만 식사하러 가세요."

대답은 그렇게 했지만 안타깝게도 아주의 등장은 오늘까지다. 당장 맡길 곳이 없어서 데려왔을 뿐이다. 문득 워킹 맘인 정 계장의 마음이 뼈저리게 이해됐다. 유치원이 평일에 쉬는 날이면 온 주변을 수소문해 아이를 맡기며 고생하던 모습이 떠올라서였다. 보다 못한 일우가 휴일인 선영을 불러내어 잠시나마 아이들을 봐 줬던 날도 있었다.

"그럼 현 프로, 내일 보자고."

재밌는 소식을 건졌다는 듯 이 검사가 발걸음 가볍게 나갔다. 마침 저녁 먹으러 간다고 하니 또 소문이 퍼지겠지 싶었다. 이젠 될 대로 되라는 식이었다. 혹시 누가 물어봐도 그냥 아는 동생이었다고 하면 되는 일이었다. 이 검사도 그러면 자기가 오해했나 보네, 하고 말겠지.

이 검사 때문에 열심히 하던 일도 중간에 맥이 끊겨 버렸다. 마침 아주도 일어났겠다, 밥이나 먹으러 갈까 싶어 반쯤 잠결에 취해 있는 아주를 흔들었다.

"풀떼기."

"네, 네?"

"내가 아까 말하지 말랬지. 대가로 핫도그 두 개 받아 처먹고 또 약속 안 지키냐."

잠이 확 달아난 표정으로 아주가 큰 눈을 굴렸다. 그 속에 숨은 심정이 잘 드러났다. 자느라 깜박 잊었어요. 아주의 트레이드마크인 순진한 척하는 목소리와 말투가 들리는 듯했다.

"너 코 고는 소리 때문에 시끄러워서 다들 퇴근했잖아. 어떡할 거야."

왼쪽으로 쏠렸던 눈알들이 이번엔 오른쪽이었다. 꼭 눈치 보는 강아지 같은 모양새에 일우가 그만 웃음을 터뜨렸다. 아주는 영문을 모르는 뚱한 표정으로 혼자서 시끄럽게 웃는 일우를 노려봤다.

"잘 자던데 배는 안 고프냐."

한참 웃다가 뒤늦게 정신 차린 일우가 물었다. 먹을 거라면 환장하는 아주가 핫도그 두 개 가지고 성에 찰 리가 없는데. 이 검사가 삼겹살 얘기하고 사라진 탓에 배가 고팠다.

나가서 풀떼기 데리고 뭐라도 먹을까 생각할 즈음, 아주가 뜻밖의 대답을 내놓았다.

"배고프진 않은데…… 그냥 욱신거려요."

"뭐가."

"배가요."

* * *

"보험 안 해요, 정수기 있어요. 전화기 안 바꿔요. 법정 의무 교육 다 했어요. 가세요."

휜 가운을 입고 피곤한 얼굴로 문에 기대선 선영이 일우를 잡상인 취급했다. 지금 아쉬운 건 일우였고, 선영은 그 부탁을 들어줄 체력도 의무도 없었다.

"다 같은 병원이면서 야박하게 굴지 말자, 친구야."

"여기 응급실이 아니라 산부인과예요, 씹새야."

졸지에 열 마리의 새 취급당한 일우가 입구에 서서 선영과 늦은 밤 실랑이를 벌였다.

"의사가 환자 진료 거부해도 되는 거냐?"

"다른 사람은 몰라도 너는 되지. 그니까 영업 방해 좀 하지 말고 가. 널리고 널린 게 병원인데 여길 왜 와?"

"내가 아프면 당연히 여기 안 오지. 씨발, 산부인과에 올 일이 뭐 있어."

"하긴 넌 비뇨기과나 가야겠지. 내가 누누이 말하는데 너 그렇게 더럽게 살다가 금방 죽어. 요즘 2, 30대 암 발병률 무섭다니까?"

"친구 하나 있는 게 뭐만 하면 지랄이네. 아무튼 걘 일반 병원은 못 데리고 가. 자기 이름밖에 모른다는데 어쩌냐. 막말로 여기가 응급실이랑 다를 게 뭐야?"

"하여간 대가리에 정액만 찬 새끼가 뭘 알겠냐. 네 말대로라면 판사랑 검사랑 같다는 거거든? 주민 번호 없으면 비급여 처리해. 환자분, 진료 거부합니다. 나가세요."

"야, 생각해 봐라. 애 상태는 엉망이지, 배는 멍으로 빼곡하지. 그 상태에서 병원에 주민 번호 말 못 하겠다고 비급여 처리한다고 끌고 가 봐. 의사가 나 신고해도 뭐라 할 말 없지."

한참 선영과 말싸움하던 일우의 뒤에서 인영이 하나 나타났다. 구석에 숨어 있다가 나온 아주를 발견한 선영이 두 눈을 크게 떴다. 하얗고 마른 얼굴. 눈치 보며 굴러다니는 눈동자가 눈에 띄었다.

"세상에, 현일우 네가 기어이 일을 내는구나, 일을."

선영은 그저 평생 자기 잘난 맛에 막살던 일우가 드디어 사고를 쳤구나, 하는 심정이었다.

"미친놈, 내가 아랫도리 간수 잘하랬지. 근데 얘는 엄마 쪽을 더 닮았나 보네. 넌 하나도 안 닮았어. 성격도 닮으면 안 되는데. 그래도 유전자 어디 안 가나 보다? 되게 예쁘게 생겼네."

하필 일우가 키도 덩치도 큰 탓에 아주가 더 작아 보이는 효과를 불러일으켰다. 선영의 오해도 더불어 같이 발전했다.

"어딜 봐서 얘가 내 새끼야. 미래의 내 새끼는 이렇게 안 생겼어. 막 말하지 마라."

낳을 생각도 없으면서 일단 부정부터 하고 봤다. 별다른 설명 없이 무작정 찾아왔더니 선영이 제멋대로 오해하는 게 보였다.

"아니야?"

"아니라고."

"그럼 말고. 근데 어디가 아픈 건데?"

"배."

"배? 왜?"

"몰라. 어디서 좀 맞았다는데 그거 때문인가."

"그래? 아가, 혹시 저 사람이 너 때렸니?"

선영이 일우를 대할 때와는 판이하게 상냥한 목소리로 아주에게 물었다. 아주는 부드러운 친절함에 익숙하지 않은지 부끄러운 표정으로 일우 뒤에 더 깊게 숨으며 고개를 저었다.

"내가 쟬 왜 때려. 듣자 듣자 하니 너 존나 당연하게 내가 때렸다고 생각한다?"

일우가 선영의 일방적인 주장에 반박했다. 선영은 일우가 그러든 말든 무시하고는 상체를 숙인 채 안색이 좋지 않은 아주에게 온 신경을 전념했다.

"사람이 헤까닥 돌면 뭘 못 하겠어? 어, 잠시만 비켜 봐. 얘 식은땀 흘린다."

일우도 그제야 그의 옷을 구기며 서 있던 아주의 얼굴을 쳐다봤다. 선영의 말대로 식은땀도 흘리고 얼굴도 허여멀건 게 영 상태가 좋지 않았다. 회사에서 배가 아프다고 할 때보다 더 안 좋았다.

"일단 따라와."

일우가 아주의 손을 잡고 선영의 뒤를 따라갔다. 손끝도 찬 게 괜히 일우의 신경을 거슬리게 한다. 선영이 분주하게 치우는 동안 일우가 마주 잡은 아주의 손을 꾹꾹 힘주어 주물렀다.

"아파요."

"너 혈액 순환 잘되라고 하는 거야. 참아."

"그런 거 안되어도 되는데."

"걱정해 줘도 지랄이네."

일우의 걱정은 아주에겐 아무 쓸모도 없었다. 스님에게 십자가를 선물로 주는 것과 같았다. 아주가 꼬물꼬물 손을 빼려 했다. 일우는 괘씸함에 오히려 더 힘을 주고 손을 빼지 못하게 막았다. 그렇게 둘이 투닥투닥거리는 걸 본 선영이 자기 진료실로 들어오라고 손짓했다.

"너는 아픈 애랑 뭐 하는 거야. 그만하고 들어와."

선영의 지시대로 순순히 안으로 들어온 일우는 아주를 간이침대에 눕혔다. 선영이 진료용 의자를 끌고 와 옆에 앉아 상태를 확인했다.

"이름이 뭐야?"

"명아주요."

"명아주?"

"네."

"이름이 특이하고 예쁘네. 티 걷어도 되지?"

아주가 쑥쓰러운 듯 조심스레 고개를 위아래로 끄덕였다. 그 광경을 지켜본 일우는 뭐가 그렇게 마음에 안 드는지 눈을 찌푸렸다. 저것도 남자라고 여자 앞에서 수줍어하는 건지, 대낮에 경찰서에서 잘만 배 까던 놈이 여기선 부끄러워한다는 게 믿기지 않았다.

선영이 아주의 상의를 천천히 올렸다. 그 아래엔 얼룩처럼 피부 군데군데 피어난 멍이 있었다. 선영이 눈썹을 팍 찌푸렸다.

"뭘 어떻게 맞으면 이렇게 되지?"

누가 봐도 맞아서 생긴 상처였다. 일우도 경찰서에서 잠깐 보고 제대로 보는 건 처음이었다. 그냥 넘기기엔 적나라한 폭력의 흔적이었다. 선영 또한 보통 일이 아니라고 생각했는지 심각한 목소리로 일우에게 되물었다.

"이거 신고해야 되는 거 아냐?"

선영이 핸드폰을 꺼내 들고 당장 112를 누르며 신고하려 하자 일우가 침착하게 만류했다.

"경찰이 쟤 신원 확인해야 한다는 거 내가 억지로 빼 왔으니까 냅 둬. 신고하면 또 골치 아파져."

"그럼 어떻게 하게."

"어떻게 하긴, 지가 알아서 하겠지. 넌 애 배 까 놓고 뭐 하는 거야."

"아, 맞다."

"얼씨구, '아, 맞다'는 무슨. 빨리 어떤지 상태나 봐 줘."

그제야 선영이 얇은 라텍스 장갑을 끼고 멍 주위를 조심스레 매만졌다.

"배 어느 쪽이 아픈 거야? 아랫배? 윗배?"

"위쪽이요……."

배의 이쪽저쪽을 누르던 선영의 손이 명치 아래까지 올라가자 걱정된 일우가 초조함을 숨기려 쓸데없는 말을 늘어놓기 시작했다.

"그거 눌러 본다고 알겠냐?"

"조용히 해라, 좀."

"설마 패혈증 뭐 그런 거 아니야?"

일우가 큰 키로 휘적휘적 진료실을 어지럽게 돌아다닐 때쯤 선영이 아주에게 말을 걸었다.

"아주야, 정확히 어디가 아픈지 손으로 좀 짚어 줄래?"

아주가 자기 손을 들어 가슴께를 가리켰다.

"여기가 어떤 식으로 아픈 거야?"

"좀, 답답하고……. 그래요. 찌릿찌릿 아프기도 하고."

"음, 점심이나 저녁 때 뭐 먹은 거 있어? 조금이라도."

"핫도그요. 형이 사 줘서 두 개 먹었어요."

"그래? 맛있었겠네."

"네. 치즈랑 감자 핫도그였는데요. 치즈 핫도그는 먹으니까 쭉 늘어나구요. 감자 핫도그는 막 무기처럼 이렇게 작은 조각들이 붙어 있었어요."

"또 뭐 먹은 건 없어?"

"있어요. 새벽에 삼겹살이랑 보쌈이랑 또…… 아, 족발도 먹었어요. 이것도 형이 사 준 거예요."

조잘조잘 이야기보따리를 풀어놓는 아주의 얘기를 참을성 있게 들어 준 선영이 이제 알겠다는 듯 일우에게 가까이 오라고 손짓했다.

"뭔데."

"Dyspepsia."

"디스, 뭐?"

"급체했다고."

일우는 본인이 잘못 들었나 싶어 귓구멍을 후벼 파는 시늉을 했다. 선영도 어이없었는지 허탈하게 재차 말했다.

"많이 먹어서 체한 거라고."

"아, 씨발."

일우가 욕을 내뱉으며 이마를 짚었다. 골이 울렸다. 동시에 쪽팔렸다. 배가 아프다는 아주한테 제대로 증상도 묻지 않고 무작정 병원에 끌고 온 것부터, 아주를 걱정하며 초조해했던 순간들이 모두 짜증 났다.

"근데 쟤 누구길래 네가 먹을 거까지 사 주고 여길 끌고 와?"

"주웠어."

"이젠 길냥이들도 모자라 사람까지 줍냐? 가지가지 한다, 현일우."

"걔들은 그냥 밥만 주는 거야. 아직 집에 들인 적 없어."

"그게 그거지 뭐."

항상 냉철하고 한결같이 싸가지 없는 일우가 사실 의외로 인류애가 넘치는 사람이란 걸 아는 선영은 고개를 절레절레 저었다. 물론 그 인류애도 모든 사람이 아니라 일우의 취향을 따라 선택적으로 작용하긴 하지마는.

주웠다는 설명 뒤로 뭐가 덧붙여져야 할 것 같음에도 선영은 더 묻지 않았다. 그가 알아서 하겠지, 라는 생각에서였다.

"아주야, 너 체한 거 같아. 오늘은 뭐 더 먹지 말고, 알았지? 너무 아프다 싶으면 참지 말고 병원 가야 돼."

"그게 끝이야? 뭐 손가락 따고 그래야 되는 거 아냐?"

"요즘 누가 손가락을 따. 그거 다 아무 소용없어요. 그러게 넌 애 배 아프다고 하면 약국에서 소화제를 사 먹이든 화장실에 데려가든 하지 뭐 하러 여기까지 기어 오냐."

선영이 일우를 한심하다는 듯 훑었다.

"기다려 봐. 나 먹던 소화제 남아 있나 찾아보게."

말을 마친 선영이 서랍장을 뒤적거리더니 두 알쯤 남은 소화제를 책상 위에 올렸다.

"아주야, 손 줘 봐."

선영이 소화제를 건네주려 아주의 손을 맞잡았다. 손바닥에 얼룩 같은 게 보이자 선영이 미간을 찌푸리며 뭔지 확인하려 했다. 볼펜으로 대충 휘갈겨 적은 탓에 거의 번졌지만, 일우는 뭔지 바로 알 수 있었다. 새벽에 그가 적은 핸드폰 번호였다.

"씨발, 더러운 새끼. 손도 안 씻고 다니냐."

일우가 물티슈를 두어 장 뽑아 재빠르게 남은 흔적을 지웠다. 눈치 빠른 선영이 꼬투리라도 잡을까 다급히 움직인 덕분에 선영이 그의 번호를 알아보기 전에 순식간에 지울 수 있었다.

"애한테 욕하지 말고 물이나 떠 와."

선영이 다시 한번 일우를 한심하다는 듯 훑었다. 생긴 건 평생 고운 말만 하게 생겼으면서 입이 걸걸하기론 둘째가기 서러웠다.

"예 예."

일우가 빈정거리며 복도에 나가 물을 떠 왔다. 아주는 소화제를 삼키고 물을 마셨다. 그걸 지켜본 선영이 덧붙여 말했다.

"이거 먹고도 아프다고 하면 그냥 병원 데려가."

"보호자 취급하지 마라. 나도 어제 처음 봤으니까."

"아, 예 예. 그러시겠죠."

보호자 역할 자처한 게 누군데? 라는 눈빛으로 선영이 한껏 비아냥거렸다.

"나 간다."

"어, 다신 오지 마. 연락도 하지 마."

"차단이나 풀고 말해. 씨발."

일우의 대답에 선영이 푸핫, 웃음을 터뜨렸다. 출발하기 전에 선영의 핸드폰으로 전화와 메시지를 폭풍처럼 남겼으나 어떤 대답도 없었다. 처음엔 급한 수술이 있나 싶었다. 병원에 도착한 뒤, 여길 왜 왔냐는 듯한 선영의 표정을 보고 차단당했다는 걸 알았다.

"어디서 들켰대. 평생 모를 줄 알았더니."

"쟤 아니었으면 나도 당분간 알 일 없었어."

선영은 굳이 배웅하지 않고 진료실 의자에 앉아 손만 까딱 흔들었다. 그런 선영을 뒤로한 일우가 아주를 앞장세워 나갔다. 일우한테는 자기 멋대로 행동하던 아주가 선영에게는 인사도 꾸벅하고 나왔다.

"너 먼저 차에 타 있어."

주차장으로 내려온 일우가 문득 밀려오는 흡연 욕구에 멈춰 섰다.

"왜요?"

"타라면 좀 타라."

"알았어요."

아주를 먼저 차에 태운 일우가 담배를 하나 물려다가 아차 싶었다.

"아, 씹."

산부인과 앞에서 담배 피우는 새끼는 호로새끼나 다름없었다. 개새끼는 몰라도 호로새끼는 안 된다. 결국 담배를 도로 집어넣고 차에 올라탔다.

"혼자 뭐 했어요?"

아까는 배 아프다고 징징거리더니 약 먹고 좀 살판났는지 아주가 호기심을 왕창 드러냈다. 뭐가 그리 궁금한 건지 이것저것 묻는 아주를 일우는 가볍게 무시했다.

"그런 게 있어. 안전벨트나 매."

"이미 맸어요."

이것 보라는 듯 아주가 의기양양하게 웃었다. 내친김에 일우가 슬쩍 쳐다보며 검사하는 시늉을 했다. 아예 벨트를 찾지도 못하던 예전과 달리 잘 맨 상태였다.

"봐요. 나 바보 아니라니까요."

막 말문이 트인 아이처럼 미주알고주알 얘기하며 칭찬을 바라는 모양새가 꽤 귀여웠다. 더불어 아프지 않아 다행이라는 생각도 들었다.

두 눈 동그랗게 뜨고 대놓고 바라는 칭찬을 해 줄까 말까 하던 일우가 별안간 덥수룩한 머리칼로 뒤덮인 아주의 이마에 딱밤을 한 대 날렸다.

"왜 때려요!"

"잘해서 칭찬해 준 거야."

"누가 칭찬을 이런 식으로 해요!"

"나는 그런 식으로 해."

아주 놀렸다고 기분이 좋아진 일우가 픽 웃음을 흘렸다. 옆에서 약이 오를 대로 오른 아주가 이마를 문지르며 일우를 째려봐도 그냥 그러려니 넘길 수 있을 정도로.

* * *

"여기가 어디예요?"

"내 집."

3층짜리 건물은 깨끗한 외관과 달리 사람 사는 흔적은 거의 없었다. 으레 우편함에 가득할 우편물도, 집 앞에 놓인 쓰레기통도 없었기 때문이다. 그 대신 작은 밥그릇이 대여섯 개쯤 쪼르르 열을 맞춰 빈자리를 채우고 있었다.

"뭐 해? 들어와."

입구에 우물쭈물 선 아주를 재차 불렀다. 굼벵이가 친구 하자고 다가올 굼뜸이었다. 도망갈 때는 그렇게 빠르더니 이번은 아니었다. 극과 극을 달리는 게 아주다웠다.

"저건 뭐예요?"

아주가 가리킨 건 이곳을 찾는 배고픈 강아지와 고양이를 위한 밥들이었다. 매일 아침 출근할 때 물과 사료를 가득 채워 두는 게 하루 일과의 시작이었다.

"개밥."

"이건요?"

"고양이밥."

"개 키워요?"

"아니. 그냥 너 같은 떠돌이 애들 챙겨 주는 거야."

"왜요?"

"넌 참 궁금한 것도 많다."

일우는 그 외 별다른 대답 없이 아주에게 손을 까딱했다. 쭈그려 앉아 밥그릇을 구경하고 있던 아주가 쪼르르 달려와 일우의 뒤를 따랐다. 집은 한 층에 하나씩 있었고, 일우의 집은 2층이었다.

"안 잡아먹으니까 들어와."

도어 록을 풀고 문을 활짝 열어젖힌 일우가 계단 끄트머리에 아슬아슬하게 서 있는 아주를 불렀다. 아주가 쭈뼛쭈뼛 안으로 들어섰다. 그 모습을 보니 병원에서 출발하기 전 나눴던 대화가 생각났다.

'너 어디 갈 데는 있냐.'

'없어요.'

'그럼 오늘은 어디서 지내게.'

'그냥 아무 역이나 내려 주세요.'

'역은 왜? 화장실에서 자게?'

'적당한 데 없으면요.'

'너도 참 인생이 지랄 맞네.'

그 지랄 맞은 인생에서 오래전 제 모습을 엿본 일우는 갈 곳이 없다는 아주를 그냥 보낼 수 없었다. 그렇다고 마땅한 수가 있는 건 아니지마는 길바닥보다는 여기가 낫겠지 싶은 생각에 집으로 데리고 왔다.

딱 필요한 가구와 생필품만 있는 집 안에 아주를 들인 일우는 먼저 욕실로 향했다.

"일단 좀 씻어."

욕실 앞에 아주를 세워 둔 일우가 손가락으로 샴푸는 저거, 비누는 이거, 수건은 여기, 하면서 빠르게 설명했다. 친절한 설명이 무색하게 아주는 멍하니 흘려듣는 모양새로 고개만 영혼 없이 주억거렸다.

"듣고 있는 거 맞아? 씻는 법까지 알려 줘?"

듣고 있긴 한 건지 이번엔 고개를 가로로 저었다.

"새끼가 말로 하라니까."

"안 알려 줘도 돼요. 나도 알아요."

"알면 대답 좀 해."

"알았어요."

"알았어요, 는 지랄. 맨날 말로만 알았대."

"형이랑 나 안 지 하루밖에 안 됐거든요?"

바꿔 말해 '맨날'이라는 표현을 쓸 만큼 오래 알지 않았다는 뜻이었다. 이젠 비꼬기까지 한다. 그사이에 말싸움 실력이 늘었을 리는 없고 그만큼 일우가 편해졌다는 거겠지. 나쁜 변화는 아니었다.

"알겠으니까 옷이나 벗어."

"왜, 왜요?"

화들짝 놀란 아주가 또 한 번 손을 가슴에 얹으며 엑스 자를 그렸다. 벗으라는 말이 어떤 오해를 불러일으킬 수 있는지 알고는 있지만, 이 세상에 아주와 단둘만 남아도 일우가 건드릴 리 없는 생명체였다. 아랫도리에 자기랑 같은 거 달린 놈한테는 추호도 관심 없었기 때문이다.

"씨발, 백억을 준다 해도 너랑 섹스할 일 없으니까 진짜 좆같은 오해하지 마라. 그 더러운 옷 언제까지 입고 있을 건데? 지금 세탁기 돌릴 거니까 벗어."

"그럼 난 알몸으로 있어요?"

"둘 다 남잔데 뭐 어때."

일우는 아무렇지도 않게 대답했고, 아주는 질린 얼굴로 뒤로 한 발자국 물러났다. 일우가 꼭 더러운 물체라도 되는 듯이 말이다. 그러고는 회심의 일격을 날렸다.

"자위하는 사람 앞에서는…… 으읍!"

일우가 뚫린 대로 막 지껄이는 아주의 얼굴로 수건을 집어 던졌다. 얼떨결에 수건을 뒤집어쓴 아주가 뒷걸음치다 그만 발을 헛디디고 말았다. 기우뚱 넘어지나 싶었던 아주가 가까스로 벽을 짚고 섰다. 그런 아주에게 다가가서 그의 어깨에 팔을 걸치고 품에 끌어안아 도망가지 못하게 붙들어 둔 일우가 낮게 속삭였다.

"가만 보면 우리 풀떼기 주둥이가 아주 자유분방해? 어?"

"숨, 숨 막혀요!"

"잘못을 했으면 벌을 받아야지. 참아. 근데 내 옷이 너한테 맞으려나 모르겠네."

아주는 일우의 몸을 몇 번씩 밀치고 때리며 탈출하려고 갖은 애를 썼다. 일우는 주먹이 아프지도 않은지 쟤한테 내 옷이 맞으려나, 하며 사이즈를 가늠하기 바빴다.

일우가 놓아주지 않아 궁여지책으로 주저앉아 탈출한 아주가 숨을 몰아쉬며 일우를 노려봤다.

"……형, 사디스트죠?"

톡 쏘는 말투와 짜증 난 목소리. 잔뜩 골이 난 아주가 일우의 취향을 의심하기 시작했다.

"푸핫, 뭐? 사디스트? 너 사디스트가 뭔지는 알아?"

이건 또 뭔 신선한 개소리인가. 이젠 어떤 말을 할지 기대까지 됐다.

자유분방한 아주의 주둥이가 할 뒷말을 들어 보기로 했다.

"나도 어디서 들어서 알거든요? 그거잖아요. 그…… 아! 남 괴롭히는 거 좋아하는 사람요!"

"어, 맞아. 나 사디스튼데. 궁금해? 더 보여 줄까?"

영 틀린 말은 아니었다. 아주가 바락바락 대드는 게 꽤 귀여웠던 일우는 아주가 원하는 대로 행해 주기로 했다. 물론 아주의 의견은 절대 포함되지 않았다.

"그래. 네 앞에서 자위도 했는데 다른 건 뭘 못 하겠어."

일우가 당장이라도 셔츠 단추를 끌러 내리려고 하자 아주가 기겁하며 벌떡 일어서 쏜살같이 욕실 안으로 들어가 문을 걸어 잠갔다.

"어딜 가? 보고 싶다며?"

쿵쿵쿵. 일우가 욕실 문을 당장이라도 열 기세로 두들겼다. 물론 그런 거친 손길과 달리 아주를 놀리는 데 삼매경인 일우의 광대는 부끄러운 줄 모르고 하늘로 치솟았다.

"안 봐도 돼요! 나, 나 씻을 거예요!"

욕실 안에서 꽥 소리치는 목소리가 웅웅 울렸다. 일우는 그걸 듣고 끅끅대며 웃기 바빴다. 오랜만에 정말 개운하게 또 만족스럽게 웃었다.

"아, 진짜 골 때리는 새끼라니까."

* * *

비누 냄새를 폴폴 풍기며 다 젖은 머리로 욕실 문을 열고 슬그머니 나온 아주는 더러운 옷을 또다시 주워 입고 있었다. 그걸 본 일우는 아주와 한바탕 또 실랑이를 반복했다. 아주의 고집에 두 손 두 발 다 들

뻔한 일우가 가까스로 승리를 쟁취했다.

아주가 잠옷으로 건네받은 건 언젠가 선영이 학회 때문에 뉴욕에 갔던 날, 선물로 사다 준 I♥NY 티셔츠였다. 사이즈도 가장 큰 걸 사다 줘서 아주의 상체를 전부 가리고도 조금 내려올 정도였다. 속옷은 새걸 뜯어서 줬다. 외국 브랜드만 고수해야 하는 일우의 크기 덕분인지 마른 아주에겐 짧은 반바지 정도였다.

"형은 침대면서 나는 왜 바닥이에요?"

드레스 룸에서 안 쓰는 겨울 이불을 꺼내 온 일우가 불퉁하게 볼을 부풀리는 아주를 흘깃 바라봤다.

"길바닥에서 자던 새끼가 방바닥이면 됐지, 뭘 더 바라냐? 여기가 호텔이냐? 어? 호텔이야?"

주는 대로 얌전히 받아먹을 아주가 아니었다. 자기 원하는 거 하난 확실한 모습에 이불을 들고 오던 일우가 그 위로 이불과 베개를 휙 던졌다. 얼떨결에 푹신한 이불에 파묻혔던 아주가 이불 위로 기어 나오며 불만을 터뜨렸다.

"침대 넓잖아요."

아주가 침대를 가리켰다. 일우의 큰 기럭지를 감당할 수 있는 크기로 일반 킹사이즈도 아니고 라지 킹사이즈였다. 성인 남자 둘이 나란히 누워도 넉넉했다.

"더러운 새끼랑은 같이 안 자."

길바닥을 전전하는 아주를 주워 오긴 했다만 일우가 허용할 수 있는 범위는 바닥까지였다. 그 이상은 아직 용납하지 않았다.

"방금 씻어서 안 더러운데요."

아주가 티셔츠를 팔을 들어 코를 박곤 킁킁대며 몸 냄새를 맡았다.

악취는커녕 향기로운 비누 향만 났다. 앉은 채 침대 매트리스에 얼굴을 걸친 아주가 일우에게 호소했다. 어째 불쌍해서 한 번 봐줄 법도 한데 일우는 고개를 욕실 쪽으로 까딱하며 조건을 걸었다.

"그럼 한 번 더 씻고 오든가."

"그냥 밑에서 잘게요."

그건 싫은지 바로 포기한 아주가 일우가 던져둔 이불과 베개를 주섬주섬 챙기고 누웠다. 일우도 방 불을 끄고 침대에 누웠다. 피곤해서 바로 잠들 줄 알았으나 너무 오랜 시간 자지 않은 탓에 외려 잠이 오지 않았다. 눈을 감고 내일 스케줄을 머릿속으로 정리하고 있는데 밑에서 아주가 말을 걸었다.

"형, 아까 검사라고 했잖아요."

"어."

"그거 높은 사람이에요?"

"어."

"뭐 하는 건데요? 경찰 같은 거예요?"

"너 같은 범죄자 잡아서 깜방 처넣는다, 왜."

"그럼 그 남자도 잡아 줄 수 있어요?"

"누구. 너 때린 사람?"

"네."

"뭐, 어떻게 생겼는데?"

"형보단 못생겼어요."

"그건 당연한 거고. 이게 나처럼 생긴 사람이 흔한 줄 아네. 너 내 얼굴이 평균이라고 생각하고 살면 인생 피곤해져."

웃음기 하나 없이 대답한 일우는 불쾌함을 숨기지 않았다. 스크린 안에서도 보기 힘든 외모인데 길바닥에 굴러다니는 돌멩이 취급당한 기분이었다. 살면서 이런 대우는 또 처음이었다.

"야, 자지 말고 일어나 봐."

침대에서 일어난 일우가 바닥에 드러누운 아주를 발로 툭 치며 일어나라고 종용했다.

"왜요."

느적느적 눈을 뜬 아주를 보고 휙 돌아선 일우는 대답 대신 볼펜과 종이를 들고 왔다.

"그려 봐."

아주는 잠기운이 묻어나는 눈가를 팔로 슥슥 문지르더니 볼펜을 쥐고 잡아 달라던 남자의 얼굴을 그리기 시작했다. 물론 그리기만 했다. 잘 그린다고는 하지 않았다. 자신감 있게 바로 볼펜을 쥐고 그리길래 잘 그리는 줄만 알았다. 결과물은 사람의 형태만 간신히 보일 뿐이었다.

"씨발, 내가 발로 그려도 이것보단 낫겠네."

일우의 신랄한 비판에 아주가 눈을 부라리며 째려봤다.

"얼굴 펴라."

일우가 던진 경고 한마디에 다리미가 지나간 것처럼 얼굴을 활짝 펴는 아주였다.

"이게 사람이냐? 괴물이지."

"그럼 형이 그려요!"

아주가 짜증 내며 정성스레 그린 그림 위에 북북 낙서를 했다. 간신히 사람 형태를 띠었던 그림은 어느새 엉망이 돼 있었다. 볼펜을 넘겨받은 일우가 범인의 생김새를 물었다.

"어떻게 생겼는데?"

"눈은 쭉 찢어지고 턱은 음, 좀 네모였어요."

추상적인 아주의 설명대로 일우가 쭉쭉 그려 나가기 시작했다. 아주의 설명이 끝나고 일우도 완성된 그림을 들이밀었다. 아주가 그린 처참한 그림 밑에 있는 일우의 그림 역시나 도토리 키 재기였다. 둘 다 자신감만 넘쳤지 결과물은 그릇된 현대 미술의 산물 같았다.

"형이 그린 거 진짜 못생겼어요."

"네가 못생겼다며."

반은 맞힌 셈이었다. 일우는 당당하게 아주에게 책임을 전가하며 의견을 피력했다.

"못생겼다고 그랬지 사람이 아니라고 하진 않았어요. 이건 사람이 아니잖아요. 난 이렇게 생긴 사람은 한 번도 본 적 없어요."

아주가 필터를 걸치지 않은 말들을 중얼거리자 그제서야 종이를 꾸깃꾸깃 구겨 구석에 던져 버렸다.

"그림 좀 못 그릴 수도 있지. 검사가 그림 잘 그려서 뭐 하냐."

"그래도 너무 못생겼어요."

"시끄럽고 잠이나 자."

"자기가 먼저 그려 보라고 했으면서……."

꿍얼거리는 아주를 뒤로한 일우는 스탠드 불을 끄고 침대에 다시 누웠다.

"형, 나 배고파요."

당장 이불도 씹어 삼킬 위장의 소유자가 배고픔을 호소했다. 체한 것 때문에 병원 갔더니 입이 또 궁한 탓이다. 속 안 좋으면 뭐 먹고 싶다는 생각도 안 들지 않나.

"아까 배 아프다던 새끼가 그새 또 뭐가 먹고 싶냐. 오늘은 좀 참고 내일 먹어."

"맛있는 거 먹을 거예요?"

"어."

"어떤 거요?"

"네가 먹고 싶은 거 먹어."

"그럼 고기 먹을래요."

"어."

"비싼 거도 돼요?"

대화를 이만 마무리하고 조용히 잠을 청하려고 했으나, 사사건건 방해하며 물음표를 던지는 아주에 질린 나머지 옆에 있는 베개를 아주의 얼굴로 던지고 말았다. 때아닌 폭격에 아주가 악 소리를 내며 얼굴을 부여잡았다.

"닥치고 잠이나 자. 10초 안에 안 자면 밖으로 던져 버린다."

정확히 10초 후, 고른 숨소리가 침실을 가득 채웠다. 불면증이랄 게 없는 아주라도 10초 안은 무리여서 잠자는 척 연기하는 것에 불과했으나 조용해졌다는 것에 의의를 뒀다.

* * *

알람이 울리기도 전에 잠에서 깬 일우가 머리를 거칠게 헝클었다. 몸에 열이 많아 한겨울에도 이불 하나만 덮고 자는데 오늘따라 도저히 더워서 깊게 잠을 잘 수 없었다. 도대체 뭔가 하고 잠에서 막 깬 눈으로 주위를 둘러보고선 바로 원인을 찾을 수 있었다.

바닥에서 자던 아주가 어느새 일우에게 딱 달라붙어 몸을 동그랗게 말고 자고 있었다. 아주도 일우처럼 몸에 열이 많은지 닿은 부위가 뜨끈뜨끈했다.

"어쩐지 존나 덥더라. 아오, 씨발."

이틀을 밤새고 겨우 잠들었는데 새벽 6시에 깼다. 이유도 별거 아니다. 단지 더워서. 그뿐이었다. 단순한 해프닝으로 치부하기도 우스운 일이었다. 다시 잘 수 있을 것 같진 않아서 쌍욕을 반복하며 일우는 얼마 남지 않은 잠을 포기했다.

"야, 일어나."

잠을 포기한 것과 별개로 괘씸한 건 괘씸한 것이다. 남의 속도 모르고 곤히 자고 있는 아주를 발로 차서 침대 밑으로 떨어트렸다. 침대 밑으로 떨어진 아주는 퍽, 소리를 내며 바닥과 충돌했다. 충격이 꽤 클 텐데 깨지 않고 쿨쿨 잤다. 아주만 세상모르게 편히 자는 게 얄밉기도 했으나 일우의 복수는 거기까지였다.

일우가 씻고 나와 셔츠를 입고 머리를 깔끔하게 넘길 때까지도 아주는 바닥에 볼따구를 딱 붙인 채 자고 있었다. 늘어진 모습이 꼭 햇볕에 구워지는 고양이 같았다.

"존나 잘 자네."

어젯밤엔 분명 한 대 쥐어박고 싶었는데, 사실 베개를 던지기도 했으나 지금은 퍽 귀여워 보인다. 얼마 전 봤던 고양이가 생각나는 모양새였다. 일우한테 1년 가까이 밥 먹으러 오는 치즈 고양이가 친구를 한 마리 데려왔었다. 눈을 샛노랗게 반짝이는 새까만 고양이였다. 돌이켜 보니 그 고양이가 아주를 똑 닮았다. 어두운 밤에 혼자 새까만 옷을 입고 눈만 굴리던 명아주. 여러모로 충격이었지.

넥타이를 매고 셔츠 소매 단추까지 채운 일우가 거실로 나갔다. 혼자 살기엔 꽤 넓은 집은 삭막하다시피 했다. 거실엔 인테리어용으로 있는 소파와 TV가 끝이었고, 주방은 냉장고와 그것보다 더 작은 냉장고. 식탁과 의자 두 개가 전부였다.

작은 냉장고는 일반 음식을 담는 용도가 아닌, 병원에서나 볼 법한 의료용 냉장고였다. 일반 가정집에 의료용 냉장고가 있는 이유는 일우의 식성이 좀 특이하기 때문이었다. 단지 사이코메트리 능력과 부작용만 있었다면 참 좋았겠지.

"오늘은 A형을 먹을까, O형을 먹을까."

남들은 아침에 식사 메뉴를 고를 때 일우는 혈액형을 골랐다. 냉장고 문을 붙잡고 오렌지 주스냐 우유냐 하는 게 아닌 혈액형을 고르는 모습은 공포 영화라고 하기엔 웃기고 코미디라고 하기엔 그로테스크했다.

"뭐야, 씨발. A형밖에 없네."

네 개 남은 혈액 팩은 모두 A형이었다. 선택의 스펙트럼 또한 급격히 좁아졌다. 결국 아무 혈액 팩이나 꺼내 든 일우가 팩과 연결된 튜브를 입에 물고 냉장고 문을 닫았다.

오늘 하나 먹었으니까 이제 남은 건 세 개. 어제 선영을 만났을 때 받아 왔어야 했는데 잊고 있었다. 등신 새끼. 속으로 자신을 욕하면서 혈액 팩을 보약처럼 쭉쭉 들이켜고 있을 때 아주가 슬그머니 거실에 나타났다. 머리를 제대로 말리지도 않았는지 까치집을 지어 놓고, 얼굴은 거의 다 죽어 가는 게 마치 좀비처럼 보였다.

"벌써 일어났냐? 더 잘 줄 알았는데."

"배고파서 깼어요. 근데 형 지금 뭐 먹……."

큿큿큿.

개 새끼도 아니고 코부터 들이대며 일우 쪽으로 걸어오던 아주가 갑자기 멈춰 섰다. 뒤늦게 상황을 파악하더니 멍하니 넋을 놨다. 아침부터 상쾌하게 피를 마시는 일우를 발견한 것이다.

"왜 그런 눈으로 보냐. 아침부터 존나 불손하네."

"……형 뱀파이어예요?"

뱀파이어란 말은 또 어디서 주워들었대.

"뜬금없이 뭔 소리야."

"뱀파이어는 피 먹잖아요."

"그래서 내가 뱀파이어다?"

편견이 없어도 너무 없는 질문이었다. 물론 일우도 자기가 피를 마신다는 걸 들켰다는 것에 전혀 개의치 않았다. 누가 들어도 허무맹랑한 소리였고, 아직 아주를 속여 넘길 수 있다는 생각이 반쯤 남아 있기도 해서였다.

"아니에요?"

"이거 토마토 주슨데."

일우가 반쯤 남은 혈액 팩을 흔들었다. 이건 코감기 환자가 맡더라도 절대 토마토로 착각할 리 없는 완벽한 피 냄새였다. 코를 먼저 킁킁댔던 아주는 절대 속지 않았다.

"주스가 왜 비닐에 담겨 있어요?"

"요즘 주스는 이렇게 나와. 봐라, 빨대도 있잖아."

누가 봐도 빨대의 형상이 아닌 혈액 팩과 링거를 연결하기 위한 튜브였다.

태연하게 거짓말하는 모양새가 흡사 눈 뜨고 있어도 코 베어 가는 사기꾼 같았다. 하도 사기꾼들을 많이 마주쳐서 그런지 뻔뻔하기가 날로 발전한다.

"거짓말 마요. 피 냄새 나요."

"냉장고에 피 있는 게 이상해?"

"뱀파이어니까 있을 수도 있겠죠."

"너처럼 대놓고 얘기하는 애는 처음 본다, 처음 봐."

"나도 뱀파이어는 처음 봐요."

"어, 그래. 사인 해 줄까?"

"사인은 왜요?"

"됐다, 됐어."

아주한테는 뭔 농담을 못 한다.

"맛있어요?"

맛있다고 하면 당장 철이라도 씹어 먹을 기세였다. 쪽쪽 마시던 일우가 딱 한 모금을 남겨 두고 아주 쪽으로 건넸다.

"한 모금 남았는데 궁금하면 먹어 보든가."

한번 맛볼 것처럼 굴더니 아주는 하얗게 질린 얼굴로 거절했다.

"아무리 먹을 게 없어도 피는 안 먹어요."

그런 아주를 보며 킥킥 웃던 일우가 마지막 한 방울까지 다 먹고는 쓰레기통에 혈액 팩을 버렸다. 입가에 묻은 피를 손으로 닦고 물로 씻는 일우를 구경하던 아주가 문득 물었다.

"피는 어디서 구해요?"

"병원."

"병원이요?"

"어, 아는 애 있어서."

아는 애라 함은 선영밖에 없지만 굳이 그 사실까지 알려 줄 필요는 없었다. 피 냄새가 남지 않게 깨끗이 손을 씻은 일우는 남은 물기를 수건으로 대강 닦았다. 그러는 동안 아주가 꼬치꼬치 묻는 말에도 하나하나 착실히 대답했다.

"근데 그거 불법 아니에요?"

"맞아."

"검사가 그러면 안 되잖아요."

"검사라도 먹고는 살아야 할 거 아냐."

"안 걸려요?"

"안 걸리게 하는 거지. 근데 네가 불법이라고 하니까 진짜 웃기네. 너 내 지갑 훔친 건 불법 아니냐?"

네가 어디서 감히 불법을 논하냐는 눈이었다.

"그거 이미 다 지나간 거잖아요. 치사하게 지난 일로 그러지 마요."

"무슨 말을 못 하게 하네."

가끔씩 허를 찌르는 말을 할 때마다 아주의 정체를 고민하게 됐다. 일우 같은 인간이 또 있을 리는 없으니 정체랄 것도 없는 그냥 인간이겠지만.

"형, 형은 그럼 어렸을 때는 뭐 먹고 살았어요?"

"그냥 동물 피들."

"동물이요? 그럼 그…… 개랑 고양이밥도……!"

아주가 입구에 있던 밥그릇의 존재 이유를 이제야 알았다는 듯 두 눈을 크게 떴다.

"이 뇌 청순한 새끼가 지금 무슨 좆같은 오해를 하는 거야."

"아니에요?"

"아냐, 씨발."

그 작고 귀여운 것들 먹을 데가 어딨다고 그러는지. 일우가 눈을 번뜩였다.

"그럼 무슨 피요?"

"돼지."

아주의 눈이 가늘어졌다. 마치 뒷이야기를 더 요구하는 것처럼 보였다.

"내가 살던 곳 근처에 도축장이 있었는데, 어렸을 땐 거기 쓰레기 치우는 거 도와주면서 얻어먹었어. 존나 맛도 없고 좆같았지."

그땐 절대 정상적으로 피를 구할 수 없었다. 하물며 지금도 선영에게 부탁해 받아먹고 있는데 어렸을 땐 오죽했을까. 한창 공부하거나 놀기 바쁠 시기에 하교하는 즉시 교복을 갈아입고 도축장으로 향했다. 사장이 난색을 표하며 안 된다는 걸 이런저런 핑계로 설득해 어렵게 얻은 자리였다. 생존을 위해서였지만 피 냄새와 동물 사체로 가득하던 곳은 썩 좋은 기억이 아니었다.

"박선영이 의사여서 다행이지, 씨발, 아니었으면……. 근데 너 계속 그딴 식으로 쳐다보면 잡아먹는다."

옛날이야기를 늘어놓는 일우를 흡사 버러지 취급하는 눈이었다. 일우를 열심히 훑으며 쓰레기로 단정 짓던 아주가 화들짝 놀라며 뒤로 물러섰다.

"……진짜 잡아먹으려고요?"

일우는 대답하지 않고 웃는 표정으로 아주를 빤히 쳐다보기만 했다. 솔직히 그냥 바라본 건 아니고 아주의 상상력을 자극하게끔 목덜미나 팔목 등을 주시했다. 주시하는 시간이 늘어나면 늘어날수록 아주의 겁도 늘어났다.

"어. 안 그래도 혈액 팩도 몇 개 안 남았는데 잘됐네. 풀떼기 네 피나 뽑아야겠다. 이리 와."

한창 아주의 눈이 바삐 움직이더니 이리 오라는 일우의 말에 결심한 듯 결연해졌다. 그 순간 I♥NY 티셔츠를 입은 채 현관 쪽으로 재빨리 자리를 옮겼다. 설마 저 꼴을 하고 나가겠다고? 심지어 아래는 팬티 바람이었다. 진짜 잡아먹을 줄 아는 건지 기가 찼다.

"설마 그 꼬라지로 나가게? 아무리 네 뇌에 주름이 없다고 해도 그 차림은 너무하지 않냐. 어제 너 때린 새끼 잡아 달라고 그림까지 그렸잖아. 안 잡을 거야?"

"나중에 잡아도 돼요!"

"대한민국 검사가 어떻게 불의를 보고 그냥 지나치냐. 협조해."

잡아 줄 생각은 절대 없으면서 말은 번지르르했다.

"그냥 지금 내 피 먹고 보내 주면 안 돼요?"

어디서 본 건 있어 가지고 아주가 손목을 쭉 내밀며 일우의 눈치를 살폈다. 푸르스름한 혈관이 보이는 살갗을 찢고 당장이라도 이를 박을 듯이 굴던 일우가 별안간 웃음을 터뜨렸다.

"네 피? 더러워서 안 먹어. 나도 정상적인 방법으로 채혈된 피만 먹어. 누가 고기 먹고 싶다고 도축해서 바로 먹냐? 마트에서 사서 구워 먹지."

일우의 말에 따르면 선영은 일종의 마트인 셈이다. 일반 마트와 다른 거라면 운영 시간이 제멋대로인 데다 가끔 손님을 내쫓기도 한다는 점 정도였다.

"방금 피 뽑아 간다면서요! 잡아먹는다고도 하고!"

놀림당한 게 어지간히 억울했는지 아주가 벌떡 일어나 따지기 시작했다.

"농담 좀 한 거 가지고 거 되게 따지네."

아주의 외침을 농담으로 넘겨 버린 일우가 그게 뭐 어때서, 라는 표정을 지었다. 혼자서 씩씩거리며 분을 삭인 아주가 슬쩍슬쩍 일우를 쳐다보기 시작했다. 호기심 어린 시선이 꼭 무언가 탐색하는 것만 같았다.

"왜. 물어볼 거면 빨리 물어봐."

일우가 물꼬를 틀자 기다렸다는 듯이 질문했다.

"형, 근데요."

"어."

"뱀파이어면 얼마나 살았어요?"

별 희한한 질문을 다 했다. 웃기기도 하고 어이없기도 했지만 아직은 놀리는 기쁨이 더 커서 적당히 장단을 맞춰 주기로 했다.

"100년 넘어간 뒤부턴 안 세 봤는데."

"……!"

"한 500년 됐으려나."

이 농담대로라면 일우는 살아 있는 역사였다. 박물관에 있는 유물보다 나이가 많을지도 몰랐다.

"그럼 형도 아니네요. 할아버진가? 아니지, 더 오래 살았으니까 영감님?"

형이었던 호칭이 어느새 영감님으로 바뀌었다. 검사들이 서로를 놀릴 때나 쓰는 호칭에 일우가 홀로 웃음을 터뜨렸다.

아주가 그러든 말든 일단 무시한 일우는 빨리 나가자고 재촉했다.

"옷이나 입어. 밥 먹으러 가게."

"밥도 먹어요?"

"사람이 밥 먹지 그럼 뭐 먹냐?"

"뱀파이어는 사람 아니잖아요. 방금 피 먹은 거 나도 다 봤어요."

"뱀파이어라는 건 네 생각이지 맞다고 한 적 없는데? 피는 그냥 연료지.

차는 기름을 먹고 나는 피를 먹고. 그거랑 비슷해."

완전 똑같진 않지만 아예 다르지도 않았다. 일우는 최대한 아주의 눈높이에서 설명해 줬으나 받아먹는 사람이 문제였다.

"무슨 소린지 모르겠어요."

"자세히 몰라도 돼. 별로 쓸모없어."

피 먹는 게 뭐 자랑이라고 이해까지 시켜 주나. 이만하면 됐지.

"빨리 입기나 해. 지금 나갈 거야."

건조기에 넣어 둔 아주의 옷을 하나둘 던져뒀다. 양말과 겉옷은 모두 일우 거였다. 입지도 않은 새 거. 아주가 입고 왔던 옷 중에 티셔츠와 바지 빼고는 모두 쓰레기통에 버렸다. 나머지 옷도 마음 같아선 다 버리고 싶었으나 당장 입힐 옷이 없어서 관뒀다.

일우가 던져둔 검은색 티셔츠와 바지, 양말까지 잘 꿰입는 아주를 보던 일우도 뒤이어 넥타이를 맸다. 슈트 재킷을 걸치고 차 키와 지갑을 챙겼다.

"옷에서 좋은 냄새 나요."

그게 정상이다. 사람한테 향기는 나지 않더라도 불쾌한 냄새는 나지 말아야지. 처음 아주를 만났을 때 맡았던 냄새를 아직도 잊지 못한 일우는 아주 옷을 건조하며 섬유유연제 시트를 몇 장씩 뽑아 넣었다.

세탁도 건조도 모두 단독으로 했다. 검은색이라 잘 티가 나지 않아서 그렇지 땟국물이 줄줄 흘러나올 것같이 더러워 보인 탓이었다. 티셔츠에서 나는 향기가 꽤나 마음에 드는지 아주는 아직도 반쯤 고개를 파묻고 있었다.

"밥은요?"

옷매무새를 확인하던 일우에게 다가온 아주는 꼭 맡겨 두기라도 한 듯이 밥은 언제 먹냐 물었다. 하여간 웃기는 놈이었다.

"집에 피밖에 없어서 나가서 먹어야 돼."

집에 있는 가구는 거의 장식이었다. 냉장고도 물 몇 병만 들어 있고 텅 비어 있었다. 그나마 뭐가 들어 있는 건 의료용 냉장고뿐이다. 아주는 먹지 못하는 피가 있을 뿐이지만.

"못 믿겠으면 냉장고 열어 보든가."

꼬우면 직접 확인하라는 마인드의 소유자 일우는 제 말을 믿지 않는 아주에게 말했다. 물론 아주가 정말 냉장고를 열어 볼 거라곤 생각지 않았다. 아니, 사실 반만 믿었다.

"확인하라고 했다고 진짜 확인하는 새끼는 또 처음 보네."

실행력 하난 아주 우수한 풀떼기는 냉장고를 열어 봤고 바로 시무룩한 표정을 지었다. 실망한 아주가 일우 옆에 돌아와 빨리 나가서 밥 먹자고 온몸으로 외치기 시작했다.

"그래서 메뉴는 뭐예요?"

* * *

"사장님, 여기 선짓국 둘이랑 수육 하나요."

가게에 들어섬과 동시에 주문한 일우는 익숙하게 자리를 찾아 앉았다. 가게 안은 이른 아침부터 소주 한잔 까는 사람도 있고, 일우처럼 식사를 빠르게 해결하고자 하는 사람도 있었다.

"오늘은 친구분이랑 오셨네? 여기 선짓국 둘이랑 수육 하나!"

하도 자주 오는 일우를 알아본 직원이 살갑게 맞이했다. 직원이 갖다 준 물을 따라 마시던 일우는 뒤늦게 아주가 보이지 않자 재빨리 가게 안을 훑어봤다. 아주는 아직 입구에 서서 안을 구경하고 있었다. 가만 보니 문 위에 달린 TV를 보고 있는 거였다. TV 화면은 하와이 여행을 홍보하는 항공사 광고가 한창이었다.

"멀뚱멀뚱 서 있지 말고 빨리 앉아."

아주가 이리 올 생각을 않자 기다리던 일우가 그를 불렀다. 복도에 서 있으면 거치적거릴 뿐만 아니라 뜨거운 국밥 그릇을 나르던 직원과 부딪쳐 다칠 수도 있다. 일우의 기우라면 좋겠지만 원래 사고는 예상하지 못한 곳에서 터지는 법이다. 안 그래도 어디로 튈지 모르는 아주였기 때문에 다시 한번 재촉했다.

"뭘 그렇게 쳐다봐. 밥 안 먹을 거야?"

"아뇨. 먹을 거예요."

아주를 쉽게 조종하고 부릴 수 있는 마법의 단어가 밥인가 싶었다. 아니, 그게 맞는 것 같다. 득달같이 자리에 앉는 걸 보니 확신이 섰다.

둘 다 자리에 앉았다. 기다렸다는 듯이 김이 펄펄 끓는 뜨거운 선짓국 두 그릇이 나왔다. 패스트푸드점보다 음식 나오는 속도가 빨랐다. 한국의 패스트푸드는 어쩌면 국밥일지도 몰랐다. 우스운 생각을 하고 있자 아주가 뚱하게 입을 댓 발 내밀었다.

"어제 나 먹고 싶은 거 먹어도 된다면서요."

요컨대 메뉴가 마음에 안 든다는 소리였다.

"이 아침에 문 연 고깃집이 어딨냐? 있으면 데리고 갔지. 그냥 처먹어. 네가 고기 먹고 싶대서 수육 시켜 줬잖아."

설명이 끝나자 그제야 아주가 뜨거운 선짓국을 막 퍼먹기 시작했다. 전투적인 속도였다. 저러다 혀가 데어도 한창 잘못 델 것 같았다. 보는 것만으로도 뜨거워 일우가 눈살을 찌푸렸다.

"넌 밥만 준다고 하면 저승사자라도 따라가겠다?"

"내가 저승사자를 왜 따라가요?"

비유와 농담이란 게 통하지 않는 상대한텐 말도 가려 해야 했다. 일우는 이젠 설명도 하지 않았다. 그냥 숟가락을 쥐고 휘휘 저으며 마저 먹으라고 할 뿐이다.

"난 죽기 싫어요."

선지를 뭉텅뭉텅 씹던 아주가 불현듯 중얼거렸다. 오히려 죽음에 대해 별생각 없을 것 같던 아주였는데 싫다는 확실한 의사까지 보이고, 조금 의외였다.

"진짜 오래오래 살 거예요."

양 볼을 선짓국과 밥으로 부풀린 아주의 결심이 너무 확고해 보여 뭐라 더 농담도 못 했다. 그런 아주의 그릇에 선지 반을 덜어 준 일우가 웃으며 덕담했다.

"그래, 많이 먹고 벽에 똥칠할 때까지 살아."

"벽에 똥칠을 왜 해요. 더럽게."

흘기는 눈이 잔망스러운 강아지 못지않았다. 때마침 수육을 든 직원이 다가와 일우에게 아는 척해 왔다. 나이 지긋하게 드신 여사님은 틈만 나면 일우에게 선 자리를 주선해 주려고 했다.

"어휴, 우리 검사님은 오늘도 참 잘생겼네. 아직 여자 친구 없어?"

오늘도 어김없이 같은 소리였다. 이럴 때 쓰는 대답은 대개 몇 가지로 정해져 있었다.

"때 되면 만나겠죠."

"내가 딸만 있으면 바로 소개해 주는 건데 말이야. 아이참, 아들만 둘이라서 아쉬워. 여기 수육이랑 서비스. 친구랑 와서 특별히 많이 주는 거야."

직원의 말마따나 산처럼 가득 쌓인 수육과 함께 서비스인 사이다 한 병이 테이블 위에 놓였다.

"감사합니다."

일우가 감사 인사를 전하자 직원이 흐뭇한 미소를 지으며 떠났다.

"풀떼기 네가 그토록 기다리던 고기 나왔네."

수육 접시를 아예 아주 앞에 놓아 준 일우가 사이다 병을 따서 한 컵 따랐다.

"이번엔 제발 체하지 않게 천천히 먹어, 좀."

만약 선영이 옆에 있었다면 어제 체한 애한테 뭘 이런 걸 먹이냐고 한마디 했을 것이다. 속 안 좋을 때 사이다 마시는 건 낭설이지 실제 효과는 없다고 말이다. 그게 뭔 대수인가. 맛만 있고 속만 풀리는 것 같으면 되지.

일우가 따라 준 사이다와 수육을 맛있게 집어 먹는 아주는 정말 행복해 보였다. 이름부터 풀떼기라 그런지 동족인 채소는 먹지 않고 육식을 즐겨 했다. 쟤 먹여 살리려면 정육점을 하는 게 낫겠네. 밥을 먹다 말고 별 시답잖은 생각까지 했다.

"엉앙잉은 앙 엉어요?"

"새끼가 식사 예절은 다 갖다 버렸나. 다 먹고 말해."

우물우물, 꿀꺽. 일우의 잔소리를 음식물과 함께 넘긴 아주가 착실하게 답했다.

"영감님은 안 먹냐구요."

분명 존칭인데 당돌한 표현만 골라 쓰는 해괴한 말투는 아주만이 유일했다. 아주가 일우를 영감이라고 부르자 근처에 앉아 밥 먹던 사람들 몇이 둘을 쳐다봤다. 시선을 느낀 일우는 그만 장난을 철회해야겠다고 생각했다.

"영감이라고 부르지 좀 마."

"싫어요."

"농담인 거 알면서 좀 그러지 마라. 씨발, 가만 보면 너도 성격 존나 이상해."

"그러게 누가 뺑 치래요. 진짜 안 먹을 거예요?"

"안 먹어, 인마. 너나 먹어."

"왜요?"

말은 그러면서 수육 접시를 자기 쪽으로 당겼다. 사람이 일관성이 있어야지. 일우가 지금까지 본 아주는 거짓말을 태연히 밥 먹듯이 했다.

"이 집 수육이 피 맑게 한다더라. 다 먹고 깨끗해지면 피 뽑으러 가자."

미나리면 몰라도 고기가 피를 맑게 한다는 소린 지나가는 개도 안 믿을 개소리였다. 개도 안 믿는 걸 아주는 믿었다. 젓가락으로 고기를 한 움큼 집어 입에 넣던 아주가 삐걱 고장 난 것만 봐도 알 수 있었다.

도로록. 위로 향하는 눈알이 진실을 요구했다. 근엄한 표정을 유지하며 또 한 번 아주를 속이려던 일우의 결심은 오래가지 못하고 결국 웃음을 터뜨리고 말았다.

우여곡절 끝에 식사를 마친 둘은 선짓국 가게 옆 편의점에서 뚱땡이 바나나 우유 하나씩을 들고 나왔다. 일우가 편의점에 들어간 본 목적은 담배 구매였으나 뻔뻔하기론 둘째가기 서러운 아주가 당연하다는 듯이 계산대에 바나나 우유를 들이민 덕분이었다. 물론 자기 것만이었다.

"너만 입이냐? 내 것도 가져와."

어이없는 목소리로 쏘아붙이자 아주가 그제서야 느릿느릿 바나나 우유를 하나 더 집어 왔다.

"하여간 존나 웃긴 새끼야. 플레이버 1밀리도 한 갑 주세요."

그렇게 우유 두 개와 담배를 챙긴 일우는 편의점 앞에 놓인 의자에 앉았다. 아주도 맞은편에 앉았다. 처음 만났을 때보다 때깔이 많이 좋아진 아주를 살피던 일우가 담배를 입에 물고 필터만 씹다가 아주를 불렀다. 여기서 남은 문제는 단 하나. 아주의 처우였다.

이래서 길에서 아무나 주우면 안 된다는 건데. 고양이나 강아지를 예뻐하긴 해도 집까지 데려오지 않았던 이유를 알면서도 아주에게 손을 뻗을 수밖에 없었던 일우는 속으로 몰래 한숨을 삼켰다.

"풀떼기."

쪼옥쪼옥. 바나나 우유를 원샷한 아주가 고개를 절레절레 저었다.

"싫어요."

"뭔 말 할 줄 알고 벌써 싫대."

"이제 가라고 하려는 거잖아요."

말 한마디 할 때마다 바나나 우유 향이 은은히 나는 주제에 이별에 익숙한 사람처럼 성숙하게 구는 모습은 어딘가 낯설었다. 아예 헤어짐을 모르는 것보단 나은데도 그랬다.

"하여간 이럴 때만 눈치 빠르지. 솔직히 나처럼 착한 사람이 어딨냐? 경찰서에서 꺼내 주고, 돈 주고, 밥 사 주고, 재워 주고."

일우가 손가락을 하나씩 접었다. 총 네 개나 접혔다. 일우 딴엔 그냥 친절도 아니었다. 거의 장기를 꺼내 준 수준이었다.

"알아요. 영감님 착한 거."

"대답이 풀떼기답지 않은데."

순순히 인정하는 아주가 생소했다. 만난 지 이제 겨우 하루를 넘겼을 뿐이니 얼마나 봤다고 아는 척이냐 할 수도 있다. 짧다면 짧고 길다면 긴 시간 동안 아주가 보여 준 모습은 너무나도 인상적이라 인에 박히지 않을 수 없었다.

"나 같은 대답은 뭔데요."

"네가 더 잘 알지 않냐. 여태 네가 보였던 모습 좀 생각해 봐라."

"······그럼 영감님은요."

아주도 일우에게 지금까지 보였던 행동을 돌이켜 보라고 했다.

"씨발, 그놈의 영감 영감. 장난 한번 쳤다고 이 나이에 할아버지 소리를 다 듣네. 야, 이거나 먹어."

잠시 고민한 일우가 제 몫의 바나나 우유를 빨대까지 새로 꽂아 아주에게 건넸다. 먹어도 되냐는 눈빛으로 일우를 바라본 아주에게 먹으라는 뜻으로 고개를 끄덕였다. 거기에 대답하기 위해선 잠시 아주의 입을 틀어막을 필요가 있었기 때문이다.

"나도 풀떼기 너랑 비슷하게 살았어."

그냥 아주에게서 옛날 자신의 모습을 봤을 뿐이다. 배고픔에 지쳐 지갑을 훔친 걸 그냥 지나치지 못했을 뿐이다. 소시민들을 대변하는 정의로운 검사가 되겠다는 첫 부임 때의 맹세처럼 경찰서에 잡혀가 곤란을 겪는 아주를 도와줄 수밖에 없었다. 사실 귀찮긴 해도 일우에게 특별히 어려운 일도 아니었다.

"길에서 먹고 자다가 보육원에 들어갔지. 진짜 우연히."

별 시답잖은 얘기다. 그냥 옛날에 그랬어, 하고 회상하는 하나의 흘러간 이야기에 가깝다.

"일종의 행운이었지. 근데 그게 부끄럽지도 않고 싫지도 않아. 오히려 고맙지. 좋은 사람들 덕분에 배곯기는커녕 배울 만큼 배우고 직업도 번듯하게 갖고."

일우는 본인이 고아라는 걸 숨기지 않았다. 다들 가족이 있는데 왜 나만 없냐고 펑펑 우는 일도 없었다. 일찍 어른이 된 일우는 앞으로 어떻게 살아가느냐가 중요했지 가족 형태에 집착하는 사람은 아니었다.

애초에 특별한 능력이 없었다 한들 얼굴과 머리 모두 비상해 이미 평범함과 거리가 먼 사람이었다. 평범하지 않다는 건 눈에 띌 일도 많다는 것이고 그러면 꼬투리 잡힐 일도 종종 생겼다. 평범할 수 없다면 자신이 가진 것들에 당당해야지 움츠러들지 않을 수 있었다.

"그걸 너라고 못 누릴 건 없지 않냐. 설령 좀 늦었더라도 말이야."

일우가 타고난 것들을 십분 활용하며 열심히 살 수 있었던 건 그를 지탱해 주는 기반이 있었기 때문이다. 보육원 식구들, 어머니와 다름없는 원장 수녀님처럼 가진 게 없더라도 따뜻한 시선과 응원을 보내 주는 사람들 말이다.

일우가 생각하기엔, 풀떼기와 자신의 차이는 보호가 필요한 어린 나이에 자신을 보듬어 줄 어른을 만났느냐 못 만났느냐 하는 것밖에 없었다. 그 어른의 역할을 일우가 대신 해 줄 수 있을까에 대한 답은 아직 나오지 않았다. 선불리 답을 내리기 어렵기도 했다.

"손 줘 봐."

아주가 두 손을 얌전히 내밀었다. 이번엔 손바닥을 종이 삼아 적지 않았다. 펜과 종이를 꺼낸 일우가 무언가를 적더니 반으로 접어 아주의 손바닥 위에 올렸다. 아주가 손바닥 위에 올라간 종이를 조심스레 폈다. 거기엔 연락처와 주소가 적혀 있었다.

"이게 뭐예요?"

"맨 위는 내 비싼 연락처고 아래는 내가 자란 보육원 주소랑 번호."

명절 때나 한두 번 전화하는 일우가 느닷없이 연락했을 때 놀랄 원장 수녀님의 모습이 그려졌다. 혹시 좋지 않은 일이라도 생겼니, 하고 물으실 모습도.

보육원과 별도로 작은 쉼터를 운영하고 있기도 하고 갈 곳 없는 사람을 내칠 만한 분은 절대 아니었다. 분명 아주를 흔쾌히 받아 주실 거다. 그건 일우가 잘 알았다. 문제는 아주가 너무 많이 먹는다는 건데. 그 정도야 일우가 틈틈이 가서 신경 쓰면 되는 일이었다.

"보육원은 애들이나 가는 곳이잖아요."

"너 애잖아."

"아닌데요. 나 다 컸어요."

"자기 앞가림도 못 하는 새끼가 겉만 어른이면 뭐 하냐. 속은 애새끼랑 다름없는데."

"내가 거기 가서 뭐 해요."

"미리 전화해 둘 테니까 가서 빨래든 청소든 아무거나 도와. 적어도 밥은 안 굶겠지. 넌 지금 돈부터 벌 게 아니라 의식주를 먼저 걱정해야 돼."

삼각김밥 세 개 사려고 일우의 카드를 훔쳐 쓴 아주를 생각하면 당장은 이게 최선이었다. 제힘으로 일한 대가로 삼시 세끼 먹고, 마음 좋은 사람들이랑 함께 있는 것. 아주에게 필요한 건 그거였다.

"거기서 또 뭐 훔칠 생각 하지 말고. 그럼 이번엔 내가 너 진짜 잡아 처넣는다."

훔칠 것도 없지만 혹시나 하는 마음에 으름장을 놨다. 종이를 빤히 쳐다보던 아주가 고개를 들었다. 할 말이 몹시 많은 표정이라 일우도 더 말하지 않고 차분히 뒷말을 기다렸다.

"······그냥 영감님이랑 살면 안 돼요?"

일우가 예상했던 말과 별반 다르지 않았다. 아침 햇살이 내려앉아 테두리가 금색으로 반짝반짝 빛나는 아주의 머리칼이나 바나나 우유 냄새, 우물쭈물하는 입술 따위를 보던 일우가 강렬히 느껴지는 흡연 욕구를 가까스로 억눌렀다. 여유로움을 가장하고 농담을 던졌다.

"넌 피 먹는 사람이랑 살고 싶냐. 안 무서워? 아까는 뭐 네 피 먹고 그냥 보내 달라며."

"영감님은 말하는 게 다 거짓말이잖아요. 나도 그런 건데······. 진짜 안 돼요······?"

"나 바쁜 사람이야."

아주의 필사적인 항변을 부드럽게 넘긴 일우는 바람 빠지는 소리를 내며 푸흐, 웃었다. 저 말을 하는 마음이 어떨지 대강 짐작한 일우는 아주의 부스스한 머리칼을 손바닥으로 흐트러뜨리며 불편한 마음을 내색하지 않고 말을 이었다.

"내 번호 거기 적어 줬으니까 필요할 때 연락해. 보육원 가서는 원장 수녀님 찾은 다음에 내 이름 대면 아실 거야."

"영감님 이름을요?"

"어. 너 설마 내 이름도 모르는 건 아니지?"

"현······."

설마가 사람 잡는다고 아주가 일우를 잡았다.

"현일우, 이 새끼야. 현일우라고. 아니면 테르시오라고 얘기해. 그래, 차라리 더 빠르겠네."

"테르시오가 뭔데요?"

"내 세례명."

테르시오……. 아주가 중얼거렸다.

"외국인이었어요?"

"아니, 토종 한국인인데."

뭐, 아닐 수도 있지만. 부모님도 모르는 판국에 다른 인종 피가 섞였든 말든 그게 무슨 상관일까.

"그만 가게 일어나."

나무늘보도 울고 갈 게으른 몸놀림으로 느릿느릿 일어난 아주가 빈 바나나 우유 두 통을 쓰레기통에 버렸다. 일우도 애꿎은 필터만 열심히 씹은 담배를 내다 버렸다.

"에휴, 씨발. 길이라 담배도 못 피우고."

일우라고 마음이 좋지만은 않았다. 집에 들어가지 못하는 날도 파다한데 하물며 아주까지 데리고 있기는 무리였다. 게다가 아주를 계속 책임질 만한 어른이 될 수 있을까에 대한 고민은 아직 진행형이었다.

"안 닥치면 너 두고 간다."

"어차피 두고 갈 건데 뭐 어때요."

"착하다고 할 땐 언제고 이젠 존나 나쁜 새끼로 만드네."

꼭 희망을 주고 도로 뺏은 것 같아 기분이 영 좋지 않았다. 아예 희망이 없는 때보다 있다가 사라지는 게 제일 잔인하다는 걸 알아서 더 그랬다.

길가로 나온 일우가 택시를 잡았다. 길쭉한 장신의 일우가 손을 두어 번 흔드니 그 잡기 힘들다던 출근길 택시가 바로 섰다. 안 타려고 버티는 아주를 달랑 들다시피 해 뒷좌석에 던져 넣은 일우가 문을 탁 닫았다.

조수석 쪽 창문에 상체를 숙이고 택시 기사를 향해 말했다.

"기사님, 가좌동 122-14번지 누리보육원이요."

지갑에서 넉넉하게 2만 원을 꺼낸 일우가 기사님에게 건넸다.

"목적지 가기 전에 내린다고 해도 내려 주지 마세요. 잔돈은 가지시고. 야, 풀떼기. 내가 너 보육원에 갔나 안 갔나 전화해 볼 거야. 닥치고 얌전히 가 있어."

"영감님도 올 거예요? 네? 올 거죠?"

"봐서."

아주가 손을 뻗어 약속하자며 새끼손가락을 걸려고 했지만 하필 그 타이밍에 일우가 창문에서 떨어졌다. 때마침 기사님은 액셀을 밟고 앞으로 나아갔다. 자신을 아련하게 쳐다보며 멀어지는 아주의 모습에 일우가 한시름 놓았다는 듯 숨을 내쉬고는 전화를 걸었다.

* * *

차장 검사급의 형사 사건 구두 브리핑, 이른바 티타임. 지검 출입 기자들과 주에 한 번 정도 만나 수사 중인 사건을 차 한잔하며 간단하게 구두로 먼저 전달하는 시간은 일우가 가장 싫어하는 문화 중 하나였다.

여론에 상당히 신경 쓰는 검찰이니 언론과 밀접할 수밖에 없는 건 사실이다만 적어도 국민의 알 권리를 방패 삼아 사건을 본인들 입맛대로 끌고 나가진 않았으면 했다. 결국 그들만의 리그인 판에서 피해 보는 건 항상 돈도 힘도 없는 일반 시민이었으니까 말이다.

이른 아침부터 아주를 배웅한 탓에 잘 도착했을지, 딴 길로 새진 않았을지 등 그곳에 온 신경이 쏠려 있는데 오늘따라 일까지 많았다. 분노에 차 한창 키보드를 두들기던 일우 앞에 웬 비타민 음료 하나가 놓였다.

모니터만 쳐다보던 시선을 올리니 유 주임이 서 있었다.

"검사님, 이거 드시고 하세요."

이러나저러나 회사에서 일을 챙겨 주는 건 같은 팀을 꾸리는 유 주임과 정 계장이 유일했다. 식구란 이럴 때 쓰는 거지. 부장의 말 같지도 않은 말을 떠올린 일우가 미소 지었다.

"고맙습니다."

경쾌하게 병을 따서 단숨에 마셨다. 카페인과 인위적인 단맛이 입 안을 휘어잡았다. 담배를 피우러 가고 싶어도 바빠서 자리를 못 비웠는데 비타민 음료 한 병이 갈증을 해소해 줬다.

"맛있네요."

일우가 유 주임을 향해 병을 들어 보이며 다시 한번 인사했다.

"그거 냉장고에 한 박스 있어요. 얼마든지 꺼내 드셔도 돼요."

마음껏 먹으라며 냉장고 속 비타민 음료의 권리를 넘겨준 유 주임의 호의가 일우의 머릿속을 환기시켰다.

"감사합니다."

"별말씀을요."

일우는 비타민 음료와 함께한 짧은 휴식을 틈타 기지개를 켰다. 긴 팔이 천장을 향해 쭉 펴졌다. 흰 셔츠도 그에 맞춰 부드럽게 주름졌다. 그의 잘생긴 얼굴도 눈썹을 찡그렸다가 이내 풀렸다.

"으, 죽겠다."

머리는 복잡하고, 몸은 죽어 가고. 단번에 일이 몰린 일우에게 당장 필요한 건 시간이었다. 사건을 더 깊게 팔 충분한 시간과 사건 관계자들의 협조.

브리핑에 쓸 중간 보고서를 올려야 되지만 오늘은 한 소리 듣더라도 백지 제출을 하기로 했다. 분명 오늘 내로 결재 올리라고 하지 않았냐며 한 소리 하겠지마는, 백 번 욕먹는 거랑 아흔아홉 번 욕먹는 거랑 뭐 큰 차이가 있을까. 어차피 평소에도 먹던 욕이니 이번에도 한 번 더 먹자는 생각까지 이르자 마음이 편해졌다.

"영상 넘어온 게 이겁니까?"

"네. 책상 위에 검은색 USB요. 거기에 담아 뒀어요."

일 처리 좀 빠릿빠릿하게 해 주지, 하여튼 뭐 하나 넘어오는 데 하루 안에 된 적이 없다. 일우가 검은색 USB를 본체에 꽂은 뒤 해당 폴더를 열었다. 파일은 여러 개 있었다. 일단 맨 앞에 있는 것부터 하나씩 클릭해 확인했다.

"흐음."

딸깍딸깍. 마우스 커서가 이리저리 옮겨 다녔다.

요즘은 CCTV 화질도 참 좋다. 사람들의 표정까지 다 보일 정도였다.

경찰차에서 내리는 이주경부터 연행되어 경찰서 안으로 들어오는 이주경, 강력계로 인계되는 이주경, 형사를 앞에 두고 신원 확인 하는 듯 보이는 이주경…….

아직 김민철 형사가 벌벌 떨면서 말을 돌릴 만큼 의심되는 장면은 없었다. 늦은 시각에 체포된 이주경 때문에 서 내부가 쉴 새 없이 바쁜 것 외엔 딱히 특별할 것도 없다.

"수갑도 다 채웠구만. 뭘 아니래."

이주경의 손목에서 빛나는 수갑을 발견한 일우가 심드렁하게 중얼거렸다. 가만 보다 보니 까만 후드 티를 뒤집어쓴 게 어쩐지 아주와 조금 겹쳐 보였다. 특별한 무늬도 없고 품도 커서 외양이 잘 드러나지 않는 탓이었다. 특히 의자에 앉아 CCTV를 등지고 있는 모습은 멀리서 보면 아주라고 믿을 수도 있을 것만 같았다.

이상하게 오늘따라 생각들이 모두 아주로 귀결됐다. 출근한 지 한 시간이 넘었는데 별다른 연락이 없다. 잘 도착했으려나. 색소가 남들보다 부족한 눈동자를 굴리던 모습이 떠올랐다. 택시가 일우의 시야에서 완전히 사라질 때까지 돌아앉아 일우를 바라보던 것까지도.

좀 매정했나 싶지만 그렇다고 집에 혼자 둘 수는 없는 일이었다. 색소 말고 뇌세포도 남들보다 배로 부족한 아주가 무슨 사고를 칠지 모르고. 본의 아니게 별걸 다 보여 줬지만 기본적으로 아주와 만난 지 얼마 되지도 않았다는 사실을 상기해야 했다. 인간적으로 끌리는 감정이 시간이 흐름에 따라 증가하는 게 아님을 알면서도 거듭 유념했다.

CCTV를 살피던 일우가 결국 자리에서 벌떡 일어나 핸드폰과 담배를 챙겼다. 개 목걸이를 휘날리며 빠르게 검사실을 나왔다. 성질 급한 그답게 엘리베이터 버튼을 연타로 눌렀다.

9층, 8층 차례로 내려오던 엘리베이터가 8층에 섰다. 층수가 적힌 전광판을 노려봤다. 그런다고 8이 5로 바뀌는 일은 없었다. 조금 더 기다려 도착한 엘리베이터 안엔 이미 선객이 있었다. 한 명은 법복을 입고 있었고, 나머지 한 명은 기록을 실은 카트 손잡이를 잡고 있었다. 누가 봐도 재판 가는 공판 검사와 휘하 직원이었다.

엘리베이터에 올라탄 일우가 묵례하며 인사를 건넸다. 반대편에서도 동일하게 묵례를 동반한 인사를 건넸다.

"안녕하세요."

"네, 안녕하세요."

공판부 최현정 검사. 일우보다 네 기수 아래로 알고 있다. 더할 나위 없이 깔끔한 언변과 실력. 더도 말고 덜도 말고. 그게 최 검사를 대변하는 수식어였다. 그만하면 됐지. 항상 더를 꿈꾸다가 일 그르치는 사람이 한둘이던가.

"현 검사님."

"아, 저요?"

"네, 검사님이요."

"예, 뭐 하실 말씀이라도."

"이번 인내동 형제 살인 건 받으셨다고 하던데요."

"그렇게 됐습니다."

공판까지 소식이 들어가나. 하긴 근래 큼지막한 사건이 없긴 했다.

원래 구속 사건이 누구한테 가느냐 말이 많은 것과 별개로 일우가 받아서 더 회자되는 것 같았다.

일우가 지검 내에서 삐딱선을 탄다고 윗선으로부터 미움받긴 해도 평검사끼리는 뛰어난 외모와 실력, 모두에게 평등한 불친절함의 아이콘인 일우를 부러워들 했다. 일우는 그 사실을 잘 알고 있었다. 사실 모르는 게 이상했다. 어딜 가도 주목받는 삶이란 피곤한 법이다. 본인이 연예인도 아닌 평범한 사람이라면 더욱.

"그거 제가 받을 거 같거든요."

처음 듣는 소식이었지만 으레 그러려니 했다. 아직 겪어 본 적 없어서 최 검사에 대해 가타부타 이렇다 저렇다 말할 수는 없다만 적어도 감정 기복은 없어 보였다. 그거면 됐다. 괜히 불안에 떨거나 넘겨짚으며 확신만 하지 않으면 충분했다.

"신 부장님 말씀으론 오늘 안에 기소 여부 나온다고 하시던데."

이놈의 영감님은 말을 흘리기도 아주 단단히 흘려 놨다. 일우를 피말려 죽이려고 작정한 것 같았다. 그러지 않으면 이렇게 입이 저렴할 수도 없었다.

"글쎄요. 좀 더 봐야 될 것 같던데요."

"그래요? 얼마나 더요?"

"저야 모르죠. 수사가 제 뜻대로 이뤄지는 것도 아니고."

"그건 그렇죠. 그럼 먼저 가 볼게요. 다음에 봬요."

"예, 고생하세요."

간단히 긍정한 최 검사는 1층에 멈춰 선 엘리베이터에서 먼저 내렸다. 방대한 양의 기록이 실린 카트 역시 최 검사의 뒤를 따랐다. 워낙 기록을 자주 옮기다 보니 엘리베이터도 화물용처럼 넓직한데도 좁기 그지없었다. 그 탓에 둘이 내린 뒤에야 일우도 내릴 수 있었다.

한 손엔 브리프 케이스를 들고 법원 쪽으로 걸어가는 최 검사의 뒤를 보던 일우가 뒤이어 보이는 기록의 양에 다시 한번 질린 표정을 했다. 저건 또 얼마나 까다로운 건일까. 바라만 봤는데 벌써 지겨워 바로 고개를 돌렸다. 실제 기록의 양이 1톤 분량씩 되는 것도 부지기수였다. 심지어 미제로 넘어간 건이라면…… 상상만으로도 끔찍했다.

"씨발, 생각을 말아야지."

검찰청 뒤쪽 흡연 구역에 도착한 일우가 핸드폰을 꺼냈다. 원장 수녀의 번호를 찾는데 통화 목록이 처참했다. 가장 최근엔 아주를 데리고 있던 지구대부터, 부장 검사, 동료 검사, 팀원들 혹은 배달 음식점 정도였다. 이 나이 먹도록 사적으로 연락 오는 곳도 없고.

"존나 잘 살고 있네."

한 치 거짓도 없는 진심이었다. 등 처먹기 바쁜 친구들이 많은 것보다야 아예 없는 게 나으니까.

외롭지 않다면 거짓말이지. 외로울 겨를도 없이 숨 가삐 산 탓에 크게 부각되진 않았다. 게다가 요 며칠은 아주 덕분에 골도 아프고 재밌었다. 오랜만에 정말 크게 웃기도 했다. 순간 아주의 헛소리 어록들이 머릿속을 스쳤다. 자연스레 미소가 지어졌다.

슬쩍 미소를 띤 일우가 담배 한 대를 꺼내 입에 물며 원장 수녀에게 전화를 걸었다.

—일우구나. 밥은 먹었고?

"그럼요. 저 잘 먹고 다닙니다. 그때처럼 안 굶어요.

—그때처럼 굶으면 큰일 나지. 항상 잘 챙겨 먹고. 응?

원장 수녀와는 실제 피로 이어진 가족은 아니다. 그보다 더한 유대감, 사랑이 원장 수녀와 일우 사이에 있었다. 배고픈 일우를 손수 거둬 길러 주신 분. 난생처음 받아 본 친절과 애정을 아직도 잊지 않았다. 아주가 맹목적으로 일우와 함께 있고 싶다고 얘기한 것처럼 말이다.

"걱정 마세요. 근데 어머니, 아주는 잘 도착했어요? 아침에 택시 태워 보냈는데요."

—아까 네가 말했던 아이로구나. 글쎄다, 아직 외부인이 왔다는 소린 못 들었는데.

"아직도요?"

이미 도착하고도 남을 시간인데, 오지 않았다니.

일우의 눈썹이 예기치 못한 상황에 꿈틀거렸다. 미간도 살짝 주름지며 불편한 심기를 티 냈다. 원장 수녀는 다른 직원들에게도 확인해 보겠다며 통화를 마무리했다.

설마 딴 길로 샌 건 아니겠지.

아니길 바랐건만 확신할 수 없는 이유는 가능성이 없는 건 아니라는 점 때문이었다. 무대뽀로 막 나가질 않나, 뇌는 깃털처럼 가볍고, 앞뒤 사정 보지도 않고 질러 버리는 실행력까지 가진 아주였으니 단정 지을 수 없었다.

일부러 택시 기사님께 직접 돈을 쥐여 주고 중간에 내려 주지 말라고 한 건데. 갈 곳도 없는 애가 도대체 어디로 샌 걸까. 아니면 좀 늦는 걸까.

"……도통 모르겠네."

안 그래도 어지러운 머릿속이 아주로까지 가득 차니 제대로 사고하지 못했다. 결국 손바닥으로 머리칼을 벅벅 흐트러뜨리며 발악하기만 했다. 후우, 한숨을 내쉰 일우가 물고 있던 담배에 불을 붙였다. 뻐끔뻐끔 피어오르는 연기 속 보이는 일우의 표정은 펴질 줄을 몰랐다.

* * *

아주의 행방에 대한 의문을 해소하지 못한 채 검사실로 돌아온 일우는 자리에 앉기 무섭게 부장의 호출을 받았다. 단순 호출 같지만 아니었다. 오늘 있을 브리핑에 쓸 보고서를 가지고 오라는 뜻이었다. 거기엔 부장이 일전에 말했던 기소 의견을 포함해 결재 올리라는 것도 내포돼 있었다.

일우는 이미 시간을 끌 생각이었기에 목을 양쪽으로 두둑 꺾으며 잔소리 폭격에 대비할 준비를 했다.

"어째 쉬지도 못하게 하네."

탄식과도 같은 중얼거림을 뱉은 그는 출근하자마자 적어 뒀던 중간 보고서를 결재철에 끼우고 매무새를 단장했다. 부장은 기소 의견서를 원하겠지만 안타깝게도 아직은 일렀다.

"부장실 다녀옵니다."

"네, 다녀오세요."

유 주임과 정 계장이 차례로 일우를 응원했다. 호출 다녀올 때마다 일우는 본인 주위에 떠도는 반짝거림 하나씩을 잃은 채 돌아왔다. 어딘가 낡고 지친 느낌이 나는 그의 모습에 정 계장이 아이들 먹으라고 샀던 홍삼을 종종 챙겨 주기도 했다.

이번에도 주먹까지 쥐어 가며 응원해 주는 모습에 일우도 슬쩍 웃음을 흘렸다. 그 역시 가볍게 주먹을 쥐며 화답하곤 검사실을 나섰다.

"……."

별로 멀지도 않은 부장실로 가는 발걸음이 가볍지만은 않다. 검은색 결재철을 옆구리에 끼우고, 셔츠 주머니에 대충 끼워 뒀던 공무원증도 단정히 꺼냈다. 풀어 헤치고 다니던 슈트 재킷도 잠그고 숨을 후우, 뱉었다.

세상엔 좋은 사람도 있고 나쁜 사람도 있다. 그렇다면 좋은 사람은 어떤 사람이고 나쁜 사람은 어떤 사람일까. 그걸 결정짓는 건 결국 자기 자신의 가치관, 편견, 생각이라고 여겼다.

일우가 보기엔 자신의 상사인 부장은 좋은 사람은 결코 아니었다. 사건을 대하는 태도는 비즈니스 그 이상 그 이하도 아니다. 나쁜 건 아니었다. 일우도 필요 이상으로 감정 소모하는 건 좋아하지 않는다. 뭐든지 적당히. 그게 삶의 모토인데 말 다 했지.

중요한 건 적어도 사람이라면 선은 있어야 된다는 것이다. 해도 되는 것, 하면 안 되는 것에 대한 명확한 구분은 지을 수 있어야 한다. 그걸 하지 못하면 사람이 아닌 거다.

부장은 그런 의미에서 본인의 선이 없는 사람이었다. 누군가 부탁하면 부탁받는 대로 네네 하고 마는 예스맨. 꼭 모든 이가 청렴결백해야 하냐고 물으면 그건 아니지만, 적어도 검사만큼은 그래야 했다. 검사가 공익을 대표하는 이상은 절대로.

똑똑, 노크한 일우가 부장 검사실에 들어섰다. 부장은 의자에 앉아 결재철을 검토하고 있었다.

"부장님, 부르셨다고요."

"현일우, 너 요즘 자리 자주 비워? 어떻게 부를 때마다 자리에 없대?"

입실했다는 걸 알리자마자 부장이 득달같이 반격해 왔다. 서류에 콕 박은 시선은 떼지도 않았다. 사람을 쳐다보지도 않고 까는 게 얼마나 짜증 나는 일인지 당해 보지 않은 사람은 절대 이해할 수 없는 감정이었다.

그래 씨발, 이럴 줄 알았지. 왜 조용하나 했다. 별걸 다 꼬투리 잡는 모습에 욕이 혀끝까지 튀어나왔다. 얼굴에 빡침이 내려앉는 걸 꿀꺽 삼키며 참았다.

"죄송합니다."

"담배 그거 백해무익이다. 거 이 프로랑 최 프로는 금연한다고 난리던데, 현일우 왜 너만 시대를 역행해?"

첫 마디는 걱정인데 마지막 마디는 일우 탓이다. 그러니 결국 담배는 핑계고 다른 애들은 다들 말 잘 듣는데 왜 일우만 혼자 튀냐는 소리였다. 시대를 역행하는 게 누구인데 그러는지. 어이가 없었다.

"시정하겠습니다."

"그건 그렇고 보고서는."

일우가 반박하지 않고 저자세로 나오자 기분이 풀렸는지 부장이 바로 본론으로 들어갔다. 최소 1, 20분은 세워 둘 줄 알았는데 예상외였다.

"여깄습니다."

부장에게 다가가 결재철을 건네고 뒤로 몇 발자국 물러섰다. 그 순간 부장의 책상을 스캔했다. 다행히 던지기 좋은 물건은 없었다. 적어도 얼굴에 상처 나는 일은 없겠네.

"너, 너!"

부장이 결재철을 열어젖히자마자 벌떡 일어섰다. 삿대질하며 소리치는 게 어지간히 기가 막힌가 보다. 일우는 심드렁한 속마음이 겉으로 드러나지 않게 무표정을 고수했다.

"현일우 너 이 새끼 미쳤어?"

부장이 심심할 때마다 일우에게 하는 말이었다. 미쳤어? 돌았어? 그때마다 일우는 당당했다. 미쳤냐고 묻는 사람한테 굳이 미치지 않았다고 부정하진 않았다. 어차피 부장은 일우를 미친 사람으로 규정짓고 있기 때문이다.

자기 의견이 확고한 사람한테 부정하면 꼭 주제가 이상한 곳으로 튄다. 종국엔 기어오르냐는 소리까지 들어야 했다. 똥이 무서워서 피하나 더러워서 피하지, 라는 마음으로 심신을 다스렸다.

"내가 분명 오늘 브리핑에 보고해야 한다고 했냐, 안 했냐."

"하셨죠."

"그럼 다시 써 와."

부장이 일우에게 결재철을 던졌다. 하필 결재철의 모서리가 상체를 강타했다. 씨발, 일부러 이렇게 던졌네. 100퍼센트 고의였다. 일우는 자기 몸을 맞고 바닥에 떨어진 철과 흩날리는 서류를 모두 모아 줍곤 일어섰다.

"못 합니다."

"뭐? 이 새끼가, 보자 보자 하니까. 오늘 차장님 티타임 있는 거 알아 몰라!"

"압니다."

"브리핑 끝나고 형사 부장들 모아서 밥 먹는 것도 모르냐? 어?"

티타임은 대개 길어야 20분이면 끝난다. 그러면 곧 점심시간이니까 한 주 동안 있었던 사건 보고 받을 겸 휘하 부장 검사들을 모두 식사 자리에 불러 모아 구두로 전달받고 지시할 건 하고 그랬다. 일우도 실제 참여한 적은 없고 소문으로만 들어서 알았다. 거기서 각 부서별로 실적으로 비교당하는 탓에 분위기는 별로 좋지 않다는 것도.

요컨대 차장 검사한테 눈칫밥 먹기 싫다는 거였다.

"아뇨, 그것도 압니다."

"내가 이거 너 주려고 일부러 삥이 친 거 알아, 몰라?"

"모⋯⋯."

모릅니다, 가 입 밖으로 튀어나올 뻔했다. 일우도 조금 놀랄 정도로 반사적이었다. 실수할 뻔한 상황에 놀란 가슴이 쿵쾅거렸다. 부장이 자리에 풀썩 앉으며 일우를 한심하게 쳐다봤다. 일우도 마찬가지로 한심한 벌레 보듯 부장을 쳐다봤다.

언제부터 본인 외 사람들을 알뜰살뜰 챙겼다고 저렇게 얘기하는지. 우습기만 했다. 권위로 사람을 찍어 누르곤 꼭 그 사람이 원했다는 듯 얘기하면 끝나는 건가. 진상도 저런 진상이 없었다.

"여론이라는 게 항상 들끓는 줄 알지? 관심 몰려 있을 때 깔끔하게 끝내 줘야지. 그래야 국민이 검찰을 믿고, 어? 우리도 공익의 대표! 수호자! 이러면서 큰소리칠 수 있는 거야!"

결국엔 또 도돌이표였다. 일우도 자기가 사건을 맡은 검사만 아니었으면 그랬을 거다. 뉴스로 사건을 확인하며 몇 년 나오겠네 예측하고, 저런 새끼는 항상 죽지 않고 오래 살더라 하며 흘려 넘겼겠지.

일우가 사건을 맡은 이상 신경 쓰이는 부분이 있어선 안 됐다. 그런 부분을 그냥 넘겼다간 나중에 큰 화로 돌아온다. 그게 바로 7년간 바닥을 구르며 얻은 경험이었고 지혜였다.

"다음 주까진 끝내겠습니다."

"다음 주 언제."

부장이 정확한 일시를 요구했다. 어물쩍 넘기려 했는데 이건 아무래도 안 되려나 보다. 팽팽한 신경 줄을 일우가 먼저 놓았다.

"오늘 이 시간까지 하겠습니다. 구속 기간도 그쯤이면 딱 열흘 정도 되니까 더 연장 안 하고 마무리하겠습니다."

자신 있는 대답에 부장이 골 아프다는 듯 이마를 짚고는 손가락으로 책상을 툭툭, 건드렸다. 일우의 고집이 도저히 꺾이지 않을 거란 걸 아는 거였다. 리듬에 맞춰 움직이는 손가락을 빤히 바라보던 일우는 자신의 승리를 예감했다.

"좋아. 딱 일주일 더 준다. 그 안에 끝내."

"감사합니다."

"나가 봐."

마음에도 없는 감사 인사를 끝으로 돌아 나온 일우는 한시름 놓았다. 물론 안심하긴 이르다. 아까 최 검사에게 말했듯이 수사가 언제 끝날지도 모른다.

심지어 이주경은 본인 자백을 벅벅 우기며 부정하는 중이었다. 한 고개도 아니고 여러 고개가 남아 있었다. 고시 공부 할 때만큼 밤을 지새우더라도 어떻게든 끝내야지.

아무 생각 없이 결재철로 목덜미를 툭툭 치며 걷던 일우가 문득 고개를 돌렸다. 복도 끝 창문 밖 하늘엔 어느새 먹구름이 꼈다. 탁한 회색빛 하늘을 보아하니 당장이라도 비를 쏟아 낼 것만 같았다. 조금 전 담배 피울 때까지만 해도 맑았는데. 몰려오는 답답함에 마른세수를 했다.

"이젠 비까지 오네."

풀떼기 이 새긴 대체 어딜 간 거야. 핸드폰을 확인해도 별다른 연락은 없었다. 보육원에 도착했으면 원장 수녀든 아주든 분명 전화를 할 텐데. 후우, 이렇게 일우의 한숨이 또 켜켜이 쌓여 갔다.

점심을 먹고도, 다른 사건의 피해자와 참고인 등을 소환해 조사할 때도 일우의 머릿속 한쪽은 아주의 행방을 좇았다.

중간중간 핸드폰을 확인하며 새로 들어온 연락이 없나 확인했다. 이제는 도착했겠지 하면서 다시 한번 봐도 똑같았다. 이주경에 관한 서류를 다시 들춰 보고, 경찰서에서 넘어온 영상을 이어서 봐야 하는 걸 알면서도 머릿속이 붕 떴다.

오후 4시쯤 원장 수녀가 남긴 문자에 공중을 나풀나풀 날아다니던 기분은 바닥으로 추락했다. 계속 기다렸지만 아주가 아직도 도착하지 않았다는 것과 함께 혹시 다른 곳에 잘못 간 건 아닐까 하는 걱정이 담긴 문자였다. 알겠다는 답장을 적어 보내면서 일우는 저 혼자 욕을 뇌까렸다.

6시를 넘겼을 땐 동공이 반쯤 풀렸다. 과부화된 머릿속은 생각하길 거부했다. 다른 팀원들처럼 오랜만에 제시간에 퇴근 준비를 하는 일우를 본 정 계장이 두 눈을 크게 떴다.

"검사님이 웬일로 이 시간에 퇴근하세요? 내일은 해가 서쪽에서 뜨겠는데요?"

사무실에서 가장 일찍 출근해 가장 늦게 퇴근하는 일우였으니 그런 소리가 나올 만도 했다.

"어떨지 두고 보시죠."

정 계장의 농담을 받아친 일우는 살짝 웃고만 말았다. 일우가 분주하게 서류를 정리하며 퇴근 준비를 하는 동안 이미 모든 걸 끝낸 정 계장이 먼저 인사했다.

"저 먼저 들어가 볼게요. 내일 봬요."

퇴근 시간 일분일초가 아이들의 귀가 시간에 귀결되는 정 계장은 제일 빠르게 나갔고 유 주임도 곧 뒤를 따랐다.

"저도 가 볼게요. 내일 봬요."

"네, 들어가세요."

일우는 두 팀원이 자리를 완전히 뜨고 나서야 재킷을 걸치고 가방을 챙겼다. 소등하는 것도 잊지 않았다. 문을 닫고 복도로 나오자 슬슬 퇴근하는 직원들 혹은 저녁 먹으러 나가는 사람들이 보였다. 일우도 그 틈바귀를 비집고 걸었다. 엘리베이터 앞은 이미 인산인해였고, 내려오는 엘리베이터도 모두 만원이었다.

일우의 선택은 계단이었다. 비상문을 열었을 때 이미 위층에서 내려오는 사람들이 한가득이었다. 일우처럼 성격 급한 이들이 한둘이 아니었다. 일우도 그들과 함께 빙글빙글 계단을 내려갔다.

지하 주차장까지 꼬박 7층을 내려가 차에 타고 바로 시동을 걸었다. 그러면 뭐 하나. 목적지가 정해지지 않았는데. 일우가 핸들을 잡은 채 고개를 아래로 떨궜다.

"······능력이라도 써야 하나."

여전히 고개를 숙인 채 중얼거렸다. 기억을 더듬으면 어떻게든 어떤 택시를 탔는지 찾을 수 있을 거다. 안 되면 CCTV라도 보러 다니지 뭐. 택시 기사님께 아주의 행방을 물으면 알지 않을까.

그게 다 무슨 소용인가. 연락처도, 신원도 정확히 모르는, 대한민국에서 국민으로 인정받지 못한 아주를 찾는 건 모래사막에서 바늘 찾는 것과 같았다.

동시에 아주가 뭐라고 이렇게 신경 쓰는지 본인을 이해하지 못했다. 검사로 살면서 안쓰럽고 억울한 사람들을 얼마나 많이 봤던가. 모든 사람을 구해 줄 수 없다는 건 일우 본인이 가장 잘 알았다. 그냥 스쳐 간 사람으로 넘기면 되는 거 아닐까. 어차피 본 지도 얼마 안 됐으니까 말이다.

잠시간의 침묵 후 일우가 처박고 있던 고개를 들었다.

"씨발, 만난 지 며칠 되고 그런 게 무슨 상관이야."

콕 집어 정의하자면 양가감정이다. 첫 만남부터 요상하고 억만금을 준대도 보여 주지 않을 장면까지 본 아주와 더는 가까워지지 않는 게 낫다는 전자와, 제 과거를 빗대며 약간의 안쓰러움, 귀여움, 웃김을 동반한 인간적인 호감의 후자.

사전적 의미 그대로 하룻밤을 같이 보내고 나니 후자가 압도적으로 크기를 키웠다. 아주를 급하게 내보낸 건 어쩌면 일우의 무의식을 대변한 걸지도 몰랐다. 이 이상 가까워지면 안 될 것 같다는 직감에 기반해 사이렌을 울린 것이다. 이름하여 명아주 접근 금지 명령. 일단 그 명령을 무시하기로 했다.

"당장 눈에 밟히는데 어떡하라고."

일우는 그 말을 끝으로 액셀을 밟았다. 차들이 한 차례 우르르 빠져나가 비교적 한산해진 주차장을 매끄러운 차체가 가로질렀다.

회사와 집은 그리 멀지 않지만 비 오는 퇴근길이라는 엄청난 악조건이 8차선 도로를 주차장처럼 보이게 했다. 억수처럼 퍼붓는 비는 창문을 당장이라도 때려 부술 기세였다.

"존나 많이도 오네."

거북이처럼 서행하는 차들의 행진을 따르던 일우가 중얼거렸다. 빗길 감속 운전 하라는 전광판이 깜박였다. 밤거리를 밝히는 네온들의 향연은 빗방울에 번져 현란하게 부서졌다. 차도며 인도 할 것 없이 미끄러운 빗물이 가득 들어차 세상을 거꾸로 비췄다.

지하철역에서 버스 정류장까지 외투를 뒤집어쓰고 뛰어가는 사람들. 커다란 우산을 들고 핸드폰을 보며 걷는 사람들. 두런두런 이야기하며 나아가는 학생들.

평범한 일상의 광경을 엿본 일우가 핸들을 쥔 손가락을 툭툭 부드럽게 두들겼다.

"풀떼긴 우산도 없을 텐데."

사람들 사이로 뿌연 입김도 보이는 걸 보니 꽤나 추운 것 같은데. 아주의 얇은 옷차림도 떠올랐다. 일우의 겉옷을 주긴 했지만 겨울용 외투는 아니었다. 사이즈도 커서 남는 품 사이로 바람이 숭숭 들어올 텐데.

대체 어디서부터 찾아야 할지 막막함이 몰려올 때 집 앞에 도착했다. 빠르게 주차한 일우는 뒷좌석에 대충 던져뒀던 우산을 꺼내 들고 내렸다. 당장 입구 쪽에 놨던 밥그릇과 물그릇을 수거했다. 이미 사료는 빗물에 잠겼고, 깨끗한 물을 따라 놨던 물그릇도 흙탕물이 됐다.

"어휴, 씨발. 대가리가 1차원적인 새끼……."

본인 욕이었다. 가을이라 비가 오지 않을 거라 생각했던 게 잘못이었다. 내일부턴 스티로폼이라도 구해서 지붕을 씌워 놓든 해야지. 현란하게 욕을 짓씹은 일우가 한 층 한 층 계단을 올랐다.

물과 사료만 채워 두고 바로 나갈 생각이었다. 괜히 개고생하거나 능력을 쓰지 않고 근처 경찰서에 가서 검사 신분임을 밝히고 CCTV라도 보여 달라고 할 계획이었다. 차량 번호만 알면 소유주가 누군지 알아내는 건 일도 아니니까 말이다.

반 층을 올라 딱 코너를 돌던 일우의 눈에 새까만 형체가 잡혔다. 놀란 일우가 반사적으로 멈춰 서자 그의 머리 위에서 센서 등이 반짝하고 켜졌다. 손에 쥔 그릇들이 요동쳤다. 어둠이 걷히고 갑자기 시야가 밝아져서인지 형체가 꿈틀 움직였다.

"……존나 놀랐네."

어쩐지 기시감이 들었다. 아주의 첫 만남과 자연스레 겹치기도 했다. 그도 그럴 게 그림자처럼 뭉쳐 있던 형체의 정체는 아주였다. 비는 안 맞았는지 얼굴과 옷 모두 보송보송했다. 그게 이상하게 일우에게 커다란 안도감을 선사했다. 일우 본인은 우산을 쓰고도 어깨가 비에 젖은 상태였는데도 말이다.

"너는 좀 평범하게 등장하면 어디가 덧나냐?"

아주가 사라진 게 아니라 여기 있다는 사실에 한시름도 아닌 두시름을 놓은 일우가 못마땅하다는 듯 얘기했다.

"너 왜 안 가고 여기 있어. 씨발, 거기서 너 안 왔대서 얼마나, 내가……!"

일우가 걱정했다고 소리치기 직전, 아주가 눈망울을 어룽거리며 속삭였다.

"……나 하루만 더 재워 주면 안 돼요?"

추위에 젖은 목소리였다. 금방이라도 부서져 내릴 듯 연약해 보이기도 했다.

"내 피 먹어도 되고 때려도 돼요……."

아주가 손목을 걸고 일우를 향해 내밀었다. 당장 주먹으로 때려도 모두 용인하겠다는 듯 눈을 질끈 감기도 했다. 기가 찼다. 아주는 말 몇 마디에 일우를 함부로 주먹을 휘두르는 무뢰한으로 만들었다. 그만큼 절박하다는 뜻이기도 했다.

일우는 아주를 보육원에 맡기는 게 최선이라고 생각했다. 아니, 착각했다. 일우가 자란 곳이고, 나쁜 사람은 없다는 걸 알고 있어서였다.

제대로 설명을 듣지 못한 아주의 입장에선 생판 모르는 곳에 던져지는 것과 같았다. 거기에 어떤 사람이 있을지도 모르는 두려움을 안아야 했다. 안일했다는 걸 인정했다.

그리고 동시에 깨달았다. 아주한테 코가 꿰여도 제대로 꿰였다. 고양이들이 집사를 간택하듯, 끝까지 생물을 책임질 자신이 없던 일우에게 풀떼기가 강제로 입주했다. 이름은 풀떼기지만 종은 식물이 아닌 인간이라는 게 좀 특이했다.

"영감님이 또 자위해도 안 놀릴게요……. 안 돼요? 네?"

잘 나가다가 미끄덩하는 것도 아주다웠다.

"그래, 어쩐지 감동적이다 했다. 삼천포로 안 빠지면 풀떼기가 아니지."

결국 양 볼에서 바람 빠지는 소리를 내며 웃은 일우가 아주를 지나쳐 비밀번호를 눌렀다. 아주가 실망하려는 찰나, 문을 열고 멈춰 선 일우가 아주를 내려다보며 말했다.

"뭐 해?"

"……."

"안 들어오고."

얼빵하게 그를 바라보는 아주에게 일우는 두 손 두 발 다 든 자포자기 상태로 씩 웃어 보였다.

3장. 수상한 동거

그의 이름은 현일우. 등본상 나이는 서른넷. 직업은 검사. 피를 먹긴 해도 평범한 인간이다. 사이코메트리란 능력을 쓰니까 평범함을 지우더라도 인간은 인간이다. 사실 능력은 별 쓸모도 없다. 범죄자라는 걸 확인해도 증거를 찾지 못하면 말짱 황이기 때문이다.

그런 일우는 요즘 팔자에도 없는 육아 중이었다. 갓 태어나 종일 울기만 하는 신생아도 아니고 심지어 다 큰 어른을 돌보고 있었다. 사실 얼마 되지도 않았다. 시간으로 따지면 만 하루도 지나지 않았다. 겨우 몇 시간이 흐르는 동안 일우는 아주를 집에 들인 걸 수십, 아니, 수백 번 후회했다.

"야, 이 씨발!"

일우가 화장실에서 칫솔을 문 채 악, 소리를 질렀다. 아침 6시. 욕과 고함이 요동치기엔 상당히 이른 시간이었다. 입 안 가득 찬 거품을 퉤, 뱉고는 까치집 지은 머리와 향기가 폴폴 나는 칫솔을 들고 아주를 찾았다.

"풀떼기 너 이 씨발 새끼! 이리 안 와?!"

이 집에서 통칭 풀떼기로 통하는 아주는 아침 6시부터 일우를 고함지르게 만든 장본인이었다. 이리 오라고 소리쳤으면서 엉덩이 무겁기론 수험생급인 아주를 단 1초도 기다리지 못한 일우가 먼저 찾아 나섰다.

"왜요?"

아주는 일우의 분노에도 눈 하나 깜짝하지 않았다. 어젯밤 일우를 졸라 한 아름 얻어 낸 과자를 머리맡에 한가득 쌓아 둔 채 위로 손만 뻗어서 과자를 한 봉지 집는 여유까지 보여 줬다.

"너 죽고 싶어서 환장했어?"

"세상에 죽고 싶은 사람이 어딨어요? 난 오래 살 거라니까요."

하루에 자살하는 사람이 얼마나 많은지 통계를 보여 줘도 믿지 않을 태도였다. 일우가 화병으로 쓰러져도 아주는 멀뚱멀뚱 잘 살고 있을 것만 같았다.

"영감님, 나 이거 뜯어 줘요."

일우의 혈압이 올라가는 동안 본인이 봉지를 뜯을 노력도 하지 않고 일단 일우에게 건네고 보는 아주였다.

"손이 없어 발이 없어? 네가 뜯어."

"할아버지라 힘도 없나 봐요. 알았어요."

순식간에 자존심을 다친 일우가 후, 한숨을 내뱉었다. 들고 있던 면도 크림과 치약을 옆구리에 끼운 일우가 과자 봉지를 양쪽으로 잡고 부욱 뜯었다. 어째 헬스장에서 덤벨 들어 올리는 것보다 비장했다. 그 상태로 아주에게 던져 줬다. 자기가 원하는 바를 모두 얻은 아주는 무척 여유로웠다. 나뒹구는 모습까지 일우의 복장을 터지게 하기 충분했다.

"넌 아침부터 과자가 넘어가냐."

저놈의 위장은 대체 소화 못 시키는 게 뭔지. 일우가 경악스러운 눈으로 아주를 쳐다봤다.

"영감님은 화가 너무 많아요."

과자가 넘어가냐고 물었을 뿐인데 이젠 일우에게 막말까지 시전했다. 이불 깔린 바닥 위에 대자로 엎어져 열 손가락에 고깔 모양 과자를 끼우는 데 열중한 아주에겐 절대 듣고 싶지 않은 말이었다.

"씨발, 화? 화가 많아?"

내가 누구 때문에 화내는데? 어이가 없어서 헛웃음이 막 나왔다.

"네. 소리치는 것도 안 좋은 버릇이에요."

"지랄."

"욕하는 것도요."

"그래, 그렇게 잘나서 양치질을 셰이빙 크림으로 하냐?"

졸지에 면도 크림으로 양치질한 일우가 아주의 눈앞에 치약과 튜브형 면도 크림을 각각 던졌다. 손가락에 끼운 과자를 쏙쏙 입으로 빼 먹은 아주가 엉금엉금 기어서 치약과 면도 크림을 집었다.

"이게 왜요?"

일우가 아주 앞에 주저앉아 이마를 짚었다.

"누가 치약 자리에 셰이빙 크림 두래."

분명 어젯밤 아주에게 면도기와 면도 크림 위치를 알려 줬을 때 찬장 안에 있었던 걸 눈으로 확인했기에 비몽사몽 아침잠에 젖은 채 아무 의심 없이 세면대에 올려진 튜브를 칫솔 위에 쭈욱 짰을 뿐인데. 입 안에 넣고서야 뭔가 잘못됐다는 걸 알았다. 일우야 어제 아주가 씻으러 들어가기 전에 먼저 씻었고, 치약도 제자리에 뒀으니 무고했다. 그럼 남은 사람은 아주 하나뿐이었다.

"셰이빙 크림이 뭔데요?"

"면도할 때 쓰는 크림 말이야."

그제야 용도를 알았는지 아주가 면도 크림을 신기하게 쳐다봤다.

"이건 왜 꺼낸 건데? 네 칫솔 꺼내 줬잖아."

꼭 닫힌 찬장을 뒤질 필요가 없다는 뜻이다. 수건도, 칫솔도, 치약도 다 꺼내 놨는데 도대체 왜.

"색이 예뻐서요."

기상천외한 그 대답에 일우만 혼자 속이 터져 나갔다.

"치약은 왜 집어넣은 건데?"

"색이 안 예뻐요."

일우가 보기엔 두 제품이 별 차이도 없었다. 굳이 차이를 따지자면 면도 크림 쪽에 무늬가 더 많다는 것 정도. 별 지랄스러운 심미안을 다 보겠다. 속이 홧홧하게 달아올랐다.

"씨발. 너 면도 안 해 봤나? 아니, 그 전에 영어 몰라?"

"난 수염 안 나요. 영어 몰라도 잘만 살았고요."

아주가 두 손으로 꽃받침을 하고 매끈한 뺨을 문질렀다. 수염은커녕 뾰루지 하나도 안 나 봤을 것 같은 피부이긴 했다. 밖에서 살던 애가 어떻게 그런지는 미스터리였지만.

"자랑이다, 자랑이야."

아주가 들고 있는 면도 크림과 치약을 뺏었다. 앞으론 온 집안에 라벨링이라도 해 둬야 할 판이었다.

"아, 그건 알아요. A, B, C, D……."

손가락을 접으며 알파벳을 얘기하던 아주가 D까지 세고 뚝 멈췄다. 아주의 뇌는 알파벳을 네 개 이상 담지 못하는 듯했다. 뒤는 더 들을 필요도 없다고 판단한 일우가 그만 사납게 일갈했다.

"닥쳐, 새끼야. 앞으로 이거 찬장에서 꺼내지 마라."

수염도 안 난다니 어차피 쓸 일도 없을 것이다. 그나저나 신기하긴 하네. 무모증인가.

"알았어요."

아주는 얌전히 알겠다고 대답했다. 다시 과자를 입에 털어 넣는 아주를 뒤로하고 일우만 혼자 씩씩거리며 화장실로 돌아갔다. 아수라장이 따로 없었다. 면도 크림은 다시 찬장에, 치약은 칫솔과 양치 컵 옆에 얌전히 뒀다.

"색이 안 예뻐? 지랄, 진짜……."

도대체 이해할 수 없는 아주의 심미안을 곱씹은 일우만 화장품 맛으로 가득한 입 안을 헹구기 위해 양치질도 모자라 가글까지 두 번이나 더 했을 뿐이었다.

면도 크림으로 양치질하는 봉변을 당한 일우가 바삐 출근 준비를 하는 동안 아주는 이불 밖은 전쟁터라도 되는 듯이 절대 밖으로 나오지 않았다. 이불이 등에 붙었다고 봐도 무방했다.

"팔자 좋네."

어제까지 바깥을 전전하던 삶이 한 번에 펴지기야 하겠냐마는 아주의 경우엔 쫙 펴지다 못해 다리미질까지 한 상태였다. 어쩜 저렇게 제 집처럼 편하게 누워 있을까. 신경이 쇠심줄로 만들어진 게 틀림없었다.

7시에 다다른 시간, 아주가 드디어 꿈틀꿈틀 이불 속을 기어 나왔다.

"이제 우리 밥 먹으러 가요?"

"누가 밥 먹는데 귀찮게 양복 챙겨 입냐."

셔츠는 활동성이라곤 찾아볼 수 없고 넥타이는 답답하게 목을 옥죄기만 한다. 맞춤 제작한 재킷마저도 별로 편하진 않다. 몇 년을 입는데도 그랬다. 운전하거나 일할 때도 편하지 않았다.

"영감님은 맨날 입잖아요. 볼 때마다 넥타이도 이상하게 매고 있고."

아주가 볼 때마다 넥타이가 흐트러져 있는 일우 흉내를 냈다. 까치발을 들고 가슴을 활짝 펴고 약간 삐딱하게 섰다. 아마 일우의 큰 키와 너른 몸을 표현하는 듯했다. 그러면서 어딘가 모르게 단정하지 못한 건 정확하게 짚어 냈다.

"얼마나 봤다고 맨날이래."

일우는 여전히 심드렁했다. 아주만 혼자 신나서 일우를 놀리다가 딱밤만 얻어맞았다.

"영감님, 나 칭찬하는 거예요?"

전에 딱밤 때리면서 했던 말을 되새긴 듯이 보였다. 참 기억력도 좋지.

"아니, 욕하는 거야. 그만해라."

딱밤으로 분이 풀리지 않아 아주의 말랑말랑한 뺨을 쭈욱 당겼다가 뗐다. 일우가 꼬집은 곳에 빨간 자국이 남았다. 아주가 꽥 소리를 질렀다.

"아파요!"

"아프라고 한 거야."

아주가 볼멘소리를 중얼거리며 자국난 뺨을 손으로 문질렀다. 그런다고 자국이 금방 사라지진 않았다. 외려 더 아프기만 할 뿐이다.

"영감님 나가면 난 뭐 해요?"

"TV나 보든가."

소파 팔걸이 위에 올려져 있던 리모컨을 아주의 배 위로 던졌다. 아주가 윽, 소리를 내며 과장스레 아파 했지만 일우는 콧방귀도 뀌지 않았다.

얻어맞은 배를 살살 문지르던 아주가 슬쩍 일어나서 리모컨으로 TV를 켰다. 처음엔 약간 망설이는 듯했다. 리모컨을 오랜만에 써 본 듯한 눈치였다. 영 세상을 모르는 건 아닌데 어딘가 첨단 세상의 흐름에서 10년쯤 뒤처진 느낌이 항상 존재했다.

뭐 이런들 어떠하고 저런들 어떠하리. 가르쳐 주면 되고 알려 주면 되는 거지.

아주가 리모컨을 꽉 쥐고 이리저리 채널을 옮길 때, 아침 뉴스를 진행하는 아나운서가 다음 소식을 전했다.

「이달 10일, 인천의 한 모텔에서 동생이 친형을 잔혹하게 살해하는 사건이 발생했습니다.」

낭랑한 목소리가 담고 있는 낯익은 소식에 일우의 오감이 집중됐다. 그는 너무 집중한 나머지 소파를 차지하고 있던 아주 위를 그대로 깔고 앉았다. 일우 밑으로 앓는 소리가 들리고 버둥거리는 몸짓이 있었지만 가볍게 무시하고 뉴스에 집중했다.

「피해자 이 모 씨는 병원에 옮겨졌지만 사망했고, 동생인 피의자 이 모 씨는 사건이 발생된 지 채 30분도 지나지 않아 긴급 체포 됐습니다.」

경찰 단계에서 배포한 자료들이 화면에 떠다녔다. 이주경으로 보이는 한 남성이 택시에서 내려 모텔에 들어가는 CCTV 영상이 재생됐다.

「잔혹한 살인 사건의 배경에는 14년 전 일어났던 인내동 화재 사고가 있어 이목이 집중되고 있습니다.」

2000년대 초를 증명하듯 TV 속 화질은 선명하지 않았다. 활활 타오르는 불꽃이 새까만 연기를 토해 내며 건물을 집어삼켰다. 입구에 놓인 입간판은 쓰러지고 건물에 다닥다닥 붙어 있던 간판은 까맣게 타 부서져 내렸다.

소방관이 호스를 들고 이리저리 뛰어다니며 물줄기를 쏘아 댔지만 쉬이 진화되지 못했다. 진입을 시도해도 지하로 내려가긴 어려웠고, 탈출하는 사람 또한 없었다. 지하에서 생매장당하듯이 질식사했다. 거기 있던 사람들 모두. 세창해운의 사장이며 형제의 아버지였던 사람 또한.

「형제는 당시 화재 사고의 유가족인 동시에 해당 사고가 일어난 건물의 실소유자인 한 해운 회사의 2세들이었습니다. 경찰은 당시 사고로 인해 생긴 빚을 살해 동기로 꼽고 있습니다.」

어제 부장에게 보고했는데, 바로 뉴스 때리는 거 보면 보통 집중도가 높은 게 아니었다. 포털 사이트 뉴스엔 또 얼마나 욕이 달려 있을지 안 봐도 뻔했다. 일우가 아나운서의 말에 귀를 기울이는 동안 그의 다리 아래서 빠져나온 아주가 옆에 앉아 목소리를 키우며 한껏 아는 척했다.

"어, 나 저기 알아요."

"어딜."

"저 건물이요. 지금 불나는 곳."

이게 무슨 소리인가. 불나는 곳이라 하면 TV 속 자료 화면밖에 없는데.

"저길 안다고?"

"네."

"개소리 마라. 저기 지금 다 타서 없는데 네가 어떻게 알아."

무려 14년 전 일어난 일이다. 일우가 막 대학교에 입학했을 시절이었다. 아주의 현재 나이에서 거꾸로 추측해 보면 동네 골목 어귀 뛰어다니기 바쁜 꼬마였을 것이다. 그 당시 아주도 길거리에서 자랐을까 잠시 궁금했다.

"예전에 인천에 살았다고 했잖아요. 저기였어요."

"뭐?"

저 건물에 살았었다고? 그간 아주가 어떻게 살았을지 궁금하긴 했는데 이런 식으로 바로 답을 들을 줄은 몰랐다.

"골든이요. 저기 간판에 쓰여 있잖아요."

아주가 가리킨 걸 유심히 쳐다봤다. TV는 조금 전 사건을 설명하며 자료 화면으로 썼던 걸 다시 보여 주고 있었다.

아주의 말대로 가장자리부터 불에 타 사라져 가는 간판이 있었다. 미처 타지 못한 글자가 보였다. 샛노란 곳에 새빨간 촌스러운 글씨로 적힌 '골든'이.

"네가 저길 어떻게 알아. 끽해야 일곱 살도 안 됐을 때인데?"

그맘때면 일우의 다리 길이에도 못 미칠 때였다. 어린 아주라, 꽤 귀여웠을 것 같기도 하다. 입은 여전히 맹랑했을 거고.

"영감님은 어렸을 때 살던 곳도 기억 못 해요? 그 정도는 나도 해요."

"아니, 씨발 새끼가 말하는 본새 봐라. 내 말은 네가 왜 저기서 살았냐고."

"내가 어떻게 알아요."

"네가 모르면 누가 알아."

"내가 저기서 살았다는 게 중요한 거예요?"

중요한가? 아니, 별로 중요하진 않았다. 살다 보니 이런 인연도 있구나 싶지만 사건의 중요한 실마리가 될 만한 것도 아니다. 굳이 중요도를 따지자면 아주가 스스로 밝히는 과거를 들을 수 있는 기회라는 것 정도였다.

과거를 확인할 수 있는 기회라는 생각이 들자 아주를 놀리려고 시동 걸던 장난기가 싹 사라졌다.

"어. 중요해."

한숨을 푹푹 쉰 아주가 꼭 얘기해야 하냐고 눈으로 물었다. 일우도 눈으로 대답했다.

어, 해야 해. 그것도 당장. 아주는 재촉하는 일우를 보곤 또 과장스레 한숨을 포옥 내쉬었다. 이쯤 되니 일우도 이상함을 느꼈다. 혹시, 설마를 가장해 조심스레 물었다.

"설마, 저기 너 아는 사람이라도 있었던 건 아니지?"

화재 사고에 아주의 피붙이라도 휘말려서 말하는 걸 꺼리는 걸까? 정말 그런 거라면 최악인데. 피붙이의 죽음을 상기하게 만든 자신이 정말 쓰레기같이 느껴졌다.

"골든엔 누나들밖에 없었어요."

"친누나?"

아주가 그건 아니라는 듯이 고개를 저었다. 그에 일우의 표정이 애매모호해졌다. 최악은 겨우 면했지만 찜찜함은 여전히 남아 있다. 아주의 피붙이가 죽지 않았다는 게 다행인지 불행인지 모르겠다. 어쨌든 많은 사람들이 죽은 건 사실이었으니까 말이다.

"그냥 누나들이요. 형들도 있었고요."

"그때가 몇 살쯤인데."

"모르겠는데……."

"그런 것쯤은 있을 거 아냐. 예를 들면 학교 들어갈 나이다, 유치원

다닐 나이다 하는 거."

"음, 가끔 누나들이 학교 안 가냐고 묻긴 했었어요."

그럼 일곱 살에서 여덟 살, 아무리 많아도 아홉 살 안짝이었다는 건데. 그래도 어린 때였다. 일우야 잊으려야 잊을 수 없는 일을 겪어 그 시절을 쉬이 잊을 수도 없었다지만 일반인들은 특별하거나 끔찍한 기억 말고는 대부분 잊고도 남았을 시기였다. 아주가 선명히 기억하고 있다는 건 별로 좋은 신호가 아니었다. 하긴, 여태 밖에서 살았다는데 말 다 했지. 어지간히 기구한 인생이었나 싶다.

"누나들은 또 뭔데?"

지하 단란 주점에서 일하는 여자들이면 하는 일은 일우의 생각과 절대 다르지 않을 것이다. 성매매 및 식품 위생법에 저촉되는 것들. 그래도 혹여나 하는 마음에 물었다. 문제는 아주가 그들이 하는 일을 제대로 알고 있을까 하는 거였다.

"거기서 일하는 누나들이요. 하루만 왔다가 가는 누나들도 있었고 내가 태어났을 때부터 일한 누나도 있었어요."

이번엔 결코 길게 대답하지 않았다. 언제는 묻는 말에 하나하나 다 대답하더니 방금 질문에 대해선 비껴갔다. 이쯤 되면 눈치가 없는 게 아니라 없는 척하는 것 같은데. 게다가 태어난, 이라니. 아주는 아무렇지 않게 얘기하고 넘어간 말이지만 일우는 허투루 넘기지 않았다.

그럼 거기서 태어나고 자랐단 말인가. 아까는 왜 거기서 사는지 몰랐다면서 이제는 태어날 때부터 살았다고 한다. 말이 상반됐다.

"거짓말을 할 거면 앞뒤 생각 좀 하고 해."

핵심을 찌르는 질문에 아주가 시선을 휙 돌렸다. 더는 대화하기 싫다는 항명처럼 보였다.

"말하기 싫은 거야, 진짜 모르는 거야."

일우도 딱히 답을 요구하는 물음은 아니었다. 대답하기 싫다는 애를 재촉해 봤자 좋을 것도 없고, 아주의 과거를 들으며 위로해 줄 온정은 추호도 없다. 활자나 말 몇 마디로 축약된 인생을 듣고 공감하면 얼마나 공감한다고 쉽게 위로를 건넬까. 게다가 어차피 아주가 그런 말에 쉽게 현혹될 만큼 약한 정신도 아니었다. 일우도 다정한 성격은 못 됐다.

애초에 아주에게 필요한 실질적 도움은 겉만 번지르르한 말이 아닌, 지금처럼 의식주를 챙기는 물질적 지원이었다. 일우는 그걸 제공해 줄 능력이 충분히 됐다.

"배고파요."

아주는 배고프다며 벌러덩 누웠다.

"그놈의 배는 거지만 들었냐. 뭔 말만 하면 배가 고파?"

일우는 다시 드러누운 아주를 슬쩍 쳐다보곤 소파에서 일어났다. 일우가 맡은 사건도 이미 지나갔고 시끄럽고 자극적인 소식만 전하는 뉴스는 리모컨 버튼을 눌러 껐다.

일우가 의료용 냉장고에서 혈액 팩을 하나 꺼내 팩과 연결된 튜브를 입에 물고는 남은 수를 헤아렸다. 내일이랑 모레 먹으면 끝인 양이었다. 내일쯤엔 선영에게 가서 받아 와야 했다. 가서 또 얼마나 시달릴지 벌써 눈에 선했다. 피곤함이 몰려오는 걸 애써 무시했다.

일우가 선영에게 언제 찾아갈지 고민하는 동안 아주는 우렁차게 배고픔을 알렸다. 뱃고동 소리와 거의 맞먹었다.

"우리 언제 밥 먹으러 가요."

"난 원래 아침 안 먹어."

밥 먹으러 가지 않겠다는 소리였다. 그 말에 화들짝 놀란 아주는 벌떡 일어나 일우의 셔츠 자락을 붙잡고 뒤흔들기 시작했다.

"영감님은 사람 아니니까 안 먹어도 되겠지만 나는 먹는다고요!"

"아, 씨발. 흔들지 마! 흘리잖아!"

아주가 셔츠를 잡고 늘어지자 피가 사방으로 튀었다. 이리저리 튀는 핏방울을 바라보며 일우가 기겁해 소리쳤다. 밥에 한해서는 무적이 되고 마는 아주를 이길 수 있는 자는 현재 아무도 없었다.

"그리고 이건 밥 아니라니까?!"

일우가 혈액 팩을 하늘 위로 번쩍 들고 변명 아닌 변명을 시도했다. 밥이 아니라니까 절대 들어 처먹지 않는다. 자기 멋대로 해석하는 것도 환장하는 습관이었다.

"그게 밥이 아니면 뭐예요! 나도 밥! 바압!"

아주는 일우를 뻣뻣하게 솟은 나무라도 되는 줄 아는지 타고 오르기 시작했다. 마르긴 했어도 아주의 성별은 남자였다. 뼈 무게를 무시할 수 없었다.

"아, 알았다고!"

결국 어떤 소득도 얻지 못한 일우가 먼저 항복했다. 이상하게 아주한 테는 항상 지는 것만 같았다. 정확히는 져 주는 거라고, 열 몇 살 차이 나는 애를 앞에 두고 정신 승리 했다.

"진짜요?"

"어, 진짜 알겠으니까 눈곱이나 떼고 와."

"말 돌리지 마요."

그럴 거였으면서 뭐 하러 고집부리느냐는 눈으로 아주는 일우를 두어 번 훑고 방으로 사라졌다. 일우만 거실에 달랑 남아 패잔병 같은 표정으로 홀로 서 있었다.

"씨발, 다 흘렸네."

셔츠는 방금 살인이라도 한 듯이 피가 점점이 튀어 있었고, 피로 흠뻑 젖은 넥타이는 얼룩이 크게 남아 아무래도 버려야 할 판이다. 방바닥도 피가 튀겨 한 번 닦아야 할 것 같았다.

혈액 팩의 절반은 아주 때문에 흘린 거였다. 일우는 남은 피를 죽 빨아 먹고는 넥타이를 풀어 바닥에 흘린 핏방울을 대강 훔쳤다.

"아침부터 별 지랄······."

셔츠를 넥타이와 함께 벗어 던진 일우가 잘 짜인 근육으로 뒤덮인 상반신을 드러낸 채 이마를 손으로 짚고 잠시 욕을 중얼거렸다. 어째 하루도 조용히 넘어가는 법이 없었다.

* * *

보기만 해도 끔찍한 I♥NY 티셔츠를 벗어 던진 아주를 데리고 밖으로 나온 일우가 주변에 열린 가게를 찾았다. 출근 시간대라 그런지 괜찮은 밥집은 아직 영업 시간 전이고, 열린 곳이라곤 전에 먹었던 선짓국이나 김밥집 정도였다. 아주가 노래를 부르는 고기는 눈을 씻고 찾아보려도 없었다.

"풀떼기, 고깃집은 안 보이는데 그냥 김밥이나 먹자."

"김밥이요?"

마음에 안 든다는 투였다. 일우가 또 한 번 스팀이 오르기 시작했다.

"씨발, 야 너 여기 온 지 얼마나 됐다고 벌써 반찬 투정을 해? 사 주는 대로 처먹어."

"영감님은 고기 싫어해요?"

"어, 존나 싫어해."

"왜요?"

"어렸을 때 너무 많이 죽여서."

되는대로 지껄였다가 아주의 눈이 휘둥그레진 걸 발견한 일우가 침착하게 정정했다.

"아니, 내가 죽인 거 아니고. 전에 도축장에서 일했다고 말했잖아. 고기만 보면 걔네 머리가 둥둥 떠다니는 기분이라 좀."

생존을 위해 필수 불가결했지만, 피비린내가 낭자한 기억은 불유쾌했다. 급격히 몰려오는 붉은 기억에 일우가 걷다 말고 멈춰 섰다. 품에서 담배와 라이터를 꺼내고 아주를 향해 뒤로 물러나라는 의미를 담아 휘휘 손을 저었다.

"야, 담배 한 대만 피우고 가자. 저기 뒤로 가 있어."

"왜요?"

"가라면 좀 가라. 말 더럽게 안 듣네."

"아까 씻어서 안 더러워요."

일우의 말을 잘못 알아들은 아주가 맡아 보라는 듯 손바닥을 스윽 내밀었다. 굳이 맡으려고 하지 않았는데도 향긋하고 보드라운 비누 냄새가 났다. 보송하고 하얀 얼굴에 걸맞은 좋은 냄새가 나는 것과 별개로 기막힌 해석에 일우가 한숨을 내쉬었다.

"사오정이냐? 담배 냄새 나니까 저리로 가라고."

전에 아주에게 건넸을 때 자긴 담배 안 피운다고 부득불 받아 들지 않던 아주가 떠올랐다. 딱히 싫어하는 기색은 안 보였지만, 그래도 비흡연자 앞에서 피우긴 그랬다.

"왜, 담배 한 대 줘?"

그래도 아주가 물러가지 않자 한 대 권하기까지 했다. 그제서야 아주가 고개를 절레절레 저었다.

"영감님이 그러니까 이상해요."

"너 나 착하다고 말한 지 딱 하루 됐거든?"

일우의 배려가 이상하다는 아주의 말에 일우가 양 볼에서 바람 빠지는 소리를 내며 황당하다는 듯이 되물었다.

"그래도 담배 피우지 마요."

그 말을 툭 던진 아주는 툭툭, 발끝으로 괜히 보도블록을 파냈다. 갑자기 아주의 기운이 팍 죽었다. 꼭 소금에 절인 풀처럼 말이다. 누가 소금이라도 쳤나 싶었다. 곰곰이 생각해 봐도 범인은 일우밖에 없었다. 담배가 문젠가. 괜히 잘못한 것처럼 어딘가 불편했다.

"어쩌냐, 이거라도 안 피우면 죽겠는데."

"몸에도 안 좋고, 또…… 으응, 불날 수도 있잖아요."

"남들 있는 데선 담배 안 피워. 불 안 나게 꽁초까지 다 줍고 다니는데 뭔 상관이야."

"내가 옆에 있잖아요."

"그래서 저리 가라는 거 아냐."

"콜록콜록콜록! 코홀록!"

아직 불도 안 붙였는데 요란스레 기침하며 담배의 해로움을 알리는 아주는 거의 홀로 공익 광고를 찍는 수준이었다. 일우의 손과 비교했을 때 마디 하나 차이 날 법한 아주의 손이 주먹까지 야무지게 쥔 채 입가에 대고 거센 기침을 반복했다.

몇 번 반복하다 보니 숨이 차서 힘든지 연약하기 짝이 없는 폐활량을 보여 주다 말고 뒤로 슬금슬금 물러났다.

"알았어요. 대신 내일부턴 안 돼요."

결국 가짜 기침을 내뱉던 자기가 힘드니까 저러는 거였다. 어째 본인이 조금이라도 손해 보거나 불리해지면 발을 쑥 빼는 게 영 머리가 없는 건 아닌데.

마냥 해맑은 것 같아도 어떨 땐 말 못 할 사연이 있어 보인다. 아직 어떤 사람이다, 하고 종잡을 수 없는 게 아주였다.

절대 물러나지 않을 것처럼 강경하게 굴던 아주가 저 멀리 보도블록에 주저앉았다. 지나가는 사람과 차를 구경하는 모습이 얼마 전까지 길에서 살던 아주의 과거를 엿보는 기분이었다.

뒤늦게 담배에 불을 붙이고 한 모금 깊게 머금은 일우가 홀로 중얼거렸다. 금연을 권유하는 사람들 사이에서 한결같이 암 걸려 죽든 말든 알아서 하겠다고 배짱부렸는데, 본의 아니게 아주를 먹여 살리게 된 입장에선 생각이 많아진다. 아무래도 책임질 사람이 생겨서 그런가.

"괜히 죄지은 기분인데."

깊게 팬 미간과 함께 일우의 시선이 그의 속도 모르고 푸르고 맑기만 한 하늘을 향했다.

* * *

"웬 김밥이에요?"

8시를 조금 넘긴 시각, 출근한 정 계장이 자기 책상 위에 올라가 있는 김밥을 보고 허억, 숨을 삼켰다.

"검사님이 사 오셨어요."

"이렇게나 많이요?!"

당장 정 계장 책상 위에 보이는 김밥만 네 줄에 유 주임 책상에도 똑같이 네 줄이 올라가 있다.

"그러게요. 김밥 농사라도 지으시나."

유 주임이 중얼거렸다. 잠시 자리를 비운 일우의 책상 위에도 검은색 비닐봉지가 하나 놓여 있었다. 바닥 쪽이 묵직해 보이는 게 저기도 김밥이 들어 있는 것 같았다. 아침도 모자라 점심, 저녁에 간식까지 사 왔나 싶은 양이었다.

김밥 농사의 전말은 겨우 한 시간 전에 시작됐다. 일우와 아주가 밥 먹으러 나왔을 때, 그것도 일우가 잠시 담배 피우겠다는 핑계로 골목 안에서 뻐끔뻐끔 연기를 내뱉고 있을 때였다.

"영감님! 우리 언제 가요! 배고파요!"

최소 10미터는 떨어져서 소리치는 아주에 골목에서 하나둘 빠져나와 출근하는 직장인, 등교하는 학생들의 이목이 집중됐다. 불필요한 시선들이었다. 담배를 바닥에 던지고 발로 밟아 끈 일우가 성큼성큼 아주에게 다가갔다.

"넌 좀 조용히 말하면 입에 가시가 돋치냐. 카드 줄 테니까 가서 먼저 먹고 있어."

"영감님은요?"

"통화 한 통만 하고 들어갈 테니까 먼저 가."

"먹고 싶은 만큼 시켜도 돼요?"

"그러든지 말든지."

"알았어요!"

신나게 김밥집으로 뛰어가는 아주가 너무 해맑아 잠시 불안감이 급습했다.

괜찮겠지, 알아서 먹을 만큼 시키겠지, 하며 괜한 기우라고 넘겼다. 당장 연락이 더 급했던 일우는 핸드폰에 선영의 연락처를 띄우는 데 더 집중했다.

'먹을 수 있을 만큼'과 '먹고 싶은 만큼'은 크나큰 차이가 있단 걸 간과한 것이다.

아주가 사라진 걸 확인한 일우는 통화 연결음에 집중했다. 선영의 취향을 백번 반영한 팝송이 귓가를 파고들었다. 전화를 걸 때마다 통화 연결음이 바뀌는 기분이다.

—연결이 되지 않아 음성 사서함으로 연결되며…….

익숙한 기계음에 통화 종료 버튼을 눌렀다. 이른 아침이긴 해도 직장인이라면 대부분 출근 준비할 시간이었다. 그런데도 절대 전화를 받지 않는 선영은 꼭 일우의 인내심을 시험하는 것 같았다. 그럴 만도 한 게, 벌써 세 번째 시도였다.

"아, 씹."

네 번째 시도를 하려던 일우가 그 순간 단어 하나를 떠올렸다. 차단. 혹시 몰라 들어간 메시지 앱은 여전히 1이 사라지지 않은 상태였다. 여전히 차단을 풀지 않은 것이다.

"하, 진짜."

이런 일이 살면서 수백 번도 더 있었기 때문에 사실 별스럽지 않았으나, 지금은 일상생활에 지장이 생기기 직전이었다. 아주의 피를 뽑아 먹겠다는 농담이 진담이 되게 생겼다.

"몇 년이 지났는데 어떻게 사람이 바뀔 않아."

아주 때문이긴 해도 얼굴까지 봤는데 좀 풀어 줄 것이지 절대 먼저 푸는 법이 없다. 왜 자기 주변엔 똥고집밖에 없을까. 아주도, 선영도 고집

하나는 알아줬다. 마찬가지인 일우가 할 말은 아니었다.

선영과의 통화는 어쩔 수 없이 포기한 일우가 아까 버렸던 담배꽁초를 주워 근처 쓰레기통에 던져 넣고 김밥집으로 향했다.

가게에 들어선 일우는 자기가 본 광경을 의심해야만 했다. 아주 앞에 가득 놓인 그릇들의 향연을 믿을 수 없었다. 의도치 않게 김밥집 VIP가 된 아주를 위해 테이블을 세 개나 연달아 붙이기까지 했다.

때마침 아까 선영에게 전화 걸 때 지잉지잉 울리던 문자를 그냥 손으로 휙 넘겨 버렸던 기억이 났다. 다급히 문자 앱을 클릭해 확인했다.

[Web발신]
한신카드(1472)승인 현*우 67,000원(일시불)
09/20 06:57 행복한김밥 누적 4,720,500원

"아니 씨발, 어떻게 하면 김밥집에서 6만 원을 넘게 써?"

일우의 중얼거림은 눈앞에 펼쳐진 광경이 바로 설명해 줄 수 있었다. 바로 저렇게 시키면 된다. 그러면 6만 원쯤 우습게 쓸 수 있는 것이다.

한 번도 시켜 먹어 본 적 없는 메뉴까지 줄줄이 나왔다. 더 기가 막힌 건 김밥을 무슨 스무 줄쯤 시킨 거였다. 아까는 김밥이 마음에 안 드는 듯해 보이더니, 김밥 못 먹어서 죽은 귀신이 붙었나 싶었다. 커다란 그릇에 일정한 간격으로 잘려 켜켜이 올라간 게 거의 제사상급이었다. 뷔페라는 좋은 표현도 있었으나, 일우의 기분이 좋지 못했기에 그런 고상하고 예쁜 표현은 생략됐다.

"영감님, 내가 영감님 것도 시켰어요. 고기는 다 내 거고 영감님은 이거랑 저거랑 먹으면 돼요."

나 잘했죠? 반짝반짝 빛내며 일우를 쳐다보는 아주의 눈빛은 칭찬을 바라고 있었다. 족보 없는 똥개도 아니고 족보 없는 풀떼기가 또 일을 냈다.

"미친 풀떼기가 얼마나 시킨 거야. 야, 너 이거 다 먹을 수는 있어?"

"다 내 건 아닌데요? 영감님 것도 있어요."

"사람이 다 너처럼 많이 먹진 않거든?"

"먹기 싫음 말아요. 내가 다 먹을 거니까."

아주는 자신만만했으나, 일우는 반신반의했다. 그럴 만도 했다.

"씨발, 네가 다 먹으면 말도 안 하지. 체해서 병원까지 간 놈이 아픈 지 얼마나 됐다고 또 이렇게 시키고 난리야? 지랄도 진짜 가지가지 한다."

일우의 욕이 늘어나면 늘어날수록 아주의 눈은 동그라미에서 네모로, 이어서 세모가 됐다.

아주가 눈을 별 모양으로 만들든 말든 일우의 화는 가라앉을 기미가 보이지 않았다. 아주가 성인 남자 최소 두 명분 이상 먹는다는 건 일우도 잘 알고 있었다. 이제 보니 그건 문제 축에도 들지 않는다.

잘 먹는 건 좋은 거지만 자기가 다 먹지도 못하는 양을 시켜 자꾸 입 안에 꾸역꾸역 밀어 넣는 건 문제가 된다.

"하아, 진짜……. 됐다. 카드 준 내가 미친놈이지, 미친놈."

애한테 화내 봤자 아무짝에 쓸모없다는 걸 깨달은 일우가 아주 앞에 앉았다. 항상 배고픔에 시달리던 애를 고삐 풀어 둔 자기 잘못이지, 해 맑은 아주가 뭐가 잘못이겠는가.

원래 아이는 아무것도 모르는 법이다. 잘못 가르친 부모 잘못이지. 아주의 보호자를 자처한 이상, 일우가 짊어져야 했다.

상을 가득 채운 음식들을 바라봤다. 하얀 팽이버섯이 올라가 있는 뚝배기 불고기, 계란 노른자가 탱글한 순두부찌개, 파가 송송 올라간 김치찌개, 거기에 소스를 듬뿍 뿌린 돈가스까지. 그게 끝이 아니었다. 물만두와 라볶이도 있다.

김밥은 종류별로 다 시켰는지 참치, 치즈, 김치, 고추, 날치알, 돈가스, 소고기 등 별의별 속 재료가 다 들어가 있었다. 그것도 한 줄이 아니라 두 줄씩 시켰다.

아주의 목소리가 들리는 것만 같다. 내 거 한 줄씩, 영감님 거 한 줄씩. 잠깐 머릿속이 아득했다.

"김밥 영감님이랑 내 거 하나씩 다 시켰어요."

"어, 그래. 잘했다, 존나 잘했어."

이미 음식도 다 나오고 계산까지 한 마당에 무르기도 웃겼다. 하여간 하는 행동이 기상천외했다. 아주가 주문서에 오죽 많이 체크했으면 후불도 아니고 선불로 계산했을까. 진짜 잘해서 칭찬한 게 아닌데 아주는 쑥스러운 듯 웃고는 숟가락을 들었다. 밥을 세 공기나 앞에 두고 하나씩 떠먹는 게 무슨 푸드 파이터 대회 나온 사람처럼 보였다.

"사장님, 여기 김밥은 다 포장해 주세요."

저 멀리서 알겠다고 외치는 소리가 들렸다. 불고기를 후후 불며 먹던 아주가 눈으로 물음표를 그렸다.

"집에 가서 먹으라고 포장하는 거야. 사람 죽일 듯 쳐다보지 말고 마저 먹어."

아주는 그제야 번뜩이는 눈을 내리깔았다. 딱히 입맛 없던 일우는 아주 쪽으로 음식들을 밀어 주곤 칼을 들어 먹기 좋게 돈가스를 썰어 줬다. 아주가 돈가스를 써는 일우의 손에 집중한 건 굳이 확인하지 않아도 뜨거운 시선 때문에 알 수 있었다.

"안 뺏어 먹으니까 그만 봐라."

일우가 음산히 경고하고 나서야 아주는 방긋 웃었다. 정말 단 한 조
각도 뺏어 먹지 않는 일우를 보고 다시 한번 만족스레 웃었다. 돈가스
옆에 곁들여 나온 통조림 과일까지 싹싹 긁어 먹은 뒤엔 뜨끈뜨끈한 물
만두를 집어 먹었다. 꽤 매울 텐데 맵지도 않은지 라볶이도 야무지게
먹었다.

"……내가 사람을 키우는 건지 소를 키우는 건지."

찬물만 들이켜는 일우의 한숨이 공중으로 흩어졌다.

* * *

"그럼 동생분이 그렇게 시킨 거예요?"

"네. 열 줄은 들려 보내고 나머진 가지고 왔습니다."

"어우, 진짜 많이 먹긴 하네요."

정 계장이 모닝커피를 한 모금 후룩 삼켰다. 옆에서 듣고 있던 유 주
임이 한마디 거들었다.

"왜, 그런 사람 같아요. 요즘 먹는 거로 영상 찍는 사람 많잖아요."

"아아."

대충 무슨 얘긴지 이해한 일우가 긍정했다.

"근데 그렇게 먹어도 위 괜찮대요?"

당연히 안 괜찮았다. 아주가 애초에 많이 먹는 사람인 게 아니라 단
순히 식탐 때문인 게 더 컸기 때문이다. 아마 지금쯤 집에 가서 끙끙 앓
고 있을 거다. 집에 데려다주는 길에 소화제 하나 사서 들려 보냈는데

마셨으려나 모르겠다.

미련스레 입에 처넣는 아주를 좀 말릴걸, 하고 후회가 됐으나 어차피 아주는 흘려 넘겼을 게 뻔했다.

"아뇨, 엊그제도 체해서 병원 갔어요. 그래서 작작 먹으라고 화냈는데 오히려 혼났다고 풀 죽는 거 보고 어이가 없더라고요."

자기 걱정해서 그러는 건 하나도 몰라주니 애석했다. 후우, 일우의 한숨이 모두에게 전해졌다.

"우리 애도 가끔 그러는데. 둘째가 식탐이 너무 많아서 죽겠어. 언니가 먹는 건 다 자기 거야, 자기 거."

정 계장이 못 말리겠다는 듯이, 동시에 아이들에 대한 애정과 관심을 한껏 드러낸 채 대답했다. 유 주임도 동의하며 자신의 어린 시절을 하나둘 꺼내 얘기했다.

"저도 어렸을 때 그랬어요. 위로 언니랑 오빠가 하나씩 있어 가지고……."

까르륵 웃는 두 여인의 대화에 일우도 피식 웃다가 모니터로 시선을 돌렸다. 한창 수다 소리를 배경음 삼아 키보드를 두들길 때 정 계장이 말을 걸어왔다.

"그건 그렇고 검사님, 오늘 아침 뉴스 보셨어요?"

"어떤 뉴스요?"

"검사님 배당받으신 거요. 출근 준비하는데 라디오에서 나오더라구요."

아침에 봤던 뉴스가 자연히 떠올랐다. 그제야 정 계장의 말이 무슨 소린지 눈치챈 일우가 대답했다.

"빨리 처리하라고 압박받는 것 같네요."

"어때요, 압박받는 소감은요?"

"까딱 잘못하면 모가지 날아가겠다?"

"아하하하, 그게 뭐예요."

정 계장은 당연히 농담이라 생각하고 웃어넘겼다. 일우는 반쯤 진심이었는데 말이다.

점심시간이 되자 다른 부서들은 평소처럼 부장 검사를 필두로 하나둘 모여 한 덩어리가 되어 식사하러 떠났다. 일우도 저기에 껴야 했지만 오늘만큼은 단호하게 거부했다. 회식이나 산행 같은 건 여러 핑계를 대며 저조한 참석률을 자랑했어도 점심만큼은 그래도 많이 양보해 같이 먹었는데 오늘은 아니었다.

"진짜 안 드시게요?"

"어."

인천지검에 올해 초 첫 발령 난 막내 검사가 일우에게 꾸벅 인사하곤 문을 닫고 서둘러 나갔다.

"어휴, 지랄이다 진짜. 검사가 자기 일만 잘하면 됐지……."

원체 대접받길 좋아하는 부장이니 막내 검사를 아주 지겹게도 부려 먹을 것이다. 따지고 보면 자기 개인 비서도 아닌데, 너무하지들.

다른 날이라면 점심 식사에 빠진다고 부장한테 한 소리 들었을 터였다. 하지만 오늘은 빠져나갈 핑계가 있다. 당장 배당받고 오늘 아침 뉴스에까지 보도된, 문제의 살인 사건이 일우의 핑계였다. 바빠서 짜장면을 시켜 먹거나 라면으로 대충 때우는 사람도 많은 마당이니 별로 수상할 것도 없다. 물론 그건 일우가 얌전히 사무실에 있을 때 얘기지마는.

점심 먹으러 우르르 빠져나간 사무실은 대개 한산할 것 같지만 그건 또 아니다. 차 키를 챙기고 복도를 나서 내려가는 동안 바삐 일하는 사람들이 보였다. 점심시간이라도 모두 쉴 수 있는 건 아니었다. 당장 일우의 사무실만 해도 교대로 밥을 먹지 않던가. 휴게 시간은 좀 확실히 지켜 줘야 하는데, 일이 너무 바쁘다 보니 서로 챙길 여유조차 없었다.

"후우."

몹시 당기는 흡연 욕구를 뒤로한 채 일우가 바삐 차에 올라타 시동을 걸었다. 목적지는 집이었다. 굳이 점심시간에 시간 내어 집에 가는 이유는 단 하나였다. 풀떼기, 명아주.

당장 내 밥도 못 먹고 남의 입에 들어가는 거 챙기는 신세가 될 줄은 정말 몰랐는데. 정말 오래 살고 볼 일이다. 아주의 표현대로 영감님쯤 되니 없는 자식보다 더한 새끼가 집에 똬리 틀고 있고.

"현일우, 아주 잘한다, 잘하는 짓이야."

픽, 웃음이 나왔다. 그 외엔 지금 기분을 표현할 행동이 없었다.

집에 도착한 그가 비밀번호를 누르고 집에 들어섰다. 오면서 약국에 들러 산 약들이 묵직했다. 쩽그랑, 약병들이 부딪치는 소리가 적막을 깼다.

"풀떼기, 죽었냐 살았냐."

죽었어요, 저 멀리 방 안에서 아주의 목소리가 들렸다.

"살아 있구만 뭘 죽었대."

식탁 위에 죽을 쇼핑백째 올려 둔 일우가 구시렁거리며 안쪽으로 들어갔다. 침대 위에 누워 이불을 둘둘 말고 있는 아주가 보였다. 눈을 끔뻑끔뻑하는 게 꼭 죽기 직전 금붕어 같았다.

"배 아파?"

"아뇨…… 안 아픈데요."

거짓말도 잘했다. 얘는 뭐만 말하면 일단 부정하고 보는 것 같았다. 말랑말랑하고 뜨끈뜨끈한 아주의 뺨을 괴롭히던 일우가 개소리 집어치우란 태도로 말했다.

"그러게 좀 적당히 처먹지 그랬냐. 누가 뺏어 먹는 것도 아닌데."

"나 진짜 안 아파요."

"네 얼굴이나 보고 말해. 새하얗게 질려선 죽기 직전 같으니까."

일우가 아주의 뺨을 만지며 어느 정도 미지근해진 손을 아주의 티셔츠 안으로 쑥 넣었다. 아주가 놀라 벌떡 일어났다.

"왜, 왜요!"

"배 문질러 주게. 배 아프다며."

"싫어요."

"그럼 약 먹든가."

티셔츠에 넣었던 손을 쑥 뺀 일우가 기다렸다는 듯 부스럭거리며 봉지에서 소화제를 꺼냈다.

"아까 사 준 것도 안 마셨지?"

"마셨어요."

"지랄하네, 식탁 위에 김밥이랑 그대로 있더만. 빨리 마셔."

"으, 이거 진짜 맛없어요."

일우의 재촉에 결국 한 모금 삼킨 아주가 자글자글 인상을 썼다. 구겨진 종이처럼 잔뜩 찡그린 얼굴이 웃겨 일우가 웃음을 크게 터뜨렸다.

"웃지 마요!"

"웃긴 걸 어쩌라고? 억울하면 그렇게 생기질 말든가."

"나 안 못생겼거든요?"

아주가 예쁜 걸 딱히 부정한 적은 없다. 거울만 봐도 알 텐데 굳이 왜. 그냥 '그렇게'라고 축약했을 뿐이다. 오해하라고 깐 판에 아주가 말려든 거고.

"못생겼다고 한 적은 없는데 지레 찔리나 보네. 그리고 원래 몸에 좋은 건 맛없어."

일우가 큭큭, 웃으며 아픈 아주의 신경을 쿡쿡 찌르고 놀렸다. 어른답지 못한 짓이었다. 아주와 어울리다 보니 한층 정신 연령이 낮아진 기분이었다. 반대로 속에 없는 말은 하지 않아서 정신 건강에 무척 좋았다.

"난 몸에 나쁜 것만 먹고 살래요."

"그러다 일찍 죽어. 너 오래 살 거라며."

더러워서 벽에 똥칠하긴 싫으니 딱 그 전까지만 살겠다던 포부의 아주였으나 아무리 그래도 맛없는 약을 삼키긴 싫은가 보다. 한 모금 마시고 입에 죽어도 대지 않았다. 그래도 사람이 먹을 수 있게 만든 약인데 맛이 그렇게 없지는 않다. 그냥 아주의 입맛에 맞지 않는 거였다. 다른 예로, 맛만 있었다면 약이래도 다 먹었을 것 같다는 생각이 들었다.

엄마 손은 약속이라는 말처럼 배라도 만져 줘야 하나 싶었다. 그냥 고양이 만져 주듯이 만져 주면 되려나?

"이거 먹어도 일찍 죽으면 죽었지 오래 살 것 같진 않아요."

"그렇게 먹기 싫으면 누워."

"왜요?"

"씨발, 아프면 아프다고 괴롭힐 거 아냐. 박선영이 하는 말 못 들었어? 사람이 헤까닥 돌면 무슨 짓 할지 모른다는 거?"

진짜 헤까닥 돌아서 무슨 짓이라도 할 기세로 눈을 번뜩였다. 그제야 아주가 쭈뼛쭈뼛 누웠다. 일우는 배 문질러 주기 편하게 아주의 뒤에 누웠다. 불편한 슈트 재킷은 대강 바닥에 내려놓고 셔츠가 구겨지든 말든 아주를 끌어안았다.

"더운데……."

"그럴 땐 따뜻하다고 하는 거야."

"영감님 팔 너무 딱딱해서 불편해요."

키 차이 때문에 베개는 위로 치우고 팔로 안아 줬더니 저런다.

"네가 나 같은 사람한테 안겨 볼 일이 어딨냐? 영광으로 알아."

"그런 영광 필요 없는데."

"닥쳐, 좀."

말은 그래도 일우의 손길은 부드러웠다. 마른 배를 둥글게 둥글게 문질렀다. 멍이 남아 있는 곳은 피해서 최대한 아프지 않게 조심히.

포장해 준 김밥마저 손도 안 댄 걸 보면 꽤 많이 속이 안 좋은 것 같았다. 일우의 체온은 높은 편이니까 문질러 주면 좀 나아지지 않을까 싶었다.

"영감님, 회사는요?"

끄응, 하며 일우의 가슴에 더 바짝 등을 붙여 온 아주가 물었다.

훅 들어온 무게에 일우는 무심코 침을 삼켰다. 별것도 아닌데 괜히 긴장하는 자신이 이상했으나 그냥 생리적인 현상이라 생각했다. 그간 제 아래가 같은 남성에게 반응한 적이 없었다는 건 안중에도 없었다.

"참 빨리도 묻는다."

아주가 입을 삐죽였다. 분홍빛 주둥이가 삐죽거리는 게 웃기기도 하고, 제 나이답지 않게 맹랑하고 순수한 게 귀엽기도 해서 살짝 미소 지었다.

"점심시간이야."

"뭐가요."

"회사 말이야. 점심시간이라서 빠져나온 거라고."

막상 누우니 잠이 몰려왔다. 일우가 눈을 감고 조금 잠긴 목소리로 답했다.

"그럼 언제 가요?"

"이제 곧 가야지."

왔다 갔다 하는 데만 30분이 넘으니 말이다. 휴식 시간의 절반을 도로에서 허비하고, 진짜 정성이네. 새삼 풀떼기한테 많은 관심을 쏟고 있다는 걸 깨달았다. 이것도 길고양이들 밥 챙기는 거랑 별다를 바도 없는 감정이겠지, 하고 대수롭지 않게 넘겼다.

"점심시간이면 밥 먹어야 되잖아요. 밥은 안 먹어요?"

"먹을 시간이 없는데 어쩌냐."

"김밥 먹어요. 나 아까 가져온 거 안 먹었는데."

"씨발, 김밥 얘기도 꺼내지 마라. 너 때문에 김밥 냄새만 맡아도 짜증 나니까."

"······치."

오죽하면 정 계장은 물려서 매운 거 사 먹는다고 나갔고, 유 주임은 김밥으로 점심을 대신한다며 사무실에 남기를 자청했다. 일우는 손도 안 댔다. 묵은 김 냄새가 코끝에서 살랑이는 것 같았다.

"김밥 안 먹을 거면 버려. 또 먹고 탈 나지 말고."

"먹을 거 남기면 벌 받아요."

"벌 안 받아."

"영감님도 나처럼 살았다면서요."

"그래서 뭐."

"……난 배고픈 게 젤 싫단 말이에요."

"배 안 고프게 사 달라는 거 다 사 주잖아."

뭔 얘기인지는 알겠다만, 꼭 배를 곯으며 살았다고 항상 남기지 않고 싹싹 긁어 먹어야 하는 건 아니다. 앞으로 아주가 절대 배고플 일 없게 만들 테니 배고픔이 낳은 그릇된 습관도 나아지겠지. 세 번이 한 번이 되고, 그 한 번조차 안 하게 되는 날이 오겠지.

"그래도요."

"뭘 그래도요, 야. 남겨도 돼. 그러니까 미친 사람처럼 입에 집어넣지 좀 마. 아픈 게 더 짜증 나니까."

"내가 아픈 건데 왜 영감님이 짜증 나요?"

시답잖은 아주의 물음에 전부 답하던 일우였으나 이때만큼은 침묵했다.

"……흠."

무언가 툭 나오려다가 쑥 들어갔다. 그러게 왜, 왜 그럴까. 병원에 데려가기 귀찮아서? 아픈 걸 미련하게 꾹 참아서? 자문해도 달리 표현할 말이 없었다.

"됐다."

할 말이 없어진 일우는 후우, 숨을 내쉬곤 아주의 배를 문지르던 손을 빼내며 일어났다. 말려 올라간 티셔츠도 내려 줬다. 등을 기대고 누워 있던 아주도 일어나는 일우를 따라 시선을 옮겼다. 속이 괜찮아졌는지 마주친 아주의 안색도 훨씬 나았다.

"아까보단 덜 아프지."

아주가 위아래로 고개를 끄덕였다. 침대에 주저앉아 이불로 어깨를 감싸고 있는 모습에 손이 먼저 나갔다.

"아프면 미련하게 참지 말고 바닥이라도 데굴데굴 구르든가. 뭐 하러 그걸 참냐?"

누워 있느라 망가진 아주의 머리칼을 이리저리 흐트러뜨렸다. 일우와 같은 샴푸 향이 났다. 그런데 이상하게도 조금 더 부드럽고, 옅었다. 아주의 체향이랑 어우러져서 그런가. 샴푸 향만 맡아도 눈 돌아가는 10대도 아니고, 가슴이 괜히 간질거렸다.

"식탁 위에 죽 있어. 괜히 이상한 거 주워 먹지 말고 죽 먹어. 더 아프면 소화제 먹고."

"네."

바닥에 던져둔 슈트 재킷을 들고 휙 털어 걸치며 일우가 말했다. 아주의 대답이 영 시원찮다. 평소라면 무슨 죽이냐고 꼬치꼬치 캐물었어야 하는데 말이다.

"왜."

"……."

"뭐가 마음에 안 들어, 또."

불퉁하게 차오른 볼이며 다시 나온 주둥이며, 일우의 시선에 걸리는 게 한둘이 아니었다.

"언제 와요?"

"……."

잠깐 고민하던 일우가 핸드폰을 꺼내 아주를 향해 들었다. 일우의 긴 손가락이 화면을 가리켰다.

"읽어 봐."

"12시 23분이요."

영문 모르는 상황에도 잘 읽은 아주가 고개를 갸웃거렸다. 일우는 별다른 설명 없이 핸드폰 화면을 끄고는 다시 넣었다.

"빠르면 7시 23분."

'빠르면'이라는 전제가 붙었으니 당연히 반대급부도 있다.

"늦으면 12시 23분."

대답을 들은 아주가 김장을 기다리는 절인 배추처럼 축 늘어졌다. 외출하는 주인한테 가지 말라고 붙잡듯이 애처롭게 일우를 쳐다봤다.

"내 상황에선 퇴근이라도 하는 게 다행이야. 사고 치지 말고 있어."

일우가 눈망울을 일렁이는 아주의 이마에 가볍게 딱밤을 때렸다. 아주가 반사적으로 이마를 손바닥으로 문질렀다.

"칭찬이에요?"

"어, 얌전히 기다리면 맛있는 거 사 줄게."

그 말에 아주가 이마에 손을 얹은 채 고개를 끄덕였다. 꼭 간식을 바라는 강아지 같아, 그 모습을 보고 일우는 도저히 웃지 않을 수 없었다.

* * *

김밥 냄새가 구석구석 남아 있는 검사실에 앉아 골무 낀 손으로 몇 번씩 서류를 뒤졌다가, 키보드를 쳤다가, 필기하길 반복했다. 계장이 수사해 넘긴 것들을 법적 자문 하기도 했다.

"이 건은 합의하는 편이 낫습니다. 어차피 실형 뜨기도 어렵고……."

가끔은 재판보다 형사 조정에 회부해 합의를 종용하는 것이 피해자에게 더 좋을 때가 있다. 상처받은 피해자들을 위로하는 가장 큰 수단은 실형이지만, 때로는 돈이기도 했다.

형사 사건에서 피해자는 언제나 철저하게 배제되어 제대로 된 피해 복구를 받지 못하는 게 부지기수다. 그럴 때면 훌쩍훌쩍 우는 피해자를 다독이고 그들의 책임이 아니라고 얘기하며 가능한 한 합의로 이끌었다.

협의가 없으니 기소할 수 없다고 냉정히 말해야 할 때도 있다. 모두 일우의 일이었다. 억울한 사정이야 알지만, 일우가 검사인 이상 개인의 감정보단 법리적으로 다가가 판단해야 했다.

폭풍처럼 밀려들어 온 일을 처리하고 나니 딱 한숨 돌릴 정도 시간이 남았다. 덩달아 바빴던 유 주임도 그제야 물 한 컵 마시며 일우에게 다가왔다.

"검사님, 전에 요청하신 인내동 화재 사고 자료예요."

"어? 금방 가지고 오셨네요. 찾는 데 꽤 걸렸을 텐데."

"그러게요, 10년도 더 된 건이라 오래 걸릴 줄 알았는데 생각보다 금방 찾으시더라고요."

"이걸요? 찾는 데만 하루 예상했는데."

오래전에 일어난 사고라 기록이나 제대로 남아 있을까 싶었는데, 요청한 지 겨우 몇 시간 만에 일우의 눈앞에 놓였다. 놀라기는 유 주임도 마찬가지였다.

"저도 그랬는데 최근에 누가 찾았나 봐요. 경찰서에 사본 요청 하니까 요즘 찾는 사람이 많다고 웃더라고요."

"그래요? 고생하셨네요. 고맙습니다."

당장 피해자와 피의자가 화재 사고의 유가족으로 보도된 만큼 대체 어떤 사고가 있었는지 정확히 파악하고자 했다. 또 그즈음 아주가 거기에 살았다니까 더 궁금하기도 했다.

빳빳한 새 종이에 인쇄된 기록을 읽던 일우가 머리에 물음표를 띄웠다.

"······실화였나?"

워낙 오래전 일어난 사고라 잘 기억이 나지 않는다. 사고에 두 형제의 아버지가 엮여 있었고, 빚의 시작점이라는 것 외엔 이번 사건과 크게 연관이 없었으니 원인까지 알아볼 생각은 하지 못했다.

일우가 그 즉시 포털 사이트를 켜 '인내동 화재 사고'라는 키워드로 검색했다.

'인천 인내동 화재 사고··· 가스통에 옮겨붙은 담뱃불이 원인.'

'인내동 단란 주점 사고, 가스통 폭발로 인한 失火.'

'기하급수로 늘어나는 담뱃불 화재, 인내동 화재 사고도 그중 하나.'

"······."

기사와 사건 기록을 대조해 보니 정말 실화(失火)가 맞았다. 사람의 실수로 일어난 화재, 그것도 심지어 원인은 담뱃불.

그즈음 화재가 잦았는데 유독 담뱃불로 인한 사고가 많았었다. 사고 전후로 해서 기사들을 검색해 보니 방화는 극히 적었고, 무심코 버린 담뱃불이나 가스 폭발이 대부분이었다.

일우의 얼굴이 심각해졌다. 다름 아닌 아주 때문이었다.

'그래도 담배 피우지 마요.'

소금을 팍팍 친 채소처럼 시무룩하던 아주가 생각났다. 혹시 그래서였나. 몸에도 안 좋고 불날 수도 있다며 말을 받아치던 것까지 이상하게 딱 들어맞았다. 화재로 사라진 골든이란 단란 주점에서 태어날 때부터 살았던 아주라면 그럴 수도 있겠다 싶었다. 어렸을 때라고 한들 거기서 일했던 사람들과 정도 들었을 거고, 추억도 있을 테고.

아주한테 화재라는 게 트라우마로 작용할 가능성도 있었다. 심지어 그깟 담뱃불 하나 때문에 일어난 사고라면 더욱이. 해서 담배를 달고 살다시피 하는, 일우 딴에는 줄여서 피우는 흡연에도 민감한 것이다.

"⋯⋯그래, 그럴 수도 있지."

그런데 오류가 하나 발생한다. 만약 화재가 일어났을 때까지 거기서 죽 산 거라면 아주가 어떻게 살아 있냐는 것이다. 당시 기사와 경찰 발표 모두 해당 건물에 있던 사람들은 단 한 명도 탈출하지 못하고 전원 사망했다고 했다. 형제의 아버지였던 세창해운 사장도 포함한 결과였다.

거기엔 아주처럼 어린아이는 없었다. CCTV도 없고, 목격자라곤 지나가던 행인이나 주변 상인들뿐이었다. 그것마저 새까만 연기가 올라온 뒤에나 본 사람들뿐이었다. 그럼 화재 사고 생존자일 리는 없고, 사고가 있기 전에 다른 곳으로 거처를 옮겼을 가능성이 제일 컸다.

어쩌다가 술집에 똬리를 틀었나 추측해 보자면 굉장히 단순했다. 그 나이에 아주가 혼자 일하면서 살았을 리는 없고 피붙이든 누구든 당시 아주의 보호자가 거처를 옮겼겠지. 필히 지하 경제를 부흥시키는 직종에 종사했을 것이고.

보고 자란 것이 그런 거면 대부분 커서도 비슷한 일을 한다. 아주가 지갑을 훔치고 다녔던 것도 자라 온 환경 때문인가 싶다. 생긴 건 맹하기 짝이 없는데 의외로 프로의 냄새가 났던 게 기억이 난다.

소매치기와 단란 주점은 조금 차이가 있지만, 영역이 아주 다른 것도 아니니 납득이 됐다. 소위 음지라 불리는 곳에서 살던 아주였으니 보고 배운 생존의 방식도 그런 거였겠지. 오죽하면 출생 신고도 안 돼 자기 나이가 몇 살인 줄도 모를까.

"⋯⋯."

그제야 일우는 자기도 모르게 아주의 트라우마를 건드렸단 걸 자각했다. 괜히 답답함에 잘 넘겨진 머리칼을 헝클어트리기도 했다.

주머니에서 담뱃갑을 꺼내 손에 쥐고 가만 바라봤다. 탁, 담뱃갑 뚜껑을 젖혔다. 담뱃갑 속에 쏙 들어간 형광색 라이터와 담배들이 보였다. 절반 남은 담배 중에 한 대를 꺼내 손에 쥐었다. 서른 넘어서 좀 순한 것으로 바꿔 보겠다고 그나마 다른 것으로 피우기 시작한 거였다. 전에는 더 독한 걸 피웠는데, 지금은 솔직히 피우는 기분만 낸다.

부장 검사가 담배는 백해무익이라고 잔소리하던 때도, 동료 검사들이 하나둘 금연에 도전하고 심지어 본인도 좀 줄여야지 하던 때도 그냥 그러고 말았지 진지하게 금연을 고려해 본 적은 없었다.

하지만, 아주가 얽힌 이후엔 다르게 다가왔다. 하얀 종이에 잘 말린 연초가 손바닥에 투둑투둑 떨어지는데 아깝기는커녕 지저분해 보였다.

손으로 만지느라 쭈글쭈글해진 담배와 서류 위에 떨어진 연초를 긁어모아 휴지통에 버렸다. 일우가 잠시 쓰레기와 뒤섞인 담배를 바라봤다.

"······진짜 끊어야 되나."

진지한 표정으로 쓰레기를 보던 일우가 아직 절반 정도 남은 담뱃갑을 노려봤다.

이거 진짜 순한 건데.

아직 풀떼기가 진짜 트라우마 갖고 있는지도 모르잖아.

새끼야, 자기 입으로 그걸 얘기하겠나?

많이 남아서 아까운데.

끊을 때 됐어, 인마.

"하······."

시끄럽게 울리는 머릿속 소리와 한참을 씨름하던 일우가 결심한 듯 담뱃갑을 휴지통에 휙 던져 넣었다. 통, 떨어지는 소리가 경쾌했다. 그래, 마음먹었을 때 끊어야지. 후우, 숨을 들이쉰 일우가 꽤 충동적인 결정을 끝내고 유 주임을 불렀다.

"혹시 사탕 있습니까?"

담배 피우러 가고 싶을 때마다 까득까득 사탕을 깨물어 먹은 일우는 입에 남은 끔찍한 단맛들을 느끼며 마지막 서류에 온점을 찍었다. 기지개를 쭉 켜며 목을 우두우둑 꺾었다. 딱딱하게 굳은 근육들을 풀어 주며 시계를 흘깃 바라봤다. 6시 50분. 평소 퇴근 시간과 비교하면 굉장히 이른 시간이었다.

보통 이 시간엔 밖에 저녁을 먹으러 나가지만 오늘은 아니었다. 어제처럼 칼퇴근이 목표다.

재킷만 입고 나갈 줄 알았던 일우가 컴퓨터를 끄고 가방을 챙기자 모니터를 노려보고 있던 유 주임이 놀라서 물었다.

"검사님, 퇴근하세요?"

"일이 있어서요."

살짝 웃으며 가장 먼저 사무실을 나선 일우의 뒤로 유 주임과 정 계장이 시선을 빠르게 교환했다. 그런 둘을 뒤로한 일우는 엘리베이터엔 시선도 두지 않고 계단을 통해 주차장에 갔다. 차에 탄 일우는 바로 시동을 걸고 집으로 향했다.

금요일 밤답게 꽉꽉 막히는 길을 뚫고 집에 도착한 일우는 차에서 내려 여느 때처럼 밖에 놔둔 밥과 물을 먼저 확인했다.

"하나도 안 남기고 다 먹었네."

먹으러 오는 애들이 늘었나. 아니면 다들 풀떼기를 닮아 가나.

내일은 더 많이 둬야겠다며 빈 그릇을 챙겨 계단을 올랐다. 비밀번호를 삑삑 누르고 문을 달칵 열었다. 집 안이 온통 깜깜했다.

"쥐 새끼도 아니고 밤엔 불 좀 켜고 살아라."

들어서자마자 어디 있는지도 모르는 아주에게 잔소리를 폭격하며 그릇들을 모두 설거지통에 넣었다. 식탁 위에 올려 두고 나갔던 죽 그릇이 텅 비어 있는 걸 보며 미소 짓기도 했다. 와중에 밥은 또 야무지게 챙겨 먹었네.

"풀떼기 죽었냐?"

고양이 밥그릇과 깨끗이 비워진 죽 그릇 따위를 싹 치운 일우가 주방에서 손에 묻은 물을 털며 대답 없는 아주를 찾았다.

아주는 일우의 예상대로 침실에서 자고 있었다. 아주를 위해 꺼내 둔 이부자리는 장식에 불과했고, 이젠 당연하게 침대 위에 누워서 자고 있었다. 이불을 둘둘 말고 베개에 얼굴을 포옥 파묻고는 나머지 베개를 인형처럼 끌어안고 있었다.

"일찍 오라면서 자기는 처자고 있네."

평화로운 모습을 가만 바라보던 일우가 아주를 흔들어 깨웠다.

"야, 그만 자고 일어나."

"……으으응."

"네가 짐승이냐? 먹고 자고 싸는 것만 반복하게?"

"아뇨…… 사람인데요……."

단잠을 방해받아 눈을 찌푸리는 잠결에도 대답만은 착실했다. 결국 일우가 이불을 뺏고 엉덩이를 발로 두어 번 때린 뒤에야 아주가 느적느적 일어났다.

"……왜요."

"얌전히 기다리다가 나 퇴근하면 다녀오셨어요, 하고 인사는 못 할망정 잠만 처자냐?"

"하암, 아파서 그래요."

"다 자기 혼자 처먹다가 그런 거면서 말은 잘하네."

손등으로 눈을 비비며 눈곱을 떼고 하품하는 아주를 밉지 않게 욕한 일우가 중얼거렸다.

"몇 시예요?"

"7시 좀 넘었어."

"약속 지켰네요."

좀 더 기쁜 반응을 기대했는데, 어째 반응이 시시했다. 나아가 실망감까지 느껴졌다. 방금 일어나서 새하얀 볼을 부풀리며 웃는 아주도 좋지만 코알라처럼 안겨 오는 아주를 기대했는데 말이다.

아니, 아니지. 뭘 기대해? 일우가 재빨리 쓸데없는 생각을 털어 내고 아주를 닦달했다. 상념을 잊어 보려는 눈물겨운 노력이었다.

"한 입으로 두말 안 한다니까. 야, 일어나서 좀 씻어. 나가게."

"어디 가는데요?"

글쎄, 어디 간다고 얘기해야 하나. 잠깐 고민하던 일우가 이때 쓸 만한 아주 좋은 표현을 꺼냈다.

"식량 동냥하러."

* * *

"아주 안녀엉!"

병원 주차장에서 트렌치코트를 펄럭이며 서 있던 선영이 아주를 발견하고는 반갑게 손을 흔들었다.

"안녕하세요…….."

아주는 안전벨트를 손으로 꼬물꼬물 쥔 채 꾸벅 인사했다. 얼굴엔 쑥스러움이 한껏 묻어났다.

"염병하네."

선영을 보고 얼굴을 붉히는 아주를 본 일우의 읊조림이었다. 선영과 일우는 서로를 향해 낯간지러운 인사나 안부 따위 절대 하지 않았다. 친구 이상 감정일랑 한 포기도 싹틔우지 않고 14년간 서로를 한심하게 바라보는 사이다웠다.

"가운은 어디 가고 외투 입고 있냐? 퇴근해?"

선영에게 차단당한 뒤, 직접 연락할 방법이 사라진 일우는 차선책으로 병원에 연락했다. 박선영 원장 바꿔 주세요. 현일우라고 하면 알 겁니다. 핸드폰이 안 되면 병원으로 하면 되지. 선영은 일우의 연락을 반기지 않았지만, 그래도 생각보다 더 간단히 연락이 닿았다.

8시가 다 된 시각, 일반 진료는 끝나고 입원해 있는 산모들 돌보는 당직 의사들만 남을 시각이었다. 대부분 밤늦게 근무하는 선영이었기에, 이 시간에 가운이 아닌 외투를 입고 있는 모습은 흔치 않았다.

"응. 너랑 밥 먹으러 가게."

"누가 누구랑 밥을 먹어?"

선영이 밥이라는 단어를 꺼내자마자 일우가 표정을 구겼다. 감히 너 따위가 나랑 겸상을 하겠냐는 얼굴이었다. 굳이 표현하자면 썩었다, 정도가 어울렸다.

"아, 쏘리. 너랑 나랑 아주랑. 셋이서."

"내 의견은 얻다 팔아먹었나?"

"진작 엿 바꿔 먹었지. 야, 빨리 이거나 받아. 나 팔 아파."

묵직한 쇼핑백을 받아 든 일우가 트렁크 쪽으로 향했다. 그동안 선영은 조수석을 꿰찬 아주를 냅두고 뒷좌석에 올랐다.

일우는 트렁크를 열어 그 안에 든, 미리 챙겨 온 아이스박스에 쇼핑백 속 혈액 팩을 우르르 쏟아 넣었다. 어디 흘린 거 없나 확인하고 쾅, 소리 나게 트렁크를 닫았다. 은밀한 첩보 작전 같기도 한 거래를 한두 번 해 본 솜씨가 아니었다.

미리 차에 올라탄 선영을 확인한 일우도 운전석에 올라탔다.

"진짜 밥 같이 먹게?"

"응."

"네 남친은 어디다 버리고 외간 남자랑 먹냐."

"외간 남자는 뽀뽀할 수 있는 사이에나 쓰는 거고. 굳이 따지자면 너는 내간 남자지. 그리고 걔랑은 쫑 난 지 오래야."

일우가 별안간 웃음을 터뜨렸다. 백미러로 뒷좌석에 앉은 선영을 한심하게 쳐다보는 것도 잊지 않았다.

"너는 나 욕할 처지가 못 돼요. 어째 사흘에 한 번씩 남자가 바뀌어?"

"하루에도 몇 번씩 바뀌는 너보단 낫지."

일우의 비웃음은 본전도 찾지 못하고 끝났다.

"야, 내려."

"안 돼. 차 안 갖고 왔어."

"내 알 바 아니니까 빨리 내려라."

"밥 먹자니까. 왜 약속 있어?"

"어."

"아주야, 쟤랑 어디 가기로 했어?"

"네. 식량 동냥하려요."

농담이라고 건넨 걸 꼭 선영 앞에서 풀고 마는 아주였다. 선영이 일하는 병원에 가는 내내 우리 거지냐고 어찌나 묻던지, 귀가 따가울 정도였다.

"푸흐, 뭐? 식량 동냥? 현일우가 그러디?"

선영이 어이없다는 목소리로 웃음을 터뜨리자 아주는 무구한 척 고개를 끄덕이기 바빴다. 일우만 핸들을 붙잡고 후우, 한숨을 내쉬었을 뿐이다. 깔깔거리며 웃기 시작하는 선영의 웃음소리를 배경음처럼 들으며 말이다.

"아주야, 뭐 먹고 싶은 거 있어?"

힘겹게 웃음을 멈춘 선영이 배를 부여잡고 아주에게 먹고 싶은 걸 물어봤다. 일우를 대할 때와 달리 굉장히 부드러운 목소리였다.

"고기 먹여. 풀떼기라 그런지 동족은 절대 안 먹어."

"기다려 봐. 아주 의견도 들어 봐야지."

"물어봐도 소용없다니까."

일우는 전부 쓸데없는 짓으로 치부하고 콧방귀를 뀌었다. 선영은 일우가 그러든 말든 제 할 말만 했다.

"조용히 하라니까? 아주야, 아주는 뭐 먹고 싶어?"

그에 화답하듯 아주가 배시시 웃으며 답했다.

"……고기요."

정적이 잠깐 흐른 뒤, 선영이 큰 눈을 동그랗게 떴다. 촘촘한 속눈썹이 여러 번 깜박였고, 또 한 번 깔깔거리는 웃음소리가 차 안을 가득 채웠다.

한 차례 웃은 선영이 뒷좌석 중앙에 왕처럼 걸터앉아, 운전석과 조수석

시트에 손을 얹고 앞으로 몸을 쑥 내민 뒤 말했다. 일우는 백미러로, 아주는 몸을 돌려 선영을 쳐다봤다.

"좋아, 그럼 고기 썰러 갈까?"

아주가 절대 거부할 리 없는 제안이었다.

주차하고 고깃집으로 걸어오는 내내 선영이 옆에서 종알종알 잔소리를 해 댔다. 일우는 아주 잠시, 선영이 말이 많다는 사실을 잊고 있었다. 요 며칠간 아주가 선영의 수다 세례를 대신했기 때문이었다.

"이야, 현일우 센스 진짜 여전하네. 내년이면 서른다섯 먹는 남자가 하는 짓은 대학교 신입생이야. 기껏 간다는 게 패밀리 레스토랑이냐?"

"너도 도서관에 처박혀서 법전만 파면 이렇게 돼."

"공부라면 나도 만만치 않게 했어요. 근데 너처럼 구닥다리는 아니야, 새끼야."

수재들만 모아 둔 의대에서 유급 없이 에스컬레이터 타듯 졸업해 국시를 치르고 전문의까지 최단기간에 딴 선영의 말엔 분명한 근거가 있었다.

"SNS 중독자보단 구닥다리가 낫다 본다, 나는."

오늘 오후에 끊은 담배가 절실히 생각났다. 선영에게 한 대만 달라고 할까, 고민했지만 옆에 아주가 있어서 참았다. 담배 한 대 주는 거 가지고 한참 거들먹거릴 선영이 꼴 보기 싫은 탓도 있었다.

금요일 저녁이라 대기가 있을까 걱정했으나 일우 일행까지는 무사통과였다. 일우와 선영, 그 뒤를 쫄래쫄래 따르는 아주까지 세 사람의 대단한 외모가 시선을 사로잡았다. 사뭇 연예인 바라보듯 멍한 시선도 있었다. 일우와 선영은 자신을 쳐다보는 시선이 익숙해서, 아주는 워낙 타인에게 신경을 쓰지 않아서 무던히 넘길 수 있었다. 그들의 뒤를 쫓던 여러 시선은 셋이 자리에 앉고 나서야 사라졌다.

"안녕하세요, 담당 서버 샐리라고 합니다. 메뉴판 놓아 드릴게요."

유니폼을 챙겨 입은 서버가 다가와 메뉴판을 펼쳐 줬다.

"바로 주문하시겠어요?"

서버의 물음에 아주는 기다렸다는 듯 고기 사진이 인쇄된 페이지를 펼쳐 손가락으로 하나하나 가리켰다.

"여기서부터 여기까지 다……."

아주가 어떤 사고를 치려는지 그제야 알아챈 일우가 다급히 입을 틀어막았다. 얼떨결에 고기 대신 일우의 살을 먹게 된 아주가 인상을 찌푸렸다.

"넌 조용히 있어. 박선영 너 뭐 먹을래."

"난 치킨 샐러드랑 오렌지 에이드. 아주는 뭐 먹을래?"

"앤 고기면 돼."

"다른 거 먹고 싶을 수도 있잖아."

"아니. 고기면 만사 오케이야. 이상한 거 시키지 말고 고기랑 너 먹을 것만 시켜."

"그래도 이왕 온 김에 다양하게 먹어 봐야지."

예의상으로도 일우한테 너는 뭐 안 먹느냐고 절대 묻지 않는 선영이었다. 그 대신 아주한테 신세계를 보여 주겠다며 잘나간다는 메뉴는 다 시켰다.

"저희 이거랑, 이거, 저것도 주시고요."

아주의 입을 틀어막고 있던 일우는 차라리 아주의 입을 풀어놓는 게 나을 것 같다는 생각이 스쳤다. 그럼 적어도 아주 본인이 먹고 싶은 메뉴로 시킬 테니까.

어쨌든 선영한테 일용할 식량이자 에너지인 혈액 팩도 잔뜩 받았으니 오늘만큼은 가만히 있자고 마음먹었다. 별다른 설명 없이 불쑥 데려온 아주를 배척하기는커녕 챙겨 주는 선영에 대해 고마움이 눈곱만큼 있는 것도 포함됐다.

"메뉴 확인 도와드릴게요. 허브 립아이, 투움바 파스타, 백립 600그램, 케이준 치킨 샐러드, 슈림프 김치 라이스하고 파이브 프라이드 총 여섯 가지 맞으신가요?"

"네."

"사이드로는 베이크드 포테이토와 수프 하셨구요. 콜라하고 오렌지 에이드 먼저 가져다드릴게요."

담당 서버가 떠난 뒤, 핸드폰 알림을 확인한 선영이 잠시 고민했다.

"너무 많이 시켰나?"

"다 먹을걸."

"너 다 먹을 수 있어?"

"나 말고 풀떼기."

"아주가?"

"풀떼기 보기보다 많이 먹는다. 내가 말했잖아. 동족은 절대 안 먹는다고. 적어도 고기는 안 남을 거라고 장담한다."

"저 마른 몸에 다 들어가겠어?"

"쟤는 배의 절반이 위장이니까 걱정 마라."

서버가 방금 놓고 간 뜨끈뜨끈한 빵을 입에 우걱우걱 집어넣는 아주를 가리켰다. 아주는 둘의 대화에 전혀 집중하지 않고 있었다. 그의 신경은 오로지 빵만을 향했다.

"손으로 먹지 말고 포크 좀 써라. 무릇 사람이라면 도구를 써야지."

손에 빵 부스러기를 다 묻히고 먹는 아주에게 포크로 빵 덩이를 푹 찍어 건넸다. 아주는 손에 든 빵을 입에 털어 넣고, 포크로 열심히 빵을 찍어 먹었다. 두 번 더 리필했는데, 아주는 멈출 줄 몰랐다.

선영과 일우는 바라만 볼 뿐 한 입도 대지 못했다. 먹으려면 먹을 순 있지만 굳이 열심히 먹는 아주의 것을 뺏어 먹고 싶지 않았다.

"음식 나왔습니다."

그사이 육즙을 품은 두툼한 립아이, 넓고 얇은 면의 투움바 파스타와 치킨 샐러드가 먼저 나왔다. 아주 몫으로 시킨 립아이부터 칼로 푹푹 써는 일우를 발견한 선영이 타박했다.

"미리 썰어 두지 마. 육즙 빠지잖아."

"육즙이 있든 없든 다 같은 고긴데 빠지면 좀 어떠냐. 애 기 죽이지 마."

요컨대 이건 아주 먹을 거니까 상관없는 사람은 설교하지 말라는 소리였다.

"참 나, 누가 누구 기를 죽여? 너나 내 기 죽이지 마."

"얻어먹는 주제에 말이 많다."

"돈도 많은 새끼가 좀 써라."

"안 그래도 풀떼기가 존나 쓰고 있어."

하루 식비가 무슨 운동부 식비하고 맞먹는다. 차라리 인간용 사료를 개발해서 먹이는 게 싸게 먹힐 것 같았다. 아주가 여기서 몇 배를 더 먹고 써도 어떤 타격도 없는 지갑 사정이었지만 말이다.

"천천히 먹어. 모자라면 더 시켜 줄 테니까."

일우가 스테이크를 조각내어 아주 앞으로 내밀어 줄쯤, 갈색빛의 소스를 끼얹은 백립이 나왔다. 새 칼을 쥔 선영이 눈을 빛내며 자기 쪽으로 립을 당겼다.

"이건 내 전문이지."

선영은 립의 뼈 사이를 날카로운 칼을 세워 스윽, 잘랐다. 깨끗한 절단면이 돋보였다. 포크로 고기를 찌른 채 살코기와 뼈를 칼로 분리했다. 잘 익어서 살 바르는 게 쉽기도 했지만 그보단 선영의 실력 덕이 컸다.

"존나 잘 바르네."

"나 이래 봬도 써전이야."

선영이 위풍당당 자랑스러운 미소를 지었다. 교수가 칭찬해도 나오기 힘든 웃음이었다. 10년을 넘게 한 분야만 파서 얻은 실력을 겨우 고기 바르는 데 쓰고 있었다. 쟤도 참 재능 낭비 잘해. 애초에 뼈와 살이 분리된 채 나온 음식처럼 깨끗하게 발린 립을 바라보며 일우가 픽, 웃음 지었다.

나머지 메뉴도 모두 나온 뒤, 샐러드만 빼고 아주 앞으로 몽땅 밀어준 선영이 흐뭇한 미소를 지었다. 일우도 턱을 괸 채 그런 둘을 방관자처럼 바라봤다.

"아주야, 맛있어?"

입 안에 가득 음식물을 넣고 씹던 아주가 일우를 흘깃 바라보더니 꿀꺽 삼키고 대답했다. 뭐 먹으면서 말하는 아주를 타박하던 잔소리의 효과가 있었다.

"네, 진짜, 진짜 맛있어요!"

"우리 여기 크리스마스 때도 올까?"

"크리스마스요?"

"응. 쟤한테 사 달라고 하자."

"좋아요!"

"내 의견은 좆도 신경 안 쓰네. 내가 왜 너랑 크리스마스를 보내."

어이가 없었다. 1년에 쉬는 날 얼마 있지도 않은데, 그날을 선영과 보낸다? 말도 안 되는 소리였다.

"그럼 누구랑 보내게?"

"얘랑."

생각해 보니 함께 보낼 사람이라곤 아주밖에 없었다. 크리스마스 때마다 회사에 있거나, 잠깐 시간 내어 보육원에 가는 게 전부였다.

그날 커다란 케이크라도 살까. 일우는 먹지 않지만 아주는 좋아할 것이다. 그 끝엔 생크림을 코와 입에 묻힌 채 해맑게 웃는 아주가 있었다. 항상 옆에 있어야 한다는 듯이 말이다. 꼭 뇌에 각인된 것처럼 이상하고 당연하게 느껴지는 장면이었다.

"영감님은 왜 내 의견도 안 들어 봐요?"

"씨발, 너한테 의견이 어딨어?"

"뭐야, 영감? 아하하학, 현일우가 왜 영감이야?"

선영이 테이블을 팡팡 치면서 숨이 넘어갈 듯이 웃었다. 새침한 아주의 대답에 반격하지 못한 일우만 빨대를 짓씹으며 짜증 냈을 뿐이다.

"묻지 마, 짜증 나니까."

"아, 진짜 웃기네. 네가 강적을 만나긴 했구나?"

화장이 번질세라 눈을 위로 치켜뜨고 손끝으로 물기를 닦은 선영이 마지막까지 일우를 놀렸다. 여기서 여지를 줬다간 10년 놀림감이란 걸 직감으로 깨달은 일우는 침묵을 지켰다.

"맞다, 업로드해야 하는데."

다행히 선영은 자연스레 셀카로 대화 주제를 바꿨다. 성격 유형 검사를 해 보면 선영은 분명 SNS에 특화된 인물일 것이다. 외모 잘나기론 비등비등한 일우와 선영은 비슷하면서도 달랐다.

자기가 잘생긴 건 백번 납득해도 관심이 싫은 일우와 달리 즐길 줄 아는 선영은 SNS를 통해 과시하는 걸 즐겼다. 종종 혈액 팩을 제공하는 대가로 일우와 함께 찍은 사진을 올리기도 했다. 일우가 좋고 싫고를 떠나 피사체로는 완벽했기 때문이다. 반강제로 찍은 사진 속 일우의 표정은 언제나 좋지 않았다. 그건 그거대로 잘생겨 반응은 항상 폭발적이었다. 아주 간혹, 다큐 속 일우를 기억하고 알아보는 사람도 있었다.

"아주야, 여기 봐."

찰칵. 고기를 잔뜩 입에 욱여넣다가 선영이 자신을 부르는 소리에 고개를 든 아주와 예쁜 척 눈을 깜박이는 선영만 사진으로 남았다. 일우는 재빨리 몸을 틀어 화면에서 벗어났다. 몇 년을 당하다 보니 머리보다 몸이 먼저 반응했다.

"현일우 이 새끼, 반응 속도가 점점 빨라지네?"

"내가 너 이러는 거 하루 이틀 보냐."

"그래. 찍지 마라. 나도 귀여운 아주랑만 찍을 거야. 아주야, 브이 해, 브이."

선영이 우아하게 미소 지었고 아주도 선영이 시키는 대로 손가락으로 브이 자를 만들었다. 고기를 다 씹지 못해 부푼 볼이 나름대로 귀여웠다.

"사진 올리지 마. 애 초상권도 엿 바꿔 먹었냐."

선영의 핸드폰에 차곡차곡 쌓이는 아주의 사진을 못마땅하게 바라본 일우가 눈을 찌푸리며 만류했다.

"아주한테 허락받으면 되지. 아주야, 인별이라고 알아?"

"허락은 무슨. 인별이 뭔지도 모르는 애한테 물어봤자 뭐 해. 엎드려 절 받기도 아니고."

인별이 뭔지도 모르고 선영이 하겠다고 하면 그냥 네, 하고 넘어갈 아주가 선명하게 그려졌다. 일우가 하는 건 무조건 싫고, 선영이 하는 건 무조건 좋은 아주의 편애 탓이다.

"넌 좀 빠져. 아주야, 이게 뭐냐면, 사진 올리고 자랑하는 거야. 누나 팔로워도 많아."

"팔로워가 뭔데요?"

"음, 나 좋아하는 사람?"

선영이 메뉴를 하나씩 클릭해 보여 줬다. 선영의 프로필 사진이나 팔로워 등도 설명해 줬다.

"누나 좋아하는 사람이 이렇게 많아요?"

아주가 입을 벌리고 두 눈을 크게 떴다.

"응. 아주도 한번 해 봐."

"애한테 이상한 거 가르치지 마."

"인별이 뭐가 이상해. 남들 다 하는데. 자, 방금 찍은 사진 이렇게 올리고 글 쓰면 돼. 우리 귀여운 아주랑…… 하트! 쨘. 어때?"

아주가 신기한 듯 눈을 반짝이며 선영의 핸드폰을 바라봤다. 선영의 말대로 두 사람이 같이 찍힌 사진이 앨범처럼 게시됐다.

자기 말 씹기 바쁜 일우와는 달리 하나하나 다 반응해 주는 아주 덕분에 오랜만에 신난 선영이 이것저것 보여 주는 동안 시도 때도 없이 알림이 울렸다. 조금 전 올린 게시글인데 순식간에 '좋아요'가 천 개가 넘게 찍혔다. 선영에 대한 찬양 댓글도, 친한 지인의 댓글도 여럿 달렸다.

타인의 관심을 흐뭇하게 확인하던 선영이 순식간에 얼굴을 찌푸리며 욕을 내뱉었다.

"아, 이 새끼 또 이러네."

"누군데."

양손으론 바삐 음식을 집어 먹으면서 눈은 선영의 핸드폰에 박고 있는 아주만 시큰둥하게 쳐다보던 일우도 순식간에 바뀐 목소리에 무슨 일인지 물어봤다.

"레지 때 알고 지내던 선배."

선영은 이것 보라며 핸드폰을 일우 쪽으로 돌려 보여 줬다. 손가락으로 콕 집어 가리킨 댓글 내용이 그야말로 가관이었다.

[doc_kim01: 밥 먹으러 나랑은 언제 가남 ㅋ]

데이트 신청할 용기는 없으니까 거절하기 힘든 공개적인 장소에서 밥 먹자며 들이대는 찌질함에 일우가 탄식을 쏟아 냈다.

"아이디 봐라. 의사인 거 티 존나 내네. 저런 새끼치고 괜찮은 놈을 못 봤다, 내가."

일우의 말대로 선영의 선배라는 사람은 아이디부터 'doc'가 들어갔다. 나 의사예요, 동네방네 소문내는 거였다. 자랑 좋아하는 사람치고 제대로 된 사람은 본 적이 없다.

"진짜 짜증 나네. 그냥 남친 있다고 해야겠다."

"나 좀 그만 팔아."

"어차피 못 판다니까. 네 사진 너무 올려서 다들 내 남친 아닌 거 알아."

"그럼 또 누구 팔게."

"아주?"

"안 돼."

씨발, 어딜 넘봐? 일우가 단 1초의 망설임도 없이 욕설을 내뱉었다. 이성보다 감성이 앞서 나간 결과였다.

"안 될 게 뭐 있어? 아주는 외간 남자잖아. 나 아주랑은 뽀뽀할 수 있어."

선영이 당장 보여 줄 기세로 열심히 먹고 있는 아주의 얼굴을 턱 잡았다.

갑작스러운 접촉에 놀란 아주의 눈이 크게 떠지고, 일우가 아주의 볼에 뽀뽀하려는 선영을 손으로 막았다. 일우가 차분히 생각하기도 전에 나간 손이었다.

그 때문에 일우의 손등에 선영의 립스틱 자국이 남았다. 그것도 아주 진하게.

"아, 씨발 더럽게!"

"미친 새끼가 뭐 하는 짓이야?!"

촉, 닿은 감촉에 서로가 소스라치게 놀라며 끔찍하단 표정을 지었다. 일우는 립스틱 묻은 곳을 벅벅 닦기 바빴고, 선영도 서둘러 입술을 물 티슈로 닦았다.

"현일우 또라이 같은 새끼, 그걸 왜 막아, 막기는!"

"누가 누굴 보고 또라이래? 갑자기 애한테 뽀뽀는 왜 해? 나이는 어디로 처먹었냐?"

"이 미친놈이 말 함부로 하네. 내가 어때서. 나도 얼굴만 보면 20대야."

"누가 봐도 30대니까 찌그러져 있어."

"씹새끼가 말 진짜 싸가지 없게 하네."

"사실 적시라고 해라."

일우의 행동은 자기 새끼 지키는 부모의 모습보단 내 영역에 들어온 암컷을 지키는 수컷의 모습에 가까웠다. 선영의 눈이 둘 사이를 가늠하듯 묘해졌다.

"농담 좀 한 거 가지고 되게 지랄하네."

"농담도 좀 농담 같아야 받아 주지."

"뽀뽀 안 할 거였거든?"

"지랄 마라."

"지랄은 지금 지가 하고 있으면서."

볼멘소리를 늘어놓던 선영이 핸드폰을 거울처럼 들고 립스틱을 꺼냈다.

"아, 차라리 좀 들이댔으면 좋겠네. 뺑 차기라도 하게."

레지던트 시절 선배라는 사람이 어지간히 신경 쓰이는지 방금 물티슈로 벅벅 지운 입술에 립스틱을 덧바르며 중얼거렸다.

"사회생활이 그래서 개 같은 거야. 회사 밖에선 절대 겸상도 안 할 새끼 개소리를 다 듣고 있어야 되잖아."

그 말에 선영이 슬쩍 눈을 흘기며 답했다.

"넌 사회생활도 아닌데 아주 농담은 다 받아 주잖아."

"내가? 내가 언제."

일우가 과장스레 두 팔을 벌리며 으쓱하는 모양새를 취했으나 선영을 완전히 속일 수 없었다. 담담하게 나와도 모자랄 판에 크게 부정했으니 말이다.

"아닌 척은."

정작 당사자인 아주는 가만있는데, 뽀뽀하려는 걸 자기 손 던져 가며 말렸으면서. 선영이 콧방귀도 뀌지 않고 립스틱과 핸드폰을 정리해 가방에 넣고는 새초롬히 시선을 돌렸다.

'작작 먹어, 작작.'

그릇을 설거지할 기세로 먹던 아주를 말린 건 또 체해서 아프면 다리 밑에 버린다고 윽박지르는 일우였다.

그의 카드로 계산한 뒤, 밖으로 나온 셋은 차를 주차해 둔 곳으로 향했다. 아주가 맛있는 거 많이 먹어서 신난다며 가장 앞서 걸었고 일우와 선영은 설렁설렁 뒤를 따라갔다.

어둠이 완전히 내려앉고 가로등 불빛과 거리의 네온사인이 반짝반짝 빛을 냈다. 춥지도 덥지도 않은 선선한 밤바람이 불었다.

"아주 말이야."

"뭐."

담배 피우고 싶다는 생각을 여든여덟 번째 반복하던 일우가 시큰둥하게 대답했다.

"어떤 애야?"

"보면 알잖아. 해맑고 대책 없고 먹는 게 세상에서 제일 좋은 애. 야! 어디 가!"

성난 황소처럼 우다다 골목을 누비는 아주를 본 일우가 크게 소리쳤다. 그제야 아주도 뛰는 걸 멈추고 얌전히 걸었다. 보육원에 있는 미취학 어린이들 통제하는 것보다 힘든 것 같았다.

"나도 눈 있어. 내 말은 현일우 네가 보기에 어떠냐는 거야."

선영은 혀를 차며 아주에게 잔소리하는 일우를 추궁했다.

"일하면서 불쌍하고 안타까운 애들 많이 봤을 거 아냐. 세상에 사연 없는 사람이 어딨어. 당장 너만 해도 그렇잖아."

"뭐가 궁금한 건데. 밑밥 깔지 말고 요점만 말해."

"관련 시설에 소개해 줄 수도 있는 건데 그럼에도 아주를 네가 직접 돌보는 이유가 궁금하단 거지, 나는. 너랑 혈연관계인 것도 아니고, 뭐 누가 부탁하기라도 했어?"

꽤 진지한 물음에 일우가 흐음, 하며 고심했다. 낱낱이 사정을 얘기할 수도 없는 일이고 그렇다고 어중간한 변명은 통하지 않을 것 같았다.

일우의 가족 관계나 피를 먹는다는 것, 인간 편력이 심하다는 것 등 단점을 비롯한 무수한 비밀을 알고 있는 선영에게 할 수 있는 말은 아직 하나뿐이었다.

"그런 거 아니야."

"그러면."

"눈에 밟혀서. 그래서 주웠어."

세상에 나와서 처음 받은 호의가 일우라는데, 문 앞에 쭈그려 앉아 온종일 일우만 기다리는데 어떻게 들이지 않을 수 있을까.

심지어 일우는 평생 혼자였다. 외롭다는 것도 잠시 잊게 해 주는 해맑음을 소유한 아주는 꼭 일우가 아니더라도 누군가는 탐냈을 것이다. 일우가 빨랐을 뿐이지.

일우가 자기의 세상이라고 바라보는 눈빛. 그러면서 하는 말은 딱밤 수십 대 때리고 싶게 얄밉고 솔직했다. 한마디로 총평하자면.

"······질이 나쁘지."

자기 예쁜 거 알아서 눈이 갈 수밖에 없게 굴잖아.

가만 보면 진짜 영악하다니까. 괜히 여태 죽지 않고 멀쩡히 살아 있는 게 아니었다. 나름대로 생존 수단을 가지고 있는 거였다.

"질? 피의 질이 나쁘다, 그런 건가?"

선영의 중얼거림에 일우가 눈살을 찌푸렸다.

"하여간 생각하는 꼬라지 하곤……. 풀떼기가 걸어 다니는 수혈 팩이냐? 피의 질을 따지게?"

"그럼 사람 알아듣게 얘기하든가. 무게 잡고 질이 나쁘지, 이 한마디하면 누가 알아들어?"

"아, 그런 게 있어. 빨리 집에나 가."

구구절절 설명하기엔 구차해 보여 말을 줄였다. 인상을 팍 쓰며 선영을 큰 도로변으로 몰았다.

"풀떼기!"

"네?"

저기 어디서 인형 뽑기 기계를 구경하던 아주가 대답했다.

"박선영 집에 간댄다!"

그 말을 들은 순간 아주가 펄쩍 뛰면서 달려왔다.

"누나, 집에 가요?"

"난 갈 생각 없었는데 현일우가 가라고 하네? 야, 나 차 없잖아. 데려다줘."

"기름 없어. 택시 타고 가."

"기름이야 없으면 주유하면 되는 건데 그걸 변명이라고. 기가 찬다. 그냥 차라리 데려다주기 싫다고 말을 해."

"어. 데려다주기 싫으니까 택시 타라."

말을 마친 일우는 선영이 거절하지 못하게 손을 뻗어 택시를 잡았다. 어딜 가나 눈에 띈다는 특징은 택시도 바로 잡는 능력으로 발휘했다.

강제로 택시에 타게 된 선영이 신경질을 부렸다. 일우는 마지막 매너로 뒷문을 열어 줬다.

"야, 박선영."

"왜."

문을 바로 닫지 않고 고개를 숙인 일우가 선영에게 부탁을 가장한 으름장을 놓았다.

"차단 풀어라."

"생각해 보고. 아주야, 나중에 또 봐."

선영은 눈앞의 일우를 무시하고는 차 문과 일우 사이로 보이는 아주에게 손을 흔들며 태평하게 인사했다.

"생각은 지랄, 빨리 풀어. 연락하기 불편하니까."

"누나, 잘 가요!"

협박을 일삼는 일우와 달리 아주는 양손을 흔들며 끝까지 인사했다. 택시가 출발한 뒤, 선영이 살짝 고개를 돌려 뒤를 확인하니 일우는 이미 등 진 상태였다. 아주도 일우를 바라보며 얘기하고 있었다.

해 질 녘 노을처럼 노르스름한 조명을 받아 반짝반짝 빛나는 아주를 바라보니 어쩐지 일우의 심정을 알 것도 같았다.

이상하게 시선이 가고, 생각나는 거.

일우처럼 평생 못 볼 꼴 다 보고 산 사람한테는 선영이 보기에도 맑은 아주가 더 특별해 보일 수 있었다.

그렇게 사람들한테 마음 안 주고 살더니. 현일우도 결국 사람이었네.

선영이 메신저 앱과 전화번호부에 들어가 일우의 차단을 풀며 조용히 속으로만 중얼거렸다.

＊　＊　＊

선영이 탄 택시가 떠난 뒤 아주와 일우도 차로 돌아왔다.

정말 담배 딱 한 대만 피우면 소원이 없겠다. 소원이 참 작고 소중
했다.

일우는 담배를 피울까 말까 고민을 거듭했다. 금연 시작한 지 하루도
안 지났는데 이렇게 니코틴이 당길 줄은 몰랐다. 금연을 뭐 해 봤어야
알지. 시도조차 해 보지 않아 금연의 무서움을 몰랐다.

이 상태가 하루만 더 지속된다면 편의점으로 달려가 담배 달라고 소
리칠 것만 같았다. 하필 차를 세워 둔 곳도 편의점 근처였다.

담배를 사느냐 마느냐 다시 고민할 즈음 아주가 물었다. 기가 막힌
타이밍이었다. 어쩐지, 아주의 하얀 얼굴을 보니 담배 생각이 싹 사라
졌다.

"영감님."

"왜."

"누나는 어떻게 만났어요?"

"누구? 박선영?"

"네."

별걸 다 물어본다 싶다가도 자신한테 갖는 아주의 관심이 싫지 않았
다. 오히려 반가움 혹은 기꺼움에 가까웠다. 일우가 그도 모르게 작은
미소를 띠고 대답했다.

"같은 대학 나왔어. 뭐, 사실 학교만 같았지, 걔랑 수업 듣고 그런 건
거의 없었어. 걘 의대고 난 법대였으니까."

그러게. 진짜 어떻게 만났더라. 워낙 오랜 세월을 치고받으며 살아서

그런가 첫 만남이 기억나질 않는다. 일우가 선영과 진짜 어떻게 만났는지 되짚어 볼 때, 아주가 머뭇거리며 물었다.

"혹시……."

"혹시 뭐."

쎄한 촉이 왔다. 분명 이럴 땐 모 아니면 도인데.

"서로 그런 사이예요?"

"무슨 사이."

"사귀고 그런……."

아주는 도였다. 차라리 안 나오는 게 나을 법한 도.

온몸에 소름이 쫙 끼쳤다. 늦은 밤에 이게 무슨 고막 괴롭히는 소리인가 싶었다. 조용한 주택가에 클럽 EDM을 틀어 놓는 것보다 잔악했다.

"씨발, 넌 방금 박선영이랑 나랑 하는 짓 보고도 그러냐. 그게 연인 간의 대화던? 사람 말을 콧구멍으로 듣는 것도 가만 보면 재주야. 존나 쓸데없는 재주."

사실 정말 많이 받는 오해였다. 선영이 처음 인별을 시작하고, 본인 셀카로 도배하다가 팔로워 좀 늘려 보겠다고 일우의 사진을 올리기 시작했다. 그때 선영의 지인들은 모두 대학 때부터 그렇게 붙어 다니더니 드디어 사귀는구나, 생각했다. 결국 일우한테 욕이란 욕을 다 처먹은 선영이 단순한 친구라며 뒤늦게 해명했지만 소용없었다. 아직도 그렇게 알고 있는 사람이 다수일 정도로 파급력이 컸다.

"아니면 말구요."

"넌 사람 잘못 죽이고도 아님 말고 할 거야?"

"난 영감님처럼 범인 잡는 사람 아니라서 그럴 일 없어요."

"그럴 일이 없긴 왜 없어. 네가 방금 한 짓이 그거랑 똑같아."

아주가 상대를 잘못 골랐다. 비약도 이런 비약이 없지만, 이미 선영이 한번 들쑤셨던 벌집을 들쑤신 꼴이라 그냥 넘어가진 않았다.

"알았어요. 그럼 다른 거 물어볼게요."

"묻지 마."

"혹시 누나도 피 먹어요?"

뭘 물어보나 했다. 일우 입장에선 정말 대답할 가치도 없는 질문이었다.

"넌 뭐가 그리 궁금하고 신기하냐. 난 좀 모르고 살고 싶은데."

아주는 갓 옹알이 시작한 아기처럼 시끄럽게 떠들어 댔다. 절반 이상이 헛소리라는 게 일우의 심기를 매우 불편하게 했을 뿐이다.

"헛소리 말고 빨리 타기나 해. 집에 가게."

"누나 피 먹냐고 물은 게 왜 헛소리예요?"

아주가 차에 타지 않고 버텼다. 길바닥에 서서 차를 가운데 두고 이게 무슨 실랑이인지 이해할 수 없었다.

"헛소리지 그럼 참소리냐?"

일우는 차체 지붕에 팔을 얹은 채 허, 어이없는 웃음을 걸쳤다.

"그럼 알려 줘요."

"그게 왜 궁금한데."

"영감님이 피 먹으니까요."

일우는 피를 먹고, 선영은 일우의 친구니까 걔도 피를 먹겠구나, 아주가 생각하는 건 그거였다.

"안 먹어."

"네?"

"아, 안 먹는다고!"

"왜 소리를 질러요?!"

"네 귓구멍이 덜 열려서 그래. 박선영 걘 돈 준대도 안 먹을 거야. 됐냐? 빨리 타기나 해. 진짜 길바닥에 버리고 갈까 보다."

"그것 좀 물어봤다고 뭐라 하고……."

투덜이처럼 삐죽거리는 아주를 우여곡절 끝에 차에 태운 일우가 집으로 운전대를 잡았다. 평소라면 아주가 이것저것 물어 왔을 텐데 영 조용했다. 슬쩍 쳐다보니 단단히 삐쳤는지 고개를 완전히 창문 쪽으로 돌린 상태였다.

"가만 보니까 너 존나 웃긴다. 나는 아저씨였다가, 형이었다가 이젠 영감님이라면서 박선영은 단번에 누나냐?"

"누나는 영감님이랑 달라요."

"지랄하네. 걔랑 나 동갑이야. 86년생, 범띠."

심지어 선영의 생일은 꽃 피는 4월이었다. 일우는 눈 나리는 12월로 생일로만 따지면 선영이 더 누나였다.

"아무튼 누난 달라요."

"뭐가 다른지 말도 못 하는 새끼가 염병은. 꼴에 남자라고 그러냐?"

어쩐지 심기가 불편하다. 아주의 말은 꼭 선영이 특별하다는 것처럼 들렸다. 모든 처음이 일우인 것처럼 굴던 아주가 시선을 다른 데로 돌려서 생긴 감정인지, 유치한 질투인지 모르겠다.

일우의 세상에선 여자가 남자한테, 남자가 여자한테 끌리는 게 당연했다. 지금까지도 그랬고, 앞으로도 그럴 것이다.

그럼 아주도 마찬가지일 것이다. 누가 봐도 미인인 선영에게 아주가 넋을 빼는 게 그리 이상한 일이 아니었다. 적어도 일우의 생각에서는.

"남자라고 그러냐는 게 무슨 뜻이에요?"

"걔랑 자고 싶냐고."

괜히 짜증이 났다. 심술이 덕지덕지 붙은 못된 말을 뱉었다. 이건 아주와 친구인 선영한테도 몹쓸 짓이었다. 뱉고 나서 핸들을 쥔 오른팔에 힘이 들어갔다. 일우의 턱이 단단히 다물렸다. 치아를 꽉 깨문 탓이었다.

아주의 대답을 기다리던 일우가 솟구치는 초조함을 이기지 못하고 먼저 선수 쳐 말했다.

"아서라. 넌 박선영 타입 아니야."

"그런 거 아니거든요!"

오른팔에 들어간 힘도, 단단히 다물린 턱도 아주의 부정에 훅, 풀려 버렸다.

"그럼 말고."

"내가 영감님처럼 변탠 줄 알아요?"

"섹스하는 게 왜 변태야? 좋아하는 사람이 생기면 섹스하고 싶어지는 게 당연한 거야."

일우의 경우엔 좋아하지 않아도 가능했다. 부끄럽긴커녕 당당했다. 대개 섹스가 사랑을 나누는 방법이 아닌, 능력을 사용한 부작용 때문에 진행된다는 점만 빼면 나쁠 게 하나도 없다. 종종 섹스 중독자 같은 몸이 권태롭긴 해도 그건 능력을 안 쓰면 되는 문제니까 조절할 수 있다.

"자위는 부끄럽구요?"

일우가 오랜만에 한껏 여유 부리며 어른 행세를 했으나 아주는 단 한마디로 처참히 짓밟았다.

"아, 바람 좋네."

대답하면 말려들기만 한다. 창문을 열고 선선한 가을바람을 만끽하는 척했다. 창에 왼팔도 턱 걸치고, 영화 속 주인공처럼 바깥으로 시선도 던져 봤다.

아주가 옆에서 구시렁거렸지만 일우의 기분은 그걸 모두 흘려들을 수 있을 정도로 꽤 좋아졌다. 방금까진 짜증이 머리끝까지 차올랐는데 말이다.

정말 바람 때문인지.

"기분도 좋네."

* * *

"잠깐만 기다려."

"네."

일우가 가던 길을 멈추고 편의점 앞 갓길에 잠시 정차한 뒤 내렸다. 조수석에 잘 앉아 있는 아주를 확인하고 편의점으로 들어갔다.

"어서 오세요."

"플레이버 1밀리 주세요."

"네. 4,500원입니다."

"이것도요."

매대 앞에 놓인 라이터도 하나 집었다.

"총 5,000원이요."

이건 굴복한 게 아니다. 단번에 끊으려 했던 자신이 멍청한 거였다. 오늘 세 개비 피웠으면 내일은 두 개, 그다음 날은 한 개. 이런 식으로 줄였어야 한다. 선선한 바람을 맞으며 한껏 좋은 기분을 만끽할 때, 담배 한 대만 피웠으면 하고 다시 상기한 게 문제였다.

합리화를 거듭하며 카드를 내밀려던 순간, 일우의 눈에 잡힌 게 있었다. 다름 아닌 막대 사탕. 혀끝에서 익숙한 단맛이 느껴지는 것 같았다.

"……."

"저기요?"

카드를 건네던 일우가 행동을 멈추고 뚫어지게 사탕만 쳐다보자 알바가 일우를 불렀다. 일우는 두어 번 눈을 느릿하게 깜박이며 사탕을 바라봤다.

딸랑, 문에 달린 종이 경쾌하게 울리고 일우가 편의점을 빠져나왔다. 일우가 언제 나오나 목이 빠져라 차 안에서 기다리던 아주가 일우와 눈을 마주쳤다.

편의점에서 무언가 사서 나온 일우는 빠르게 차 앞머리를 돌아 운전석에 탑승했다.

"뭐 샀어요?"

"사탕."

"사탕이요? 영감님 사탕 좋아해요?"

"안 좋아해."

"근데 왜 샀어요?"

"너 먹으라고."

"거짓말."

"뭐 말만 하면 거짓말이래."

미간을 찌푸린 일우가 막대 사탕 하나와 바나나 우유 한 개를 아주에게 던졌다. 퉁, 아주의 허벅지 위로 우유와 사탕이 굴러떨어졌다. 우연일까. 사탕도 딸기 우유 맛이었다.

"마셔."

하필 골라도 막대 사탕 중에서 가장 맛없다는 오렌지 맛을 고른 일우는 껍질을 까서 바로 입에 넣었다. 멀리 떨어져서 보면 사탕이 아니라 가느다란 담배를 물고 있는 것처럼 보였다. 아무래도 다 큰 성인 남자가, 그것도 일우처럼 생긴 남자가 사탕을 물고 있는 것보단 담배를 피우는 게 더 자연스러웠으니 말이다.

"존나 다네."

일우가 오만상을 찌푸리며 사탕을 먹자 바나나 우유에 빨대를 푹 꽂은 아주가 물었다.

"그럼 먹지 말지 왜 먹어요. 음식 앞에서 그러면 안 돼요."

대답 대신 바나나 우유를 쪽쪽 빨아 먹는 아주를 지그시 내려다본 일우가 액셀을 밟았다. 아스팔트 도로 위를 구르는 바퀴처럼 입에서 끔찍한 오렌지 맛이 데굴, 굴러다녔다.

"담배 끊으려고."

인공적인 오렌지 향기를 타고 흐른 담담한 목표가 공중에서 흩어졌다.

말에는 힘이 있다고 한다. 내뱉음으로써 지키게 되는 그런 힘. 하루만에 금연을 철회하려 했던 자신이 한심해지면서 동시에 참아 봐야지, 하고 다짐하는 계기가 됐다.

아주는 일우의 읊조림을 듣지 못했는지 고개를 숙이고 바나나 우유를 쉼 없이 마시는 데 집중하고 있었다. 나쁘진 않았다. 알아 달라고 금연하는 것도 아니고.

다만 쪼옥, 쪽. 빨대를 타고 오르는 우유 소리가 계속 귓가를 어지럽힐 뿐이다.

"꼭 뽀뽀하는 거 같네."

스스럼없이 말하고도 웃겨서 또 놀라서 일우는 나직이 웃음을 터뜨렸다.

* * *

토요일 늦은 아침, 오랜만에 늘어지게 자던 일우를 깨운 건 아주였다. 배고프다는 칭얼거림에 일우는 욕을 중얼거리며 몸을 일으켰다.

오전을 전부 잠으로 보낼 생각이었던 일우는 때아닌 요리를 시도했다. 평생 혼자 먹고 살았으니 요리는 나쁘지 않게 하는 편이었다.

요리를 잘하고 못하고를 떠나 적어도 재료가 있어야 요리를 하는데, 냉장고엔 계란 세 알 말고는 음식이라곤 눈에 씻고 찾아봐도 없었다. 집에서 먹는 거라곤 피밖에 없던 일우였으니 당연한 결과였다. 장을 언제 봤는지도 기억나지 않는다.

이제 희망은 냉동고뿐이다. 다행히 언제 샀는지 기억도 나지 않는 식빵이 얼어 있었다. 냉동고에 들어간 음식은 시간이 멈춘다는 선영의 지혜를 따라 먹기로 했다. 어차피 일우 입에 들어가는 거 아니니까 상관없었다.

식빵을 냉동실에서 꺼내 살짝 해동한 뒤 토스트기에 구운 일우가 계란도 전부 꺼냈다.

"냄새 맡아 봐."

킁킁. 아주가 옆으로 바짝 다가와 계란 냄새를 맡았다. 악취는 나지 않았다.

"안 상했지."

"네."

기름을 두른 프라이팬에 계란 세 알을 뒤집개로 탁 쳐서 깼다. 치이익. 기름에 튀겨지는 소리가 정겨웠다. 노른자는 탱글탱글 살아 움직이고 흰자만 뽀얀 색을 띠었다.

"씨발, 뭔 집에 소금도 없어."

위에 소금 조금만 뿌리면 되는데 찬장 속 소금 통은 텅 비어 있었다. 하긴 요리해서 먹은 기억이 까마득했다. 인천지검 발령받고 적응하는 1, 2주 동안만 좀 해 먹었던가.

"야, 그냥 싱겁게 먹어."

넓은 접시에 식빵 두 쪽과 잘 익은 계란 프라이 세 개를 올린 일우가 아주에게 건넸다. 아주는 좋다고 식탁으로 달려갔다.

그 모습을 바라보며 꽤 평화로운 주말 오전이라 생각한 일우는 부스스한 머리칼을 대충 손으로 넘겨 정리하곤 전용 냉장고를 열었다. 냉장고를 가득 채운 O형 혈액 팩이 일우의 마음을 풍요롭게 했다. 꼭 귀한 보약 한 첩 지은 사람처럼 입가에 훈훈한 미소가 떠나질 않았다.

혈액 팩 연결 튜브를 열어 한 모금 마신 일우가 아주 건너편에 앉았다. 어째 신나게 달려가던 조금 전과 달리 표정이 뚱했다.

"뭐가 불만인데."

"고기가 없잖아요."

자는 사람 깨워서 밥 해 달라 하더니 이젠 반찬 투정이었다. 아, 지랄. 혈압 올라가는 소리가 들렸다.

"고기가 없긴 왜 없어? 계란 프라이 있잖아."

"계란은 고기가 되다 말았잖아요. 고기 아니에요."

"존나 어이없네. 단백질인 건 똑같으니까 그냥 처먹어. 고기 먹고 싶으면 네 살 씹어 먹든지."

잔인한 말을 아무렇지 않게 지껄인 일우가 혈액 팩을 쭉 들이켰다. 목울대가 비릿한 냄새의 피를 잘도 넘겼다.

"영감님은 피 안 먹으면 죽어요? 맨날 먹어."

이제 몇 번 피 먹는 거 봤다고 익숙해졌는지 놀라기는커녕 되물어 오는 아주였다. 혈액 팩을 깔끔하게 비운 일우가 쓰레기통으로 툭, 던지곤 대답했다.

"죽진 않아."

"그럼요?"

"알아서 뭐 하게."

"궁금하잖아요."

"세상엔 모르는 게 더 나을 때가 더 많아."

"그건 내가 정하는 거예요."

"어떻게 한마디도 안 지려고 하냐."

"영감님도 그러잖아요."

와그작. 식빵 사이에 계란 세 개를 전부 끼워서 베어 문 아주가 우물 거리며 공격했다. 느슨히 다리를 교차한 일우가 웬일로 공격을 받아치지 않았다. 굳이 알고 싶다는데 뭐. 이미 다 아는 마당에 딱히 비밀도 아니고.

"전에 연료라고 했잖아. 그거 농담이 아니라 진짜야."

한 번 더 와그작. 빵 부스러기가 아주의 입가와 식탁에 부스스 흩어 졌다.

"안 먹으면 건전지 떨어진 장난감처럼 축 처져. 나중엔 죽은 사람처 럼 잠만 처자."

경험상, 하루 이틀은 괜찮았다. 일주일도 어떻게 버틸 수 있다. 문제는 이 주일이 넘어가는 시점부터 연료가 다 떨어진 비행기가 운항을 멈추는 것처럼 정신이 급격히 추락한다는 것이었다.

피는 일우의 인생에 있어서 큰 약점이자 제정신으로 살기 위한 필수불가결 요소였다. 죽을 때까지 먹어야 되지만, 달리 말해 먹기만 하면 아무 문제 없는 것이다. 그렇게 산 지 벌써 20년도 더 됐기에 그냥 그러려니 할 지경까지 이르렀다.

"좀 더 쉽게 설명해 주면 안 돼요?"

"이 이상 어떻게 쉽게 설명하냐."

일우가 턱을 괴고 손에 묻은 노른자를 핥아 먹는 아주를 구경했다. 존나 더럽게도 먹네.

"그래, 예를 들어서 풀떼기 네가 낫지 않는 불치병에 걸렸다 치자."

"나 안 아픈데요."

"예시라고, 씨발. 네가 아프다는 게 아니라."

"못 알아들을 수도 있지 왜 욕을 해요."

"네 귓구멍이 덜 열린 게 짜증 나서 그래. 아무튼 네 병이 참을 수 없게 아픈 거라면 아프지 않게 약을 먹어야겠지."

"네."

"난 피를 먹는 불치병에 걸린 운도 좆같이 없는 새끼고, 그걸 그나마 아프지 않게 하기 위해서 피를 먹는 거야. 약을 먹는 것처럼."

"아."

"이제 이해했어?"

"조금요. 그럼 그때도 피 못 먹어서 주저앉고 그런 거예요?"

능력을 쓴 날을 말하는 것 같았다. 일우의 지갑을 훔친 아주를 처음 만난 날이기도 했다.

"거기까지 설명하기엔 복잡하니까 그냥 그러려니 해라."

피를 먹는 건 넓은 이해심으로 수혈의 범위로 본다 쳐도, 능력은 과학으로 설명이 불가능했다. 일우가 영화에서나 나올 법한 능력이 있고, 그걸 쓴 부작용이라고 어떻게 말할까.

"밥 다 먹었으면 일어나. 애들 밥이나 주러 가자."

결국 일우 특유의 능글맞음으로 천연덕스럽게 넘기는 수밖에.

"애들 누구요?"

"누구긴."

일우가 깨끗하게 씻어 둔 밥그릇을 집었다. 고양이와 강아지 사료도 식탁 위에 올렸다.

"애들이지."

일우가 손가락으로 사료 패키지 속 강아지와 고양이를 가리키며 미소 지었다. 사람 먹을 건 없어도 피와 동물 사료는 넘치는 집다웠다.

2리터짜리 생수병과 사료를 한 손에 들곤 다른 손엔 그릇을 든 일우와 그 뒤를 따라 내려온 아주는 푸릇한 풀들이 빽빽하게 자란 마당에 옹기종기 쭈그려 앉았다.

일우는 익숙하게 빈 그릇들을 나열했다.

"잘 봐, 앞으론 네가 해야 해."

"내가요?"

어젯밤 일우가 사 준 막대 사탕을 빨아 먹던 아주가 손으로 스스로를 가리켰다. 어딘가 귀찮다는 느낌이 묻어 나와 일우가 속으로 혀를 찼다.

"공짜로 재워 주고 밥 먹여 주는데 이 정도는 해야 될 거 아냐. 누가 집 청소를 하래, 돈을 벌어 오래. 잊지 말고 애들 밥만 챙겨."

무릎을 모아 쭈그려 앉은 아주가 무릎 위에 턱을 괴고 일우가 하는 걸 지켜봤다. 생수통을 들어 물그릇 넘치게 물을 담고, 마찬가지로 밥그릇에도 사료를 넘치게 부었다.

"사료랑 물 담은 다음 제자리에 갖다 두면 끝이야. 할 수 있어, 없어."

"있어요."

"오케이, 그럼 내일부터 네가 해. 사료 남아 있어도 들고 올라와서 깨끗하게 씻고 다시 줘. 요즘 또라이 새끼들이 많아서 쥐약 뿌리니까 사료는 절대 하루 이상 두지 마. 전에도 한 번 그런 적 있었어."

"그걸 왜 뿌려요?"

"난들 아냐? 하여간 뇌가 다차원적으로 고장 난 새끼들이라니까."

뉴스 속 또라이들을 만나는 게 자기 일이 될 거라고 생각 못 했던 작년 여름이 떠올랐다. 폭염도 폭염이지만 일도 바빠서 사나흘에 한 번 밥을 바꿔 주던 게 화근이었다.

그날은 회사 근처 찜질방에서 샤워하고 쪽잠 잔 뒤 출근하던 걸 그만하고 모처럼 옷 갈아입으러 돌아온 날이었다. 대낮이라 주택가는 한산했고, 무척이나 더웠다. 집 앞에 차를 잠시 주차한 일우 앞에 부패한 고양이 시체가 보였다.

더운 여름이라 부패 속도는 무척이나 빨랐다. 벌써 벌레가 잔뜩 낀 고양이를 보던 일우는 악취에 인상을 찌푸리기도 잠시, 고양이 옆으로 보인 사료 몇 알과 구토의 흔적을 보며 할 말을 잃었다.

밥그릇에 남은 사료 위에 흩뿌려진 파란색 가루들. 쥐약이었다. 일우가 회사 일로 바쁘던 나날 중 언젠가, 불청객이 침입해 뿌려 둔 것이었다.

태어나길 길바닥에서 태어난 게 죄인가. 마른 목을 축이고 주린 배 조금 채우고자 찾아온 아이들이 뭐가 그리 끔찍하다고 이런 짓을 하는지.

스트리트 출신 고양이와 강아지는 매 순간이 생존과 직결되기에 원체 수명이 짧았다. 짧은 인생에 배불리 먹는 것조차 용납하지 않는 누군가에게 그 업보가 그대로 돌아가길 바란 일우는 죽은 고양이를 바라보며 성호를 긋고 손수 보내 줬다.

그 뒤로 밥을 놔두는 곳이 잘 보이게 CCTV를 추가 설치하고, 처벌 법령까지 프린트해 안내문을 붙였다. 사료도 하루 이상 놔두지 않았다. 아무리 바빠도 잠깐 짬을 내어 오거나 선영에게 부탁해서라도 그렇게 했다.

"그러니까 조심해."

"조심할게요."

아주의 눈이 또렷한 이지를 띠었다. 어쩐지 꽤 믿음직스러웠다. 별것도 아닌데 기특해 머리통을 쓰다듬었다. 일우는 본인도 모르게 얼굴엔 만연한 미소를 띠었다.

그러고 보니 아주도 길바닥 출신이었다.

"넌 어떻게 그렇게 오래 길에서 살았냐."

비법이나 방법이 궁금해 묻는 게 아니었다. 죽지 않고 여태 아프지 않고 잘 살아 있는 게 신기하고 대견해서였다.

"오래 살고 싶으니까요. 아주아주 오래 살고 싶어서요."

"노숙자 쉼터 같은 곳도 있다던데. 그런 곳도 가 봤어?"

"가 봤어요."

"오래는 안 있었나 보네."

"네. 밥을 안 주더라고요. 밥은 각자 알아서 먹어야 된대요. 진짜 잠만 자는 곳이에요, 거긴."

"겉만 번지르르한 거네."

"영감님처럼요?"

"새끼가 농담도 좆같이 하네. 난 속도 알차. 오히려 차고 넘치지."

아주는 긍정하지 않고 고개를 돌렸다. 동의하지 않는다는 뜻이었다. 귀여운 뺨과 코, 사탕을 물고 있는 입. 옆모습을 천천히 덧그리며 바라보던 일우가 침묵을 깨고 아주를 불렀다.

"풀떼기."

"왜요."

"아, 해 봐."

아아? 아주가 입을 벌렸다.

그 순간 일우가 아주가 물고 있던 사탕을 빼어 먹었다. 아닌 밤중에 홍두깨였다. 사탕을 강탈당한 아주가 일우를 강렬하게 노려봤다.

"갑자기 단 게 땡기네."

변명이랍시고 막대 사탕을 문 채 일우가 씩 웃었다. 어젯밤 차 안에서 인상 팍 쓰며 사탕을 먹던 일우를 기억한 아주는 벌떡 일어나며 소리쳤다.

"왜 남의 것 빼어 먹어요!"

"새끼손톱만큼 남았구만. 좀 먹으면 어떠냐."

"더럽잖아요."

"너 병 있나?"

"아뇨."

"나도 없어. 그럼 됐지 뭐."

이상한 논리에 반쯤 설득당한 아주가 입 안에 남은 단맛을 곱씹듯 입을 우물거렸다.

늦은 밤 골목길을 점령한 양아치처럼 담배 피우듯 사탕을 깨물어 먹은 일우가 청명한 하늘을 올려다봤다.

"풀떼기. 너 어제 안 씻고 잤지."

문득 묻는 말에 화단에 자란 강아지풀을 건드리며 놀던 아주가 일우를 돌아봤다.

"씻었어요."

"지랄 마. 너 바로 자는 거 다 봤어."

"양치질은 했어요."

"뭐로. 면도 크림으로?"

"아니거든요. 치약으로 했어요."

"알았으니까 목욕탕 가게 일어나. 너 전에 목욕탕 가지도 못하고 돈 뺏겼잖아."

"씨, 잊고 있었는데 왜 말해서 생각나게 해요?"

"그래서 데려간다잖아. 기다려. 차 키 가져오게."

빈 생수통과 사료를 들고 일어난 일우가 계단을 올라 집에 들어갔다. 생수통과 사료를 제자리에 두고 차 키와 지갑만 꺼내 다시 나왔다.

1, 2분도 채 지나지 않았을 시간인데 그사이 아주 앞엔 일우의 집에 매번 들르는 치즈 고양이와 그의 친구 검은색 고양이가 있었다.

미야아옹. 경계 없이 아주 주위를 맴도는 두 마리의 고양이와 그걸 신기하게 바라보는 아주는 정오의 햇살을 받고 반짝반짝 빛났다.

아주를 부르려던 걸 멈추고 홀린 듯 바라보던 일우는 선영이 어딜 갈 때마다 병적으로 사진 찍는 걸 처음으로 이해했다. 머릿속뿐만 아니라 다른 곳에도 남기고 싶었다. 두고두고 볼 수 있게끔.

고양이 꼬리가 아주 손을 부드럽게 스칠 때 아주가 웃음을 터뜨렸다. 정적을 지키던 일우가 핸드폰을 꺼내 들었다. 찰칵. 그 소리에 아주가 일우 쪽을 바라봤다.

"가자."

아무 일도 없는 척 핸드폰을 집어넣은 일우가 고개를 까딱했다. 아주가 일어나 일우 쪽으로 달려왔다. 미야옹. 두 고양이가 일우를 아는 체해 왔다.

"사진 찍었어요? 영감님도 누나처럼 인별 해요?"

"안 찍었고 안 해."

"소리 다 들었는데."

"잘못 들은 거야. 넌 뭐 했어."

"고양이랑 놀았어요. 저 고양이들 매일 와요?"

"그럴걸. 왜."

"귀여워서요."

안전벨트를 매고 시동을 건 일우가 아까 찍은 사진을 떠올렸다. 선영처럼 어디 올릴 생각도 없고 타인에게 보여 줄 생각도 없는 사진. 흐르는 시간 속 사라지기 아까운, 귀엽고 작은 것들이 햇살 좋은 날에 옹기종기 모여 웃는 모습.

"······닮았네."

어느 날 나타난 치즈를 따라 나타난 검은색 고양이와 일우 앞에 굴러 떨어진 명아주. 전에 닮았다고 생각하긴 했지만 직접 붙어 있는 걸 보니 더 닮았다는 생각이 든다.

자연히 올라가는 입매를 느낀 일우가 턱을 만지는 척 슬쩍 가렸다. 방금 느낀 감정이 뭘 뜻하는지 파악하는 일우의 눈이 일순간 침잠하듯 가라앉았다.

"계란이랑 식혜 두 개요."

"8,000원입니다."

회색과 남색이 섞인 찜질복을 입은 일우가 팔에 걸어 둔 키를 건넸다. 직원이 기계에 키를 대고 계산했다. 나중에 나갈 때 정산하는 후불제 시스템이었다.

식혜 두 잔을 한 손으로 들고 다른 손으론 계란이 옹기종기 담긴 그릇을 든 일우가 TV 앞에 앉아 있는 아주에게 갔다. TV에 푹 빠져서 일우가 오든 말든 신경도 쓰지 않는 모습이 언짢았다.

"이게 이젠 당연하게 나 시켜 먹네."

"앗, 차거."

차가운 식혜를 뺨에 대자 아주가 놀라며 일우를 돌아봤다.

"놀랐잖아요!"

적반하장으로 나오는 모습에 일우가 허 참, 하며 헛웃음을 삼켰다.

"놀래 주려고 그런 거야."

아주 옆에 앉으며 식혜를 건넸다. 뻔뻔함이 일취월장한 아주가 식혜를 받자마자 쭈욱 들이켰다.

"카아."

"뭔 식혜를 맥주 마시듯 마셔."

"맛있어서 나오는 감탄사예요."

"그렇게 맛있냐."

"네. 영감님은 식혜 안 좋아해요?"

"있으면 마시고 없으면 안 마시고."

모든 음식이 맛있고 좋은 아주와 달리 일우는 음식에 대한 호불호가 거의 없었다. 도축장에서 일했던 기억 때문에 고기를 그닥 좋아하지 않는 것만 빼곤 말이다.

옛날에 많이 굶었던 기억 때문에 배고픔을 싫어하는 것과 취향은 다른 얘기였다. 오히려 맛없는 음식으로 배 채우는 걸 싫어했다. 쓰레기 같은 걸 주워 먹으며 강제로 배를 채우던 것 때문에 그런가, 취향도 아닌 맛없는 음식을 먹을 바엔 차라리 안 먹는 게 나았다.

"난 좋아하는데."

"네 취향 안 궁금해."

매정하게 자른 일우가 나무 베개에 목을 대고 드러누웠다.

찜질방 천장 무늬를 덧그리던 일우는 잠시 눈을 붙일까 고민했다. 물론 아주의 쨱쨱거림에 시끄러워 쉬이 쪽잠도 청하지 못했다.

"옛날에 몇 번 찜질방에 갔거든요. 거기서 파는 식혜가 너무너무 먹고 싶었는데 돈이 없는 거예요."

아주는 일우가 매정하든 말든 자기가 하고 싶은 말을 계속했다.

"그래서 사람들이 남긴 거 몰래 가져다가 먹고 그랬어요."

"훔친 거 아니고?"

"아니거든요!"

"그런 거 아니면 철 지난 얘기 가지고 청승 떨지 마라."

"그냥 그렇다는 거예요."

"지랄. 너 지금 내 거 달라는 얘기잖아."

아닌 척 서사 쌓은 다음 불쌍함과 안타까움을 극대화하는 솜씨가 보통이 아니었다.

"그놈의 식혜 하나 더 사 달라고 하면 되지. 별 지랄을 다 하네. 야,

마셔라, 마셔."

일우가 마시지도 않은 식혜를 아주에게 건넸고.

"아닌데요?"

아주는 습관성 거짓말을 하면서 손으론 식혜를 야무지게 받아 챙겼다.

"말은 아니라고 하면서 받아 챙기는 거 봐라."

"영감님이 주니까 마시는 거지 달라고는 안 했어요."

"말 돌리는 시험 있으면 넌 장원 급제 했을 거야."

"장원 급제요?"

"1등 했을 거라고."

"난 먹는 게 장원 급젠데요. 보여 줄까요?"

하나 배웠다고 바로 써먹는 아주는 일우의 답도 듣지 않고 맥반석 계
란을 콱, 바닥에 내려치곤 껍데기를 까 하나씩 입에 집어넣었다. 두 개
를 집어넣고는 또 쉬지 않고 세 개째 집어넣으려는 아주를 보고 일우가
벌떡 일어났다.

저게 또 체하려고 작정했지.

"아오, 진짜. 야, 뱉어."

일우가 아주 입술 앞에 손바닥을 펴고 뱉으라고 종용했건만 아주의
대답은 하나였다.

도리도리. 양 볼을 식량 저축 하는 다람쥐처럼 부풀리고도 고집을 부
렸다.

최초로 목 막혀 죽은 식물이 되는 게 꿈인 것처럼 답답한 모양새에
결국 보다 못한 일우가 손으로 양 볼을 꾸욱 눌렀다.

"읍읍!"

압력을 이기지 못한 아주가 입술에 준 힘을 풀었다. 구릿빛 피부도

아닌 구릿빛 계란이 손바닥에 툭 떨어졌다.

"아 씨발, 너 장래 희망이 닭이야? 더럽게 입으로 알 낳지 말고 천천히 좀 먹어."

일우는 오만상을 찌푸렸고, 침 범벅 된 계란은 그릇에 돌려 놓은 뒤 손바닥은 아주의 손에 닦았다.

"에이, 씨발."

욕을 중얼거린 일우가 아주를 등지고 휙 돌아누웠다. 저걸 귀엽다고 생각한 내가 등신이지.

"자게요?"

뒤에서 아주가 계란을 우물거리며 잘 거냐고 묻는 소리가 들렸다. 반쯤 샌 발음이지만 알아듣는 건 어렵지 않았다.

"어."

"영감님."

"말 시키지 마."

"나 핫바 사 먹어도 돼요?"

"안 돼."

"너무해."

"난 네 식성이 너무해."

단답한 일우는 꿈틀거리며 등을 기대 오는 아주의 체온을 느끼며 눈을 감았다. 오늘 아침도 아주 때문에 강제로 기상했으니 부족한 잠을 보충해 볼까, 싶을 때 머리통에 큰 충격이 가해졌다.

"아!"

예기치 못한 아픔에 눈을 번쩍 뜬 일우가 벌떡 일어났다. 뒤통수를 손으로 누르고 범인을 찾았다. 자는 사람 머리통에 계란 내려칠 사람이 또 있을까. 아주였다.

"영감님 머리 돌인가 봐. 엄청 잘 깨져요."

"이 미친 풀떼기가 대낮부터 약 처먹었나. 자는 사람 머리를 왜 깨?"

"눈만 감았지 안 잤잖아요."

태평한 소릴 늘어놓는 아주를 보니 울화통이 치밀었다.

계란으로 똑같이 머리통을 깨 주려고 했지만 아주 손에 들린 게 껍데기 있는 마지막 계란이었다. 그릇에 있는 침 범벅 계란은 쳐다도 보기 싫었다.

"야, 풀떼기."

"네?"

"너 찜질방 바닥이 왜 대리석인지 아냐?"

"아뇨. 몰라요."

"계란 껍데기 까라고 그런 거야. 존나 단단하잖아. 씨발, 너 여기 공사한 사람들 배려 안 해?"

근처에 앉아 있던 사람들이 일우의 말을 엿듣고 풉, 웃는 게 느껴졌다. 일우한텐 저 사람들이 웃든 말든 그게 문제가 아니었다.

"내가 그걸 어떻게 알아요? 어차피 영감님 머리가 더 잘 깨지는데 바닥에 때릴 필요 있어요? 봐요. 한 번에 깨지잖아요."

자랑스럽다는 듯 내미는 계란을 보며 일우가 이번엔 뒤통수가 아닌 뒷목을 붙잡았다.

"됐으니까 그만 입 닫고 키 들고 가서 핫바든 뭐든 사 먹어라. 제발."

시끄럽게 아주와 대치하던 일우가 먼저 두 손 두 발 다 들었다. 안 그래도 얼굴 때문에 찜질방에 들어서는 순간부터 둘을 쳐다보는 시선들이 즐비했는데 아주와 싸우기 시작한 뒤로 흥미로운 드라마 보듯 옹기종기 귀 기울이는 사람들이 늘어난 탓이었다.

"다녀올게요!"

신나게 뛰어가는 아주를 보니 한숨이 푹푹 나왔다. 무슨 짓을 해도 숨길 수 없는 게 재채기, 기침, 사랑이라던데 정정할 필요가 있다. 일우의 생각엔 한숨과 아주의 식성이었다.

"……진짜 뭐 하는 짓이냐."

뒤늦게 몰려온 쪽팔림에 손바닥으로 마른세수하며 중얼거렸다. 일우는 다시 모로 누워 아주가 돌아오기 전에 잠드는 것을 목표로 멀리 달아난 잠을 좇으며 눈을 감았다.

* * *

잠들었던 일우가 눈을 뜬 건, 토요일 낮의 시끄러운 찜질방이어서도 더워서도 아니었다. 팔이 저려서였다. 일우가 눈을 찌푸리며 주변을 둘러봤다.

원인은 바로 찾을 수 있었다. 어느새 잠든 아주가 일우의 팔을 베고 누워 있었기 때문이다. 주황색 수건으로 어느새 양 머리까지 만들어 쓴 채 자고 있었다. 자기만 하고 있으면 모를까 일우 머리에도 얹어 뒀다. 머리에 얹어진 양 머리 수건을 끌어내려 확인한 일우가 피식 웃었다.

"이건 또 언제 만들었대."

아주가 깨지 않게 조심스레 일어난 일우는 본인이 베고 있던 나무 베개를 아주의 목덜미에 끼워 넣었다.

고롱고롱. 배부른 강아지처럼 잠든 모습에 일우가 목과 어깨를 돌리며 스트레칭하다 멈추곤 뚫어지게 바라봤다.

"잘도 자네."

아주는 입만 안 열면 정말 예쁘게 빚어 만든 것처럼 곱게 생겼는데 문제는 아주의 입이 닫힐 줄을 모른다는 거였다. 그래도 자면서 잠꼬대는 하지 않으니 다행이다.

부드러운 볼을 인형 주무르듯 만지다가 흐트러진 머리칼 때문에 드러난 둥근 이마에 딱밤을 때렸다.

"으응……."

살살 때렸는데도 아픈지 인상을 찌푸린 아주가 이마를 문지르다 말고 일우 쪽으로 돌아누웠다.

무슨 꿈을 꾸는지 몰라도 자꾸 움찔거리며 움직이는 입술에 괜히 시선을 두게 된다. 잠이 묻은 눈으로 바라보던 일우가 으, 소리를 내며 일어났다.

찜질방 한쪽에 쌓인 푹신한 베개와 담요를 가져와 누가 업어 가도 모르게 깊게 잠든 아주 위에 덮어 주고 딱딱한 나무 베개도 바꿔 줬다. 그 뒤엔 아주 얼굴 주변에 널브러진 쓰레기를 치웠다. 핫바에 과자에 뭐가 참 많았다.

"많이도 처먹었네."

쓰레기를 버린 뒤 아주 옆에 앉아 숨을 돌린 일우가 핸드폰으로 뒤늦게 시간을 확인했다.

[오후 3:52]

"대체 뭐 했다고 벌써 4시야."

끽해야 한 시간쯤 잔 것 같은데 예상보다 시간이 더 훌쩍 지났다. 딱딱한 바닥에서 잤더니 괜히 몸도 배기는 것 같다.

잠깐 자리 비워도 되겠지. 목도 마르고, 담배도 마르고.

뒷목을 주무르며 일어난 일우는 고개를 돌려 아주가 잘 자는지 한 번 확인하고 흡연실을 찾았다. 애석하게도 흡연실은 이 찜질방에서 가장 높은 옥상에 위치해 있었다. 계단 올라갈 생각에 귀찮다가도.

"뭐, 있는 게 어디야."

없는 게 더 짜증 났을 거라며 자위했다.

계단을 오른 일우는 담배 연기 냄새가 희미하게 느껴지는 입구에 도착해서야 무언가 잘못됐다는 걸 느꼈다. 언제나 주머니에 있던 담배의 부재, 거기에 본인이 현재 금연 하루 차라는 걸 떠올린 것이다.

"하, 씨발…… 멍청한 새끼……."

이래서 습관이 무서운 거다. 생각 없이 행동하면 역시 몸이 피곤했다. 아주랑 지내다 보니 무의식적으로 머리에 박힌 나사 하나씩을 흘리고 다니는 느낌이었다.

안에 들어가서 한 대 빌릴까 싶다가도 동네 양아치나 할 법한 행동이란 생각에 그냥 밑으로 내려가기로 했다. 애들 삥 뜯는 것도 아니고 말이야.

담배를 포기한 일우는 아주에게 가기 전 매점에 들러 담배를 대신할 막대 사탕과 아주를 위한 팝콘 과자를 샀다.

"사장님, 계산이요."

삑, 찜질방 키로 계산을 마친 일우는 팝콘 과자를 옆구리에 끼곤 사탕을 바로 까먹었다. 끔찍하다 평했던 사탕의 단맛도 아주의 헛소리에 익숙해지듯 차츰 입에 익는 것 같았다.

터벅터벅 걸어 구석에서 쿨쿨 자고 있을 아주를 찾았다. 찾는 건 전혀 어렵지 않았다. 웬 남자 몇 명이 아주의 앞에 진을 치고 있었기 때문이다.

처음엔 남자들끼리 모여 노는 줄만 알았다. 사람들이 많아 앉을 자리가 없나 싶었다. 일우가 더 가까이 다가갔을 땐 상황이 정반대로 달라졌다.

시시덕거리며 시끄럽게 떠들던 무리는 가위바위보를 하며 지는 사람마다 아주의 다리를, 나아가 허벅지를 만졌다.

"……."

가위바위보를 거듭하며 크게 웃던 남자의 손이 아주의 허벅지를 넘어 고간으로 향했다.

그 순간, 일우의 얼굴이 한겨울처럼 차갑게 식었고, 머리로 피가 몰렸다. 까득, 방금 입에 문 사탕이 입 안에서 처참한 모습으로 산산조각 났다.

"야, 너네 뭐 하냐?"

지체 없이 걸어간 일우는 무리 앞에 서 차분히 말했다. 목소리는 분노에 찼고 눈은 서늘해 당장 사람을 때려죽이기 직전이거늘, 온갖 쌍욕을 지껄이지 않은 것만으로 그들은 고마워해야 했다.

"네?"

"더러운 손 얹다 두냐고."

"손이요? 뭔 손이요?"

아무 짓도 안 했다는 듯이 아주의 다리 위에 올라가 있던 손을 스윽 떼어 낸 남자가 으스대며 말했다.

"댁은 누구길래 다짜고짜 와서 시비예요?"

남자와 같이 아주를 만지던 주변 무리도 허세를 부리며 일우를 비웃기 바빴다.

바둑 초보 백 명이 모여도 프로 기사 하나 이길 수 없듯, 머리 나쁘고 허세에 찬 남자애 열 명이 모인들 분노에 찬 일우 하나를 이길 수 없었다.

일우는 집단이라는 게 남자한테, 특히 10대 후반에서 20대 초반 남자 무리에 어떤 용기를 심어 주는지 잘 알았다. 그게 쓸데없는 호승심이라는 것도.

"내가 누군지는 니들이 알 것 없고. 내가 물은 거에나 대답해."

"난 다리 만진 적 없다니까? 아, 짜증 나네."

남자가 귀를 후비며 일우의 성질을 자극했다. 그러면 뭐 하나, 자기 멍청한 걸 낱낱이 광고하는 꼴이었다.

"난 손 얹다 두냐고 했지 다리 만졌다고는 안 했는데. 멍청한 게 자기 입으로 만졌다고 고백하네."

등신들. 일우의 눈이 정확히 그렇게 얘기했다.

남자애는 아차 싶었는지 무리의 시선을 의식하며 더 심한 욕을 지껄였다.

"남자 새끼 다리에 뭔 금칠이라도 해 뒀나. 별걸 다 지랄이네."

"안 했다고 했다가 다리 만진 적 없다고 했다가 이젠 남자라서 만져도 된다? 씨발, 이게 입으로 똥을 싸네? 여기가 너네 집 화장실이냐?"

남자는 일우가 생각보다 더 강경하게 나오자 움찔하기는커녕 부끄러움도 모르고 꼬투리를 잡았다.

"씨발? 씨이이발? 너 지금 욕했냐?"

"어, 했다."

"하, 씨발. 다짜고짜 와서 지랄하는 것도 짜증 났는데 욕까지 해? 존나 어이없네? 경찰 불러!"

"욕 하나 들었다고 경찰을 부르네 마네 지랄하고 자빠졌네. 대한민국 경찰이 그렇게 할 짓 없는 줄 아냐. 특히 너 같은 양아치 새끼한테 쓸

시간 없어."

"경찰 부른다고 하니까 쪼는 것 봐라. 야, 뭐 해? 빨리 경찰 불러!"

"사과는 못할망정 어째 하는 말이 다 좋같냐. 그래, 불러라, 불러. 이 왕 부르는 거 법정까지 가자, 새끼야."

일우가 물러나지 않고 법정까지 운운하자 남자는 하, 기가 찬 숨을 뱉었다.

"아, 이제 알겠네. 얘랑 그렇고 그런 사이? 요즘 게이들은 다 저렇게 기생오라비처럼 생겼나? 씨발, 여자보다 훨 낫네!"

와하하학. 남자가 아주를 모욕하자 무리도 따라 웃었다. 상대를 저급한 말로 자기 수준까지 끌어내렸다고 같은 급이 되는 줄 아는 모양이지.

"……."

일우는 참을 때까지 참았다. 아주를 만지던 걸 목격하고도 먼저 때리지 않은 것만으로도 자신을 칭찬해 줄 만했다. 선영이었으면 이미 저 새끼 얼굴에 스크래치를 내고도 남았을 테니까.

거기까지 생각한 일우는 킥킥거리며 비웃음을 날리던 남자의 멱살을 가볍게 들어 올렸다.

"짐승하고 사람의 차이가 뭔지 아나?"

"이, 이 새끼가! 이거 안 놔?!"

"할 수 있음에도 하지 말아야 할 걸 알고 멈춘다는 거지. 너처럼 입으로 생각나는 대로 전부 배설하면서 사는 새끼랑 다르게."

갑작스레 멱살이 잡혀 버둥거리는 남자를 더 거세게 잡아 무력화시킨 일우가 음산한 목소리로 경고했다.

"내가 누구냐고 물었지. 네가 좆같이 더러운 손댄 애 형이다, 씨발.

평생 죽만 먹고 살기 싫으면 이 꽉 깨물어라."

아주와 일우의 관계가 가족이란 틀에 묶인 걸 안 남자의 눈에 공포가 서렸다. 실제 가족이 아니면 어떤가, 지금 이 순간 가족이란 명분만큼 때리기 걸맞은 이유도 없었다.

이어서 일우는 짐승처럼 행동한 대가로 남자에게 경고에 합당한 고통을 선사했다.

"아악!"

둔탁한 파열음이 주변을 울렸다. 근처에 있던 사람들은 이게 뭔 일이래, 하며 흥미로운 시선으로 지켜보다가 일우가 남자를 쥐어 패자 다급하게 직원을 불러왔다.

몰려오면 뭐 하나, 살벌함이 넘실거리는 일우를 나서서 말릴 수 있는 이는 아무도 없었다. 남자의 코에서 새빨간 코피가 흐르고 나서야 일우가 폭력을 멈췄다.

"코…… 코피……!"

"피 좀 흘린다고 안 죽어, 씹새야."

자기 코를 더듬으며 부들부들 떠는 남자를 바닥에 내팽개쳤다. 아직도 분이 풀리지 않지만 이 이상 때리면 단순 폭행이 아니라 상해로 넘어간다. 적어도 징역은 살지 말아야지 하면서 심신을 다스렸다.

바닥을 나뒹굴던 팝콘 과자를 주운 일우는 어느새 잠에서 깨서는 눈망울을 올망거리고 있는 아주에게 갔다. 보여 주지 말아야 할 걸 괜히 보여 준 느낌이다. 그런 게 한둘이 아니었지만, 이건 특히나 더.

아주의 잘못도, 일우의 잘못도 아니었으나 그냥 보여 주고 싶지 않다는 게 맞았다. 안 그래도 험하게 살았던 아주에게 좋은 것만 보여 주고 먹이고 싶었기 때문이다.

"풀떼기."

참을 때까지 참다가 폭력을 행사한 일우가 조금 후회하며 조심스레 아주를 불렀다.

"……영감님."

일우를 부르며 조심스레 안겨 오는 아주의 온기에 흥분과 분노가 차츰 가라앉았다. 아주가 자신을 피하지 않아서 안심됐다.

"과자 먹어."

일우가 아무 일도 없었다는 듯이 천연덕스레 팝콘을 건넸다. 아주는 일우 품에 안겨 과자를 조심스레 받아 들었다. 과자는 손으로 꽉 쥐는데 먹질 않는 걸 보니 마음이 더 좋지 않았다. 별 설명 없이 사람 패서 많이 놀랐나.

"놀랐어?"

아주는 대답하지 않았다. 눈을 내리깔고 고개를 젓기만 했다. 그 모습이 대답을 대신하는 것 같아 미안했다.

보물 숨겨 두듯 담요로 둘둘 말아 뒀는데도 누군가 손을 댔다. 앞으론 옆에 꽉 붙들어 둬야지, 1초도 자리 비우지 말아야지 하면서 마음을 다졌다.

그것도 잠시, 진정되지 않고 파르르 떨며 움츠리는 아주의 몸짓과 맞은 곳을 손으로 문지르는 남자를 겁에 질린 눈동자로 바라보는 걸 발견한 일우는 다시 할 말을 잃고 말았다.

"……."

남자가 몸을 만지던 순간에도 아주는 자고 있지 않았다는 걸 본능적으로 알아챘다. 누군가 자기의 몸을 더듬는 그 순간에, 겁에 질려 가만히 있었던 것뿐이었다.

"……다 뒤졌어."

아주를 만지던 새끼들이 겁에 질린 피부의 떨림을 알아채지 못했을 린 없고, 이제 보니 일부러 무시한 거였다. 그래서 더 왁자지껄 떠들면 서 웃고, 대범하게 만졌던 거고. 악질도 이런 악질이 없었다.

검사라는 직업이 일우의 브레이크를 걸었는데 이 순간 이후로 어떤 상관도 없었다. 좆 까.

남자가 아주를 게임의 대상으로 삼은 것도 충분히 불쾌했는데, 이건 더했다. 일우의 이성이 날아가기 충분했다.

아주를 꽉 끌어안았던 일우가 음산한 목소리로 중얼거리며 여전히 바 닥에 엎어져 있는 남자에게 성큼 다가갔다. 일우가 남자에게 다가갈 때, 아주는 팝콘을 소중하게 더 꼭 쥐었다. 불안한 눈빛이 흔들렸다. 눈동자 에서 공포와 두려움, 걱정이 동시에 읽혔다.

"야."

"왜, 왜 자꾸 그러세요!"

"말했잖아. 네가 만진 애 형이라고."

"내가 언제요! 제대로 알지도 못하면서 이렇게 다짜고짜 사람 때려도 되는 거야?! 너 뭐 하는 새끼야!"

"네가 알아야 되는 건 사람 잘못 건드렸다는 것뿐이야, 씨발."

일우가 남자의 멱살을 다시 잡으려고 하자 남자는 발작하듯 펄쩍 뛰 며 반항했다.

"아니! 말, 말로 해요! 말로!"

"말로 할 거였으면 아예 안 때렸지. 너 이리 안 와?!"

남들이 쳐다보든 무슨 생각을 하든 지금 일우에겐 상식이 통하지 않았 다. 일우의 머릿속엔 아주의 몸을 만진 저 새끼를 죽이든 살리든 어떻게 해야겠다는 그 생각뿐이었다.

남자의 반항은 맥없이 허물어졌다. 결국 일우에게 다시 멱살이 잡힌 남자가 앞으로 다가올 폭력에 바들바들 떨었다.

안쓰러움 따윈 없었다. 저기 구석에서 떨고 있을 아주가 일우에겐 가장 중요했고, 가장 안쓰러웠으니까.

"지금부터 거짓말할 때마다 치아 하나씩 나간다. 임플란트로 수천 쓰기 싫으면 대답 잘해."

조금 전까지 무리의 우두머리 격으로 앞장서 아주를 추행했던 놈이 일우한테 몇 대 맞았다고 무기력하게 고개만 끄덕이는 모습을 보니 한심하기 짝이 없었다.

남자는 서열의 동물이라고 한다. 본능적으로 새로운 사람을 만나면 무조건 서열부터 매긴 뒤 자기보다 위면 찬양을, 아래면 낮잡아 본다. 그들에게 아주는 서열을 매길 필요도 없는 욕정 덩어리, 혹은 아무렇게나 만져도 되는 인형 그 이상도 아니었다. 애초에 사람으로 보질 않았다.

아주를 만질 때 아주가 깨어 있다는 걸 분명 알았을 거다. 그걸 알면서도 더 대담하게 만졌다는 사실 하나로도 일우의 손에 묵사발이 되기 충분한 이유였다.

"쟤 만졌어, 안 만졌어."

일우가 한 손으로 멱살을 틀어쥐고 아주를 향해 고개를 까딱했다.

"안 만……!"

빠악! 광대뼈를 직통으로 때린 주먹이 엄청난 소리를 냈다.

"다시 묻는다. 만졌어, 안 만졌어."

"만, 만졌어요! 만졌다고요!"

"어디 만졌어."

"다, 다리……!"

아무래도 남자는 치아를 새로 싹 갈고 싶어서 안달 난 것 같았다. 일우의 신경 줄이 탁, 끊어지는 소리가 들렸다.

"씨발, 내가 방금 다 봤는데 어디서 발뺌이야. 나 양쪽 시력 2.0이야."

일우가 본 게 착각이고 남자가 무고하다면 차라리 눈알을 파겠다는 기세로 몰아붙였다. 이번에 때린 건 코였다.

"어, 어흑……."

남자는 무척 아픈지 눈물을 줄줄 흘려 댔다. 코피와 눈물이 뒤엉켜 꼴이 아주 볼만했다.

"다시 묻는다. 어디 만졌다고?"

"허, 허벅지랑……."

"허벅지랑."

"성, 성……."

"나 인내심 존나 짧아. 제대로 말 안 하면 너 죽일지도 모른다."

일우가 멱살 잡고 짤짤 흔들며 겁박하자 겁에 질린 남자가 소리를 빽 질렀다.

"고추요! 고추 만졌어요!"

그때 남자의 멱살을 잡은 일우가 대리석 바닥에 남자의 안면을 쾅 내려쳤다. 까악! 주변에서 끔찍한 비명이 흘러나왔다.

"거짓말 안 했는데……!"

"닥쳐. 앞으로 넌 평생 음식물 못 씹을 줄 알아라."

싸한 일우의 목소리가 앞으로 일어날 유혈 사태를 대변하는 듯했다.

* * *

맞고 있던 남자에게 다행인지, 폭행죄로 연행되기 직전인 일우에게
다행인지 사람 하나 죽이기 전에 경찰이 들이닥쳤다. 이러다 큰일 나겠
다 싶은 직원이 신고한 거였다.

'이 사람이 갑자기 나타나서 절 죽일 듯이 팼다고요!'

남자는 실수로 사람 만진 것 가지고 갑자기 얻어맞았다며 하소연했고
일우는 여전히 입으로 똥 싸는 남자를 하찮게 바라보며 자초지종 설명했다.

'사람이 아니라 짐승을 때렸을 뿐입니다.'

하이라이트는 남자를 사람 취급도 안 하는 일우였다.

'알겠으니까 일단 가서 얘기하시죠.'

한껏 비아냥거리며 근처 지구대로 인계된 일우와 아주는 지구대에 들
어서자마자 '허 참'을 반복하며 욕하는 경찰을 만나 볼 수 있었다.

"아, 새끼들. 너네 얼굴 보기도 지겹다. 고만 좀 와라, 고만!"

한심하다는 듯이 혀를 차는 것도 한두 번 있었던 일이 아닌 듯했다.

"아, 이번엔 내가 때린 거 아녜요! 나 피해자라고요!"

남자는 이곳이 익숙한 듯 자리를 찾아 앉았다. 이어서 남자 옆에 나
란히 앉은 일우가 신분증을 내밀며 기본 인적 사항을 읊었다.

"이름 현일우, 주민 번호 앞자리 861205입니다."

"직업은요?"

"검삽니다."

일우는 수사가 자기 일이라서, 남자는 사고 치고 여러 번 들락날락해
서 서에 익숙하다는 것이 그들의 차이였다.

"생, 생긴 건 무학력으로도 살아갈 새끼가 존나 고학력이고 지랄이야."

일우의 말을 들은 남자가 볼품없게 중얼거렸다.

"칭찬 존나 고맙네."

전혀 안 고마웠다.

남자와 일우가 입만 열었다 하면 비아냥거리기 일쑤라 경찰은 손을 휘휘 저으며 둘 사이를 중재했다.

"넌 형이 형산데 이러고 다니고, 안 부끄럽냐? 너나 잘해, 너나. 거 그쪽은 검사씩이나 돼서 사람을 왜 그렇게 팹니까?"

경찰이 남자에게 으름장을 놓으며 조용히 시키고는 볼펜 끝으로 남자의 얼굴을 가리켰다.

"안 그래도 못생긴 얼굴인데 아주 개떡이구만."

못생겼다는 경찰의 말이 더 아픈지 남자가 욕을 중얼거리며 입꼬리를 씰룩였다. 웃을 법도 한 그 말에 일우는 실소도 머금지 않았다.

"난 금수만도 못한 놈은 몰라도 사람은 때린 적 없습니다. 내 폭행 문제 조사하기 전에 저 새끼가 애 성추행한 것부터 조사하세요."

이 근방에서 사고뭉치로 유명한 남자가 온 것부터 보통 폭행은 아니겠다 싶었는데, 성추행이 얽힌 줄은 몰랐던 모양이다. 일우의 말을 들은 즉시, 경찰은 '이거 시간 좀 걸리겠구만' 하는 얼굴로 머리를 짚었다.

일우는 검사 신분으로 폭행죄로 처분받을지도 모르는 이 상황에서 소파에 앉아 축 가라앉은 아주만 신경 썼을 뿐이다. 풀떼기 밥도 안 먹었는데. 시간 존나 잡아먹겠네.

* * *

길지 않은 조사를 끝내고 추후에 담당 형사가 배정되면 관련 경찰서에서 재소환할 거라는 통보를 들었다. 그날 조사받기 힘들면 올 수 있는 날짜로 재조정할 수 있다는 기계적인 설명도 함께였다. 일우가 피의자나 참고인에게 습관처럼 빼놓지 않고 하던 말을 반대로 듣고 있자니 기분이 묘했다.

아주를 만졌던 남자에 대한 신상도 알 수 있었다. 남자가 이제 막 스물하나 먹었고 이름이 김민재라는 것, 학생 때 친구들과 치고받으며 자주 싸워서 이 동네 유명 인사라는 것, 나이 차이 많이 나는 형이 형사라는 것까지 말이다.

둘의 사정을 들은 경찰은 최대한 합의를 종용했다. 일우는 그럴 생각이 없었고, 아직도 억울하게 얻어맞았다고 주장하는 김민재도 마찬가지였다. 의견이 좁혀지질 않으니 경찰도 그만 귀가들 하라며 돌려보냈다.

일우는 소파에 앉아 기특하게 졸지도 않고 몇 시간을 꼬박 기다린 아주를 달래 차에 태웠다. 앉아 있을 때도 표정이 영 좋지 않더니 차에 단둘이만 남자 울음을 팡 터뜨렸다. 왜 우는지 알 것만 같아 말이 더 험하게 나갔다.

"울지 마, 씨발. 네가 뭘 잘못했다고 질질 짜."

풀떼기 네가 뭘 잘못했는데. 잘못한 거라곤 제 성질 못 이겨서 주먹 휘두른 일우나 손모가지 간수 안 하고 놀린 김민재란 씹새끼뿐이었다.

"그래도…… 영감님이…….”

"대한민국에서 검사는 쉽게 벌 안 받아. 걱정할 거 없어."

거짓말이 술술 나왔다. 믿는 구석이라곤 쥐뿔도 없고, 거대한 백 같은 건 더더욱 없다.

"거짓말."

"진짠데. 내가 그런 것까지 계산 안 하고 사람 팼을 거 같냐."

능력을 쓰며 평생 섹스 중독자 같은 부작용에 시달렸어도 이런 식으로 성질머리 터뜨린 적은 없었다. 그것도 대낮에 사람 많은 곳에서 보란 듯이 말이다.

"그러니까 울 필요 없어."

수습하는 게 귀찮긴 하겠으나 후회는 없었다. 오히려 더 쥐어 팰걸 하고 아쉽기만 했다.

"……진짜죠?"

"내가 너한테 이런 거로 거짓말해서 뭐 하게. 하여튼 의심만 많아 가지곤."

일우가 다시 이전처럼 픽 웃으며 농담을 던지자 아주도 그제야 울음을 그치고 웃었다.

뒤늦게 풀떼기 너는 괜찮냐고 물으려던 일우가 말을 줄였다. 너라면 그런 일 당하고도 괜찮겠냐, 등신아.

단순히 입장 바꿔 생각하는 걸 떠나서 아주가 보여 준 행동이 그랬다.

경찰이 성추행으로 김민재를 신고할 거냐고 아주에게 물었을 때 머뭇거리긴 했어도 결국 고개를 끄덕이며 신고 의사를 명백히 밝혔다. 정말 괜찮았다면 전에 돈 뺏기고 맞은 것도 모자라 취객으로 오인당해 경찰서에 잡혀서 일우한테 연락했던 것처럼 넘어갔겠지. 이번 일은 전혀 괜찮지 않은 거였다.

"……."

그러고 보면 그때는 귀찮고 번거로운 게 싫어서 아주가 무적자라는 이유로 신고도 하지 않고 대충 경찰서에서 빼내 왔는데 지금은 그런 건 하나도 신경 쓰지 않았다. 애초에 고려 대상에 들지도 않았다.

알고 지낸 지 얼마나 됐다고 벌써 이렇게 감싸고도는지. 정 안 들려고 무던히 노력했다고 생각하는 것과 달리 이미 집에 들인 것부터 게임 끝난 거였다. 풀 수 없는 올가미에 단단히 얽매인 기분이었다. 근데 어쩐지 나쁘기는커녕 오히려 마음이 평온했다.

"풀떼기."

"큿, 네."

아주가 코를 훌쩍이며 대답했다.

"갈비 먹고 들어갈까?"

양념갈비 세 판을 구워 먹고 냉면까지 야무지게 드신 아주는 집에 가던 길에 일우를 잡아 세워 서른 가지 맛 아이스크림 매장을 털었다.

저러다 배탈 나겠네 싶게끔 아이스크림을 퍼먹던 아주가 뜬금없이 씻는다며 욕실에 들어간 뒤로 한 시간째 감감무소식이었다.

찜질방에서 찜질만 하고 제대로 씻지도 못하고 나와 오래 걸리나 싶었으나, 곰곰이 되짚어 보면 아주는 원래 깔끔한 성격이 아니었고 자기가 나서서 씻는다고 할 사람은 더더욱 아니었다. 변덕 부려서 씻고 싶어졌다고 한들 한 시간까지 걸릴 것도 없었다. 별생각 없이 누워서 TV를 보던 일우가 벌떡 일어나 욕실 앞에 갔다.

"풀떼기, 자냐?"

처음엔 평범한 노크였다.

"안 자면 문 좀 열어 봐."

안에서 찰박찰박하는 물소리는 들려도 대답은 없었다. 뭐야? 일우가 문고리를 찰칵찰칵 돌렸다.

"야, 도대체 뭐 해?"

쾅쾅쾅. 노크에서 침입으로 바뀌기까지 1분도 채 걸리지 않았다. 애가 살아는 있는 건가 싶은 생각까지 도달하자 문고리가 괴성을 내며 망가졌다.

습기로 가득 찬 욕실 안으로 들어간 일우는 욕조에 헐벗고 앉아 있는 아주를 발견할 수 있었다.

"찜질방에서 목욕하라고 할 땐 안 하더니 이젠 집에서 목욕하냐."

한 시간 넘게 앉아 있느라 다 식어 빠진 물속에서 애처롭게 눈물을 뚝뚝 흘리는 아주를 말이다.

"왜 또 울어."

"……안 울어요."

"네 눈에서 흐르는 게 눈물이 아니면 뭐 보석이라도 돼?"

"크흥! 안 운다니까요!"

"예, 그러시겠죠. 눈물도 흘리고 코도 풀었지만 울지 않으셨어요."

일우가 옆에 걸려 있던 수건으로 눈물로 얼룩진 아주의 얼굴을 닦아 줬다.

"안 춥냐."

"……안 추워요."

"가만 보면 거짓말을 밥 먹듯이 하는데 잘하진 못해."

"킁, 누가요."

"네가요."

울음에 젖은 코맹맹이 소리로 반박해 봤자 하나도 무섭지 않았다.

"다리 접어. 물 뜨겁다."

아주가 얌전히 다리를 접었다. 일우가 배수구를 열어 식은 물을 조금 빼내고 뜨거운 물을 틀었다. 콸콸 김이 솟는 물이 욕조로 떨어지자 훈기가 돌았다.

욕조에 걸터앉은 일우가 물 온도를 체크하더니 물었다.

"갈비 별로였어? 앞으로 거긴 가지 말까?"

"맛있었어요."

"그럼 아이스크림이 별로였나. 거기 직원 추천대로 담은 건데. 맛없었다고 항의해?"

"그런 거 아니에요."

"그러면 더 때릴 걸 그랬나?"

"……."

"괜히 살려 뒀지. 그냥 죽일걸."

"무서운 말 하지 마요."

"네가 무서운 것도 있냐. 오늘 처음 알았네."

일우가 바람 빠지는 소리를 내며 웃었다. 아주는 다리를 끌어안고 무릎 위에 고개를 얹었다. 파리했던 안색이 따뜻한 물에 데워져 혈색이 돌았다.

"물 아껴 써라."

물에 푹 젖은 아주를 보던 일우가 딱밤을 때리며 가볍게 경고했다.

"영감님이 물 틀었으면서 치사해요."

불퉁한 얼굴로 욕조 안에 얼굴을 푹 담근 아주가 다시 물 밖으로 나왔다. 발갛게 달아오른 뺨과 몽롱하게 풀린 눈이 일우를 향했다.

"너 그러다가 쓰러진다. 고집 그만 부리고 좀 나와."

"……더럽잖아요."

"뭐가."

아주는 대답하지 않고 다시 욕조 속으로 도망쳤다.

"아오, 이게 자기가 물고긴 줄 아네."

미련하게 숨을 꾹 참는 아주를 보다 못한 일우가 맨들거리는 겨드랑이에 손을 끼우고 아주를 위로 들어 올렸다.

"푸하!"

털에 묻은 물기를 터는 강아지처럼 부르르 떠는 아주의 얼굴을 닦아 준 일우는 아주가 피하고자 했던 주제를 꺼냈다.

"더럽기는 개뿔. 봐, 네 손으로 내 좆 좀 만졌다고 내가 좆을 한 시간 동안 박박 씻어야겠나?"

"……아니요."

속을 훤히 들킨 마당에 부정할 필요를 못 느꼈는지 아주가 고개를 저으며 대답했다.

"반대로 내가 네 거 좀 만졌다고 그래야 돼? 씨발, 존나 창의적으로 이상하게 생각해. 네가 잘못한 거 없고, 더러울 것도 없어. 그냥 앞으론 널 만진 놈이 있으면 널 탓하거나 이런 식으로 박박 씻을 게 아니라 널 만진 새끼 손을 잘라 버린다고 생각해. 그게 맞는 거야."

열변을 토하는 일우를 아주가 물기 어린 시선으로 바라봤다.

"지나가다가 얻어맞았으면 널 때린 새끼를 욕해야지, 내가 맞을 짓 했나 고민할 게 아니라고."

"그런 고민은 안 했어요."

"지랄하네. 네가 하는 짓이 고민이랑 똑같아."

"계속 생각나는데 그럼 어떡해요!"

"뭐 어떻게 해 줘. 더 때려 줘?"

"……아까 그 사람 피 날 때까지 때렸잖아요."

"그래서 싫었어?"

"아뇨. 좋았어요."

"그게 더 때리라는 말이랑 다를 게 뭐냐."

일우가 건넨 농담에 기분이 조금 풀렸는지 입을 삐죽대면서도 웃는 아주를 발견할 수 있었다.

"원한다면 또 때려 줄 테니까 그만 나와. 물속에 너무 오래 앉아 있으면 안 좋아."

"그래도…… 조금만 더 있을래요."

"고집은, 씨발. 너 손 좀 봐라. 이게 사람 손이냐? 오이지지?"

아직도 고집 피우는 아주의 손을 잡아 확인했다. 쪼그라든 손끝을 보며 혀를 찼다. 그것뿐만이 아니었다.

자기 딴엔 남자의 손길을 지워 보겠다고 박박 문지르며 닦느라 발갛게 쓸린 피부가 눈에 띄었다. 배 쪽은 아직 멍 자국이 남아 있어 아플 텐데 참 열심히도 문질렀다.

"바로 없앨 수 있는 방법이 있긴 한데."

한숨을 삼킨 일우가 잠시 고민하다가 해결책이랍시고 하나 꺼냈다.

"어떻게요?"

"말하면 네가 날 존나 변태 새끼로 몰 것 같아서 그냥 말 안 할란다."

변태도 그냥 변태가 아니라 상변태 취급당할 것 같다.

"영감님 변태 맞잖아요."

"에이, 씨발."

첫 단추를 잘못 끼웠더니 끝까지 이런다. 일우가 죽어도 잊지 못할 것 같았다. 거기서 자위 쇼 벌인 내가 미친놈이지, 미친놈.

자학하던 일우가 '이걸 입 밖으로 꺼내 말아' 하다가 얘기했다.

"내가 만져 줄게."

일우가 보여 줬으니 아주도 보여 줘야 한다는 눈에 눈, 이에는 이 같은 함무라비 정신 때문은 아니었다. 타인이 날 만지던 기억이 불쾌한 거면 반대로 좋은 기억으로 덮어 주면 되지 않을까. 아주가 받아들이냐가 문제였지 굉장히 단순하고 즉효를 나타내는 방법이었다.

"영감님…… 나 몸 안 팔아요."

얼굴이 순식간에 질린 아주가 구운 오징어처럼 몸을 배배 꼬아 말면서 가슴을 두 손으로 가렸다. 눈은 일우를 거의 쓰레기 취급하고 있었다. 평소에 바라보는 시선하고 크게 다를 것도 없었지마는.

"안 사, 안 산다고."

"남자도 안 좋아하는데."

"나도 안 좋아해, 씨발."

대답을 하고 나서 가슴 어딘가가 뻐근했으나 일우는 아주 때문에 생긴 신경통으로 치부하고 훌쩍 넘겼다.

"그럼 사람 걱정시키지 말고 10분만 더 있다가 나와. 제때 안 나오면 경고 없이 끄집어낸다."

아주 조금 속내를 드러냈을 뿐이다. 바싹 다가간 것도 아니었다. 일우의 검은 속내를 알아챈 것처럼 머뭇거리는 아주의 모습에 일우는 본전도 찾지 못하고 그대로 물러섰다. 더 있다간 일우 본인이 일을 칠 것 같단 생각에 황급히 나가려던 찰나, 아주가 일우를 불렀다.

"영감님이 만져 주는 건…… 달라요?"

생략된 주어를 정확히 알아들은 일우가 행동을 멈추고 아주를 돌아봤다.

"다르겠지."

"그게 다예요?"

"그럼 뭐라고 말하냐. 나 자위 잘하니까 믿고 맡겨 달라고 영업이라도 하리?"

"그런 건 아니더라도 설명은 해 줘야 하잖아요."

어이가 없었다. 누가 보면 아주의 성기를 만지고 싶어 안달 내는 줄로 알겠다. 표면적으론 절대 아니었지만, 숨겨진 속내로는 맞았다. 그래서 더 격하게 반응했다. 아주가 그런 눈치는 없어 다행이지, 선영이었다면 다 들키고 말았을 것이다.

"아, 씨발. 그만 지랄하고 할 거면 눈 감고 말 거면 말아."

더 말해 봤자 일우만 손해라는 생각이 들었다. 좆 좀 만져 주는 것에 언변까지 탑재할 필요는 없지 않나. 까놓고 말해 이달의 영업왕 타이틀을 거머쥘 것도 아닌데.

"뭐, 내 얼굴 보고 싶으면 눈 떠도 되고."

와중에도 일우는 농담을 잊지 않았다. 아주는 이번엔 착실하게 일우의 얼굴을 보지 않으려 눈을 감았다. 미꾸라지처럼 일우의 말을 잘도 피하던 아주가 말이다. 어이가 없었다.

손을 따뜻한 물속에 집어넣었다. 하반신은 욕실 바닥에 주저앉고, 상반신은 욕조에 걸친 일우가 아주의 성기를 붙잡았다.

"……으흣!"

붙잡는 순간 반응이 대단했다. 바로 고개를 드는 성기나 아주에게 흘러나온 신음까지. 두 눈을 꼭 감은 채 입을 틀어막는 모습이 심히 외설적이라 일우도 잠시 쳐다볼 정도였다.

일우가 아주의 성기를 쓸어내린 첫 감상은 맨들맨들하다, 였다. 자긴 수염 안 난다던 아주의 말이 떠올랐다. 진짜 무모증이네.

두 번째 생각보다 크기가 크다는 것. 순둥한 외모와 달리 아래는 꽤 튼실했다. 성기 크기로 성장을 가늠하게 될 줄은 몰랐는데.

"흐, 흐으⋯⋯."

귀두 틈새를 손끝으로 살짝 긁자 아주가 일우의 팔을 꽉 붙들었다. 그냥 좀 기분 좋게 해 주고 끝내려 했으나 아주의 반응이 꼭 괴롭히고 싶게끔 했다.

동그란 구슬처럼 예쁘게 붙은 두 쪽의 불알을 거머쥔 채 기둥을 살짝 힘주어 위아래로 흔들었다.

"하, 으응, 아!"

백자지인 게 크기도, 감도도 좋다. 창피해서 소리를 참는 것까지 일우의 마음을 묘하게 동요케 한다.

"⋯⋯너무 느끼는데."

미친 짓을 서슴지 않던 10대 때도 하지 않던 짓인데, 불쾌하긴커녕 어째 정성을 다하게 됐다.

"⋯⋯아!"

아주의 발끝이 둥글게 곱을 때 단단히 곧추섰던 성기가 울컥, 희뿌연 점액질을 토해 냈다. 일우는 휘몰아치는 사정감을 이기지 못하고 입술을 꽉 깨무는 아주의 얼굴을 바라봤다.

투명한 물속에 퍼지는 불투명한 점액질을 휘휘 저어 흐트러트린 일우가 아주의 뺨을 툭 건드렸다.

"끝났습니다, 손님."

"⋯⋯."

"그만 멍때리고 씻고 나와."

"⋯⋯영감님."

"왜."

"영감님이 왜 자위했는지 알겠어요."

"갑자기 뭔 개소리야."

"……기분이 좋아요."

느른해진 얼굴로 배시시 웃으며 말하는 게 너무 솔직했다.

"그게 경험자랑 무경험자의 차이야, 뼈에 새겨라."

기분이 좋을 수밖에, 당연했다. 일우가 몸으로 익힌 지식이 몇 개며 세월이 몇 년인데.

"나도 가르쳐 줘요."

그렇다고 이런 반응은 예상하지 못했다. 섹스를 하는 것도 아니고 테크닉을 알려 달라, 그것도 자기 좆 잡고 흔드는 자위를?

"이게 물속에 좀 있었다고 뇌까지 생선화 됐나. 미친 소리 하네. 가르쳐 주긴 뭘 가르쳐 줘?"

황당함에 일우가 흐르는 물에 손을 씻다 말고 아주를 향해 물을 튕겼다. 때아닌 찬물 세례를 당한 아주가 소리쳤다.

"아, 차거!"

"머리에 뇌 수납하고 다녀라."

가만 보면 아주는 머리에 뇌가 들어갈 공간 자체가 없는 것 같다. 영글러 먹었다며 고개를 휘저은 일우가 욕실을 나섰다.

나간 뒤, 가만 문 앞에 서 손바닥에 남은 감각을 헤아렸다. 물속에서도 느껴지는 솜털도 없는 듯한 부드러운…….

거기까지 생각했을 때 일우는 욕을 뱉을 수밖에 없었다.

"……씨발, 별 진짜…….″

활짝 편 손바닥 아래로 보이는, 살짝 치솟은 자신의 아래를 발견한 탓이었다. 전혀 예상하지 못한 현상에 일우가 이마를 짚었다.

＊　＊　＊

"어! 수박이다. 영감님, 수박 먹어 봤어요?"

벌써 세 번째다. TV에 뭔 음식만 나오면 어, 뭐뭐. 먹어 봤어요? 기계도 아니고 계속 그 말만 반복했다. 앞선 두 음식은 삼겹살과 갈비로, 갈비는 '어제 사 줬잖아' 하면서 구박했고 삼겹살은 나중에 사 주겠다고 약속했다.

"난 못 먹어 봤는데."

"……."

수박을 못 먹어 봤다는 아주의 말에 턱을 괴고 소파에 길게 누워 있던 일우가 몸을 일으켰다.

"무슨 맛이에요?"

바닥에 주저앉아 TV 속 수박을 가리키며 맛을 묻는 아주를 내려다봤다. 오늘은 좀 쉬려 했더니, 어째 아주는 일우가 가만 누워 있는 꼴을 못 본다.

"일어나."

"왜요?"

"마트 가게."

트레이닝복 차림에 모자까지 쓴 채 마트로 향한 일우는 이왕 온 거 텅 빈 냉장고도 채우고 아주가 당장 입을 옷이라도 대충 사자는 생각이었다.

"사람 많으니까 어디 가지 말고 옆에 붙어 있어."

일우는 아주가 쓴 모자챙을 잡아 누르며 가볍게 주의했다. 아주도 고개를 끄덕였다. 대답을 듣고 나서 일우가 모자를 놔주곤 매장 입구 옆에 비치된 카트를 하나 꺼내 끌었다.

"너 입을 옷도 사야 되는데. 어디부터 갈래."

슬슬 앞으로 걸어가면서 아주에게 물었는데 돌아오는 대답이 없었다. 주변을 돌아보니 저 멀리 동물 병원을 기웃대고 있었다.

"씨발, 사라지지 말라니까 말 존나 안 듣지. 야, 풀떼기!"

"네?"

동물 병원 창문 너머 있는 강아지를 구경하던 아주가 뒤늦게 부름에 대답하며 쫄래쫄래 돌아왔다.

방금 사라지지 말고 옆에 있으라고 했는데 언제 저길 갔대. 개미지옥 같은 식품 매장을 먼저 갔다간 아예 나오지도 못할 것 같았다.

"너 하는 꼴 보니 답이 나오네. 옷 먼저 사자."

일우는 아주의 팔을 질질 끌고 1층으로 향했다. 비싸고 좋은 옷은 나중에 선영한테 부탁해 사는 것으로 하고, 당장 입을 거라도 몇 벌 살 생각이었다.

오죽하면 잠옷으로 입을 것도 없어서 선영이 사다 준 I♥NY 티셔츠를 입고 살까. 솔직히 말하면 일우가 건네주긴 했지만 끔찍한 그 티셔츠를 그만 보고 싶기도 했다.

1층에 들어서기 전에 카트를 빼내고 안으로 들어갔다. 전자 제품 매장을 지나 바로 남성복 코너로 향했다.

"야, 풀떼기. 이거 입어 봐."

일우가 주황색과 아이보리색이 적절히 섞인 후드 티를 건넸다.

"여기서요?"

"위에 입으면 되잖아."

아주가 입고 있던 티 위로 후드 티를 걸쳤다. 품이 조금 크긴 하지만 지금 입고 있는 일우의 옷보단 나았다. 일우 옷은 너무 커서 아주의 몸을 다 가리고도 남았기 때문이다. 일부러 그렇게 입는 패션도 있다지만, 아주에게는 어울리지 않았다.

"괜찮네. 이거 사자."

"좋아요."

"웬일로 한 번에 좋다고 하냐."

"색이 마음에 들어요."

아주가 배시시 웃었다. 집에 있는 치약 색이 안 예쁘다고 할 땐 언제고 방금 골라 준 후드 티는 또 마음에 든단다. 안 좋아하는 것보단 나아 별말 하지 않고 카트에 넣었다.

비슷한 사이즈로 가볍게 입을 만한 티셔츠와 후드 티를 몇 개 더 고르고, 청바지도 두어 벌 넣었다. 제일 필요한 잠옷도 귀여운 거로 하나 샀다.

"싫어요!"

"왜, 귀여운데?"

오리 캐릭터가 그려진 파자마였는데 일우가 자기 입으라고 고른 걸 바로 눈치챈 아주는 싫다고 오만 땡깡을 다 부렸다.

"너랑 똑같은데? 봐라, 주둥이 나온 거."

싫다는 아주를 실컷 놀려 먹은 일우는 잠옷을 카트에 집어넣는 것으로 화룡점정을 찍었다.

조용히 뒤에 따라오나 싶던 아주가 카트 안에 넣어 두었던 잠옷을 들고 도망가 제자리에 두고 오면서 잠깐 실랑이가 있었지만, 잘 마무리됐다. 아주가 원하는 디자인의 잠옷을 추가로 샀기 때문이다.

"너는 앞으로 소고기는 냄새도 맡지 말아야 돼. 씨발, 황소고집 새끼."

일우는 욕했지만 소기의 목적을 달성한 아주는 이래도 좋고, 저래도 좋았다.

"영감님, 나 이거 사 줘요."

이젠 다른 옷을 사 달라고 조르기까지 하는 여유를 보일 정도였으니 말 다 했지.

"네 돈 주고 사라."

일우가 싫다고 해도 아주는 막무가내로 카트에 집어넣었다. 아무래도 카트에 집어넣으면 계산하는 시스템이라고 이해한 모양이다. 빼면 그만 인 건 모르고 말이다.

필요한 건 거의 담은 일우가 팔랑팔랑 마트를 누비는 아주를 붙잡아 계산대로 향했다.

"다 해서 63만 5,000원입니다."

"여기요."

"카드 받았습니다. 할부하시나요?"

"아뇨. 아, 봉투 주세요."

"종이봉투는 없고 종량제만 있는데, 몇 장 드릴까요?"

"두 장이요."

마트 직원이 건넨 종량제 봉투를 받은 일우는 계산한 옷을 접어 하나 씩 집어넣었다. 얌전히 옆에서 지켜보고 있던 아주가 쓰레기봉투에 옷 을 넣는 걸 보고 놀라 펄쩍 뛰었다.

"이거 쓰레기봉투잖아요!"

"그게 왜."

"방금 산 옷을 왜 버려요?"

마트 직원도, 일우도, 그 뒤로 계산을 기다리던 사람들도 푸흡, 웃음을 터뜨렸다.

"학생, 버리는 게 아니라 담는 거야. 정부에서 일회용 비닐봉지 못 쓰게 하거든. 그래서 쓰레기봉투 사서 비닐봉지 대신 쓰는 거야. 재활용할 수 있으니까."

나이 든 마트 직원이 친절하게 설명했다. 이런 것까지 하나씩 설명해야 하나 싶은 충격에 일우는 잠시간 허공을 바라봤다.

"……그런 거예요?"

"그래, 인마."

설명을 들은 아주가 자기가 오해했단 걸 알고 물었다. 일우도 아주가 쓴 모자 위로 가볍게 꿀밤을 놓으며 답했다. 옷이 꽉 들어찬 쓰레기봉투 두 개를 잘 묶어 카트에 던졌다.

"버리는 줄 알았어요."

"돈 주고 산 걸 왜 버려."

일우가 어이없음이 반쯤 섞인 웃음을 지으며 물었다. 의도치 않게 실소가 계속 흘러나왔다.

"누가 봐도 쓰레기봉투잖아요……."

아주가 침울하게 아까 산 잠옷에 그려진 오리처럼 주둥이를 내밀었다.

일우가 주둥이를 붙잡고 고개를 숙여 아주와 눈을 맞췄다. 서로 모자를 쓰고 있어 비스듬히 고개를 꺾어야 했다.

"누가 뭐라고 했냐. 오해할 수도 있지. 입 그만 삐죽대. 수박 사러 가게."

아주가 입을 붙잡힌 채로 고개를 위아래로 끄덕였다. 일우도 그제야 놔줬다. 살짝 부어오른 입술을 손으로 슥슥 만지던 아주가 중얼거렸다.

"아파요."

"아프라고 한 거야."

일우가 악동처럼 장난스레 웃었다. 그런 일우를 노려보던 아주가 식품 매장으로 향하는 에스컬레이터 끄트머리에서 카트를 쭉 미는 일우의 발뒤꿈치를 슬쩍 밟았다. 밟힌 느낌에 뒤돌아본 일우는 태연히 고개를 돌리는 아주를 발견할 수 있었다.

"연기할 거면 잘 좀 하든가. 존나 티 나네."

아프지도 않았다. 아주가 몇 톤 트럭쯤 된다면 얘기가 달라지겠지만 일우가 가뿐히 들 수 있을 만큼 가벼운 아주는 해당 사항이 없다.

"잠시만요, 구매 완료 스티커 붙여 드릴게요."

"예."

식품 매장으로 들어서려는 일우를 막아선 직원이 쓰레기봉투 두 개 위로 구매 완료 스티커를 하나씩 붙여 줬다.

"이거 왜 붙이는 거예요?"

"물건 훔칠까 봐 그러는 거야."

"저런 거 안 붙여도 난 잘 훔칠 수 있는데."

"나한테 잡힌 새끼가 지랄하네. 너 또 그러면 이번엔 내가 집어 처넣을 거야. 조심해라."

이상한 포인트에서 의기양양한 아주의 말을 일우가 싹도 트지 못하게 조목조목 밟았다. 물론 말하는 한편으론 그런 생각조차 하지 못하게 물심양면으로 잘해 줘야 한다는 것도 알았다.

상처는 사람을 성장하게 해 주지만, 오래 남는다. 어쩌면 평생.

반대로 칭찬은 사람을 손쉽게 성장하게 해 준다. 심지어 칭찬은 오래 남으면 남을수록 좋다.

긍정은 긍정을 낳고, 부정은 부정을 낳는다. 일우는 굳이 아주를 나쁜 일에 끌어들여 성장시킬 필욘 없다고 봤다. 오늘 집에서 잘 쉬다 수박을 사러 온 것도 그에 대한 연장선이었다.

"근데 수박이 있으려나 모르겠다."

별생각 없이 마트에 왔는데 생각해 보니 벌써 9월 말이다. 수박이 나오다가도 들어갈 날씬데, 수박이 있으려나, 일우가 신선 코너를 휙 둘러봤다.

"이거 아니에요?"

아주가 가리킨 곳을 바라보니 수박이 있었다. 그것도 프리미엄 라벨까지 붙어 있었다.

"미친, 수박이 이 날씨에 있네."

대한민국 과학 만만세였다. 과학의 발전은 가을에 수박을 먹게 해 줬다. 비록 프리미엄 라벨이 붙어 평소보다 두 배는 비쌌다만, 가격은 일우의 선택을 가로막지 못했다.

수박을 카트에 넣고, 정육 코너에서 아주의 참견대로 삼겹살이며 소고기며 종류별로 쓸어 담은 일우가 이번엔 반찬 코너에 서서 아주가 좋아할 만한 걸 골랐다. 대부분 나물이나 장아찌류라 일우가 카트에 담은 건 몇 개 안 됐다.

"학생, 이거 하나 먹어."

일우가 그러는 동안 아주는 온갖 시식 코너를 점령했다. 모자를 눌러써도 가릴 수 없는 예쁜 외모와 살랑살랑 귀여운 성격의 아주를 본 직원들은 저마다 이쑤시개에 꽂힌 음식을 하나씩 건넸다.

그렇게 시식 코너를 돌고 일우에게 돌아온 아주는 어디서 났는지 바구니에 냉동식품을 갖가지 담아 왔다.

"씨발, 어디서 이렇게 가져왔어."

"맛있다고 하니까 하나씩 주던데요?"

"하······."

목록을 보아하니 딱 봐도 시식 코너였다. 불막창, 용가리 치킨, 만두, 냉동 피자 등. 종류도 참 다양했다.

"너 먹고 싶은 것만 빼고 다 갖다 놔."

"다 먹을 수 있는데요."

"쓸데없는 소리 그만하고, 너 소 내장 먹을 거야?"

냉동 불막창을 흔들며 짜증 내는 일우에게 아주는 고개를 끄덕였다.

"네."

끝끝내 고집부리다가 꿀밤만 실컷 얻어맞은 아주는 가져온 것의 절반은 다시 돌려 놔야 했다.

우여곡절 끝에 쇼핑을 끝내고 집으로 돌아온 일우는 한 것도 없는데 진이 빠진다며 뻐근한 뒷목을 주물렀다.

"야, 풀떼기."

"네?"

"너 오늘 애들 밥 줬어, 안 줬어."

아까 산 후드 티로 갈아입은 아주가 비닐봉지를 부스럭거리는 걸 보다 물었다. 트렁크에서 장 본 거 내리면서 확인했을 때 애들 물그릇이 비어 있었던 걸 봐서였다. 그러고 보니 아주가 일어나서 애들 밥을 챙긴 것도 보지 못했다.

"아, 맞다."

"'아, 맞다'는 무슨. 빨리 안 갔다 와?"

일우가 눈을 번뜩이며 으름장을 놨다. 일우를 졸라 얻어 낸 과자를 꺼내던 아주가 시무룩 일어나 사료와 물통을 챙겼다.

"갔다 올게요."

아주가 내려가 있는 동안 옷이며 음식이며 정리를 대강 끝낸 일우가 마지막으로 수박을 꺼냈다. 식칼로 수박을 두 동강 낸 뒤, 한 덩이는 냉장고에 넣고 나머지는 세모 모양으로 뭉텅뭉텅 썰었다. 한 무더기 썰었으나 아주가 알아서 잘 먹겠지 싶은 마음에 좀 넘치는 양이어도 그러려니 했다. 접시에 옮겨 담고 정리를 마칠 때쯤, 타이밍 좋게 아주가 올라왔다.

"영감님, 아무래도 억울해요."

사료와 빈 물통을 식탁 위에 탁 올려놓고 하는 말이 가관이었다.

"대체 또 뭐가 억울한데."

"밥 주는 거요."

"네가 하는 거로 이미 합의 끝났잖아."

"난 그런 적 없어요."

"뭐가 그런 적이 없어야. 내가 애들 밥 챙겨 주라니까 알았다고 한 게 어제야."

"할 수 있다고 했지 한다고는 안 했어요."

"원하는 게 뭔지 요점만 말해."

"내가 고양이 밥 챙겨 주니까 영감님은 내 밥 챙겨 줘요."

"챙겨 주잖아."

"오늘 밥 안 줬잖아요."

그랬었나. 되짚어 보니 그랬던 것 같다.

일우도, 아주도 어제 일 때문에 늦게 일어났고 딱히 배고프단 소리를 안 해서 안 챙겨 줬다. 일우야 원래 밥을 자주 먹지 않으니 잊고 있었다.

"수박 먹어, 수박. 얘 보기보다 칼로리 높아."

"수박은 밥이 아니잖아요!"

"사람이 쌀만 먹고 살디? 수박이 밥일 수도 있지."

피곤한 얼굴로 일우가 수박 한 조각을 와작, 씹어 먹었다.

"존나 다네. 뭐 해, 빨리 먹어."

"약속하기 전엔 안 먹을 거예요."

"씨발, 그냥 먹지 마."

또 이상한 데서 고집이다. 그런 거 약속 안 해도 어련히 챙겨 줄까. 저 고집을 계속 받아 주다 보면 한도 끝도 없을 것 같다는 생각에 일우는 아주를 달래지 않고 수박이 든 접시를 들고 거실로 나갔다. 아주가 터벅터벅 뒤를 따르는 게 느껴졌다. 그를 무시한 일우는 소파에 길게 누워 수박을 하나 더 집어 먹었다.

아주는 일우가 잘 보이는 거실 중앙에 앉아 일우를 노려봤다.

"눈 굴리지 말고 수납 잘해라."

"싫어요."

아주가 TV를 떡하니 가리고 있어 TV를 볼 수도 없고, 선택지는 핸드폰만 남았다.

핸드폰을 켜면 뭐 하나, 연락할 곳이 있는 것도 아니고 해 봐야 뉴스를 좀 보는 것밖엔 할 일이 없었다. 그러나 여전히 눈을 부라리고 있는 아주가 자꾸만 시야에 걸렸다. 결국 핸드폰을 집어넣고 아주와 시선을 맞췄다.

"야, 까놓고 말해서 내가 밥을 안 주길 해, 구박하길 해. 너 나 착하다며."

"둘 다 하잖아요. 거기에 때리기도 하고."

"때리기는 지랄, 애정 표현이지."

"누가 애정 표현을 그렇게 해요!"

"난 그렇게 한다니까."

저렇게 보다간 눈에 쥐 오겠다 싶었다. 사람 불편하게 만드는 것도 능력이었다. 일우는 결국 10분을 못 버티고 항복했다.

"야, 알았으니까 눈 좀 치워, 진짜 얼굴 뚫리겠네."

"말로만 하지 말구요."

한도 끝도 없이 받아 줄 순 없다고 욕할 땐 언제고, 아주의 고집을 받아 주는 건 언제나 일우 본인이었다.

"그럼 말로 하지 뭐로 해. 몸으로 하나? 뭐, 공증이라도 해?"

황당한 목소리로 일우가 되묻자, 앉아 있던 아주가 일어나 다가왔다.

"손가락 걸어요."

결연한 얼굴로 뭘 하나 싶더니 손을 쭉 내밀었다. 새끼손가락과 엄지만 빼고 손가락을 다 접은 상태였다. '새끼손가락 걸고 약속'이라도 하려는 모양이었다.

"진지한 표정으로 온다 했더니 꼴랑 이거?"

"빨리요."

"어째 넌 항상 쉽게 가는 법이 없냐."

아주가 원하는 대로 새끼손가락 걸고 약속한 뒤 엄지손가락으로 도장까지 찍었다.

"내 밥 잊으면 안 돼요."

"귀 따가우니까 그만 말하고 수박이나 먹어."

약속을 끝낸 뒤, 아주는 소파에 등을 기대고 앉더니 수박을 하나 집어

열정적으로 먹기 시작했다.

"맛있냐."

아삭아삭. 답은 수박을 열렬히 탐하는 소리가 대신했다.

썰어 둔 수박의 절반 이상 먹어 가던 아주가 뒤로 고개를 꺾으며 일우를 불렀다. 다리 부근에 살랑이는 아주의 머리칼이 간지러웠고 기대오는 무게가 무겁기는커녕 따듯했다.

"영감님."

"뭐."

"나도 인별 하고 싶어요."

"갑자기 웬 인별이야."

"누나도 하잖아요. 나도 하고 싶은데."

"하여간 박선영 존나 이상한 헛바람 넣고 혼자 내빼지."

가만 보면 선영이 만악의 근원이었다. 둘을 만나게 하지 말았어야 하는데. 후회해도 이미 늦었으나 어쩔 수 없이 드는 생각이었다.

"하면 안 돼요?"

"핸드폰도 없으면서 하긴 뭘 해."

"영감님은 핸드폰 있잖아요."

"영감님 힘들어서 안 돼."

"그럼 자위하는 거 가르⋯⋯."

"이 씨발, 미친 풀떼기가 못 하는 말이 없어요. 수박이나 먹어."

일우가 수박 한 조각을 집어 아주의 입에 쑤셔 넣었다. 수박에서 흘러나온 물로 입술 주변이 엉망이 된 아주가 손등으로 슥슥 닦았다.

"왜 안 돼요!"

"존나 이상하고 쓸데없는 거야. 하지 마."

"선영이 누나는 이상한 거 아니랬는데."

"걔는 자기가 알아서 보고 싶은 것만 걸러 보니까 상관없지. 넌 머리에 필터가 없어서 안 돼. 거기에 등신들이 얼마나 많은 줄 알아?"

"……안 해 봤는데 어떻게 알아요."

아주가 대놓고 꿍얼거리자 일우가 한마디 더 했다.

"또, 또 말대꾸하지."

"혼잣말한 거거든요?"

인별 개설을 매몰차게 거절당한 아주가 우울한 낯으로 수박을 한 입 베어 물더니 손바닥에 씨를 하나둘 뱉었다.

"돌멩이도 씹어 먹을 것 같더니 씨는 또 안 먹네."

"맛없잖아요."

아주가 씨를 손바닥에 툭 뱉었다. 가만 지켜보던 일우의 머릿속을 스치고 간 것이 있었다.

"씨는 그렇게 뱉는 게 아니지. 이리 와 봐."

아주 손바닥 위에 가득 담긴 씨의 향연에 일우의 장난기가 발동됐다. 수박 두 조각을 들고 다른 손으론 아주의 손을 잡아 이끈 일우가 베란다에 섰다.

"원랜 흙에 뱉었는데 지금은 내려가기 귀찮으니까."

수박을 한 입 베어 문 일우가 씨만 툭 뱉었다. 까만 씨가 휘이잉 2층에서 바닥으로 추락했다. 떨어진 수박씨는 시멘트로 마감된 회색 바닥 위에서 아주 잘 보였다.

"해 봐."

일우가 했던 것처럼 아주도 수박을 베어 물곤 우물우물하다가 입술을 오므려 씨를 툭 뱉었다.

"원래 수박씨를 이렇게 뱉어요?"

"재미로 뱉는 거지. 옛날엔 친구들끼리 누가 더 멀리 뱉나 시합하고 그랬어."

"……어! 그럼 영감님, 나랑도 해요."

"뭘."

"씨 뱉기 시합이요."

"이기면 뭐 해 줄 건데."

"뭐든지요."

"뭐든지? 너 그런 말 함부로 하다간 큰일 난다. 내가 뭘 시킬 줄 알고 그래. 그럼 내가 지면?"

"인별 하게 해 줘요."

"……대체 그게 왜 하고 싶은 거야?"

반사적으로 나온 아주의 대답에 일우가 한숨을 섞어 물었다.

"선영이 누나처럼…… 많이 받고 싶어요."

아주가 흐린 발음으로 웅얼거렸다. 그러나 바로 옆에 있는 일우는 놓치지 않고 알아들었다. 사랑. 아주에게 부족한 건 배고픔만이 아니었다.

"지랄을 한다, 지랄을. 넌 그게 사랑으로 보이냐."

냉랭하게 곱씹은 일우가 수박씨를 또 한 번 아래로 뱉었다. 일우가 옆에 있으면서 챙겨 주는 건 사랑이 아니라는 건가. 기분 나쁠 것도 없는데 괜히 기분이 나빴다.

"네."

사진 한 장으로 수천 명의 사람에게 관심과 시선, 따듯한 댓글을 받던 선영을 통해 인별을 접한 아주에게는 당연히 좋아 보일 수밖에 없었다.

"나는 그게 나쁜 건지 모르겠어요."

풀죽은 아주의 중얼거림에 잠시 하늘을 쳐다보던 일우가 내기를 승낙했다.

"그래, 좋아. 대신 지면 깨끗이 잊는 거야. 다신 떼쓰지 마."

"……정말요?"

아주가 언제 풀이 죽었냐는 듯 환히 웃으며 방방 뛰었다. 혹시라도 일우가 말을 철회할까 거실로 후다닥 뛰어가며 외쳤다.

"내가 수박 더 가져올게요!"

간절한 사람이 이긴다고들 하지.

승부의 여신은 아주의 손을 들어 줬다. 결과를 믿을 수 없다며 직접 내려가 확인한 일우도 결과에 승복할 수밖에 없었다.

본인 꾀에 넘어간 일우는 아주의 종알거림을 배경 음악 삼아 인별 가입을 시도했다. 어떻게든 가입하지 않으려 수를 써 봤지만 아주는 단호했다.

"영감님, 이게 무슨 뜻이에요?"

일우가 착실히 개인 정보를 입력하는 동안, 아주는 슬쩍 핸드폰 화면을 엿보며 참견하기도 했다.

"명아주를 영어로 쓴 거야."

영문으로 표기한 것도 아니고, 영문 자판 그대로 한글을 쳤다. auddkwn, 아주의 인별 아이디였다.

"이거 사진 찍어야 글 올릴 수 있나 본데."

"그럼 사진 찍을래요."

"저걸?"

일우가 오만상을 쓰며 거실 테이블 위에 놓인, 먹다 만 수박을 가리 켰고, 아주가 고개를 끄덕였다. 반신반의한 일우가 카메라를 켜 아주에 게 넘겨줬다.

"가운데 버튼 눌러. 그럼 찍혀."

"네."

일우에게 간단한 설명을 듣더니 먹다 남은 수박을 심혈을 기울이며 찍는다. 참 쓸데없는 거에 열정을 쏟아붓네. 가지가지 한다는 표현이 딱 이다.

사실 열심히 한다고 다 잘되면 세상에 안되는 일이 없을 것이다. 작 게는 아주도 그랬다. 아주가 여러 번 시도하며 찍은 사진은 다 흔들리 고 초점이 나가 엉망이었다.

"잘 안 찍혀요……."

"내가 찍어 줘?"

아주는 투정을 부리면서도 끝까지 자기가 하겠다고 핸드폰을 건네지 않았다. 일우도 아주가 하게끔 내버려 뒀다. 몇 번 더 찰칵 소리가 나더 니, 아주가 만족스러운 웃음을 지으며 핸드폰을 들어 보였다.

"어때요?"

초점이 좀 나가긴 했지만 전에 찍은 사진에 비하면 장족의 발전이었다.

"어, 괜찮네."

일우의 반응도 괜찮자 아주가 환히 웃으며 핸드폰을 톡톡 건드렸다.

"영감님, 수박 이렇게 쓰는 거 맞아요?"

일우는 아주의 질문이 정말 수박을 맞게 썼냐고 물은 걸까, 하고 고 민해야 했다. 전쟁 직후도 아니고, 문맹률이 1퍼센트도 안 되는 요즘 같 은 때 하기엔 상당히 어폐가 있는 질문이기 때문이었다.

한글을 잘 읽길래 당연히 쓰는 것도 잘할 줄만 알았다. 하지만 예상 외로 아주가 쉬운 단어조차 제대로 모른다는 사실에 일우는 내심 많이 놀랐다. 상식이 부족한 걸 떠나서 정말 여태까지 어떻게 생존했나를 따져 물어야 할 수준이었다.

"그건 슈박이고. 수박은 ㅠ가 아니라 ㅜ지."

일우가 자판을 손으로 가리켰다. 그제야 오타를 발견한 아주가 허둥지둥 고치려 했으나 버튼을 잘못 눌러 이미 글이 게시된 뒤였다.

"이미 올라갔어요……."

"지우고 다시 하면 되지."

"아뇨. 그냥 둘래요. 그래도 내가 쓴 거잖아요."

아주가 씨익 웃으며 뿌듯한 눈으로 본인이 올린 글을 몇 번이나 확인했다. 저게 그렇게 좋을까.

"그래라, 그럼."

* * *

월요병은 직장인의 만성 질환이며 퇴사만이 답인 불치병이다.

막상 출근하면 군말 없이 일하지만, 집을 나서기 직전까진 가기 싫어서 몸부림치는 건 모두 비슷할 것이다.

"하, 씨발…… 내가 진짜 올해는 때려치운다……."

알람이 울리기 5분 전, 습관처럼 눈을 뜬 일우가 매주 하는 한탄을 쏟았다.

월요병을 없애려면 일요일에 출근하라는 건 개소리다. 적어도 일요일엔 상사가 없지만 월요일엔 있다.

몽롱한 정신을 일깨우며 침대에 걸터앉은 일우가 등으로 전해지는 온기에 뒤를 돌아봤다.

"밑에서 자래도 죽어도 말 안 들어."

첫날은 더워서 깰 정도로 어색했지만, 이젠 옆자리를 당연하게 차지한 아주의 따뜻한 체온도 꽤 익숙해졌다. 오히려 없으면 허전한 수준이 됐다.

"이젠 내 말은 아예 주워 담질 않아. 만만하다 이거지."

몸은 익숙해져도 내뱉는 말에는 가시가 돋쳤다. 사실 보기에만 그렇지 그 가시도 물렁물렁해 아프지 않다.

"으음…… 슈퍼 스타 맛 주세요……."

아주는 일우의 말을 한 귀로 듣고 흘린 지 오래였다. 잠꼬대마저 그랬다.

"슈팅 스타겠지."

장래 희망이 축구 선수인지 아주가 자면서 발로 뻥뻥 걷어찬 이불을 끌어다 덮어 주며 헛소리를 정정했다.

도롱도롱 꿈속을 허우적거리는 아주를 두고 샤워하고 나온 일우는 시간을 확인했다. 7시도 되지 않은 시각, 혈액 팩을 입에 물고는 냉장고를 열었다.

"내가 씨발, 아침부터 삼겹살을 구워야 돼?"

입으로 쌍욕을 중얼거린 일우가 일부러 냉장실에 넣어 둔 삼겹살 팩을 뜯었다. 말은 사납기 그지없으면서 행동 하나하나는 아주를 위한 게 돋보였다.

"이름은 풀떼기면서 왜 고기만 처먹냐고. 이럴 거면 이름을 김한우, 이오겹 이렇게 짓든가."

해가 뜨기도 직전, 이른 아침에 흰 셔츠를 입은 남자가 커피를 내리는 것도 아니고 삼겹살을 굽는 건 샌들에 흰 양말을 신는 것과 같은 이질감을 자아냈다.

"……하, 씹, 옷 다 버렸네."

흰 셔츠는 자잘하게 튄 기름으로 엉망이 됐다. 조심해도 튀는 걸 모두 막을 수는 없었다. 앞치마를 사든지 해야겠다는 생각을 할 즈음, 주방이 고기 냄새로 가득 찼다. 드르륵, 냄새가 조금이나마 빠져나갈 수 있게 창문을 열었다.

인스턴트 밥을 해동하고 고기와 마찬가지로 마트에서 산 반찬들을 꺼내 늘어놨다. 상추를 꺼내긴 했는데 손도 대지 않을 것 같아 그냥 삼겹살 옆에 두 장 끼웠다. 그러자 저녁에나 먹을 법한 거한 상차림이 차려졌다.

"야, 풀떼기. 일어나서 밥 먹어."

"으…… 조금만 더 잘래요……."

"10초 준다."

"……."

"10, 9."

"……."

"8초 뒤엔 네가 끔찍하게 사랑하는 삼겹살이 쓰레기통에 간 걸 발견하게 될걸."

그 말에 벌떡 일어난 아주의 눈은 붕어요, 머리는 까치가 집인 줄 알고 착각하게 생겼다. 아주가 다 뜨지도 못한 눈으로 일우를 째려봤다. 이젠 눈치도 보지 않고 눈을 막 부라린다. 그러더니 이내 이불을 내던졌다. 이불이 펄럭이며 일우의 시야를 가리더니 바닥에 떨어졌다. 준비,

땅! 하듯 침대에서 폴짝 뛰어내린 아주가 주방으로 뛰어갔다.

"힘도 좋다, 힘도."

식탁에 앉는 아주를 보며 중얼거린 일우가 드레스 룸으로 들어갔다. 흰 셔츠는 벗고 연한 푸른 기가 도는 셔츠를 다시 걸쳤다. 내친김에 넥타이도 꺼냈다. 짙은 남색의 무난한 디자인이었다. 얼굴이 워낙 화려해 조금만 튀는 걸 입으면 평소보다 두 배는 더 시선을 끄는 탓이다.

"근데 너 가려운 곳은 좀 괜찮냐."

넥타이를 목에 둘러매며 거실로 나온 일우가 식탁에 앉아 열심히 고기를 입에 넣는 아주를 향해 물었다.

"개안아요."

육안으로 봐도 어제 발갛게 달아올랐던 피부들이 싹 가라앉아 있었다.

어제 사 온 수박 반 통을 다 먹고 인별까지 시작한 뒤 오랜만에 잠잠하나 했더니 늦은 밤, 피부가 다 뒤집어져서 난리가 났다. 맛이 궁금하다길래 사 줬던 수박에 알러지가 있을 줄은 꿈에도 몰랐지. 다행히 심각하진 않은지 금방 가라앉았다. 늦은 밤에 응급실을 가네 마네 하며 난리 법석 떨었던 일우는 수박을 전면 금지 처분한 뒤 미련 없이 몽땅 내다 버렸다.

밤의 소동은 온데간데없이 자취를 감추고, 아주는 태연하게 고기를 세 점씩 집어 먹었다.

"그래, 처먹는 거 보면 다 나았네. 내가 괜히 물었지."

마지막 넥타이 매듭을 쭉 잡아당긴 일우가 본인의 안일함에 혀를 찼다.

"나 출근한다. 먹은 거 치워 두고, 애들 밥 챙겨."

슈트 재킷을 걸친 일우가 말했다. 입에 가득 밥을 넣은 아주는 두 팔을

위로 뻗어 큰 동그라미를 그렸다. 음식 씹으면서 말하지 말라는 잔소리
의 효과가 다시금 나타났다.

"간다."

일우는 아주 밥을, 아주는 냥이와 멍이들 밥을 챙긴다.

어제 아주의 강력한 발의로 정한 규칙이 첫 실행 되는 평화로운 월요
일 아침이었다.

"월요일, 까짓것 별거 아니네."

정정한다. 월요일, 생각보다 더 별거였다.

"현일우."

"예."

왜 업무 시간이 시작하기도 전부터 여기 서 있어야 하는지, 부름에
대답하면서도 일우는 이해하지 못했다.

"너 깡패야?"

아, 씨발. 혀를 깨물 뻔했다. 사람 때렸다고 직장에 통보되는 시스템
은 아직 대한민국에 도입되지 않았다. 그럼 대체 부장이 어떻게 알았을
까. 일우의 머릿속이 복잡해졌다.

"아닙니다."

"너한테 맞은 놈은 전치 4주라는데 깡패가 아니면 도대체 뭐냐?"

김민재가 전치 4주라는 건 일우도 몰랐다. 당사자인 일우도 모르는
걸 부장이 알고 있다니. 뭐가 됐든 좆 됐다는 건 똑같다. 일우의 개인
정보가 이틀짜리도 못 된다는 것도 함께였다.

대한민국 법을 가장 잘 지켜야 하는 검사란 인간들이 한 명은 사람
패고 한 명은 부하 직원 뒷조사하기 바빴다. 물론 일우는 김민재를 팬

것에 어떠한 부채 의식도 죄책감도 없었다.

"맞을 만해서 때렸습니다."

"그건 네가 정하는 게 아니라 법이 정하는 거고. 내가 이번에 사건 맡기면서 매스컴 크게 타자고 했냐, 안 했냐."

"하셨죠."

또 도돌이표다. 그놈의 이주경이 뭐길래 이렇게들 지랄들인지 모르겠다. 증거 확실하고, 기소할 건데 자꾸 재촉하지 못해서 안달이다.

"알면서 대한민국 검사라는 놈이 주말 대낮에 사람이나 패고 잘하는 짓이다. 소식 듣고 이 새끼가 드디어 미쳤나 싶었어, 나는."

주말 대낮에 사람 팬 건 또 어떻게 알았을까. 이쯤 되면 일우 뒤에 사람 붙여 둔 꼴이래도 믿을 것 같다.

"안 미쳤고 지극히 멀쩡합니다."

"너 지금 나랑 말장난해?!"

"죄송합니다."

부장이 책상을 결재판으로 내리치며 화내자 일우가 그제야 꼬리 마는 척하고 고개 숙였다. 부장은 골 아프다는 듯이 관자놀이를 누르며 한숨을 연거푸 쉬었다.

"너 때문에 내가 제 명에 못 살겠어. 거 추행당했다는 애가 네 동생이라길래 친동생인가 했더만, 가만 보니까 너 고아잖아?"

"⋯⋯."

"심지어 걘 무적자(無籍者)라고 하. 너랑 아무 연도 없는 애한테 그렇게까지 해야겠어?"

누군지 몰라도 일우의 행적을 부장에게 일러바친 놈은 내부자가 틀림없었다. 그렇지 않으면 아주가 성추행을 당했다는 사실과 무적자라는 것도 알지 못할 테니 말이다. 담당 형사도 배정되지 않았던데 빠르기도 했다. 다른 땐 세월아 네월아 하면서 아주 다른 사람 조질 때만 빠릿빠 릿하지.

"그렇다고 피해 사실이 없어지는 건 아니지 않습니까."

어차피 아무도 일우를 이해할 수 없을 것이다.

만난 지 얼마 되지도 않은 아주를 거두고 재우고 먹이고 심지어 아주 가 좋지 않은 일을 당했다고 상대를 때렸다.

"알면 신고부터 하든가 좀! 사람은 왜 패? 본인 직업이 뭔지도 잊고 사는 거야? 어? 내가 너 검사인 거 절대 못 잊게 사건 다 떠넘겨 줘 볼 까? 한 달 내내 회사에서 살아 볼래?!"

끔찍한 가정을 지껄이는 부장의 말대로 때리지 않는 선택지도 분명히 있다. 차분히 생각하면 가능했다.

다만 가능성은 어디까지나 가능성일 뿐, 정답이 아니라는 게 핵심이다.

아주에 관해선 재고 따지는 게 존재하지 않았다. 간단하고 명료했다. 그냥 당장 해. 이 단어만이 머리를 맴돌았다. 그때도 당장 그 새끼를 죽 이든가 패야겠다는 생각뿐이었다. 그래야만 분이 풀릴 것 같았다.

"죄송합니다. 하지만 후회는 안 합니다."

"너 후회하고 말고는 관심 없어, 새끼야."

죽어도 잘못했다고는 안 하는 일우와 그런 일우를 달달 볶는 부장의 신경전이 이어졌다.

"그리고 너, 너 왜 하라는 일은 안 하고 경찰서는 들쑤시고 다녀. 금 요일까지 기소 마무리 하겠다는 거 네 입으로 한 말 아니었어?"

"기소할 겁니다."

"피의자 특정됐고, 증거 다 있는데 뭐 하러 영상 달라고 들쑤시고 다니냔 말이야!"

"피의자는 결백을 주장하고 있고, 합리적 의심의 여지 없이 범인이라는 걸 명명백백 밝혀야 한다고 생각했습니다. 영상 요청도 거기에 대한 연장선이고요."

"너 지금 나한테 형법 강의 하냐? 이 새끼가 기어오르는 거 가만뒀더니 위가 누군지도 몰라?!"

씨발, 진짜 어쩌라는 건지.

일우가 크게 한숨을 참고 마지막 인내심을 끌어 올려 대답했다.

"아닙니다. 최대한 빠르게 마무리하겠습니다."

"알면 좀 잘하자, 어?"

"예."

"일단 네가 팬 놈은 조용히 합의해. 그쪽에 아는 인간 있어서 말해 뒀다. 상해까지 안 가고 단순 폭행으로 끝날 거야. 너 사건만 안 쥤어도 신경도 안 쓰는 건데. 일이 꼬이려니 제대로 꼬여 버리네."

이제야 연결고리가 완성됐다. 부장의 지인이 그 가벼운 입을 나불댔구나.

대체 그 지인이 누군지는 모르겠다만, 귀찮음을 넘어 번거로움에 알리지 않아도 되는 사실까지 만천하에 알려졌다. 부장이 알면 그 휘하 직원들은 다 안다고 봐야 했다.

"깔끔하게 잘 마무리해."

깔끔하게 마무리하려면 제발 의견 좀 더하지 마라, 일우는 속으로 엿을 날렸다. 마지막 반항으로 대답하지 않고 고개만 살짝 숙였다.

"나가 봐."

사양하지 않고 부장실을 나선 일우는 복도에서 운 나쁘게도 이 검사를 마주쳤다. 동태 눈깔이어야 정상일 월요일 오전에 눈을 반짝이는 게 영 수상했다. 일우를 호기심의 대상으로 삼고 있었다.

"현 프로, 이젠 격투기 선수로 전향해?"

이 검사도 알았구나. 예상이 곧 확신이 되는 순간이었다.

"헛소문입니다."

"아주 시원하게 쥐어 팼다던데. 듣기론 전치 8주라지?"

"4주입니다."

"사주팔자도 아니고 4주나 8주나 그게 그거지. 별다를 것도 없네."

"그러게 말입니다. 그냥 전치 8주 채울걸."

8주란 단어에 맞춰 일우가 주먹을 쥐며 뼈를 우드득 끼워 맞췄다. 소름 끼치는 소리에 이 검사가 얼굴을 찌푸렸다.

"어우, 현 프로는 진짜 그럴 것 같아서 무서워. 그 뭐냐, 보이지 않는 손으로 이렇게 스윽 목을 틀어쥘 것 같다고."

"애덤 스미스 얘기 아직도 돕니까?"

"워낙 뇌리에 박혔어야지. 뭐, 오늘은 형사 3부 현일우가 사람을 죽였다더라, 하는 소문이 다지만 말이야."

얼굴 몇 대 때린 거 가지고 살인을 논하다니. 말의 와전이 이렇게 무서운 거다. 한두 번 겪는 게 아닌데도 겪을 때마다 놀라웠다.

"소문 정정 좀 해 주십시오. 그거 정당방위였다고."

"에이, 현 프로. 그럴 만해서 때린 건 다 알아. 동생이 안 좋은 일 당했다며. 근데 그냥 다 알면서 씹는 거야. 현 프로도 대중들 마음 알잖아. 깨끗하고 억울한 진실은 안 궁금해. 왜겠어. 자극적인 거짓이 재밌어서 그런 거지."

"선배도 자극적인 거짓이 재밌으십니까?"

일우가 하, 짜증 섞인 숨을 뱉으며 되묻자 그제야 상황 파악이 된 이 검사가 손사래 치며 부정했다.

"아아니, 재미없지, 나는. 그게 왜 재밌겠어, 응? 현 프로, 나 그런 사람 아니다?"

가볍게 놀리되 선은 넘고 싶지 않은 거였다. 좋게 말하면 완전 악한 인간은 아닌 거고 나쁘게 말하면 책임을 회피하는 것이다.

"그만 가 보겠습니다."

선배인 건 알지만 상대할 기분까진 못 된 일우는 단호한 인사를 끝으로 사무실로 돌아갔다. 이 검사만 복도에 덜렁 남아 일우의 뒷모습을 보며 머리를 긁적일 뿐이었다.

"검사님, 이주경 씨 신문 이번 주 목요일로 잡았어요."

"목요일이요?"

기소하겠다고 한 요일이 금요일인데, 신문이 목요일이면 그건 누가 봐도 예단이었다. 이왕 쇼를 할 거면 모양새라도 잘 매듭짓든가. 운때가 별로 안 좋은데.

"네. 변호인이 화수 모두 일정이 있어서 안 된다고 하네요. 다시 조정해 볼까요?"

"됐습니다. 이미 기소할 거 날짜 조정한다고 결과가 달라지나요. 목요일 몇 십니까?"

어차피 일우의 의견은 기소 여부에 티끌만큼도 들어가지 않았는데 될 대로 되라지 싶었다. 이러면 안 되는데, 머리가 너무 아픈 나머지 한 번쯤 이러면 안 되나 하는 유혹이 눈앞에 아른거렸다.

"2시예요. 일정표에 적어 둘게요."

"예, 알겠습니다."

유 주임이 벽에 걸린 화이트보드에 '9/26(목) 이주경 신문(14시)'라고 적었다.

"근데요, 검사님."

"말씀하세요."

올 게 왔구나 싶었다. 소문을 어디까지 들었을까 걱정됐다. 또 어디서 부터 해명해야 하며…….

하아, 한숨을 목구멍 너머로 삼킬 즈음 일우의 예상과 다른 질문이 들렸다.

"혹시 금요일에 패밀리 레스토랑 가셨어요?"

거대한 물음표를 띄운 일우의 얼굴이 대답을 대신했다.

"아, 맞구나. 하긴 검사님 같은 얼굴이 또 있을 리는 없겠죠? 그때 왔던 동생분이랑 엄청 예쁜 여자분이랑 같이 계신 거 봤거든요. 혹시…….."

"아닙니다."

잠시 넋을 놓고 있었다고 선영의 애인이 되는 오류를 범할 생각은 없었다.

"저 아직 말 다 안 했는데."

"여자 친구냐고 물으시는 거잖아요. 아닙니다, 여자 친구."

너무 단호한 일우의 말에 유 주임이 김빠진 얼굴을 했고 옆에서 듣고 있던 정 계장은 야유했다.

"에이."

"왜 계장님이 아쉬워하세요."

"우리 검사님 드디어 연애하나 그랬죠."

"방금 그 말 걔 앞에서 하면 큰일 납니다. 저니까 그냥 넘어가는 겁니다."

회사 사람들한텐 화내지 못하고 일우의 머리털을 죄다 잡아 뜯었겠지. 기분 나쁜 건 일우도 마찬가지였다.

"그럼 정말, 저스트 친구 사이예요?"

"예, 대학 동깁니다."

"그 외모면 없던 마음도 생길 것 같던데요."

"원래 없던 마음도 없어지고 있어서 별로 공감은 안 가네요."

시니컬하게 답한 일우는 그게 끝인 줄만 알았다. 유 주임이 대단히 잘못된 오해를 하기 전까진 말이다.

"아, 이제 알겠다. 친구분이랑 검사님이 아니라 동생분이랑 만나는 거구나. 그래서 셋이 만나서 밥 먹은 거고. 그죠, 맞죠?"

남들이 보면 아주와 선영은 꽤 잘 어울리는 한 쌍인 모양이었다. 나이 차이를 떠나 외관상 영 말이 안 되는 그림은 아니다. 하지만 인정하기 싫었다.

스멀스멀 나타나 심장을 옥죄는 감정은 제멋대로에 불쾌하기까지 하다.

이도 저도 아닌 이 감정. 뭘까. 차라리 좋으면 좋다, 싫으면 싫다 정확한 태도라도 보이든가.

"설마 그러겠어? 검사님 대학 동기면 빠른이라 해도 서른셋인데 동생이랑 만나기엔 동생이 너무 어리잖아."

정 계장이 말도 안 된다며 일우 대신 부정하자 기이한 안도감이 빠르게 치고 올랐다.

"만나긴요. 그냥 아는 누나 동생 사이예요."

뒤늦게 정신 차린 일우도 말을 덧댔다.

이제 알겠다. 어쭙잖은 감정의 이름은 인정하기 싫지만 명백한 질투였다.

아주를 만나는 선영을 질투하는지, 선영을 만나는 아주를 질투하는지. 하여간 둘 다 말이 안 되는 상황인 건 분명했다. 그게 사실이 아닌 가정이래도.

퇴근 시간 즈음 일우의 복잡한 생각을 읽기라도 했는지 선영에게 웬일로 먼저 연락이 왔다. 절대 차단을 풀지 않을 것처럼 굴더니 풀긴 풀었나 보다.

[아주 옷 좀 샀어. 우리 집 와서 가져가.]

자기가 뭔데 아주 옷을 사나, 싶은 생각이 들었다.

'좆 까, 내가 샀어'까지 쓰던 일우가 고민하다가 답장을 지우고 지금 출발하겠다고 남겼다.

선영의 병원 근처 오피스텔 주차장에 도착해 전화를 걸었다.

"도착했어, 나와."

한 5분쯤 지나니 자동문 너머 편한 차림의 선영이 보였다. 가벼운 카디건을 걸친 선영이 다가와 커다란 쇼핑백을 건넸다.

"여기, 아주 옷."

쇼핑백을 슬쩍 열어 보니 두툼한 외투와 맨투맨이 들어 있었다. 어제는 당장 필요한 것만 대충 샀다지만 비싸고 예쁜 것 좀 사 줄걸, 하고 잠깐 후회할 만큼 아주한테 잘 어울릴 법한 디자인이었다.

"네가 뭔데 애 옷을 사 주냐."

고맙다고 하면 될 걸 고운 소리가 나오지 않는다. 못난 모습이란 걸 안다. 선영이 틱틱대는 일우의 마음을 읽을 거라는 것도 알았다.

"너 설마 질투해?"

14년이 괜히 지난 게 아니었다. 서로 눈알 굴리는 것만 봐도 무슨 생각을 하는지 다 알았다.

"넌 돈도 많은 새끼가 알아서 사 입으면 되지. 알았어, 나중엔 네 옷 사 줄게."

선영이 팔짱을 낀 채 혀를 츠츠 찼다.

불행인지 다행인지, 14년 세월이래도 빗나가는 건 있었다. 선영은 일우가 자기 옷 안 사 줬다고 서운해하는 줄 알았으니 말이다.

"하여튼 아주 네가 맡기로 했으면 잘해야 할 거 아냐. 애 옷이나 미리 좀 사 주지. 그게 뭐니?"

패밀리 레스토랑에 같이 갔던 금요일을 말하는 것 같았다. 하긴 일우 옷을 빌려 입었다고 해도 품이 맞지 않아 당시 아주는 영 깔끔하지 못한 차림이었다. 얼굴 예쁜 거로 어떻게 버무리긴 했다만 참담하긴 했다.

묵직한 쇼핑백과 선영을 번갈아 바라보다 이내 아주에 대한 감정에까지 생각이 이르렀다. 애매한 건 딱 질색이었다.

"박선영."

"네가 내 이름 부르면 괜히 불안하단 말이야."

"너 나랑 키스할 수 있냐?"

"뭔 개소리야. 절대 안 하지."

선영이 말이 되는 소리를 지껄이란 표정으로 일우를 바라봤다. 흡사 버러지를 발견한 사람 같았다.

"안 하는 거야, 못 하는 거야."

"이게 얼굴 보자마자 하는 소리가 왜 이따위야? 너 무슨 일 있었어?"

"대답이나 해."

"당연히 후자지. 넌 내 몸이 생리적으로 거부하거든. 그럼 넌 나랑 키스하고 싶니?"

"미쳤냐."

답은 바로 나왔다. 아주를 질투하는 게 아니라, 선영을 질투하는 거였다. 왜냐? 아주를 좋아하니까. 씨발.

"내가 할 말을 지가 하네. 내가 하고 싶은 말이야, 너 미쳤니?"

"그러게, 미쳤나 보네."

하늘을 쳐다보며 우수에 젖고 싶어도 천장은 회색빛 시멘트뿐이다. 이 감정의 끝이 꼭 저럴 것만 같아 짜증이 났다. 처음 문 앞에 앉아서 하루만 더 자면 안 되냐며 묻던 아주를 데려올 때만 해도 강아지, 고양이 밥 챙겨 주는 것과 다를 바 없다고 생각했다.

근데 아니었다. 이젠 그런 감정과 비교도 할 수 없게 아주에 대한 마음이 커졌다. 아주가 짓는 미소를 보고, 쓸데없이 지껄이는 말을 듣고, 부드럽고 마른 몸을 끌어안고 만지던 때가 눈앞을 스쳐 갔다.

"야, 나 사람 팼다."

"그럴 줄 알았…… 뭐? 뭐를 패?"

"토요일에 경찰서도 다녀왔어."

"술 마셔도 필름 한 번을 안 끊기던 네가?"

"그럴 만한 사정이 있었어."

"그 사정은 법보다 위에 있다니? 너 그 사람이 합의 안 한다고 하면 어쩌려고 그래?"

"죽인다고 협박이라도 해서 하게 해야지."

"그건 둘째 치고 진짜 왜 때렸는데?"

"아주 때문에."

"아주가 왜, 빨리 말해 미친놈아. 나 숨넘어갈 거 같으니까."

"그 새끼가 만졌어."

굳이 누구를 만졌냐고 되묻지 않아도 선영은 바로 눈치챘다. 만졌구나, 아주를.

"야, 잘 팼다. 존나 잘 팼어. 네가 돈이 없냐, 가오가 없냐. 그냥 직업의 윤리적 문제일 뿐이지. 안 그래?"

친구라고 걱정은 되는지 잘했다고 하면서도 선영은 걱정스러운 기색을 내비쳤다. 좆 되긴 했지.

전치 4주 나온 진단서를 제출하면 단순 폭행에서 상해로 넘어간다. 폭행죄는 반의사 불벌죄라 합의하면 처벌받지 않지만 상해죄는 그렇지 않다. 그걸 알아서 부장이 미리 제재하고 합의하라고 종용한 거겠지.

현직 검사의 폭행은 참작할 상황이 있더라도 비난의 대상이 되기 마련이다. 심지어 아직 진행 중인 큰 사건이 있는 경우엔 더했다.

일이 복잡해지는 와중에 아주에 대한 감정은 나빠지긴커녕 깊어만 갔다. 좋은 의미로 깊어진다 한들 일우 본인에겐 나쁜 상황이었다.

어디 갈 데 없는 천애 고아 아주를, 그것도 같은 성별의 열 살도 넘게 차이 나는 애를 좋아하는 것 같다, 라. 최악이네.

현일우 이 미친 새끼야, 대체 왜 그래.

자문해도 돌아오는 답은 없다.

어쩌면 아주가 집 앞에 앉아 재워 달라고 했던 그때부터 이랬던 것 같다. 예기치 못한 상황에 만나 일우의 심장에 불법 침입에, 거주에, 이젠 사랑까지 하겠다고 나서는 아주를 쫓아내지도 못한다.

"좋 됐는데 짜증도 안 나고. 이게 뭔가 싶다."

"야, 너 그거 증증이야……. 자꾸 정 줬다가 나중에 어쩌려고 그래?"

그 정을 원래부터 자기 것처럼 강탈해 가는 걸 어떡하라는 건지 모르겠다. 그게 짜증 나긴커녕 오히려 이래도 되나 싶은 크기로 관심을 쏟고, 돈을 쓴다.

"내가 처음이란다. 살면서 자기한테 손 뻗은 사람이 나 말곤 하나도 없다는데 그걸 어떻게 뿌리치냐."

"적당히 해. 까딱 잘못하다간 선민의식 되는 거야. 의식주는 나라에서도 그런 애들한테 챙겨 주는 건데 그런 거로 생색내지 마."

선영은 무섭게 쏘아 댔다. 아주는 당장 의식주도 해결되지 못한 채 바닥을 굴러다녔는데 좀 더 바라면 어떤가 싶다. 그게 욕심인가. 당연히 바랄 수 있는 거지.

"어차피 제일 중요한 건 아주가 원하는 게 뭐냐는 건데, 설마 아주가 너한테 가족을 바란다면, 그것까지 해 줄 건 아니지?"

게다가 지금 감정대로라면 일우는 당장이라도 가족 그까짓 거 해 줄 수 있었다.

"……."

대답 않는 일우의 얼굴에서 답을 읽었는지 선영이 더 매섭게 얘기했다.

"정신 차려, 현일우. 사랑을 원한다고 사랑해 주고, 자 줄 거 아니잖아. 이래서 사람 함부로 들이는 거 아니라니까. 아주 안타까운 거 누가 모르니? 세상 공평하지 않은 거 네가 제일 잘 알잖아. 나도 병원에서 일하면서 안타까운 애들 많이 봐. 그럴 때면 신이 있나 싶다니까."

하지만 선영이 모르는 게 있었다. 사랑해 주고, 섹스할 수 있다. 좋아하면 부딪치고 싶고 만지고 싶은 게 당연하지, 씨발. 사람은 함부로 들이지 않아도 아주는 함부로 들일 거다. 어차피 이미 들인 뒤였다.

이렇게 소리치고 싶은 걸 일우는 참았다. 선영이 어떻게 나올지 뻔했고, 사람은 참을 수 있을 땐 한 번 더 참아야 하기 때문이다. 대신 짜증은 다르게 표출했다.

"신은 없어. 있으면 안 되지. 세상이 이렇게 좆같은데 신이 있다면 그게 모두 신의 선택이라는 거잖아. 씨발, 자기가 뭐라고 이따위로 해."

아주의 상황을 욕하는 것도, 아주에게 이런 감정을 갖게 된 자신을 욕하는 것도 모두 해당했다. 신이 있다면 아주를 좋아하게는 하지 말았어야지.

"너 크리스천이잖아."

"천주교라고 내 인생 전반을 종교에 갖다 바친 건 아냐, 씨발."

날 낳아 준 아버지와 하느님 아버지, 총 두 명의 아버지를 가진 독실한 신자들과 달리 일우는 낳아 준 아버지도 없고 하느님 아버지도 그다지 믿지 않았다. 종교는 종교고, 현일우는 현일우였다.

"하……."

마른세수를 하며 한숨을 삼킨 일우가 목울대를 크게 울리다 읊조렸다.

"수박 알러지가 있더라."

"뜬금없이 뭔 소리야? 지금 아주 얘기하는 거야?"

"수박을 못 먹어 봤대서 사 줬더니 씨발, 유전자가 수박을 거부하더라."

"왜 하필 수박이래. 수박 못 먹으면 박과 채소는 다 못 먹을 수도 있어. 검사 한번 해 봐."

일우는 선영의 권유에도 답하지 않고 가만 바라보기만 했다. 제삼자에겐 영화 속에 나올 법한 애틋한 시선이었지만, 선영에겐 괜히 무게 잡는 현일우에 불과했다.

"뭔 지랄이야? 왜? 또 뭐?"

"풀떼기 걘 지금까지 살면서 수박 먹어 볼 기회가 없다는 소리잖아. 그게 얼마나 한다고."

보육원에서 넉넉지 못하게 자란 일우도 매년 수박은 먹었다. 겨우 몇 조각 맛만 봤지만 그래도 먹어 보긴 먹어 봤다. 아주는 그마저도 없었단 소리였다. 여름철에 가장 많이 먹는 과일 중에 하나인 수박을 맛도 보지 못하고 자기가 알러지가 있다는 사실도 모른 채 살았던 것이다.

"수박 맛 아이스크림이나 많이 사 줘야지. 아, 이것도 수박이니까 못 먹으려나."

"실없는 소리 하네, 또. 빨리 가기나 해."

선영의 재촉에 조수석에 쇼핑백을 던져 놓고 운전석으로 돌아오던 일우가 막 생각났다는 듯이 아주의 인별 오픈 소식을 흘렸다.

"야, 풀떼기 인별 시작했다."

"웬일이래, 네가 시켜 줬어?"

눈을 반짝반짝 빛내며 다다다 물어보는 게 선영다웠다.

"너 때문에 괜히 물들었잖아. 씨발, 가입해 달라고 징징거리는 거 겨우 참았어."

"참, 세상 오래 살고 볼 일이다. 네가 징징거린다고 해 주는 사람이니? 그래서 아이딘 뭐야?"

"명아주. 이름 그대로 영어로 쳐."

"다른 건 몰라도 현일우 센스는 진짜 여전하다. 아이디 좀 예쁜 거로 바꿔 줘."

"내가 알아서 할 테니까 넌 하트나 눌러 줘."

"그거야 당연히 눌러 줘야지. 나 방금 팔로우도 했어."

"올릴 때마다 계속 눌러 주라고. 나 말고 타인의 첫 관심이잖아. 걔한 텐 또 다르겠지. 간다."

"애인 챙기는 것도 아니고 별 정성을 다하네. 알았으니까 빨리 가."

애인이라는 단어가 일우의 심장을 뭉근하게 울렸다. 딱히 부정 않은 일우가 집으로 돌아가는 선영을 사이드 미러로 바라보다 출발했다.

집으로 향하던 일우는 노란불에서 빨간불로 바뀌는 신호에 액셀을 밟고 있던 발을 옮겨 브레이크를 밟았다. 때마침 핸드폰이 지잉, 진동했다. 선영이 인별을 팔로우하고 '좋아요'를 눌렀다는 알림이었다. 무감히 알림을 지우고 핸드폰을 끄려는데 낯선 번호로 온 문자가 눈에 보였다.

[김민철 형삽니다. 좀 만납시다.]

죽어도 번호 안 알려 주더니, 무슨 바람이 불었는지 김민철이 사적으로 문자를 보내왔다. 급한 건가.

핸들을 손끝으로 툭툭 건드리며 고민하던 일우가 문자 온 번호로 전화를 걸었다. 3초 정도 신호음이 가더니 달칵 상대가 전화를 받았다.

"어딥니까."

누군지도 밝히지 않고 다짜고짜 어디냐 물었건만 상대는 다행이란 듯이 한숨을 푹 내쉬곤 위치를 불렀다. 30분 내외로 도착할 근교였다.

"기다리세요."

전화를 끊고 자연스레 아주의 번호를 찾던 일우가 욕을 중얼거렸다.

아주는 핸드폰이 없었다. 늦으면 늦는다고 얘기라도 해 줘야 할 거 같은데 할 수가 없다. 집 전화도 없고.

"아오, 씨발……."

언제나 칼퇴할 수 있는 것도 아닌데 같이 사는 이상 적어도 귀가 시간은 알려야 하지 않을까 싶었다.

전에 누구를 만나도 본인이 어디서 뭐 하는지 연락하지 않아 헤어짐을 반복했던 일우가 스스로 이런 생각을 했다는 건 역사에 기록될 만했다.

그는 내일 당장 자기 명의로라도 핸드폰을 하나 더 개통해야겠다는 생각을 하며 파란불이 반짝이는 순간 액셀을 밟았다.

김민철이 알려 준 카페에 도착한 일우가 유리문을 잡아당김과 동시에 이목이 집중됐다.

은근히 짜증이 난 얼굴, 살짝 흐트러진 머리칼, 그럼에도 단정한 슈트 등. 카페 내부 사람들은 어디서도 보기 힘든 미남, 일우를 화젯거리로 삼았다.

그러든 말든 일우는 먹잇감을 찾아다니는 짐승처럼 날이 선 눈동자로 김민철을 좇았다. 김민철은 어렵지 않게 찾을 수 있었다. 보라색 도장을 양 광대에 쾅쾅 찍고 있는 김민재도 옆에 있었으니 말이다.

형이 형사라더니, 그게 김민철이었어?

존나 가지가지 해서 얼굴도 가지처럼 보라색인가. 실없는 농담을 떠올리며 김민철이 앉은 테이블로 다가갔다.

"나다니지 못하게 다리를 망가뜨렸어야 했나?"

내려다보며 건넨 말엔 진심이 담겨 있었다. 믹서기에 갈아도 시원찮을 새끼가 돌아다닌다는 게 몹시 거슬렸다.

"뭔 얘기하려고 부르나 했더니 겨우 이거? 형사님, 나 바쁜 사람이라고 했지 않습니까. 안 그래도 보기 싫은 면상 봐서 확 짜증 나는데, 이거 어쩔 겁니까?"

일우가 짜증스레 쏘아붙이자 김민재가 발끈하며 받아쳤다.

"나 전치 4주거든요?"

"그래서 어쩌라고요. 걸어 다니면 됐지. 확, 씨발, 8주 만들어 줘?"

일우가 의자 머리를 들며 당장이라도 던질 기세로 말하자 김민재는 시선을 슬그머니 돌리며 쭈뼛쭈뼛 그건 아니라고 고개를 저었다.

"아니, 검사님, 그런 게 아니고요. 오늘 사과하러 온 겁니다."

경찰서에선 뻗대기 바쁘던 김민철도 땀을 삐질삐질 흘리며 일우를 달래기 바빴다. 그게 일우의 화를 더 돋운다는 사실은 왜 모를까.

"나한테 사과해서 뭐 하게요. 쟤가 나한테 잘못했나? 저 새끼가 만진 애한테 빌어야지."

항상 사과는 이런 식이다. 악어의 눈물처럼 거짓 반성을 일삼는 가해자의 입발림에 그치는 사과조차 피해자한테 돌아가지 않는다. 가해자의 목줄을 틀어쥔 수사 기관 혹은 여론에게 사과가 돌아간다. 사과받지 못한 피해자는 소외된 채 일말의 위안도 받지 못하고 빙빙 맴돌기만 한다. 그렇게 병이 생기고, 본인을 좀먹어 가는 것이다.

만진 사람을 탓하기는커녕 자기가 더럽다며 욕실에 몇 시간이고 내리앉아서 피부를 박박 닦던 아주처럼 말이다.

"검사님도 애 죽어라 팼더만요. 사과 안 하는 건 검사님도 똑같지 않습니까?"

김민철이 볼멘소리를 내뱉었으나 일우는 자긴 결백하다는 태도로 일축했다.

"난 잘못한 게 없으니까 그렇고요. 야."

"예, 예?"

옆에 잘 쭈그러져 있던 김민재가 화들짝 놀라 눈을 크게 떴다.

"네 쓸데없는 몸을 지탱하는 뼈들이 무사한 것만으로도 감사히 여겨."

일우가 김민재가 마시던 음료의 빨대를 뽑아 가져가더니 손목을 겨냥했다.

"특히 손목 간수 잘해라."

일우가 두 손가락으로 가볍게 쥐었던 빨대를 칼을 쥐듯 바꿔 쥐자 경고에 더 힘이 실렸다. 당장이라도 손목을 썰 듯이 사나웠으니 더욱이.

"……당신 진짜 검사 맞아요?"

"검사 아니면 뭐, 깡패게?"

안 그래도 부장한테 깡패 소리 듣고 왔는데 여기서도 듣는다. 직업 전향이라도 해야 하나. 일우도 모르던 적성을 주변에서 뒤늦게 찾아 주고 있었다.

더 깊이 생각해 보니 농담이 아니라 정말로 검사랑 깡패랑 별다를 것도 없어 보인다. 협박 일삼고, 법 잘 알고, 위계질서 깍듯하고, 상명하복 체제에 자기가 뭐라도 된 듯 의기양양한 것까지. 헛웃음이 막 나온다.

"제대로 반성하는 것도 아니면서 이딴 일로 사람 오라 가라 부르지 마십시오."

일우의 손에서 짓이겨진 플라스틱 빨대가 테이블 가운데 나뒹굴었다. 다시 불렀다간 저렇게 될 거라고 얘기하는 것 같았다.

본전도 찾지 못한 김민철은 뒷머리를 박박 긁다가 자리를 박차고 나가는 일우의 뒤꽁무니를 급히 따라갔다.

"아, 검사님, 제 말도 안 듣고……!"

"들을 게 뭐 있습니까. 시간 낭비 말고 가세요."

"어차피 친동생도 아니지 않습니까. 그렇게까지 하셔야겠습니까? 한 솥밥 먹는 처지에 좀 봐주세요."

친동생이고 뭐고 그게 뭔 상관인지. 일우의 분노 게이지가 한층 솟았다. 일우가 한마디 하려 할 때, 김민철이 무언가 건넸다.

"이거 받으십쇼."

"뭡니까."

"검사님이 그때 요청한 거요. 왜 서까지 직접 온 날 있잖습니까."

"그때 요청한 영상은 다 받은 것으로 압니다만."

"거기 포함 안 된 걸 겁니다."

"경찰이 검찰에서 요구한 증거를 다 제출하지 않았다……라, 이거 직무 유기인 건 압니까? 대체 누구 대가리에서 나온 의견입니까?"

"……."

"여기 든 게 뭔진 모르지만 이주경 사건에 관한 거고, 꽤 중요한 건가 봅니다? 근데 어쩌죠, 형사님. 나 이거 필요 없는데."

일우가 USB 든 손을 보란 듯이 흔들었다.

"제대로 제출도 하지 않은 증거 가지고 중요한 카드라도 되는 것처럼 들이밀면 나는 '아, 고맙습니다' 하면서 넙죽 받고 당신 동생 신고 철회할 것 같습니까?"

씨발, 사람을 뭐로 보는 거야. 신고는 일우가 아니라 아주의 의사였다.

이게 설령 이주경이 무고하다는 걸 증명하는 증거더라도 아주가 당한 일과는 전혀 관련이 없었다. 이렇게 거래의 도구로 사용되면 안 된다는 것이다.

"한 가지 오류가 있는데. 형사님은 이주경 사건이 내 인생을 뒤흔들 만큼 중요한 것 같아 보입니까? 한 검사가 달에 몇 개의 사건을 처리하는지 아세요? 약 200개쯤 됩니다. 1년이면 몇 갤까요. 최소 2,400갭니다. 내가 7년 차니 지금까지 처리해 온 게 못해도 16,000개쯤 되겠죠."

"……."

"16,000개 중에 한 개. 그거로 내 인생 안 바뀝니다."

심지어 지금처럼 피의자의 범행이 확실하다면 더더욱. 일우가 건네받은 USB를 김민철 앞에 내던졌다. 확인할 가치도 없다는 단호한 태도였다.

"폭행, 합의 안 합니다. 추행도 마찬가집니다."

친동생이 아니니까 힘쓰지 말라니. 진짜 이렇게 좆같은 이유도 없었다.

"남의 눈에서 눈물 나게 하면 내 눈에선 피눈물 난다는 것쯤은 알았어야죠. 난 당신 동생 때린 거로 피눈물 흘릴 각오했으니까, 당신 동생도 하라 하세요."

미친 새끼.

씨발 새끼.

이로서 폭행죄 합의는 요단강으로 넘어갔다. 홀로 욕을 중얼거리며 애꿎은 핸들만 죽어라 팼다.

"하……."

숨을 고르며 뾰족하게 솟은 생각들을 정리했다. 아니다, 어차피 합의할 생각도 없었다. 게다가 김민재가 전치 4주라고 떵떵거리며 얘기하는 거 보면 이미 답은 나왔다. 진단서를 제출할 생각이거나 이미 제출했겠지. 단순 폭행으로 종결시키기엔 늦었다는 소리였다. 불구속으로 입건

되든 말든, 씨발. 다 꺼지라 해.

핸들을 두 손으로 붙잡은 채 머리를 쾅 박았다. 빠아앙. 조용한 주택가에 경적 소리가 울렸다. 왈왈왈. 경적이 동네 개들을 자극했는지 시끄럽게 짖는 소리가 동네를 가득 메웠다.

"정신 차려, 현일우."

집에 도착해서 10분 넘게 청승 떨며 욕 지껄이던 걸 멈추고, 차에서 내렸다. 집으로 올라가기 전, 올려다본 창문은 어두웠다.

"불 좀 켜고 살라니까. 말 더럽게 안 듣지."

가방과 슈트 재킷을 한 손에 든 채 담배를 찾던 일우가 또 한 번 욕을 중얼거렸다. 일우의 손은 또 아무것도 건지지 못하고 허탕 쳤다.

"금연, 씨발…… 못 해 먹겠네."

평소에 피우던 것도 독한 건 아니라 많이도 필요 없었다. 딱 한 대 정도만 피우면 될 거 같은데. 사탕도 없고.

편의점에 갈지 말지 고민하던 일우의 눈에 옹기종기 모여 있는 밥그릇이 눈에 들어왔다. 출근하기 전 애들 밥 챙기라고 얘기했던 일우의 말을 착실히 이행한 아주의 흔적이었다.

"밥을 대체 얼마나 준 거야."

거의 고봉밥처럼 쌓여 있는 것들이 보였다. 참 나. 웃음이 나왔다. 그 앞에 쭈그려 앉아 바닥에 떨어진 사료들을 주워 그릇 안에 넣은 일우가 실소를 계속 터뜨렸다.

"존나 골 때리는 새끼라니까."

실컷 웃다가 이마 위로 흐트러진 머리칼을 넘기며 일어난 일우는 집으로 방향을 틀었다. 오늘 하루 받았던 스트레스가 고작 이거에 다 사라졌다.

"애들이 다 지처럼 먹는 줄 알아."

계단을 한 걸음 한 걸음 오르며 피식피식 웃던 일우가 비밀번호를 누르고 문을 열었다. 현관에 들어서자 센서 등이 반짝, 하고 켜졌다.

구두를 벗고 들어서려는 찰나.

"아, 씨발!"

"……왜 이제 와요."

이불을 둘러쓰고 유령처럼 주저앉아 있는 아주가 보였다.

"……너 뭔데 이러고 있어. 존나 놀랐네."

심장이 방광까지 내려갔다가 올라온 기분이었다. 쿵쾅쿵쾅 뛰는 소리가 요란했다. 거실로 들어선 일우가 스위치를 찾아 불을 켜고 뒤를 돌아봤다.

"……밥 챙겨 준다고 했잖아요."

아주가 울먹이며 일우를 노려봤다. 그제야 일우는 아주 주위에 놓인 쓰레기들을 발견했다. 과자 봉지. 널브러진 냉동식품들.

재킷과 가방을 바닥에 대강 내려 둔 일우가 현관 앞에 똬리 튼 아주에게 가까이 다가갔다.

"풀떼기, 여태 굶었어?"

아주는 대답하지 않고 몸을 웅크렸다. 흐끕. 굼벵이처럼 동글동글 뭉친 이불 더미를 강제로 걷은 일우가 눈물범벅인 아주의 얼굴을 붙잡고 손으로 슥슥 닦았다.

"……끄윽."

"어제 장 봐 뒀잖아. 안 해 먹었어?"

"할 줄 모르는데 어떻게 해 먹어요……!"

"자랑이다. 그 나이 처먹고 밥 차려 먹을 줄도 모르고. 고기는 구우면 되고 밥은 돌리면 되는데, 그걸 왜 몰라? 핫도그도 잘 해 먹었으면서."

아주 옆에 있는 핫도그 봉지를 꺼내 눈앞에 흔들었다.

"그건 밥 아니잖아요!"

"넌 꼭 삼시 세끼 쌀밥 처먹어야겠냐."

일우가 피곤한 티를 내며 한숨을 쉬자, 그렁거리던 아주의 눈망울이 빠르게 깜박이더니 눈물을 툭 내뱉었다.

"미워요, 난 애들 밥 다 줬는데……."

"야, 울지 마. 뚝 해, 뚝."

우는 피해자나 참고인 달랠 땐 티슈 건네고 기다리면 됐는데 아주는 아니었다. 일우는 자기가 우는 사람 달래는 데 재능이 없다는 걸 깨달았다.

서럽게 눈물을 짜내는 아주를 보며 그만 좀 울라며 다그치다가도 이게 아닌 것 같다는 생각에 결국 아주를 안아 들었다. 다 큰 남자를 가볍게 안은 일우는 아주의 엉덩이를 받치고 등을 토닥였다. 아주가 코알라처럼 일우의 몸을 칭칭 감으며 매달렸다. 팔은 목을 두르고, 다리는 일우의 허리를 휘감았다.

"즙 좀 그만 짜라. 너 그러다 탈수 와."

"흐끄윽……."

"아, 미안하다고."

셔츠 깃이며 어깨까지 다 젖을 정도로 실컷 운 아주가 그제야 고개를 들었다. 붕어처럼 통통 부은 눈 하며 시무룩한 입술 하며 꾀죄죄한 게 귀여웠다. 미쳤구나. 진짜.

"다 울었냐."

아주가 맹렬하게 고개를 도리도리 저었다. 그렇게 울고도 아직 울 게 남았다는 사실이 놀라웠다.

"그렇게 울다가 열나면 너만 고생해."

"……영감님이 병원 데려가 줄 거잖아요."

"호의가 계속되면 권린 줄 안다더니, 이게 나쁜 것만 배워 가지곤."

일우가 아주의 못된 버릇을 꼬집으며 땀과 눈물에 젖어 엉망인 앞머리를 뒤로 넘겨 줬다.

충혈된 눈으로 히끅거리며 숨을 고르는 아주를 조용히 바라보던 일우가 드러난 이마에 딱밤이 아닌 입을 맞췄다. 부드러운 피부에 입을 맞춘 순간 제정신으로 돌아왔다.

씨발, 현일우 미친 새끼야. 너 방금 뭐 한 거냐. 걸걸한 욕설을 마음속으로 빠르게 중얼거렸다. 다소 충동적인 접촉에 일우 본인도 덜컥 심장이 가라앉을 정도로 놀랐다.

"……왜 뽀뽀해요?"

퉁명스레 묻는 아주도 영 기분 나쁜 눈치는 아니었다. 정말 싫었으면 일우가 이마에 입을 대는 순간 응징했을 테니 말이다.

"왜, 기분 나쁘냐."

아주는 그건 아니라고 작게 대답하며 일우의 어깨에 다시 얼굴을 묻었다.

"이제 그만 울고 밥 먹자. 고기 구워 줄게."

그 말에 아주가 목에 두른 팔을 더 강하게 조였다. 좋다는 신호였다. 일우는 아주를 안은 채로 주방으로 발길을 돌리며 낮게 웃었다.

"아, 맞다."

그때 핸드폰에 떴던 알림이 떠올랐다. 어쩌면 이게 고기보다 아주의 기분을 확 띄울 수 있을 것 같다는 확신이 들었다.

"풀떼기. 너 인별에 누가 좋아요 눌렀더라."

"……정말요?!"

빨리, 빨리! 보여 줘요! 일우한테 안긴 채 아주가 몸을 이리저리 흔들었다.

일우의 확신은 곧 정답이 됐다. 일우는 한참 아주를 놀려 먹다가 아주한테 팔뚝을 여러 대 얻어맞은 뒤에 겨우 보여 줬다.

좋아요, 1개. 그날 밤 아주가 일우의 핸드폰을 꼭 끌어안고 잤다. 중증 인별 중독 반열에 오르기 직전이었다.

4장. 변곡점

아침에 한 번, 점심에 집에 들러 한 번, 저녁에 퇴근할 수 없으면 잠깐 집에 가서라도 한 번. 삼시 세끼를 아주와 함께하고 있었다.

월요일에 아주를 엉엉 울린 뒤로 벌써 이틀째, 여섯 번째 끼니이자 저녁이었다.

"야, 이젠 내 몸에서 고기 누린내 나는 거 같아, 씨발……."

일우가 젓가락을 탁자 위에 탁, 내려놨다.

아침엔 기름진 삼겹살, 점심엔 불고기, 저녁엔 소고기. 냉장고 속 고기들은 줄어 가는데 채소들은 썩어 갔다.

"풀떼기 넌 세상 모든 고기들한테 사과해야 해."

종일 고기를 구운 것도 일우였으니 질릴 만도 했다. 원래 고기를 좋아하지도 않았으니 더욱 그랬다.

"내가 왜 고기한테 사과해요."

"네가 하루에 2킬로씩 처먹으니까 사과해야지."

"고기는 마트가 파는 거잖아요. 그럼 마트가 잘못한 거죠."

"산 건 너잖아."

"내가 안 샀는데요. 영감님이 샀지."

"씨발, 그래. 정정한다. 처먹은 건 너잖아."

"그럼 맛있질 말든가요."

"외계인이 지구 침략해서 너 잡아먹어도 그렇게 말할 거냐. 맛있으니까 장땡이다?"

"영감님 바보예요? 외계인이 세상에 어딨어요."

"나처럼 피 먹는 인간도 있는데 왜 없겠냐. 뱀파이어는 되고 외계인은 안 되는 것도 웃기네."

"난 내가 보지 않은 건 안 믿어요."

"그거 개똥철학이야. 너 밥 먹을 때 고기만 고집하는 것도, 씨발!"

일우가 자기 화를 참지 못하고 분개했다. 아주는 왜 저래, 하는 눈으로 고기를 두어 점 더 집어 먹었다.

"속 느글느글해 뒤지겠네. 야, 나 늦으니까 먹고 알아서 치워."

"퇴근한 거 아니에요?"

"바빠서 못 해."

"영감님 검사라면서요."

"그래서 퇴근 못 한다고, 씨발. 일이 졸라리 많아요."

"영감님 회사 너무해요. 맨날 늦게까지 사람 부려 먹고."

"그 말 우리 부장 앞에서 좀 해 주라."

일우가 식탁에 턱을 괴고 픽 웃었다. 부장 앞에 서서 자기 말이 똥인지

된장인지 구별도 못 하면서 되는 대로 다 지껄이는 아주가 상상됐다. 경악하는 부장의 표정마저도. 상상인데도 즐거운 걸 보니 이젠 망상병 환자가 되려나 보다.

"근데 내가 일을 해야 널 먹여 살리지."

"⋯⋯영감님 돈 없어요?"

아주가 고기를 씹다 말고 눈을 크게 뜨며 일우를 쳐다봤다.

"아니, 돈이야 존나 많지. 나 검사 취미로 해."

돈이 없다니? 자존심을 다친 일우가 빠르게 부정했다.

"거짓말. 전에 지갑에 돈 하나도 없었는데."

"누가 현금 가지고 다니냐. 다 통장에 있지. 그래서 돈 뽑아서 줬잖아. 너 이 건물 내 거인 건 아냐?"

일우가 은근한 자랑을 시도했다. 돈 많은 남자, 항상 고기가 고픈 아주한테 어필하기 좋았다.

"영감님, 그렇게 돈 많아요?"

"어."

"어떻게 벌었는데요?"

일우는 학부 시절 잠깐 경제 쪽 교양 수업을 들은 적이 있었다. 단돈 만 원으로 시작하더라도 50퍼센트 이상 수익을 보면 그 학기는 수업 안 들어도 A+를 준다는 달콤한 제안을 흩뿌리던 교수였다.

"눈초리 봐라. 내가 너처럼 지갑이라도 훔쳤을까 봐?"

"그냥 궁금해서요."

"주식으로 벌었어. 너 근데 주식이 뭔지는 아냐?"

한 달 뒤 제출한 일우의 수익률은 1,200퍼센트. 교수는 일우에게 네가 교수 하라는 충격 선언을 했다. 출결 상관없이 성적은 당연 A+를 받았다. 본 목적은 주식의 위험성을 알리기 위함이었는데 정반대의 효과만 거뒀다. 교내에서 아직까지 '그런 선배가 있었대' 하며 회자되는 일 중 하나였다.

"몰라요. 그게 뭔데요?"

"싸게 사서 비싸게 파는 거야. 시세 차익을 노리는 거지."

"많이 벌었어요?"

"재미 좀 봤지."

재미 수준이 아니게 벌었으나 일우는 가벼운 농담처럼 웃어넘겼다.

"그럼 영감님 일 안 해도 되는 거잖아요. 왜 해요? 힘들다면서요. 맨날 출근하기 싫어하고."

의도치 않게 공격당한 일우가 잠시 침묵을 지키며 생각했다.

"글쎄다. 좀 쓸모 있는 사람이고 싶어서?"

의지할 가족이라곤 하나 없는 일우였기에, 그가 칭찬받거나 인정받을 수 있는 기회는 무척 적었다. 사회에 이바지하는 게 일우가 본인의 존재 이유를 상기하는 길이었고, 인정 욕구를 채우는 수단이었다.

"돈 있으면 쓸모 있는 거 아니에요?"

"그 논리대로라면 넌 한 푼도 없으니까 쓸모없는 사람이냐? 개소리도 각양각색으로 하네."

그 당시엔 정의롭게 누군갈 도와줄 직업이 검사라고 생각했다. 심지어 일우가 가진 능력까지 딱 걸맞았다. 능력을 쓰면 세상의 모든 범죄를 밝혀내 깨끗하게 없앨 수 있을 거라 착각했던 때이기도 했다.

실상은 부작용 때문에 능력을 많이 쓰지도 못하고, 설령 능력으로 범인을 색출한들 증거 부족으로 기소하지 못한 경우도 수두룩했다. 일우만 열받고 미치는 상황이었다.

"뭐, 처음 시작은 그랬는데 실제로 검사가 하는 일이 내 생각하고 다르더라고. 존나 힘들어."

게다가 검사는 생각보다 정의로운 직업이 아니었다. 일에 치이고, 사람에 치이고. 잠도 제대로 못 자고 정신은 피폐해졌다.

"그럼 안 하면 되잖아요."

단순한 아주의 말에 일우는 웃고만 말았다.

"풀떼기, 세상엔 그런 말이 있거든. 법은 만인에게 평등한 게 아니라 만 명한테 평등하다."

"무슨 뜻인지 잘 모르겠어요."

"너처럼 출생 신고도 안 된 사람한테도 평등하게 적용되어야 할 법이, 돈 있고 힘 있는 사람한테만 평등하다는 뜻이야. 너 사람이 언제 가장 비참해지는 줄 아냐?"

"배고플 때요."

생각할 필요도 없었다. 아주의 답은 즉각 나왔다.

"그것도 맞는데 세상에서 버림받은 것같이 느껴질 때야. 나라마저 날 거둬 주지 않을 때가 제일 비참해. 하물며 사람이 살면서 하지 말아야 할 짓을 최소한으로 규정한 법은 어떻겠냐. 거기에서마저 소외되면 진짜 난 매달릴 곳이 없는 거야."

가끔 발생하는 살인 사건이 아닌 자잘한 건들에는 점점 무뎌져 사건을 사람의 일이 아닌 활자로만 대했다. 그러면 안 되는 걸 알면서도 눈을 감고 그냥 넘기기도 부지기수였다.

사실 일우처럼 정의감이 반만 남아서 매너리즘에 빠진 검사는 차라리 없는 게 나았다.

"그래선 난 그런 사람들을 도와주고 싶었어. 적어도 그편에 서서 힘이 돼 주고 싶었다고."

원래 사람을 상처 주는 건 정반대의 사람이 아니라 가까이 있는 가족, 나와 같은 부류의 사람들이다. 희망이 날 잡아먹지 않을 거라면 아예 사라지는 게 낫다는 말처럼 말이다.

아주에게 대단한 신념을 가진 것처럼 말하다 보니 하나 깨달은 게 있었다. 현재 자신은 정의를 위해 달리는 바람직한 검사가 아니라 현실에 찌들어 뭐든지 적당히 넘기고 마는 불량 검사였다. 방금 뱉은 말과 정반대의 모습에 괜히 머쓱함이 몰려왔다.

"근데요. 꼭 법이 있어야 해요?"

"어, 없으면 좆 돼."

"왜요? 어차피 세상은 불공평하잖아요. 난 잘못하지 않았는데 길에서 살고 다른 사람들은 태어날 때부터 잘살고 그러는데요."

누굴 원망하는 투는 아니었다. 정말 궁금해서 묻는 거였다.

이걸 기특하다고 해야 해, 안타깝다고 해야 해. 무덤덤한 아주의 태도에 괜히 일우의 마음만 불편했다. 진지하게 답하는 걸 포기하고 농담으로 승화했다.

"네 말대로 법이 없어도 세상이 꽃밭이고 아름다우면 얼마나 좋겠냐. 안 그러니까 문제인 거지."

일우가 본 현실은 꽃밭보단 시궁창이 많았다. 널리고 널린 시궁창에도 꽃은 핀다만 과연 그럴 확률이 얼마나 될까.

"영감님, 나 궁금한 거 있어요."

"뭔데."

"그 사람 있잖아요. 그럼 감옥 가는 거예요?"

그 사람, 아주를 만진 김민재를 가리켰다. 며칠 전에 만났던 게 떠올랐다.

반성의 기미라곤 조금도 보이지 않던 것도 함께.

"갔으면 좋겠어?"

"내가 가라고 하면 가는 거예요?"

일우는 대답하지 않았다. 아니라는 걸 알아서 할 수 없었다는 게 맞았다.

"만약 그런 거라면 안 갔으면 좋겠어요."

"의외네. 신고하겠다고 하길래 감옥에 처넣길 바라는 줄 알았는데."

"……그렇지만, 좀 그래요."

"뭐가 그런데."

"내가 꼭 그 사람 인생을 망치는 것 같잖아요."

"허, 풀떼기가 그런 생각도 해?"

실제 범죄 피해자가 합의하며 가장 많이 하는 말이었다.

내가 그 사람 인생 망치는 기분이에요, 그 사람처럼 되긴 싫어요. 내가 그럴 자격이 있을까요.

자격은 차고 넘치고, 범죄자가 그렇게 되는 것쯤은 신경 쓰지 않아도 된다고 수백 번 말해도 이미 상처받은 마음은 뚫고 들어갈 수 없었다.

"나도 감옥 가는 게 나쁜 거라는 것쯤은 알아요."

"염병하네. 내가 청승 떨지 말라고 누누이 말했지. 잘못했으면 벌을 받아야지. 자기 인생 망치기 싫었으면 안 했으면 되는 일이야. 네가 신경 쓸 일이 전혀 아니라고."

그들이 처벌을 포기하고 돌아서는 걸 가만 지켜보기만 했다면, 아주 만큼은 아니길 바랐다. 일우도 합의를 포기하고 처벌을 각오한 만큼 말이다.

어떻게 보면 이기적인 거지. 일우가 방패가 되겠다며 나서도 아주가 포기하면 그만인 것을 억지로 끌고 나가는 셈이니까.

"하여간 오지랖은. 그럴 시간에 네 인생이나 신경 써라. 내 지갑 훔쳐서 밥 사 먹던 게 쓸데없이 생각만 많아요."

"……."

"뭘 그렇게 쳐다보냐."

"영감님은요?"

"내가 뭐."

"영감님이 그 남자 때렸잖아요. 피 날 정도로 엄청 많이 때렸으니까 영감님도 감옥 가는 거 아니에요?"

별걸 다 걱정한다 싶었다. 혹 이것 때문에 감옥에 안 갔으면 좋겠다고 한 걸까. 꽤 가능성이 높았다.

"성범죄랑 폭행은 형량이 달라요, 형량이."

"간다는 거예요?"

"안 간다고."

시큰둥하게 아주의 걱정을 말끔히 지워 낸 일우가 나갈 채비를 했다. 채비라고 해 봤자 핸드폰과 차 키를 챙기는 정도였다.

얌전히 앉아 밥을 먹던 아주가 슬금슬금 엉덩이를 떼어 배웅하려 하자 일우가 만류했다.

"나오지 말고 마저 밥 먹어."

"싫어요. 내 맘이에요."

"그놈의 내 맘이에요. 레퍼토리 좀 바꿔."

정장 구두를 신는 일우를 따라 슬리퍼를 꿰신은 아주가 쫄래쫄래 바깥까지 따라 나왔다. 주차해 뒀던 차 문을 열던 일우가 들어가지 않고 가만 서 있는 아주에게 말했다.

"날 추워, 들어가."

"안 추운데."

"감기 걸려서 나 개고생시키지 말고 들어가. 얼른."

"아이스크림 사 주면 갈게요."

"추운데 뭔 아이스크림이야. 그리고 집에 먹다 남은 거 있잖아."

"그거 다 먹었어요."

"아까 냉동실에 있는 거 다 봤는데 어디서 거짓말이야."

"돈도 많으면서 사 주면 어디 덧나요?"

샐쭉하게 묻는 아주는 당연한 권리라는 것처럼 주장했다.

일우의 바람대로 아주에게 돈이 어필이 되긴 됐다. 일우가 기대한 만큼은 아니고 좀 다르게 작용한 것 같지마는.

"하, 씨발…… 내가 말을 잘못했지."

아주 앞에서 돈 자랑 했던 조금 전 모습이 좀 후회됐다. 많이는 아니었다. 그냥 겨우 아이스크림 하나로 먹힌단 것에 기가 막힐 뿐이었다.

아주는 결국 일우한테 아이스크림을 뜯어내는 데 성공했다. 수박 맛과 바닐라 맛 아이스크림, 그리고 일우 몫으로 산 청포도 사탕까지. 아무 생각 없이 카드를 건넨 뒤, 아주한테 청포도 사탕이랑 먹고 싶은 거 사 오라고 했더니 이 모양이었다.

"수박 맛은 알러지 때문에 먹지도 못할 텐데 왜 샀나?"

일우가 아이스크림을 가리키며 물었다.

"그거 영감님 거예요."

언제부터 내 걸 챙겼다고? 그냥 자기가 둘 다 먹으려고 샀는데 일우가 알러지 운운하니 말을 돌린 거였다. 어처구니가 없었다. 눈을 샐쭉하게 뜨는 모양새가 딱 그거였다.

"지랄 마라. 너 먹으려고 산 거잖아. 어디서 나 신경 쓰는 척이야."

"진짜 영감님 거 산 건데. 믿지 말든가요 그럼."

아주가 부루퉁하게 대답하고는 바닐라 맛 아이스크림을 입에 물었다. 그런 다음 수박 맛 아이스크림과 청포도 사탕을 뜯어 편의점 야외 테이블에 내려놨다. 인별 업로드용 사진을 찍으려는 거였다. 그럴 거면 바닐라 맛 아이스크림 먹기 전에 좀 찍지, 언제는 수박 맛이 일우 거라더니 일우의 의사도 확인하지 않고 포장을 뜯었다.

"사진 좀 그만 찍어라. 너 그거 중증이야."

찰칵 소리에 노이로제가 걸릴 즈음, 일우가 한마디 던졌다.

"열다섯 번밖에 안 찍었거든요?"

"말대꾸하지 마. 핸드폰 뺏어 버리기 전에."

"말대꾸 안 했는데, 맨날 뭐라 해."

"야, 핸드폰 내놔."

"이것만 올리구요."

기어이 핸드폰을 뺏기지 않으려고 필사적으로 팔을 하늘 높이 들어 타이핑했다. 그래 봤자 일우가 일어서기만 하면 뺏기는 높이였다. 그러나 귀찮음에 그는 그렇게까지는 하지 않았다.

"영감님, 영감님. 이건 뭐예요?"

열심히 인별에 올릴 글을 쓰던 아주가 핸드폰을 쑥 들이밀며 물었다.

"뭐가."

"이거 웃는 모양이요."

아주가 가리킨 건 키보드 하단에 있는 이모티콘 버튼이었다.

"아, 그거. 이모티콘."

"그게 뭔데요?"

그래, 맞춤법도 잘 모르는 애가 이모티콘이라고 알겠나. 일우는 간단히 이모티콘이라는 단어로 설명을 끝내려던 자신의 안일함을 욕했다.

"이런 식으로 과일이나 동물들 모양 있는 거. 그림이라고 보면 돼."

일우가 직접 그 버튼을 눌러서 이모티콘이 뭔지 보여 줬다. 색색의 하트를 비롯한 여러 이모티콘들이 아주의 시선을 사로잡았다. 신이 난 아주가 이것저것 이모티콘을 누르며 장난쳤다.

아주는 귀엽고 다채로운 이모티콘이 마음에 든 모양이다. 맞춤법을 자주 틀리는 한글보다 간단히 표현할 수 있다는 점이 아주의 흥미를 끈 것 같았다.

"그럼 수박도 있어요?"

"여기 있네."

일우가 수백 개의 이모티콘 속 수박을 찾아 가리켰다. 수박 이모티콘의 생김새가 아주의 마음에 들지 않은 모양이다. 반응이 시큰둥했다.

"그럼 뱀파이어는요? 그것도 있어요?"

"야, 씨발, 너 나 놀리냐?"

뜬금없이 웬 뱀파이어인가 싶었다. 가만 생각해 보니 이게 피를 먹는 자신을 놀리는 건가 싶어 아이스크림을 입에 물곤 맛있게 먹는 아주를 훑었다.

"영감님은 피를 먹는 거지 뱀파이어는 아니라면서요."

야무진 대답에 외려 일우가 할 말이 없어졌다. 저 혼자 넘겨짚고 제 발 저린 격이었다.

"빨리 찾아봐요! 있어요, 없어요?"

아주가 끈질기게 뱀파이어 이모티콘을 찾자, 일우는 대강 훑어보고는 없다고 답했다.

"아, 없어, 없다고."

"막 넘기니까 안 보이죠! 제대로 찾아보지도 않고 없대. 핸드폰 줘요. 내가 찾을래요."

"뱀파이어가 어떻게 생겼는지도 모르면서 뭘 네가 찾아. 그리고 설마 그런 게 있겠냐?"

근데 진짜 있었다. 마법사도 있고 요정도 있고 별 게 다 있었다. 다인종 시대에 발맞춰 피부색도 바꿀 수 있었다.

"허, 진짜 있네, 씨발."

다양한 이모티콘 세계를 발견한 일우가 헛웃음과 함께 감탄사 격인 욕을 뱉었다.

"봐요, 있잖아요. 영감님은 바보야."

의기양양하게 핸드폰을 쟁취한 아주가 씩 웃었다. 아주한테 밀린 일우는 의자에 편히 등을 기댄 뒤 살짝 녹은 수박 맛 아이스크림을 먹기 시작했다. 달아서 별로 먹고 싶지 않았지만, 일우를 생각해 샀다는 아주의 성의를 생각해 먹었다. 아주한테 거짓말하지 말라던 태도와 상당히 상반됐다.

"근데 사진 올려서 대체 뭐 하냐. 끽해야 박선영이나 보고 말지."

아주의 인별은 자기 얼굴도 아니고 가끔 음식 사진이나 찍어 올린 게 전부였다. 초점도 엉망, 구도도 엉망. 예쁘지도 않은 사진엔 사람들이 그다지 관심 갖지 않았다. 인별을 시작한 지 얼마 되지 않은 아주였으니 더더욱. 그러니 아주의 인별을 보는 이라곤 선영뿐이었다.

"선영이 누나가 좋아요 눌러 주잖아요."

아주가 올린 인별 게시 글은 모두 좋아요가 한 개씩 있었는데 전부 선영이 눌러 준 거였다. 괜히 좋아요 눌러 주라고 했나 싶었다. 인별을 시작한 뒤로 지금처럼 뭐 먹을 때마다 아주가 사진부터 찍어야 한다고 난리 치는 통에 인내심이 점점 바닥나고 있었다.

"다 올렸어요. 영감님도 볼래요?"

"안 봐."

안 본다고 고개까지 돌린 일우의 어깨를 붙잡은 아주가 생떼를 썼다.

"싫어요. 영감님도 빨리 봐요. 영감님 얘기 썼단 말이에요."

떼를 쓴 것보다 더 효과 있었던 건, 일우의 얘기를 썼다는 아주의 말이었다.

"내 얘길? 쓸 게 뭐 있다고 써."

일우는 곧장 태도를 바꾸곤 다시 아주를 향해 몸을 돌린 뒤 인별을 확인했다. 아주가 심혈을 기울여 찍은 사진과 공들여 고른 이모티콘이 제법 그럴듯하게 업로드되어 있었다.

글 올린 지 얼마나 되었다고, 벌써 '좋아요'가 한 개 찍혀 있었다. 필시 선영일 것이었다. 얘는 맨날 인별만 하고 있나 싶은 생각이 들 정도로 빠른 속도였다.

아주도 인별 하면서 사진 좀 찍어 봤다고 실력이 나아졌다. 사진을 잘 모르는 일우가 보기에도 처음에 비하면 장족의 발전이었다.

"이야, 풀떼기 사진 좀 찍는데."

"그죠?! 내가 봐도 잘 찍은 것 같아요."

격하게 반응한 아주가 짐짓 부끄러운 척을 했다. 자기가 봐도 잘 찍었다는 말이 왜 이렇게 귀여운 건지 모르겠다. 예쁘게 웃는 아주의 두 뺨을 쥐고 키스하고픈 충동을 참았다.

"근데 이건 무슨 뜻이야. 뱀파이어, 카드, 아이스크림, 웃는 얼굴?"

한글 대신 이모티콘을 선택한 거까진 그러려니 하겠는데 이젠 이모티콘을 늘어놓은 게 무슨 뜻인지 모르겠다는 게 문제였다. 이모티콘을 뚫어지게 바라보던 일우가 아주한테 해석을 요구했다.

"뱀파이어는 영감님이구요. 이건 영감님이 카드로 아이스크림 사 줘서 기분 좋다는 거예요."

이모티콘 네 개가 나란히 있어서 뭔가 했더니 그런 뜻이 숨겨져 있었다. 아주의 해석을 들은 일우가 웃음을 참지 않고 크게 터뜨렸다. 시원한 웃음소리에 아주도 일우를 쳐다보며 씩 웃었다.

"하여간 하는 짓이 딱 너답다."

"그 말 칭찬 아니죠?"

"아니, 칭찬인데. 너답게 귀엽다고."

처음 연애하는 애새끼처럼 마음이 괜히 간질간질하기도 하고, 웃기기도 하고. 별 감정이 다 들었다. 아, 이렇게 매일 좋아지기만 해서 어떡하나. 그냥 아주가 뭘 하든 다 귀엽고 예뻤다. 중증은 내가 중증이네. 아주한테 인별 많이 한다고 뭐라 할 처지가 아니었다.

"근데 영감님 요즘 담배 안 피워요? 맨날 이렇게 푸흐으, 하면서 피웠잖아요."

인별 업로드를 끝내고 핸드폰을 얌전히 반납한 아주가 담배 피우는 시늉을 하며 물었다. 안 그래도 입이 궁해, 편의점에서 담배 대신 청포도 사탕 한 봉지를 샀다.

"끊었어. 안 그래도 피우고 싶으니까 담배 얘기 하지 마."

씨발, 잊고 살았는데 이 눈치 없는 풀떼기가 담배 얘기를 꺼냈다. 지뢰를 밟은 것 같았다. 급격히 몰려오는 흡연 욕구에 일우가 이갈이하는 강아지처럼 다 먹은 아이스크림 막대를 잘근잘근 씹었다.

"왜 끊었는데요?"

"그냥."

"세상에 그냥은 없다면서요. 이유가 있을 거 아니에요."

"없어, 그런 거."

차마 아주 너 때문이라고 말하지 못하는 일우는 비겁한 어른이었다. 아무 감정도 없었다면 대놓고 얘기하며 생색냈겠지. 이젠 그럴 수 없었다.

"거짓말. 영감님은 맨날 거짓말만 해. 왜 그래요?"

"어른들은 자기 속마음 얘기하는 게 무섭거든."

좋아한다는 전제가 붙은 뒤론 눈빛과 말투에서, 심지어 행동에서까지도 티가 났다. 눈치가 이상한 데서만 발동하는 아주라면 눈치채고 멀리 도망갈지도 모른다. 어느 날 갑자기 나타난 것처럼 홀연히 사라질지도 모른다는 생각에 등골이 서늘하게 식었다. 그러니 아직은 마음을 드러낼 때가 아니었다.

"난 아니……."

"넌 아닐 거라 생각 마라. 어차피 너도 어른 되면 종일 거짓말만 하고 살 테니까."

다른 사람은 몰라도 일우가 보기엔 아주는 애나 다름없었다. 아주의 몸이 성인일지라도 머리는 끽해야 고등학생 정도쯤 되려나. 상식 수준은 초등학생보다 못했다. 그래서 더 좋아하는 티를 못 내는 걸지도 모르겠다.

세상 물정 모르는 아주를 홀라당 잡아먹는 것도 문제였고, 설령 아주가 일우를 좋아한다 한들 그게 정말 연인 간에 느끼는 사랑일까 싶었다.

의식주를 해결해 준 고마움에서 비롯된 감정을 사랑이라 착각한 아주가 다가온다면, 일우 본인은 그걸 알고도 거절할 수 있을까 고민하기도 했다. 응당 거절해야 마땅했지만, 정말 밀어낼 수 있을지는 미지수였다.

"난 지금도 어른이에요. 그리고 거짓말은 나쁜 거예요."

"씨발, 내가 살면서 본 인간 중에 거짓말 제일 많이 하는 인간이 풀떼기 너야, 너."

"난 나쁜 거 알면서도 하는 거구요. 나중에 다 벌 받을 거니까 괜찮아요."

"벌은 지랄……. 그건 대체 누가 준다냐?"

"몰라요."

"꼭 자기가 불리할 때만 모른다고 하지."

초록색 청포도 사탕을 하나 까먹고는 하나 더 까서 아주한테도 건네 줬다. 아주가 손으로 받아먹는 대신 입을 벌렸다. 잠깐 멈칫했던 일우가 사탕을 입 안에 넣어 줬다.

같은 맛 사탕을 먹는 두 사람. 정말 별것도 아닌데 기분이 나아졌다. 사람이 단순한 건지 사랑이 사람을 단순하게 만드는 건지. 일우가 사탕을 입 안에서 굴리며 말을 이었다.

"풀떼기, 세상엔 선의의 거짓말이라는 말도 있어. 불편한 진실보다 편한 거짓이 나을 때가 더 많다고. 거짓말한다고 벌 안 받아. 벌 받는 거였음 난 이미 감옥 갔어."

일우 딴에는 아주를 다독여 보겠다고 위로를 시도했다. 저 예쁜 입에서 업보처럼 나중에 벌 받을 거라고 하는 말이 쏟아져 나오자 인상이 절로 찌푸려졌다.

거짓말, 씨발 그런 것 좀 하면 어때서. 범죄자 새끼들은 입만 열면 자기는 절대 범인 아니라고 거짓말 뻥뻥 해 대는데 왜 풀떼기가 벌을 받아? 받아도 걔들이 받아야지.

"하지만 사람을 속이는 거잖아요."

"넌 평생 너 자신한테 솔직할 수 있냐. 나도 나한테 솔직하지 못하는데 남한테는 오죽하겠어?"

"영감님은 맨날 하니까 그러는 거죠. 난 그 정돈 아니에요. 그리고 거짓말은요, 처음엔 요만했다가 나중엔 이만해지는 거랬어요. 그때는 아무것도 할 수 없대요. 거짓말이라고 얘기할 수도 없고, 또 거짓말을 할 수도 없어서, 그래서 거짓말은 나쁜 거예요."

"이건 풀떼기 머릿속에서 나온 말이 아닌 거 같은데."

"누나가 그랬어요."

"박선영? 걔 머리도 아닌데 이건."

"선영이 누나 말구요. 옛날에 알던 누나 있어요."

"누군데."

"말해도 영감님은 모르잖아요."

"당연히 모르지, 네가 말을 안 했는데 어떻게 알아. 잠깐만, 골든에 있었던 누나들 중 하나냐?"

"……어? 어떻게 알았어요?"

정곡을 찌른 일우의 말에 아주가 깜짝 놀라 자리에서 벌떡 일어났다.

"나 촉 존나 좋아. 검사 짬밥이 몇 년인데."

"진짜 어떻게 알았지……? 영감님 골든에 온 적 있었어요?"

"내가 거길 왜 가냐. 느낌이 그런 것 같은 거지."

의기양양하게 웃은 일우가 아주의 추궁을 능수능란하게 피했다.

"희야 누나 알아요?"

"희야? 그거 노래 제목인데."

"아뇨, 이름이요. 거짓말 얘기 알려 준 누난데."

"희야 누나랑 친했나 보네."

"……조금요."

"조금 친했던 게 아닌 거 같은데."

아주는 일우의 질문에 대답하는 대신 청포도 사탕을 하나 더 까먹었다. 슬리퍼를 신어 훤히 드러난 발가락을 꼼지락거리기도 하고, 볼을 부풀렸다가 꺼트리기도 했다. 어떻게든 대답을 회피하려는 것 같았다. 어느새 아주의 눈동자는 당장이라도 눈물을 쏟아 낼 것처럼 발갛게 물들어 있었다. 설마 우는 거야? 차가운 밤공기가 아주의 목덜미와 일우의 셔츠 깃을 세 번쯤 스칠 즈음, 아주가 무거운 입을 열었다.

"영감님…… 근데요."

"어."

"희야 누나가요."

"아, 뭔데. 말 끌지 말고 빨리 말해."

"옛날에, 되게 옛날에 죽었어요."

농담이래도 하지 않을 고백에 일우가 미간을 찌푸렸다. 갑자기 뭔 소리야?

"희야 누나도, 동민이 형도, 주희 누나도, 철진이 삼촌도요. 다 죽었어요."

아주의 입에서 난생처음 듣는 이름들이 흘러나오더니 거기에 그치지 않고 그들이 모두 죽었다는 충격적인 소식까지 나왔다.

이윽고 아주는 서럽고 짠한 눈물을 터뜨렸다. 크게 울지도 못하고 숨죽여서 눈물만 뚝뚝 떨어트렸다. 밤공기가 찬데 아주의 눈물은 더 차가웠다. 일우는 죽음이라는 무거운 말과 아주의 울음을 연거푸 맞닥뜨리자 당황스러움을 감추지 못했다.

"야, 야. 울지 마. 왜 울어."

씨발, 좆 됐다.

전에 얘기했을 때 가족은 없다고 해서 상황을 그나마 모면했다고 생각했는데 이렇게 터질 줄은 몰랐다. 등신 새끼, 묻지 말걸. 후회해도 이미 늦었다.

지나가던 사람들이 서럽게 우는 아주를 보고 뭔 일인가, 싶어 호기심어린 시선으로 쳐다봤다. 일우도 빨리 회사에 복귀해야 했지만 일단 우는 아주를 달래는 게 우선이었다.

"끄윽…… 은경이 누나도, 영진이 삼촌도…… 허어엉. 희야 누나가 놀다 오라고 그랬는데, 조금 이따가 고기 구워 먹을 거라고 했단 말이에요……. 많이 샀으니까, 끄윽, 우리 아주도 많이 먹자고…… 그랬는데……. 슈퍼, 할머니가 끄윽, 사탕 준대서 먹고 갔는데, 아무도 없었어요……. 불이 났다고 못 들어가게 하고……."

아주와 가장 가까웠던 것처럼 보이는 희야 누나라는 사람부터 이름이 추가로 줄줄이 나왔다. 오래전 일인데 아직까지 이름을 기억하고 있는 모습이 안타까웠다. 유독 고기에 대한 애착이 강했던 게 방금 아주의 말에서 비롯된 건 아닌가 싶었다.

"풀떼기."

"흐끕, 으엉……."

"울지 말고. 이리 와."

일우가 떨리는 아주의 어깨를 팔로 둘렀다. 남은 사탕과 지갑, 핸드폰을 챙겼다. 테이블 위에 놓인 쓰레기도 휴지통에 갖다 버리고는 본격적으로 아주를 안아 달래기 시작했다.

"풀떼기 넌 눈물이 너무 많아. 차라리 이름을 수도꼭지로 하는 건 어때."

딴에는 달래 보겠다고 농담도 건넸지만 지금 아주에겐 농담이 통하지 않았다.

"흐어엉, 놀리지 마요! 눈물이 나는, 걸 끄윽, 어떡해요!"

눈물 콧물 다 빼며 질질 짜는 아주의 얼굴은 아무리 좋게 봐 줘도 예쁘진 않았다. 단지 일우한테는 그것마저 귀여워 보였다는 게 문제였다.

"알았어, 알았어. 안 놀릴게."

일우가 꺼이꺼이 우는 아주를 달래려다 실패하고 표현 그대로 두 손 두 발 다 들었다. 이왕 터진 눈물, 자기가 만족할 때까지 울게 하는 게 가장 나은 방법인 걸 알지만, 날이 추웠다. 하필 야외 테이블에 앉아 가지곤 찬 공기에 그대로 노출된 상태였다.

"풀떼기, 길바닥에서 울다가 감기 걸리면 너만 고생한다."

물론 아주가 아프면 일우가 제일 고생이었다. 아주는 소리 내며 크게 울진 않았지만 여전히 눈물을 흘리고 있었다. 눈물을 그칠 기미가 전혀 보이지 않자 이대로는 안 되겠다고 판단한 일우는 아주의 손을 잡고 일어섰다. 마주 잡은 손끝이 차갑게 식은 게 영 마음에 걸렸다.

"추우니까 일단 집에 가자."

일우가 한두 걸음 앞장서자 움직이지 않을 것 같던 아주도 움직였다. 한 손은 일우의 손을 꼭 붙잡고, 다른 한 손은 줄줄 흐르는 눈물을 닦으며 용케 잘 따라왔다.

아주의 훌쩍거림이 잦아들 즈음, 일우가 슬쩍 말을 붙이며 적막을 깼다.

"풀떼기, 그럼 불났던 날 너도 있었다는 거네."

별로 알고 싶지 않았던 사실이었다. 가능성이 있었지만 애써 외면하기도 했다. 정말 그때 있었다면 풀떼기가 너무 안쓰러우니까 아니길 바랐다. 근데 정말 있었다니. 어두운 과거론 일우도 만만찮았지만, 일우는 가까운 사람이 죽은 건 아니었다. 오히려 죽을 만한 인간들이 죽은 거였지. 아주는 달랐다. 그를 사랑해 주던 사람들이 화재로 한순간에 모두 죽은 거였다.

"……운동장에 있었어요. 누나들이 낮에 일할 때는 가게에 못 있게 했거든요."

시무룩한 얼굴로 눈물을 방울방울 흘리면서도 대답만은 놓치지 않았다. 어린애를 밖에 뒀다는 게 몹시 거슬린 일우는 얼굴도 모르는 누나들을 타박했다.

"그렇다고 어린애를 혼자 밖에 둬?"

"누나들 욕하지 마요!"

"이게 지금 누구 편을 드는 거야."

일우가 기막히다는 눈으로 아주를 훑었다. 얼굴에 눈물 자국을 가득 달고 눈을 치켜세워 봤자 위협은커녕 땡땡 부은 눈이 웃기기만 했다.

"누나들은 나쁜 사람 아니란 말이에요……. 옛날에 내가 가게에 있다가 아저씨한테 맞은 적 있어서 그래요."

"어떤 미친놈이, 애를 왜 때려?"

"여기에 흉터도 있어요."

아주가 왼쪽 귓바퀴를 접어 보여 줬다. 일우도 멈춰 서서 상체를 숙였다. 희미했지만 오돌토돌하게 남은 흉터가 보였다.

"씹…… 뭘 어떻게 때리면 이런 곳에 상처가 남냐."

일우는 흉터 남은 피부를 조심스레 만졌다. 오래된 상처라 아프지 않을 줄 알면서도, 만지는 느낌도 들지 않게끔 아주 살짝 건드렸다.

"여기요. 맞으면서 넘어졌어요."

아주가 본인 뺨을 손으로 가리키며 뺨을 때리는 시늉을 했다.

뺨을 맞았다는 소리에 일우의 눈알이 돌아갈 뻔했다. 순식간에 심기가 매우 불편했다.

"테이블에 여기를 부딪쳐서 피가 엄청 났어요."

아주가 관자놀이를 가리키며 말했다. 저긴 잘못 부딪치면 뇌진탕도 오는데. 씨발 새끼. 그 남자가 일우 눈앞에 있었다면 당장 목을 틀어쥐고 똑같이 해 줬을 것이다.

"그날 희야 누나가 진짜 많이 울었어요. 누나가 잘못한 것도 아닌데 막 미안하다고 그러면서요. 그래서 그다음부턴 항상 나가 놀았어요."

분명 사회에서 인정받지 못하는 부적응자 새끼가 분 풀 곳이 없어서 힘도 없는 어린 아주한테 그런 걸 테지. 듣는 일우가 다 속이 터졌지만 아주는 자기가 맞았다는 사실보다 희야 누나란 사람이 운 것에 더 집중했다.

어쩐지 기분이 나빴다. 죽은 희야 누나가 아주의 첫 번째인 것만 같아서였다.

"영감님, 나 더 못 걷겠어요."

울면서 기력을 다 소진했는지 잘 걷던 아주가 길바닥에 주저앉았다. 있지도 않은 희야 누나에게 상당한 질투심을 느끼고 있던 일우가 웬일로 잔소리는 제쳐 두고, 주저앉은 아주 앞에 등을 보이며 앉았다.

"그렇게 울었는데 기운이 남으면 그게 더 이상하지. 업혀."

희야 누나는 이런 거 못 해 주지만 난 해 줄 수 있지.

이게 뭔 철부지 같은 생각인가 싶어도 아주를 좋아한다고 자각한 이상 어필은 확실히 해야 했다. 돈이 안 된다면 몸으로라도 말이다. 아주답게 절대 사양하지 않고 일우의 넓은 등에 몸을 내던졌다.

"목에 팔 감아."

아주가 착실히 일우의 목에 팔을 감았다. 따뜻한 온기가 등을 타고 전달됐다. 아주의 숨결, 심장 박동 소리, 냄새 등. 일우를 자극하는 모든 것들이 조금의 틈도 남기지 않고 딱 달라붙어 있었다. 아주가 흘러내리지 않게 잘 고쳐 업은 일우가 한 발자국 내디뎠다.

"풀떼기, 넌 살았잖아. 그러면 된 거야."

"……누난 죽었잖아요."

"그 사람이 너 대신 죽은 건 아니잖아. 네가 부채 의식 가질 필요 없어."

"부채 의식이 뭔데요?"

"빚진 기분."

"나 빚 없어요."

"없기는, 너 내 돈 훔친 거 안 갚았잖아."

"이제 와서 치사하게……. 영감님 돈 많다면서요."

"그럼 안 갚아도 된다는 거냐?"

"네."

"새끼가 보자 보자 하니까 날 진짜 보자기로 아네."

"영감님 보자기가 아니라 사람인데요? 맨날 이상한 소리만 하구 진짜 이상해."

"왜, 그래서 싫나?"

"아뇨…… 그건 아니구요."

"그럼 울지 마."

"눈물이 계속 나는 걸 어떡해요."

"눈물 나는 게 희야 누나한테 미안해서냐, 누나가 죽은 게 슬퍼서냐."

"……."

아주가 대답을 피하는 게 아무래도 둘 다인 것 같았다. 왜 살아 있는 게 미안한 일일까. 사고일 뿐이었다. 피할 수 있는 게 아니란 거였다. 사고란 단어의 뜻 자체가 뜻밖에 일어난 불행한 일이었다. 책임을 물으려면 그 안에서 담배를 피우고 아무렇게나 던져둔 아무개를 탓해야 했다.

"미안해서 우는 거면 그만 그쳐. 희야 누나란 사람이 너 이렇게 우는 거 보면 잘도 좋아하겠네, 씨발."

좀 눈물이 그치려나 싶었는데, 아주가 다시 울기 시작했다. 울리려고 하는 말이 아니라 그치게 하려는 건데, 어째 뜻대로 되지 않는다.

"반대로 희야 누나가 살고 네가 죽었다면, 그래서 그 사람이 아직도 너처럼 울고 있으면 넌 좋겠냐."

읊조리는 말이 이어질수록 목을 휘감은 팔에 힘이 들어갔다. 아주가 등에 얼굴을 비비는 것까지 선명히 느껴졌다. 셔츠가 눈물에 젖는 느낌이 들었다.

"그런 의미에서 지금까지 잘 버텼어. 장하다, 우리 풀떼기."

일우가 엉덩이를 살짝 토닥이자 아주가 일우를 산소 부족으로 죽일 듯이 꽉 끌어안았다. 귓가에 괴상한 소리도 들렸다.

"……끄읍."

아주가 일우의 목을 끌어안으며 하필 울대뼈를 짓눌렀다. 때아닌 공격을 당한 일우가 윽, 신음을 삼켰다.

"야, 야. 계속 울어도 뭐라 안 할 테니까 일단 힘 좀 풀어 봐."

도리도리. 아주가 일우의 등에 대고 고개를 힘차게 젓는 게 느껴졌다. 흐어헝, 서러운 눈물을 또 터뜨렸다.

"야, 내려."

안 되겠다 싶어 잘 걷다가 멈춘 일우가 당장이라도 바닥에 내려 둘 시늉을 하자 그제야 아주도 팔에 준 힘을 풀었다. 일우도 뒤늦게 부족한 숨을 들이쉬었다.

"후우, 뭔 말을 못 하게 하네."

흘러내린 아주를 다시 고쳐 업은 일우가 또 한 걸음 나아갔다. 저 멀리 집이 보였다. 아주를 업는 게 힘들진 않았지만 서럽게 우는 울음은 성가셨다. 우는 얼굴을 가능한 한 보고 싶지 않은 탓이 제일 컸다.

"크흥……."

"셔츠에 콧물 묻히지 마라. 씨발, 너 때문에 버린 셔츠가 몇 갠 줄 알아?"

피 묻어서 버리고, 기름 묻어서 버리고, 이젠 콧물까지. 참 별난 이유들로 셔츠를 버렸다. 아주의 울음을 그치게 하려고 일부러 강하게 말하며 다른 쪽으로 시선을 돌리고자 했다.

"큉, 몰라요. 내가 어떻게 알아요."

"네가 모르면 안 되지. 이제 보니 울 기운도 남아 있고, 풀떼기 너 못 걷겠다는 거 거짓말 아냐?"

"진짜 못 걷겠는 걸 어떡해요! 그럼 두고 가든가요!"

"그래? 그럼 내려와."

"아, 안 돼요!"

일우가 아주의 엉덩이를 받친 손을 하나 뺀 탓에 위태롭게 업히게 된 아주가 일우의 목과 허리를 더 꽉 휘감으며 버텼다.

"힘이 없기는커녕 존나 남아도는데? 나 붙잡는 힘이면 걷고도 남겠네."

불평불만을 터뜨린 일우가 다시금 아주를 고쳐 업었다. 아주는 아주 대로 일우의 행동이 너무한단 식으로 불만을 표출했다. 그래도 이런 식은 상상도 못 했다.

"……씹."

아주가 나름 복수한답시고 귓바퀴를 깨문 것이다. 축축한 입 안이 예민한 귀를 감싸더니 따끔한 통증을 선사했다. 일우가 황급히 욕이 튀어나가려는 걸 삼켰다. 아랫입술을 꽉 깨물었다.

"……어, 영감님 아파요?"

욕을 하고도 남았을 일우가 조용히 있자 진짜 아픈 줄 알고 아주가 다급히 물었다. 살짝 자국이 남은 귓바퀴를 손으로 매만져 주기도 했다. 그게 더 해롭고 좋지 않은 걸 모르는지. 이쯤 되면 무지도 죄였다.

"……아니, 근데 또 깨물진 마라."

평정심을 겨우 유지한 일우가 한층 가라앉은 목소리로 답했다.

"영감님이 자꾸 장난치니까 그러잖아요."

"어디 가서 이런 장난치지 마."

"왜요?"

"이유는 씨발, 묻지 말고. 나한테만 해."

"어차피 영감님 아니면 할 사람도 없는걸요."

"말은 그렇게 하고 나가서 꼬리 치기만 해 봐."

"난 꼬리 없는데."

"꼬리 있어. 씨발, 백만 개쯤 있으니까 귀에 대고 속삭이지 마."

"다 하지 말라고 그러면 난 뭐 해요."

어느새 풀이 죽은 아주가 어깨에 턱을 대고 조용히 물었다.

"아무것도 하지 마."

자극된다는 뒷말은 하지 않았다. 말하고 잊는 단순한 농담이 아니었다. 진심이었다. 아무것도 안 해도 예뻐 죽겠는데, 이런 식으로 자극했다가는 자신도 아주를 어떻게 할지 모르겠다.

"알았어요."

아주가 일우의 어깨에 얼굴을 비비며 눈을 깜박였다. 아주가 흘린 눈물 때문에 셔츠가 푹 젖어 깜박이는 느낌이 그대로 전해졌다.

"누나 보고 싶어요."

"보러 가면 되지."

"……어디로요?"

아주가 슬며시 고개를 들고 물었다. 그러게, 뱉고 나니 의문이 든다. 일반적인 죽음이라면 봉안당이나 묘소에 찾아가면 됐지만 이렇게 사고로 죽은 경우엔 어떻게 해야 하나. 그에게 가족이 있다면 가족들한테 불에 탄 유골이라도 인계됐을 텐데, 아니라면…….

"어디로 가면 볼 수 있는지 한번 알아볼게."

"약속하는 거예요?"

"어, 약속."

"새끼손가락 걸어 줘요."

"씨발, 사람 존나 안 믿네."

"빨리요."

"알았어, 알았다고. 재촉하지 마."

일우가 한 손으로 아주를 받치곤, 나머지 한 손을 약속하는 모양으로 쥔 뒤 위로 들었다. 등 뒤에서 넘어온 아주의 손이 일우의 손과 얽혔다. 엄지로 도장까지 꾹 누르는 것에서 얼마나 오랫동안 염원하고 마음속에 묻어 뒀던 일인지 느껴졌다.

*　*　*

길바닥에서 처울던 아주를 업어 줬더만 가는 동안 별별 얘기를 다 하더니, 종내엔 잠들어서 침대에 던져 놓고 왔다. 혹여 일어났을 때 자신이 없어서 놀랄까 봐 메모도 남겨 놓고 왔다.

[회사 다녀온다. 영감님.]

현일우, 라고 이름을 쓸까 하다가 아주가 일우를 부르는 호칭에 맞춰 영감님이라고 썼다. 일우 본인도 인정한 꼴이 되어 버렸다.

잠든 아주를 지켜보던 일우는 오래 쉬지도 못하고 밀린 일을 처리하러 회사에 복귀했다. 입구를 지키고 서 있는 경위가 회사에 들어오는 일우를 발견하고 인사했다.

"식사하고 오시나 봅니다. 좀 늦으셨네요."

"예, 일이 있어서. 늦게까지 고생하시네요."

"저희 일이 이건데요, 뭘. 그럼 검사님, 고생하십시오."

경위와 가벼운 잡담을 나눈 일우가 엘리베이터를 잡았다. 4층에서부터 천천히 내려오는 엘리베이터 전광판을 바라보던 일우는 바지 주머니에 손을 꽂고, 삐딱하게 섰다. 그 자세로 조금 전 있었던 아주의 눈물을 곱씹었다.

"……희야, 라."

이름이 희야인지, 희로 끝나는 사람인지도 불투명한 상황이었다. 여자라는 것과 골든에서 일했다는 게 유일한 단서였다. 일우가 생각하기엔 희야란 사람이 아주와 혈연일 가능성이 높아 보였다. 단순히 제삼자의 시선으로 듣기만 했는데도 그랬다. 일우가 눈치가 빠른 게 아니라 다른 사람이 들어도 그럴 것이다. 어린애가 다친 게 안타깝고 슬플 순 있겠지만 새벽을 지새우며 울 정돈 아니잖아. 자기 애도 아니고.

"아니지, 자기 애일 수도 있지."

사실은 오래전 죽은 희야 누나만이 알 것이다. 눈치가 더럽게 없는 아주는 그가 정말 엄마인지, 누나인지 아니면 스쳐 가던 사람 중 하나였는지도 정확히 모르는 것 같았다.

단지 그가 죽기 전 아주에게 정말 잘해 줬다는 건 알 수 있었다. 어린 아주를 밖에 혼자 뒀다는 말에 뭐라고 좀 했더니, 득달같이 달려들어 누나들 나쁜 사람 아니라고 방어하는 아주의 모습이 어이없기도 했다. 뭘 얼마나 잘해 줬으면 십몇 년 전에 죽은 사람 편을 들어.

자긴 절대 몸 안 판다고 거듭 강조하던 아주의 모습은 어쩌면 희야 누나란 사람의 죽음이 영향을 끼쳤을 수도 있겠다 싶었다. 같이 살았으니 그가 하던 일을 모를 린 없을 테고, 아마 그 일을 했기 때문에 죽은 거라고 연결 지었을 가능성도 있었다. 풀떼기의 생각이 어디로 튈지 모르기 때문에 더 가능성 있는 얘기였다.

일우가 마침 도착한 엘리베이터에 올라탔다. 가벼운 묵례를 건네며 내리는 사람들에게 똑같이 묵례로 화답하면서 생각을 이어 갔다.

가능성이 있는 정도가 아니라 그게 맞는 것 같다. 애초에 그 일을 안 했더라면 죽지 않았을 거 아닌가. 일우한테 담배 끊으라고 떽떽거리며 잔소리하던 것도 그때 화재가 담뱃불 때문에 일어난 걸 알고 있었기 때문인 거잖아.

요리를 못하던 것도 혹시 불 때문인가. 생각이 너무 나간 건 아닌가 싶다가도 곰곰이 되짚어 보면 꽤 신빙성 있는 생각이었다.

"······그래서 오래 살 거라고 그 지랄을 떨었던 건가."

아주가 뱉었던 말들이 조각조각 모여 작은 부분을 완성했다. 아직 많은 퍼즐이 빠져 있고 전체 그림을 보기엔 턱없이 부족했다. 하지만 적어도 아주가 뱉은 말이 전부 진심이고, 깊은 속내에 많은 상처들이 있다는 것쯤은 깨달았다. 평범하게 살지 못했다는 건 알았다만 이 정도일 줄은 몰랐다.

한순간에 화재로 모든 것을 잃었기에, 살아가는 데 필요한 최소한의 것도 배우지 못한 거였다. 남들은 가족이라는 따뜻한 테두리 안에서 온화한 시선을 받으며 실수하고, 배울 때 아주는 바닥에서 구르며 몸으로 익혀야만 했다. 맞춤법도 그래서 잘 몰랐구나. 전부 이해가 됐다.

그렇다고 달라지는 건 없었다. 한번 일우의 마음에 똬리를 튼 아주가 더한 사정을 가졌다고 한들 감정이 사라지진 않는다. 오히려 더 잘해 줘야지, 하고 다짐하는 계기가 됐다.

아주만 생각하면 괜히 뻐근해지는 목을 뚝뚝 꺾으며 엘리베이터에서 내린 일우가 사무실로 향했다. 저벅저벅. 그의 구둣발 소리가 울렸다. 조용하고 불이 반쯤 꺼진 복도는 스산하긴커녕 너무 자주 봐서 익숙했다.

"······."

그러다 문득, 걷다 말고 멈춰 선 일우가 옆에 있는 창을 바라봤다. 바쁘게 스치는 차들, 불빛으로 반짝거리는 도시들. 가까이 말고 멀리서 보면 참 예뻤다. 하지만 그건 거대한 기계를 이루는 부품처럼 바쁘게 사는 직장인들이 만든 광경이었다. 남들은 야경을 구경하러 가기도 한다던데, 일우가 보기엔 야경이란 사람들이 일에 갈리는 순간순간 터지는 섬광에 불과했다. 일우도 한몫 제대로 보태고 있었다.

일을 시작하기도 전부터 자조한 일우가 다시 사무실로 향했다. 직원들이 퇴근하고 빈 사무실은 이상하게도 원래 비어 있는 복도와 달리 좀 차갑고 서늘한 느낌이 든다. 낮엔 따뜻하고 사람의 활기로 가득했던 사무실이 저녁이면 썰렁해져 대비가 극대화됐다. 시끌벅적했던 교실이 오후 4시만 지나면 학생들이 썰물처럼 다 빠져나가고 고요해지는 것처럼 말이다. 보통 때의 일우는 이런 적막을 꽤 좋아했다. 조용하고 집중 잘되고. 혼자가 주는 안정감이 있었다.

이젠 생각이 좀 달라졌다. 아주 때문이었다. 아주의 종알거림이 들리거나, 그냥 아주가 옆에 있거나. 하여간 아주가 근처에라도 있어야 비로소 삶의 균형이 맞는 느낌이었다.

"조용함이 어색하긴 또 처음이네."

의자에 걸터앉은 일우가 블라인드를 살짝 젖혀 바깥을 바라봤다. 차가 듬성듬성 있는 도로를 보며 감상에 젖었다.

"풀떼기 없으면 어떻게 살려고 이러냐, 현일우."

풀떼기 중독이 말기를 향해 갔다. 치료제는 오직 명아주 하나뿐. 즐거움과 웃음이 주는 긍정적인 효과는 냉혈한 일우마저 녹여 버렸다. 녹이기만 했으면 문제가 없는데 사랑이란 감정을 일깨워 버려서 큰일이다.

"어쩌냐, 진짜……."

헛웃음이 났다. 아주가 귀 하나 깨물었다고 조금이지만 발기했다는 게 참 짐승 같기도 했다. 풀떼기는 자기가 지옥과 천국의 문턱을 이리저리 넘어 다녔다는 걸 알려나 모르겠다. 하긴, 알면 안 그랬겠지.

이런저런 생각에 잠겨 영화 스틸 컷처럼 분위기 잡고 있던 일우를 일깨운 건 노크 소리였다. 옆방인가 싶었으나 일우의 사무실이 맞았다.

다시 한번 똑똑, 하는 소리에 일우가 말했다.

"들어오세요."

이 시간에 누군가 싶었다. 너무 바쁜 날엔 밤늦게 참고인이나 피의자를 부르는 경우도 간혹 있었다. 하지만 일우가 알기론 오늘은 없었다.

"……계십니까?"

문을 열고 들어온 사람은 구면이었다. 김민철 형사. 아직 진행 중인 사건이 있기 때문에 부딪치려면 부딪칠 수야 있겠다만, 안 보려면 안 볼 수도 있는 사람이었다. 가능한 한 안 보고 싶기도 했다.

"이 늦은 시각에 무슨 일입니까. 그것도 연락도 없이요."

'연락 없이 갑자기 찾아오냐, 씨발'의 비즈니스적 축약형이었다.

"큼, 혹시나 사무실에 계실까 해서 온 건데요. 진짜 계시네요."

"용건이 뭐냐고요. 쓸데없이 말 돌리지 말고요. 나 말 돌리는 거 별로 안 좋아해요. 내가 언제 돌려 얘기하는 거 보셨습니까."

"사람 숨 돌릴 틈은 주셔야죠. 아, 이거 오렌지 주슨데 나눠 드십쇼."

"여기까지 엘리베이터 타고 오셨을 텐데 뭔 숨 돌릴 틈을 드려요. 그리고 이런 거 안 받습니다. 가져가세요."

"성의를 생각해서라도 받아 주시지. 매정하십니다, 참."

"형사님이랑 내가 성의 따질 사인가요."

"……검사님은 그 잘생긴 외모를 말로 다 깎아 드시네."

"그렇다고 진짜 내 얼굴이 깎이는 것도 아닌데 뭐 어떱니까. 싸우자고 온 거면 나가세요. 나 바쁩니다."

"아니, 그런 게 아니라."

아, 진짜. 김민철 형사가 뒷머리를 벅벅 긁으며 어색한 태도로 말했다.

"그…… 사과드리러 온 겁니다."

"사과 안 받는다고 했잖습니까. 뭐 어떻게 할까요. 변호사라도 보낼까요?"

"아니, 아닙니다. 그럴 필요 없습니다. 안 그래도 폭행 건 말입니다. 그거 동생한테 취하하라 했습니다. 나이 차이 많이 난다고 오냐오냐 키웠더니 좀 철이 없습니다. 정말 죄송하게 됐습니다."

"단순히 철없는 거랑 개념 없는 건 달라요, 형사님. 동생 일이라 눈이 벌게진 건 알겠는데 구분은 똑바로 하셔야지."

"……그렇죠. 검사님이 믿진 않으시겠지만요, 동생도 반성 많이 하고 있습니다. 정말요."

"예, 계속 하라고 하세요. 이런 식으로 구구절절 변명만 할 거면 판사 앞에 가서 하시고요."

"아니, 그때 카페에서 있었던 일도 사과드리러 온 거예요. 제가 진짜 생각이 짧았더라고요."

김민철 형사가 화들짝 놀라며 손을 휘저었다. 그러다 깍듯이 고개 숙여 사죄했다.

"동생 일이라 앞뒤 따질 겨를 없이 혈안 돼서 온 건 맞습니다. 근데 생각해 보니 참 경우가 아니었더라고요. 범죄자 잡으러 다니는 형사란 놈이 참 쪽팔린 짓 했습니다. 용서가 필수가 아니라는 것 압니다. 동생도 검사님이 때린 것보다 제가 더 많이 쥐어 팼습니다. 그 정도면 알아듣겠죠."

"지금 동생 때린 거 자랑하러 오신 겁니까. 나도 때리는 거라면 어디 뒤지지 않는데요."

"아뇨, 아닙니다. 그때 영상 안 드린 거요. 그거 드리러 온 겁니다."

"갑자기 태도 바꾼 이유는 뭡니까. 이런다고 나 합의 안 합니다."

"······압니다. 합의해 주시면 좋겠지만 그건 너무 염치없는 것 같고요. 그때 검사님이 하신 말씀이 계속 맴돌아서 그렇습니다. 검사님이 이주경을 살인자라고 규정짓지 않고 이것저것 살피는 모습에서 많이 반성했습니다. 다른 건 몰라도 이건 늦지 않게 드려야겠다고 생각했습니다. 정말 여러모로 미안하게 됐습니다, 검사님."

김민철 형사는 벌겋게 달아오른 얼굴로 평생 해 본 적 없는 사과란 사과는 다 꺼내 두는 듯했다. 나이 마흔 다 된 남자가 까슬한 수염을 달고 푸석푸석한 점퍼를 입은 채로 위축된 태도가 처량함을 더했다.

일우도 공격적인 태도를 한 수 접고는 말했다.

"이번만 넘어갑니다. 증거 제출 제대로 안 하면 공격받는 게 검찰이겠습니까. 검경 쌍으로 머리채 잡혀요. 잘 좀 합시다. 동생 일은 나중에 연락드릴 테니까 일단 가세요."

"옙, 늦은 밤에 실례 많았습니다."

"그냥 가지 말고 음료수 챙겨 가세요."

"끝까지 안 받고 진짜 검사님도······."

"고집 있는 거 나도 아니까 그냥 좀 가세요. 예? 아니면 그냥 이것도 받지 말까요?"

일우가 짜증이 잔뜩 난 태도로 USB를 흔들었다. 그제야 김민철이 꼬리를 말고 후다닥 음료수를 챙겼다.

"실례 많았습니다."

꾸벅 인사하고 나간 김민철을 보던 일우가 깊이 숨을 뱉었다. 밤늦게 예기치 못한 설전을 한바탕 벌인 탓이었다.

신문을 하루 앞두고 느닷없이 튀어나온, USB 속 영상은 변수가 될 수 있었다. 심지어 기소를 이틀 앞둔 상태였다.

"자백했다며. 좀 쉽게 가자, 좀⋯⋯."

USB를 앞에 두고 연거푸 마른세수한 일우가 중얼거렸다. 일이 꼬일 때로 꼬였다며, 김민재를 죽어라 팬 일우를 타박했던 부장 검사의 심정을 조금이나마 이해했다. 일우는 경찰 마크가 그려진 USB를 서류 더미 위에 올려 뒀다. 지금 틀었다간 안 그래도 복잡한 머릿속이 더 어지러울 것 같아서였다.

본 목적인 실적 보고서를 먼저 정리했다. 주간 업무 보고에 월간 업무 보고에 보고할 게 참 많기도 했다. 심지어 매월 말엔 4대악 실적 보고를 만들고 그걸 토대로 미제 건까지 정리해야 했다.

"내가 통계 내는 사람인가, 씨발. 하여간 서류 존나 좋아하지들."

서류 쪼가리 가지고 사람 쪼는 건 검찰청밖에 없을 것이다. 첨단 기술이 자리한 21세기에 검찰은 아직도 부장이 직접 사건을 배당했다. 하물며 판사도 프로그램으로 사건을 자동 배당 받는데 말이다. 그러니 단순히 숫자 가지고 사람을 쪼는 일차원적인 생각마저 20세기에 머무는 것이었다. 좋으나 싫으나 일우가 몸 담그고 있는 회사이니, 욕하는 게 본인 얼굴에 침 뱉기에 불과했다만 답답하고 짜증 나는 건 어쩔 수 없었다.

보고서 파일을 켜서 타이핑을 시작하려고 할 때, 누군가 노크도 없이 들어왔다. 침입자를 쳐다보는 일우의 눈이 순식간에 사나워졌다가 침입자의 정체를 확인하고 누그러졌다.

"야, 현일우. 방금 사람 하나 나가던데 뭐냐?"

일우의 상사이자, 형사3부의 부장이었다. 이 늦은 시간까지 남아 있었다니, 의외였다.

"부장님, 계셨습니까?"

부장이 있는 줄 알았으면 복귀 안 했을 텐데. 속으로 욕을 중얼거렸다. 차라리 내일 새벽 4시에 오는 게 낫지, 씨발.

"차장님 호출. 퇴근했다가 다시 왔어."

심지어 차장 호출로 인한 복귀라면 부장의 기분은 불 보듯 뻔했다. 개 같겠지. 밀린 일을 처리하러 나온 일우도 그런데 하물며 상급자의 호출이라니. 기수가 깡패인 검찰 사회에서 차장 검사란 하늘과도 같으니 말이다. 물론 일우는 하늘을 모시지 않았다. 다 같이 나랏돈 받아먹는 검사 나부랭이 아닌가.

"그래서 방금 나간 건 누구야? 못 보던 얼굴이던데."

오렌지 주스를 거절당한 김민철과 마주친 모양이었다. 부장이 남한테 관심 갖는 경우는 극히 드문데, 지금처럼 늦은 시간에 누가 봐도 업계 사람인 김민철이 일우의 방에서 나와 묻는 것 같았다.

"김민철 형삽니다. 부평서에서 왔습니다."

"부평서? 거기서 왜."

"형제 살인 건 담당 형사요."

"안 그래도 그거 때문에 오는데 잘됐네. 형사가 뭐라던?"

"USB 하나 주고 가더라고요. 아마 그때 요청한 자백 영상인 것 같습니다."

"새끼, 고집 피우더니 기어코 받았네. 뭐 특별한 건 없지?"

"아직 안 봐서 모르겠습니다."

"이거 변수 있으면 너랑 나 둘 다 죽음이다. 명심해."

부장이 으름장을 단단히 났다. 똥이 무서워서 피하나, 더러워서 피하지. 귀찮음이 세상에서 제일 싫은 일우는 대강 협박이 들어 먹힌 척 고개를 주억거렸다.

"금방 정리될 겁니다. 피의자가 자기 억울하다고 하는 것도 영상 대조해 보면 진위 여부 가려질 거고요."

이주경이 자백을 했는지 안 했는지, 이주경이 정말 무고한 피해자인지 극악무도한 피의자인지는 영상을 보면 알 일이었다. 단 하나 찜찜한 거라곤 이걸 왜 이렇게 늦게 건넸냐는 거였다.

부장의 말대로 변수가 된다면 그건 곧 이주경이 피의자가 아닐 가능성이 생긴다는 거였다. 그렇게 되면 완전 헛다리 짚은 상황이니, 초동수사부터 재시작해야 했다. 그건 너무 끔찍한 가정이라 가능한 한 생각하고 싶지 않았다.

"아, 현 프로."

"예."

"인내동 건, 기소 의견서 써 둔 거 있나?"

"준비는 해 뒀습니다. 무슨 일로 그러십니까."

"내일 신문 끝나고 책상 위에 올려 둬. 바로 결재해 줄 테니까. 어? 금요일에 팍 터뜨리자고."

터뜨리긴 뭘 터뜨려. 내 성질머리를 터뜨리려고 작정했나.

"……알겠습니다. 부장님, 저도 하나 여쭤도 되겠습니까."

"오래 걸리는 거면 안 되고. 뭔데?"

"제가 사람 팼던 거 어떻게 바로 아셨습니까."

"뭘 어떻게 알긴. 여기 바닥 좁은 거 모르는 거 아니잖아? 너 가서 조사받았던 파출소장, 아는 사람이야. 그날 술자리에서 만났더니 네 이름 말하면서 아냐고 묻데."

소장이랑 직접 대화한 적은 없으니, 조사받고 귀가한 다음에 들은 거겠구나 싶었다. 일우가 생각해도 현직 검사가 폭행으로 연행됐다는 건

화젯거리로 삼기 알맞았기 때문이다.

"새끼가, 검찰 이름에 똥칠이나 하고…… 잘하는 짓이다, 어? 잘해."

부장은 너 잘 걸렸다는 식으로 잔소리를 투하했다. 눈치로 대강 넘겨 짚고 말 걸, 괜히 말을 꺼냈다. 후회하긴 이미 늦었다.

"그래, 말 잘했다. 너 그거 어떻게 됐어. 합의했어?"

"아뇨, 안 했습니다."

"이 새끼가 아주 당당해? 그쪽에 말 다 해 놨더만 왜 안 해?"

"저도 동생 성추행 건 합의 안 할 거라서요."

"그건 알아서 실형 살게 하든 말든 상관 안 할 테니까 네 거나 합의 하라고. 너 이러다가 내사 나와, 인마."

"내사받죠, 뭐."

"하여간 생각해 줘도 싫대지."

누가 생각해 달랬나. 부장이 일우의 행태를 보며 혀를 쯔쯔, 찼다. 머리부터 발끝까지 다 마음에 안 든다는 눈빛이었다. 일우도 마찬가지였다. 부장의 모든 게 마음에 들지 않았다.

"됐다, 이만 들어가 봐."

"아직 일이 남아서요. 마저 하고 들어가겠습니다."

"그래? 좀 이따 차장님 오신다는데 인사드릴 거면 남아 있고."

엉덩이 무겁게 앉은 일우가 부장의 뒷말에 벌떡 일어났다.

"그럼 가겠습니다."

"여전하다, 여전해. 내가 너 입 발린 소리 하는 꼴을 보는 게 소원이야, 인마."

"입 발린 소리는 입에 써서요. 고생하십시오."

아부하면서 설설 기어 다닐 거면 진작 그랬지. 일단 그런 짓은 성격에 맞지도 않을뿐더러 그런 식으로 회사에서 살아남고 싶지도 않았다. 어차피 능력으로 인정받고 있어서 일우를 지켜 줄 실적이 없는 첫 발령 때만큼 심한 따돌림은 없었다.

최대한 신경 안 쓰며 살긴 하지만 미움받는 게 좋을 린 없다. 그런 의미에서 요즘은 참 평화로웠다. 사건도 술술 풀려서 이상할 정도로 잠잠하고. 일우의 인생에서 변수라곤 아주밖에 없었다.

뜻하지 않게 두 사람한테 연거푸 시달린 일우도 부장이 나간 뒤 퇴근 준비를 했다. 보고서 파일을 백업하고 컴퓨터도 종료했다. 일 좀 하고 갈랬더만 애써 복귀한 보람이 없었다. 희야란 사람에 대해서도 찾아야 하는데 땅을 파기는커녕 삽도 못 들었다.

"아, 막막하네."

저녁을 먹기보단 술 한잔 걸치는 게 더 어울릴 시각, 밖으로 나온 일우가 깜깜한 하늘이 곧 자신의 미래 같다며 중얼거렸다. 그래도 어쩌겠나, 여우 같은 아내와 토끼 같은 자식은 없어도 화분에 영양제 꽂듯 배부르게 먹이고 살찌워야 할 풀떼기는 있었다.

"그래도 약속했으니까 지켜야지."

20년 전도 아니고 14년 전이면 양호했다. 언론도 탔던 사고고. 사건 기록에서 사고 피해자에 대한 사후 처리는 보지 못했으나 파다 보면 나오겠지 싶었다. 시작도 하지 못한 일을 너무 부정적으로 보지 않으려 애썼다. 희야란 사람이 일우에게 질투를 불러오더라도 아주한텐 소중한 사람 같으니 말이다. 아주는 모르겠으나 데려온 시점에서부터 아주의 남은 인생은 모두 일우의 것이니, 희야 누나가 차지했던 과거쯤은 으레 넘길 수 있었다. 일우는 그렇게 속 좁은 사람이 아니었다. 정말로.

"언제부터 풀떼기가 붕어를 가리키는 말이 됐냐. 하이고, 눈 꼬라지 봐라."

대망의 목요일 아침이 밝았다. 회사에 가서 할 일이 산더미였다. 일우를 내내 괴롭혔던 이주경의 신문이 마무리되는 날이기도 했다. 일우는 물을 마시면서 어제 펑펑 운 대가를 혹독히 치르고 있는 아주를 놀렸다. 그의 눈은 원래 붙어 있었다는 듯 꽉 다물려 있었다. 이번에는 귀여운 것보다 웃긴 게 더 컸다. 그래서 일우는 웃음을 참지 않았다.

"눈 뜬 거 맞지?"

"떴거든요?!"

재차 묻자 꾹꾹 참던 아주가 화내며 젓가락을 소리 나게 내려놨다. 아주가 고기를 집다 말고 내려놨다는 뜻은 약이 많이 올랐다는 소리였다.

"알았어, 안 놀릴게. 붕어가 아닌 아주 님, 마저 드세요."

무섭지도 않은데 무서워서 못 살겠다는 듯 두 손을 들고 항복 자세를 취했다. 아주가 씩씩거리면서 젓가락을 다시 들었다. 고기를 퍽퍽 집어 먹는다고 먹는데 영 시원찮았다.

"왜 또 뭐가 마음에 안 들어."

"……영감님이 자꾸 놀려서 입맛 떨어졌어요."

"염병하네. 다 안 먹으면 오늘 점심땐 고기 없어."

"그런 법이 어디 있어요."

"여기 있어. 그리고 너 검사 앞에서 법 운운해 봤자 이길 수 없을 텐데?"

"치사해, 진짜 치사해!"

본전도 못 찾은 아주가 포효했다. 그래 봤자 작은 새끼 고양이가 성질부리는 거나 다름없었다. 일부러 놀리라고 저렇게 반응하는 건가 싶었다. 원래 반응 없는 사람한테는 장난치지 않는 법이었다. 왜냐, 재미없으니까. 아주는 재미도 있고 귀엽기까지 했다.

한창 밥 먹는 아주를 구경하던 일우가 핸드폰으로 눈을 돌렸다. 오늘은 또 얼마나 기막힌 소식이 있으려나. 기사를 무감한 눈으로 훑던 그를 단번에 사로잡은 소식이 있었다. 일우가 믿을 수 없다는 듯이 인상을 팍 쓰고는 핸드폰을 쥔 채 스크롤을 내렸다.

'[종합] 형제 살인 사건 피의자 구속 기소.

인내동 화재 사건의 유가족으로 알려진 피의자 이 모 씨(27)가 친형인 피해자 이 모 씨(34)를 잔인하게 살해한 혐의로 9월 10일 늦은 밤, 부평의 한 모텔에서 긴급 체포 됐다.

검찰 수사 결과 인륜을 저버린 형제 살인의 계기는 두 형제 앞에 놓인 빚으로 밝혀졌다. 14년 전 인천 인내동에서 일어난 화재는 수십 명의 목숨을 앗아 갔고, 형제의 아버지도 화마에 휘말렸다. 화재로 숨진 아버지가 남긴 빚을 갚던 도중 생긴 싸움이 결국 형제간에 살인까지 저지르게 했다.

인천지검은 26일 "친형을 잔인하게 살해한 혐의로 피해자 이 모 씨(27)를 구속 기소 할 예정"이라고 밝혔다. 이어서 인천지검은 "피의자는 우발적인 범행이라 주장하고 있으나 야간에 흉기를 미리 챙겼다는 점 등이 계획 범행임을 가리키고 있다."라고 밝혔다.'

"……씨발, 뭐야?"

아직 신문도 다 안 끝났는데 구속 기소? 이게 무슨 미친 소리인가. 뒤통수를 거하게 때려 맞은 일우는 머리로 피가 몰리는 기분을 오랜만에 느꼈다. 정말 깊이 빡치지 않은 이상 느낄 수 없는 건데. 귀도 멍멍했다.

'담당 검사는 강력 범죄를 주로 다루는 형사3부의 현일우 검사로, 초임을 서울남부지검에서 지낸 인재다. 그는 첫 부임 당시 공영 방송에서 만든 다큐멘터리, 〈남부의 검사들〉 1부에 출연해 미남 검사로 이름을 알리기도 했다.'

기소하겠다고 기사가 나갔으니 이젠 무를 수도 없었다. 심지어 일우의 이름까지 났다. 미남 검사는 씨발, 개나 주라지. 다 잊고 살았던 다큐멘터리 제목까지 친절하게 알려 줬다. 존나 고마웠다.

"신 부장, 씨발! 아!"

일우가 화를 참지 못하고 소리를 악, 질렀다. 이대로 있다간 화병으로 죽을지도 몰랐다. 어젯밤에 일찍 집에 보낸 거나, 살인 사건 기소 의견서 써 뒀냐고 물은 거나 전부 계획이 있던 거였다.

아직 김민철 형사가 건넨 영상도 확인 못 했는데 이렇게 못을 박아 버려? 친형을 죽인 건 이주경이지만 이제는 사정이 달라졌다. 상사를 죽인 현일우가 될 수 있을 것만 같았다.

그래, 어차피 기소할 거였으니까 다 좋다 치자. 부장이 자꾸 얼굴 운운하며 매스컴 얘기하길래 입으로 똥을 싸는구나, 하면서 무시했더니 이런 빅엿을 날리다니.

심지어 일우를 소개한 문구 아래론 법조인 명단에 올라간 증명사진까지 있었다. 남들은 잘생겼다고 난리 치던 얼굴이라지만 일우는 그딴 소리 전부 필요 없었다. 제 얼굴이 허락도 없이 기사에 나갔는데 누가 좋겠는가. 유명 포털 사이트에 걸린 기사답게 이른 아침인데도 댓글도 수백 개가 넘어갔다.

댓글은 일부러 읽지 않고 기사를 닫았다. 대강 내용이 예상 갔다. 피의자를 욕하는 게 반, 일우의 외모에 대한 거 반. 정말 쓸데없이 몸집만 부풀리는 관심이었다. 딱 부장의 의도와 부합했다. 씨발. 어떻게 엿 먹이지.

"영감님, 왜 그래요?"

일우가 기사를 보며 오만상을 찡그리는 동안 아주는 밥공기를 말끔히 비웠다. 식사를 끝낸 뒤에야 다가와 일우가 왜 짜증이 났는지 물었다. 안 그래도 부장 때문에 짜증 나는데, 아주한테 밥보다 못한 사람 취급 받는 것 같아 더 싫었다.

"……후우, 그런 거 있어. 밥 다 먹었으면 치워. 나 출근한다."

"아직 시간 남았는데요?"

같이 좀 살았다고 어느새 일우가 출근하는 시간을 외운 모양이었다. 하긴 평소 나가는 시간보다 30분 정도 빨리 나가는 거였으니 이르긴 일렀다.

전혀 관심 없는 줄 알았는데 이런 식으로 소소하게 건네는 아주의 말이 일우의 짜증을 덜어 갔다. 남자는 단순하다는 말에 공감하지 않던 일우도 이번엔 깊이 공감했다. 풀떼기만 있으면 나도 단순해지는구나.

"할 일 있어서 일찍 가야 돼."

아주와 더 있고 싶은 건 일우 본인이 제일일 것이다. 같이 있기만 하고 싶을까, 입술 비비고 아래 비비고 다 하고 싶지. 세상살이가 일우를 가만두지 않을 뿐이었다. 오늘은 부장까지 합세해 처리할 일이 이만저만이 아니었다.

"점심때 올 거죠? 네?"

일우가 다급히 현관으로 향하자 아주도 뒤를 따르며 물었다.

"글쎄, 회사 가 봐야 아는데 아마 못 올 거야. 오늘은 혼자 먹어."

"저녁에는요?"

"저녁은 올 수 있도록 할게. 8시 넘으면 기다리지 말고 먹고."

"……너무해."

아침을 먹고 나니 붕어에서 세미 붕어쯤으로 다운 그레이드 된 아주가 일우를 찌릿 노려봤다.

"이번 주만 참아. 정 심심하면 고양이들 데려와서 놀든가."

"그건 싫어요."

"왜 애들이랑 잘 놀더만."

"영감님 집은 나만 들어올 수 있어요."

"지랄하네. 여기가 네 집이냐?"

"같이 사는 거잖아요."

아주의 말투에서 당당함이 느껴졌다.

"따지자면 여기 터줏대감은 걔넨데, 애먼 풀떼기가 주인 노릇 하네."

고양이를 집에 들이기 싫다며 집주인 행세하는 게 여길 집으로 인식하기 시작한 건가 싶었다. 기분이 나쁘지 않다. 오히려 꽤 괜찮았다. 여길 잠시 머무는 쉼터로 보는 것보단 훨씬 낫지.

"그러면 안 돼요?"

"돼. 너 다 가져라, 가져."

진심이었다. 아주가 갖겠다고 하면 다 줄 용의도 있었다. 이런 마음 따위 풀떼기는 모르겠지. 섭섭하진 않았다. 내가 널 이만큼 사랑하니 너도 해야 해, 하는 기브 앤 테이크 심보도 아니고.

"진짜 주지도 않을 거면서."

"달라고 해 봐, 그럼 주는지 안 주는지 알 거 아냐. 간다."

"오늘 일찍 와야 해요!"

"봐서."

아주의 신신당부를 뒤로한 일우는 무거운 발음을 떼어 집을 나섰다.

* * *

일우는 출근하자마자 부장실을 찾았다. 이른 시간이라 있을까 했는데 웬일로 있었다. 호출도 안 했는데 찾아온 일우를 보며 부장은 반기지도 내치지도 않았다.

"부장님, 현일웁니다."

일우가 부장 앞에 다가오자 낌새를 눈치챘는지 부장이 먼저 선수 쳤다.

"뭔 말 하려는진 알겠는데 그거 범인 나 아니다. 그리고 이거 받아 가."

자기는 범인이 아니라며 발을 빼는 모습부터 부장의 결재가 떨어진 의견서까지. 누가 봐도 부장 짓인데 아니라고 하면 다인가.

"매스컴 타자고 하신 분이 부장님밖에 없습니다만. 제가 기사 보고 얼마나 당황했는지 아십니까. 다른 건 몰라도 기소할 거란 건 피의자한 테 직접 말하게 해 주셨어야죠."

항변하는 일우의 목소리는 잔뜩 골이 나 있었다. 정말 환멸 나는 판 이었다.

"너 내가 사건 주면서 말했던 거 기억 안 나냐. 차장님이 주는 거 동의했다고 했잖아. 이거 차장님 의견이다, 난 힘없어."

차장이 이제 와서 굳이 왜? 피곤한 듯 찡그린 일우의 눈이 해명을 요구했다.

"어제 검사장님이랑 술자리 있었는지 하여튼 차장님이 형사부 부장 싸그리 호출했잖냐. 이번 주 내로 기소할 수 있는 거 밀어붙이라고 하데. 마침 현 프로 건이 사이즈 괜찮고, 잡음 없어서 바로 기사 때린 거야. 고래 싸움에 새우 등 터지는 격이지. 나 째려본다고 답이 나오겠냐. 어차피 기소할 거였으니 좀 앞당겼다고 생각해."

반대로 하루 좀 늦게 하면 어떻다고 이걸 담당 검사한테 말도 안 하고 기사를 내나 싶었다. 말일이긴 해도 실적이 10월로 넘어가는 것도 아니고, 금요일에 하겠다고 말까지 다 해 둔 상태인데. 오늘 오후에 있을 신문에선 뭐라고 하라고 이러는지 모르겠다.

피의자가 정말 범인인지 아닌지 가려내는 것보다 단순히 실적 채우는 데 급급하니 욕을 먹지. 씨발 새끼들. 혹여 1퍼센트의 가능성으로 이주경이 범인이 아니면 자신이 똥물 뒤집어쓰는 거였다.

"범인이 아니면요."

"뭐?"

"이주경 씨, 본인이 하지 않았다고 주장합니다. 그때 형사가 주고 간 영상에서 이상한 점이 발견되면 어쩝니까."

일우는 모 아니면 도라는 심정으로 말을 꺼냈다. 일우도 이주경이 범인일 거라고 생각하고 있지만, 아직 확인하지 못한 영상도 남은 상태였다.

"발견된다고 뭐 바꿀 수 있는 게 있을 것 같아? 이미 전 국민은 이주경이 피의자라고 알고 있는 상황에서 뭐가 달라지는데. 너 이거 차장님이

나서서 기사 낸 건이야. 지금 차장님 눈에 더 들려고 아양 떨어도 모자랄 판에 굴러들어 온 복을 걷어차게? 이 또라이가 진짜 미쳤나. 그리고 너 이 새끼, 잡음 없게 정리한다며?"

부장은 일우를 말도 안 되는 소리를 지껄이는 짐승 취급했다. 부장의 말인즉슨, 새로운 증거가 나오든 말든 이주경은 범인이어야 된다는 거였다. 이러니까 표적 수사다 뭐다 하며 욕 듣지. 사람 하나 잡아 놓고 죄가 나올 때까지 탈탈 터는 게 검사인가, 미친놈이지. 욕을 듣더라도 범인이 아니면 풀어 줘야 하는 게 맞는 거다.

"말이 그렇다는 거죠. 무고하다면 기소 취하할 겁니다."

부장한테 강짜 놓고 있긴 하지만, 사실 검경이 쌍으로 미치지 않는 이상 그럴 가능성은 희박했다. 그래도 자신한테 알리지도 않고 기사를 낸 사실이나, 형사법을 우습게 알고 자기 멋대로 기소를 하니 마니 하는 상황이 싫어서 강하게 나가는 거였다.

"현 프로, 너 이 상황이 마음에 들지 않는 건 알겠는데 넘겨짚지 마라."

부장도 아슬아슬하게 선을 넘나드는 일우에게 경고했다. 이런 소리 듣기 싫으면 절차대로 했어야지. 일우는 굳은 표정을 풀지 않았다.

"듣기 싫으니까 나가, 인마! 당장 나가!"

부장이 결재철을 일우한테 던졌다. 가슴에 맞고 떨어진 결재철을 주운 일우가 한숨을 삼키고 부장실을 빠져나왔다.

부장과 아침부터 실랑이했더니 어느새 직원들이 슬슬 출근할 시간대가 됐다. 짜증과 질림이 뒤죽박죽 섞인 얼굴로 사무실로 돌아가는 일우를 바라보는 시선이 느껴졌다.

사무실에 들어서니 어느새 정 계장과 유 주임이 출근해 있었다. 따르릉, 시끄럽게 울리는 전화벨 소리가 평소보다 배는 더 반갑지 않았다.

아마 99퍼센트의 확률로 기자들일 것이다.

"현일우 검사실입니다. 네, 안녕하세요."

전화를 당겨 받은 유 주임이 일우를 바라보며 난색을 표했다.

"잠시만 기다리세요. 검사님, 신화일보라는데요."

일우의 예상이 딱 들어맞았다. 다큐멘터리 출연하고 난 뒤에도 그렇게 인터뷰 요청이 왔었다. 아주 지겨울 정도였다. 그 상황을 다시 맞닥트리게 해 준 부장이 존나 고맙다 못해 눈물이 날 정도였다.

"인터뷰 요청이면 거절하세요."

"네, 알겠습니다."

"계장님도 앞으로 인터뷰 요청 오면 저한테 물을 거 없이 다 거절하면 됩니다."

텀블러에 커피를 타서 자리에 앉은 정 계장이 고개를 끄덕였다. 그의 말이 떨어지기 무섭게 또 전화가 울렸다. 이번엔 정 계장이 전화를 당겨 받았다. 이번에도 인터뷰 요청이었다. 정 계장은 일우가 미리 일러둔 대로 능청스레 잘 거절했다.

이런 전화를 몇 통이나 더 받아야 잠잠해질까. 앞날이 깜깜했다. 이주경에게 관심 갖는 것도 아니고 일개 평검사한테 관심 갖는 언론의 행태를 한마디로 표현할 수 있었다. 이름하여 주객전도.

일우가 날카롭게 솟은 콧대와 잘생긴 눈썹 사이를 손으로 문질렀다. 외관상으로 보이는 일우의 모습은 드라마 속, 실연한 미남 주인공 같았으나 속은 달랐다. 신 부장, 씨발, 진짜 좆같네. 온갖 욕의 향연이 계속됐다.

그런 일우의 상념을 깨뜨리기 싫었던 유 주임은 일우한테 다가가지 못하고 주춤거리다 어렵게 운을 떼었다.

"검사님…… 오늘 이주경 씨 신문 어떻게 할까요?"

"미리 잡아 둔 거니까 진행하죠. 기소됐다는 게 뉴스에 나긴 했어도 구두로 전해야 하지 않겠습니까."

"알겠습니다. 그럼 그대로 진행할게요."

이주경 담당 변호사한테 소식을 전하는 유 주임의 모습을 보다가 어제 확인하지 못했던 USB를 바라봤다. 왜 이렇게 하기 싫은지, 머리가 아팠다.

아주한테 점심때 못 간다고 말해 두긴 했어도 정말 못 가게 되니 마음이 좋지 않았다. 맛도 없는 해장국을 입으로 먹는지 코로 들이마시는지 구분할 수 없게 빠르게 식사를 끝낸 일우는 오후에 있을 신문 준비를 했다.

김민철이 주고 간 USB를 컴퓨터 본체에 꽂고는 인식되길 기다렸다. 인식됐다는 알림이 뜨자 폴더에 들어간 일우가 해당 파일을 클릭했다.

영상 상단에 뜨는 시간을 보니 체포된 지 만 24시간도 지나지 않은 때였다. 그래서 그런지 잔뜩 주눅 들어 있는 이주경이 보였다. 하얗게 질린 게 안색도 좋지 않았다.

'죽였어, 안 죽였어? 딴말하지 말고 그것만 말해.'

'안 죽였……'

'안 죽였으면 거긴 왜 갔는데? 너 돈 때문에 형이랑 싸웠다며. 인마. 너 모텔에 들어가는 거 CCTV에 다 찍혔어. 근데 그게 네가 아니라고?'

형사로 보이는 남자가 답답한 목소리로 타박하다 말고 CCTV를 캡처한 사진을 들이밀었다. 검은 후드를 입은 남자, 이주경이 화들짝 놀라 바라보다 고개를 떨궜다.

'……저는 맞는데, 안 죽였어요.'

'야, 쉽게 쉽게 좀 가자. 너 현장 체포 당한 거야. 네가 칼 들고 있는 거 목격한 사람이 나라고. 솔직히 너처럼 빚 때문에 자기 가족 죽인 사람이 한둘인 줄 아냐. 깨끗하게 인정하고 형 줄이는 방법밖에 없다니까?'

'나, 아니라고요! 싫어도 내 가족인데, 사랑하는 형인데 내가 왜 죽여요……. 내가 왜…….'

'그럼 칼은 왜 들고 있었는데, 어?'

'떨, 떨어져 있으니까…… 이게 뭔가 싶어서 그냥 집었던 거예요. 실수였다고요…….'

'야, 네가 한번 생각해 봐라. 그게 말이 되는지 안 되는지. 그리고 너 아까는 놀라서 잡았다며. 끝까지 어렵게 가네. 야, 민철아. 이거 지우고 다시 찍어.'

'예? 그래도 됩니까?'

'하아, 너도 왜 꼴통 짓 하냐. 범죄자 새끼들이 처음부터 나 잘못했다고 하겠어? 이러는 애들 한둘이 아닌데. 야, 잔말 말고 다시 찍어.'

처음 영상은 그렇게 끝났다. 남들이 보기엔 강제로 자백을 유도한다 볼 수도 있었다.

하지만 일우가 알기론 자백 영상 속 형사들의 말투는 보통 저랬다. 강력 범죄자들을 상대하면서 나긋나긋하게 대했다간 기 싸움에서 눌리기 때문이다. 그러면 신문할 때 질질 끌려다닐 수 있었다. 해서, 대부분 사람을 잡아 뜯어 없앨 정도로 꽉 누르는 편이었다.

일단 처음 영상에서 이주경의 자백은 보이지 않았다. 일우가 다음 영상을 클릭했다. 아까 영상보다 한 시간 정도 흐른 뒤였다.

'밤 11시경, 택시 타고 모텔 앞에 내려서 바로 들어갔지. 넌 형이
어디에 묵는지 미리 알고 있었고, 엘리베이터를 타고 2층에 올라갔어.
맞지?'

'……맞아요.'

'형이 갚아야 하는 빚 대신 갚는 것도 억울한데, 형 앞에 집 있다는
거 알고 빡쳤었잖아. 그래서 그거 팔자고 형한테 말했다가 거절당해서
엄청 화냈고.'

'……네.'

이주경이 대답 말고도 더 하고픈 말이 있는 눈치였지만 이리저리 동
공을 움직이더니 이내 입을 다물었다.

'그래서 형이 모텔에 달방 얻어서 살고 있는 곳 가서 죽인 거고. 피해
자 이인경, 네 친형이잖아. 맞아, 아니야.'

형사의 물음에 괴로운 듯이 신음 소리를 내던 이주경이 고개를 끄덕
였다.

'고개 끄덕이지 말고 말로 해라.'

'……맞아요, 저희 형…… 맞아요.'

'그 사랑하는 형 죽인 게 너잖아. 새끼…… 체포될 때 칼 들고 있었잖
아. 기억나냐?'

다시 한번 이주경이 고개를 끄덕였다. 그의 표정이 어떤지는 보이지
않았다. 이젠 고개를 푹 숙이고 있었기 때문이다. 어깨가 떨리는 게 우
는 것 같았다.

'칼, 들고 있었어요. 맞아요, 실수였어요. 진짜 실수였는데……. 어쩌

다가 이렇게 됐지…… 형, 혀엉. 인경이 형…… 사랑하는 우리 형…….'

머리를 부여잡고 괴로워하던 이주경이 이내 미친 듯이 눈물을 흘리기 시작했다. 형사도 이만하면 됐다 싶었는지 촬영을 종료하라는 사인을 보냈다.

영상은 거기서 끝났다. 영상만 봐선 아주 완벽하진 않지만 이주경이 자백했다고 봐도 무방했다. 형사가 던진 질문에 대답하는 형식으로 하는 자백도 많기 때문에 별 특별한 건 아니었다.

"씹새끼가, 자긴 안 죽였다고 바락바락 우기더니."

보통 괘씸한 게 아니었다. 부장한테 이주경이 무고하면 기소 취하할 거라고 우겼던 자신을 한 대 때리고 싶었다. 물론 이주경이 정말 무고하다고 생각해서 한 말은 아니었다. 그냥 객기 부린 거지 뭐. 그래서 부장도 넘겨짚지 말고 거기까지 하란 식으로 경고한 거고.

신문 이후 기소하려 했던 순서가 좀 뒤바뀌었어도 이 영상이면 됐다 싶었다. 이주경이 자긴 절대 아니라고 또 자백을 부인하면 영상 틀어 놓고 따박따박 상기시켜야겠다.

신문 준비를 하면서 일우는 공판부 최현정 검사에게 넘길 공판 카드를 미리 작성했다. 혐의는 살인죄, 구형란에 15년을 적으려다 고심 끝에 적지 않았다. 이번 신문에서 혐의 인정을 하느냐 마느냐를 보고 적어야겠다는 생각에서였다.

이것저것 서류를 준비하다 보니 벌써 2시가 코앞으로 다가왔다. 이주경이 도착했다는 연락을 받은 정 계장이 일우에게 눈짓으로 알렸다. 일우도 시계를 확인하고 조사실로 갈 준비를 했다. 이주경은 일우를 끔찍이도 보기 싫겠지만 어쩌겠나. 담당 수사 검사인 걸.

눈물이 더럽게도 많던 이주경이었으니 이번에도 엄청나게 울겠구나, 싶었다. 조사실에 휴지가 넉넉히 있었던가, 하는 실없는 생각을 하며 사무실을 나섰다.

조사실로 가니 바깥에 앉아 대기하는 교정 공무원이 보였다. 슬쩍 묵례하며 인사를 건넨 일우가 조사실 안으로 들어갔다. 안에는 이미 도착한 이주경과 신희호 변호사가 대기하고 있었다.

"안녕하십니까, 검사님."

"예, 안녕하세요."

안녕하냐는 인사를 건넬 사이는 아니었지만 프로답게 적당히 마무리했다. 일우는 자리에 앉기 전, 전처럼 차를 한 잔씩 타서 건넸다.

"이주경 씨도 마셔요."

일우가 마른 입 안을 달래려 차를 한 모금 마셨다. 이주경 앞에 놓인 종이컵에서 따듯한 김이 피어올랐다. 일우가 이주경 맞은편에 앉자 변호사도 이주경 옆에 착석했다.

"검사님, 기소하셨더라고요."

변호사가 한마디 건넸다. 예상한 질문이었다. 어차피 그도 이주경이 기소될 걸 예상했을 터였다. 안 하면 그게 이상한 거지.

"예, 좀 급히 전달했습니다."

신문 이후 수사가 어느 정도 마무리되면 기소하는 게 보통이었지만, 이번엔 차장과 부장의 농간으로 순서가 좀 엉켰다. 그에 대한 자세한 사정은 말하지 않고 간단하게 축약했다.

"난, 안 죽였다고 했잖아요. 이딴 거 마셔서 뭐 하라구요!"

어디서 기운이 났는지 크게 소리친 이주경이 일우가 타서 건넨 차를 테이블에 엎질렀다. 서류를 내려놓고 상황을 설명해 주려던 일우가 멈칫

하고 이주경을 싸늘하게 바라봤다.

"지금 뭐 하는 겁니까?"

"나 아니라고요. 검사님, 나 안 죽였어요. 죄 없는 사람을 기소하는 게 대한민국 검삽니까?!"

"왜 이주경 씨가 죄가 없다고 생각하십니까?"

"내가, 내가 안 죽였다고 하잖아요……. 상식적으로 왜 내가 형을 죽여요……."

"이주경 씨, 저 같은 검사는요. 상식 밖의 사람들을 하루에도 수없이 만나요. 이게 진정 사람인가 싶은 사건도 많이 보고요. 외부 상식이 통하지 않는 곳이 대한민국에 몇 곳 있는데요, 그중 하나가 검찰청이에요."

범행을 바로 시인하고 반성하는 사람도 있는 반면, 아닌 사람도 있었다. 현장에서 체포되더라도 일단 자기가 하지 않았다고 부정하는 게 보통이었다. 별 특별한 일도 아니란 소리였다. 상식대로 흘러가면 검찰이 존재할 필요가 있을까. 검사가 된 후 인류애를 하루에도 수십 번 상실하던 일우는 이주경의 의견에 절대 공감할 수 없었다.

"예외가 있을 수도 있잖아요……. 검사님은 범인 잡는 사람이지 저 같은 죄 없는 사람 잡는 사람 아니잖아요……."

"하, 답답하네."

여전히 똑같은 소리를 지껄이는 이주경의 모습에 일우가 넥타이를 살짝 풀며 답답함을 토로했다. 안 그래도 부장 때문에 머리 아프고 피곤한데, 이주경마저 쉽게 가는 법이 없었다.

"이주경 씨가 서에서 자백한 영상 확인했어요. 모텔에 갔고, 형 죽였고, 체포 당시 칼 들고 있었고. 이거 전부 이주경 씨 본인이 시인한 겁니다. 실수였다고 우는 것까지 다 봤는데 왜, 그것도 본인이 한 말이 아닙니까?"

일우는 길게 말하지 않았다. 영상에서 이주경이 고개를 끄덕이며 맞는다고 얘기했던 것들 위주로 물었다.

"……아니, 그건 나 맞…… 아니, 안 죽였는데……."

이주경이 혼란스러운 태도로 머리를 뒤흔들더니 끄윽, 거리면서 눈물을 흘리기 시작했다. 아니라고, 죽이지 않았다는 말만 계속 반복했다. 짜증이 있는 대로 난 일우는 변호사에게 눈짓했다.

여기서 이만 끝내죠?

변호사도 동의하는 눈치였다. 그러나 여기서 그만 신문을 종료하려던 일우의 생각과 다르게 이주경이 돌발 행동을 시작했다. 조사실 책상에 머리를 쾅쾅 부딪치며 소리를 지르기 시작한 것이다.

"나, 난 안 죽였다고!"

"참 나……."

그런다고 죽을 것 같은. 일우도 조사실 책상에 머리를 찧으며 자기여기서 확 죽어 버릴 거라면서 협박을 일삼던 사람들을 숱하게 봤다. 실제로 책상에 머리를 찧기 시작하면 교정 공무원을 불러 제압하면 간단히 해결되는 문제였다. 아니 그 전에, 죽어 버린다며 협박하던 사람들도 형량 얼마나 추가해 드릴까요, 속삭이면 얌전해졌다.

"사람 불러오겠습니다."

일우가 후, 숨을 내뱉곤 일어서서 조사실 문을 열었다.

"이주경 씨 신문 끝났으니까 데려가세요. 감정이 좀 격양된 것 같으니 조심하시고."

밖에 있는 교정 공무원들을 부른 일우가 가볍게 주의를 줬다. 교정 공무원도 일우의 숨은 뜻을 알아듣곤 알겠다며 고개를 끄덕였다. 복도에

서서 뻐근한 어깨를 주무르며 잠시 한숨 돌렸던 일우가 다시 조사실 안으로 들어갔다.

교정 공무원에 의해 제압된 뒤, 포박당한 이주경이 일우를 노려보기 시작했다. 저런 눈빛을 하루 이틀 마주 본 게 아니었다. 사람이 한계까지 몰리면 눈에 억울함, 분노, 차마 다 털어놓지 못한 여러 사정을 담고 복잡함을 만들어 내기 마련이다. 그게 섬뜩해서 마주하기 힘들다는 검사도 있었고 일우처럼 담담히 넘기는 검사도 있었다.

"잠시 이주경 씨한테 한마디 하겠습니다."

일우가 말하자 교정 공무원이 책상에 엎드려 있는 이주경을 일으켜 세워 의자에 제대로 앉혔다. 이럴 때마다 기분이 이상했다. 꼭 조직폭력배 보스가 되어 배신자를 처단하는 장면 같아서 말이다.

"위험하니까 옆에 있겠습니다."

교정 공무원이 옆으로 살짝 물러서며 말했다.

"뭐, 그러세요."

남 앞에서 하지 못할 말을 할 것도 아니고, 상관없었다.

"이주경 씨, 오늘부로 이인경 씨를 살해한 혐의로 기소됐습니다. 이 시각 이후로 피의자가 아닌 피고인 신분으로 전환되실 거고요."

일우가 앞으로 일어날 재판 절차에 대해 구두로 간단하게 설명했다. 어차피 변호사가 잘 설명해 주긴 하겠지만, 필요한 절차이기 때문이었다. 열렬히 노려보다 어느새 고개를 숙인 이주경이 보였다. 일우가 늘어놓는 말을 듣는지 마는지도 모르겠다.

"이주경 씨, 듣고 있습니까?"

"……버릴 거예요."

이주경이 뭉개진 발음으로 웅얼거렸다.

"다시 말씀하세요. 잘 안 들립니다."

"······형을 죽인 살인자가 되느니 차라리 죽어 버리는 게 나아요. 아니, 지금 죽을 거예요."

머리 찧는 거랑 죽는다고 협박하는 거랑 둘 다 보게 될 줄은 몰랐다. 일우가 교정 공무원을 쳐다봤다. 그들도 이주경이 돌발 행동을 할까 유심히 바라보고 있었다.

"이주경 씨 상태가 별로 안 좋네요. 그만 데려가세요."

시간 낭비도 이런 낭비가 없었다. 한결 더러워진 기분으로 서류를 챙긴 일우가 변호사한테 인사했다.

"고생하셨습니다."

"검사님도 고생하셨습니다."

서로 의례적인 인사를 건네며 마무리했다. 오늘 이후로 이주경과 그의 변호사와는 더 마주칠 일이 없었다. 재판은 공판부 최현정 검사가 진행할 거고, 사건 진행에 차질이 있으면 최현정 검사와 직접 논의하면 되는 일이었으니 말이다.

부들부들 떨기 시작하는 이주경의 상태가 점점 나빠지는 게 보였지만, 그건 일우가 어떻게 해 줄 수 있는 게 아니었다. 본인이 죄를 짓지 않았으면 이럴 일도 없었을 테니까.

답답함을 삼킨 일우와 변호사가 먼저 조사실 밖으로 나가고, 이주경이 교정 공무원 손에 이끌려 뒤따라왔다.

"검사님."

자신을 부르는 소리에 일우가 뒤를 돌아봤다. 다름 아닌 이주경이었다.

"······내가 죽겠다고 하는데 아무렇지도 않은가 봐요."

"그럼 여기서 무릎 꿇고 죽지 말아 달라고 빌기라도 할까요?"

가만 보면 범죄자들은 자기 목숨에 너무 많은 가치를 부여했다. 항상 자기가 뭐라도 된 것처럼 굴지만 일우의 눈엔 세금을 축내는 사회악일 뿐이었다. 죽겠다고 하면 누가 벌벌 떨 줄 아나. 우습지도 않았다.

"……아뇨. 이젠 빌어도 소용없어요."

완전히 풀린 이주경의 눈을 마주친 순간 차원이 다른 스산함이 스쳤다. 그가 흘리는 눈물이 얼핏 피눈물처럼 보였다. 교정 공무원이 옆에서 꽉 붙들고 있건만, 꼭 창문이라도 깨고 뛰어내릴 것만 같았다.

그런 긴장감 속에, 이주경은 할 말을 마치자마자 털썩 주저앉았다. 동시에 살이 벌어지는, 소름 끼치는 소음이 귓속을 파고들었다. 교정 공무원이 주저앉은 이주경의 고개를 잡아 들었을 때 새빨간 피가 보였다. 이주경의 입술 사이에서 피가 콸콸 흐르고 있었다.

씨발, 뭔데?

다들 당황해 행동을 멈춘 사이 일우만이 다급히 다가가 이주경의 의식을 확인했다. 동공 반응은 없었다. 기절한 것 같았다. 무슨 짓을 한 건지 모르는 상태에서 뺨을 쳐 깨울 수도 없었다.

"119 부르세요! 빨리!"

비릿한 피 냄새, 쓰러진 이주경, 혼비백산한 사람들. 일우의 머릿속도 이리저리 뒤엉켰다. 일단 입 안에 가득 찬 피가 역류할 가능성을 염려해 기도를 확보하고 입을 열었다. 그제야 피가 난 원인을 알 수 있었다. 혀를 깨물었는지 혀가 아주 너덜너덜했다.

씨발, 어떻게 해야 하지?

팽팽 도는 시야 속, 고심한 일우가 넥타이를 풀었다. 새파란 넥타이로 이주경의 혀를 꺼내 지혈했다. 이주경을 품에 안고 입 안을 강제로 열어 넥타이를 쑤시는 광경은 불유쾌했다. 일우의 셔츠와 손도 피로 젖어

갔다. 넥타이는 피로 금방 흥건해졌다. 아무 천이나 더 필요했다. 마음 같아선 셔츠라도 찢어 쑤시고 싶었다.

"변호사님 넥타이 비싼 겁니까?"

일우가 변호사가 매고 있는 넥타이를 가리켰다. 이주경의 상처를 지혈하느라 쓴 본인 넥타이가 기백만 원대라는 건 전혀 신경 쓰지 않던 일우가 물었다.

"아니, 아닙니다. 쓰십시오."

당황한 변호사가 빠르게 고개를 휘젓더니 넥타이를 빠르게 풀러 건넸다. 손수건도 함께였다. 평소에 거들떠도 보지 않던 손수건이 이렇게 반가울 수 없었다. 손수건으로 지혈을 시도하던 일우는 이내 이대로는 도저히 안 되겠다고 판단했다.

"구급대원들 5층까지 올라오는 거 기다릴 시간 없습니다. 우리가 내려가죠."

교정 공무원의 도움을 받아 이주경을 업은 그가 계단으로 뛰어 내려가기 시작했다. 변호사와 교정 공무원이 뒤를 따라 빠르게 내려왔다.

피투성이가 된 일우가 계단을 질주하자, 아래에서 올라오던 사람들이 깜짝 놀라 벽으로 비켰다. 어젯밤엔 아주를 업고 어깨가 눈물범벅이 됐는데, 오늘은 이주경을 업고 어깨를 피로 적시고 있었다. 씨발, 인생 한번 파란만장하네.

두세 칸씩 뛰어 내려온 덕분에 구급차가 입구에 도착했을 때 바로 이주경을 인계할 수 있었다. 요란한 사이렌 소리를 울려 대며 도착한 구급차 때문에 사람들의 시선이 집중됐다. 검찰청에 들어오던 사람들도 삼삼오오 모여 수군거렸다.

"후으, 저기."

구급차에 따라 타려는 교정 공무원을 잠시 불러 세운 일우가 숨을 고르고 말했다.

"무슨 일 있으면, 아니, 없어도 연락 좀 부탁드립니다."

"알겠습니다. 내려오느라 고생하셨습니다."

교정 공무원이 꾸벅, 고개 숙이고 빠르게 구급차에 올라탔다. 사이렌을 울리며 저 멀리 사라지는 구급차를 바라본 일우가 뒤늦게 깊은 숨을 토해 냈다.

"하아, 씨발……."

흐트러진 머리칼을 넘기려다가 말았다. 손에 피가 잔뜩 묻어 있는 탓이었다. 이제 보니 꼴이 말이 아니었다. 이미 피로 얼룩진 셔츠에 피가 좀 더 묻는다고 달라질 건 없었다. 일우가 셔츠에 손을 대강 닦고 패닉에 빠져 멀거니 서 있는 변호사를 불렀다.

"변호사님."

"예, 예?"

"그만 가세요. 여기 남아서 할 일도 없으신데."

"예…… 그렇죠. 검사님, 괜찮으십니까?"

"안 괜찮을 건 또 뭐랍니까. 여기 계속 있다간 변호사님 골치 아파집니다. 빨리 병원이라도 따라가세요."

"예, 옙. 그래야죠. 그럼 다음에……."

"다음에 또 보지 맙시다."

일우는 다음을 기약하는 변호사의 인사를 매섭게 잘랐다. 변호사는 잔뜩 질린 얼굴로 꾸벅 묵례하곤 주차장 쪽으로 사라졌다. 눈앞에서 의뢰인이 혀를 씹었으니 변호사도 제정신이 아닐 것이다.

그렇게 한숨 돌린 일우는 회사 쪽으로 등을 돌렸다. 웅성웅성, 구경꾼이 한둘이 아니었다. 거기엔 이 검사도, 공판부 최 검사도 있었다. 제일 최악은 부장도 있었다는 거였다. 좆같다, 진짜.

그들을 상대할 기력까진 없는 일우는 상황 설명을 바라는 눈빛을 뒤로하고 엘리베이터로 향했다. 피로 얼룩진 일우의 모습에 엘리베이터를 기다리던 인원들 모두 경악하며 모세의 기적을 보여 줬다.

항상 만원인 엘리베이터를 뜻하지 않게 혼자 차지한 일우는 거울에 비친 자신의 모습을 보고 피식, 웃었다. 현일우, 꼴이 말이 아니네.

오래전, 도축장에서 일했던 기억이 떠올랐다. 도축장 곳곳에 놓인 쓰레기를 치우거나 잡일을 도왔지 실제 도축한 적은 없었다. 그럼에도 생명을 죽이는 곳에 남은 냄새는 일우의 폐부에 깊게 남았다. 나중엔 온몸이 피로 적셔진 착각까지 들었다. 지금 기분이 딱 그랬다.

"……보고 싶네."

적막 속 진심이 튀어나왔다. 아주가 보고 싶었다. 품에 쏙 들어오는 마른 몸을 끌어안고 키스를 퍼붓고 싶었다. 그렇게 할 수 있게만 해 준다면, 방금 있었던 일 모두 웃어넘길 수 있을 것만 같았다.

5층에 도착한 일우가 엘리베이터에서 내리자마자 또 한 번 이목이 집중됐다. 피로 얼룩진 그의 모습은 공포 영화 속 한 장면 같았다. 비현실적인 얼굴이 공포감을 더욱 조성했다. 저 멀리 이주경이 남긴 핏자국도 보였다. 핏자국과 엉망인 일우를 번갈아 가며 바라본 직원들의 수군거림이 귀에 꽂혔다.

"현일우 검사가……."

"피의자가 혀를……."

일우가 한 발자국 옮길 때마다 쑥덕거리던 사람들이 움찔하는 게 느껴졌다. 내가 죽였나, 씨발. 왜 저래. 또 얼마나 말이 돌려나. 한숨이 또 나왔다.

일우는 사무실로 복귀하기 전, 화장실에 먼저 들렀다. 얼굴과 목덜미에 남은 핏자국을 씻었다. 따듯한 물로는 지워지지 않아 찬물로 벅벅 문질러 닦았다. 손끝과 얼굴이 얼얼했다.

찬물로 세수하니 머리가 냉정하게 식었다. 별의별 생각이 다 들었다. 자기 혀를 깨물어 자살을 기도했다는 건 보통 의지로 되는 일이 아니었다. 정말 억울하거나 혹은 기소 중지나 불구속같이 다른 걸 노리거나. 둘 중 하나였다.

이미 기소된 걸 굳이 혀까지 씹어 가며 얻을 이익이 있을까. 혀를 잘못 깨물면 죽을 수도 있는데. 정말, 아주 낮은 가능성으로 이주경이 억울해 그런 거라면 일우는 접싯물에 코 박고 죽는 첫 선례를 만들 생각이었다. 더불어 부장도 저승 동기로 데려갈 용의가 있었다.

찬물이 콸콸 쏟아지는 수도꼭지를 잠근 일우가 티슈로 셔츠를 닦았다. 이미 마른 핏자국은 지워지지 않았다. 근래 야근을 자주 하지 않아 갖다 놓은 새 셔츠도 없는데 어쩌나. 엎친 데 덮친 격이었다.

어쩔 수 없이 일우는 피 묻은 셔츠를 입은 채 사무실로 들어갔다. 유 주임과 정 계장의 걱정스러운 눈빛에 일우는 아주 희미한 미소를 지어 보였다. 그가 보여 줄 수 있는 최대의 배려였다.

"정 계장님, 부탁 하나만 합시다."

"네, 네. 말씀하세요. 뭐든지요!"

열렬한 태도에 일우가 또 한 번 웃음을 보였다.

"김민철 형사한테 전화해서 이주경 씨 사건 관련된 실물 증거 좀 다 갖다 달라고 하세요. 지금 바로요. 내가 가고 싶은데 운전할 처지가 안 돼서요."

"한 시간 내로 가져올게요. 검사님은 좀 쉬고 계세요."

정 계장이 김민철에게 연락하며 서둘러 밖으로 나갔다. 유 주임은 걱정스러운 얼굴로 비타민 음료를 갖다줬다.

"고맙습니다. 저 10분만 쉴게요. 아, 그리고 부장님 호출 오면 말 좀 해 주세요."

"네. 그럴게요. 쉬세요."

10분만 쉬겠다고 선언한 일우를 유 주임이 안쓰럽게 바라봤다. 부장의 호출이 곧이라는 걸 피부로 느낀 일우는 의자에 등을 기대고 눈을 감았다.

"후우……."

현재 상황이 너무 좋지 않았다. 기소했다고 보도 낸 게 아침인데 무죄를 주장하는 살인 사건 피의자가 신문 도중 혀를 짓씹고 자살을 기도했다, 라. 언론에게 먹잇감을 던져 준 꼴이었다. 기사만 내지 않았어도 내부에서 해결할 수 있는 문제였는데, 이미 주목도가 높은 사건이라 별달리 피할 방법도 없었다.

강압 수사를 한 적도 없지만 당장 화살은 일우를 향할 것이다. 언론을 족히 신경 쓰는 검찰이니, 한 적도 없는 일 때문에 내사를 받을지도 모르겠다. 그래야만 언론에다가 해당 사건에 대해 조사 중이라고 말을 할 수 있으니 말이다. 하필 김민재 폭행 건도 마무리를 못 했다. 이대로 모든 책임을 뒤집어쓰고 나가라고 쫓아낼 가능성도 있었다.

정 계장한테 실물 증거 좀 갖고 와 달라고 했지만 일우는 이주경이 범인이어야지만 이 상황을 벗어날 수 있었다. 단순히 기소를 취하하는 건 큰 문제가 아니었다. 하지만 이주경이 혀를 씹은 뒤 기소를 취하하는 건 큰 문제였다. 일우 본인이 수사를 잘못했다는 뜻이고, 그건 곧 일우를 시작으로 부장, 차장까지 연쇄적으로 깨진다는 말이었다.

어디가 시작점이고 끝인지 구분도 안 되는 이 어지러운 상태를 한마디로 정의할 수 있는 건 좆같다, 밖에 없었다. 씨발, 진짜 좆같다.

10분 동안 휴식 같지 않은 휴식을 취한 일우는 눈을 뜨고 이주경의 사건 기록을 가져와 처음부터 다시 훑기 시작했다. 자백한 사건을 이렇게 열심히 파는 건 또 처음이었다.

답답함에 담배가 생각났다. 나가서 한 대 피우고 싶은 충동을 참고 청포도 사탕을 하나 까먹었다. 인위적인 청포도 향과 단맛이 아주를 떠올리게 했다. 가슴이 진정되기는커녕 더 빨리 뛰어 문제였다. 사랑이 사람 미치게 한다더니 정말이었다.

사탕을 다 녹여 먹을 때쯤 정 계장이 커다란 박스를 올린 카트를 끌고 나타났다. 파란색 박스에는 경찰 마크가 크게 박혀 있었다.

"엄청 빨리 왔죠?"

정 계장이 씩 웃으며 말했다. 정말 바람처럼 빠른 속도였다.

"날아갔다 오셨습니까? 30분도 안 걸린 것 같은데요."

출근 시간대가 아니라는 점을 감안하더라도 여기서 부평까지 편도 30분은 걸릴 텐데? 무슨 마법이라도 썼나 싶은 속도였다.

"형사님이 다행히 서에 계시더라고요. 연락해서 가는 길 중간에서 만나서 받아 왔어요. 거기다 열심히 밟았거든요. 그래도 신호 위반은 안 했으니 걱정 마세요."

김민철 형사가 도움을 준 듯싶었다. 첩보 작전하듯이 중간 지점에서 만나서 가져왔다면 30분 안에 온 게 설명이 됐다. 그래도 쉬운 일이 아닌데, 자처해서 다녀온 정 계장이나 김민철 형사나 전부 고마웠다.

"고맙습니다."

"어휴, 뭘요. 맞다, 나간 김에 셔츠라도 사 오는 건데. 거기까지 생각을 못 했네요."

정 계장이 피로 얼룩진 셔츠를 보며 혀를 찼다. 특히 목덜미 쪽이 새빨갛게 물든 탓에 꼭 일우가 다친 것처럼 보였다.

"전 괜찮은데요. 계장님 신경 쓰이면 재킷이라도 입고 있겠습니다."

"아니, 그런 건 아니구요. 재킷 입으면 그것도 같이 버리는데, 입지 마세요. 검사님이 불편할까 봐 그랬죠."

"괜찮아요, 신경 써 주셔서 감사합니다. 저 조사실에 있을 테니 무슨 일 있으면 연락 좀 해 주세요."

일우는 정 계장이 힘들게 받아 온 파란색 증거 박스와, 슈트 재킷 안쪽에 항상 지니고 다니는 라텍스 장갑을 꺼내 조사실로 발걸음을 옮겼다. 능력을 쓸 것이기 때문에 조용하고 사람들 시선이 없는 곳이 편했다.

수술실에 입성한 의사처럼 비장한 표정으로 라텍스 장갑을 낀 일우가 조사실 테이블 위에 증거를 하나씩 꺼냈다. 번호표가 부착된 투명한 비닐 백에 담긴 증거들을 유심히 살폈다.

이주경이 흉기로 사용한 칼, 피해자의 옷가지, 그리고 그때 확인하지 못했던 피해자의 물품 등. 여러 가지가 있었다.

"이건 또 뭐야?"

피해자의 물품 중 눈에 띄게 낡은 수첩이 일우의 관심을 끌었다. 갈색 가죽 수첩이었는데 외관엔 '세창해운 5주년 기념'이라는 문구가 양각돼 있었다. 손바닥보다 조금 더 큰 수첩은 그들의 아버지 소유였던 세창해운 시절 만들어진 것이었다. 수첩 귀퉁이 가죽도 다 삭은 게 보통 오래된 게 아니었다.

이상함을 느낀 일우가 핸드폰으로 세창해운을 검색했다. 오래된 회사라 정보가 바로 나올까 싶었으나 근래 살인 사건으로 재조명되다 보니 손쉽게 기사를 찾을 수 있었다.

'1977년에 1월에 설립된 세창해운…… 80년대 군사 정권 시절 낙도 보조항로 운항권을 독점해 서해안 섬들을 오가며 운행…… 2005년에 인내동 화재 사건 이후 부도…….'

이 수첩이 5주년 기념이니 82년도에 만들어졌다는 건데. 세월이 훌쩍 지난 지금까지 수첩이 크게 망가지지 않고 남아 있다는 게 신기했다.
"대체 몇 년 전인데 이걸 아직도 갖고 있어. 뭐 중요한 자료라도 되나."
영화에서 나올 법한 장부같이 중요한 자료라고 하면 애지중지 보관한 이유가 이해됐다. 하지만 이미 오래전에 망한 회사인데 여태 갖고 있을 필요가 있나 싶었다.
뭐, 그거야 지닌 사람 마음이긴 하지. 수첩이 망가지지 않게 조심스레 펼쳐 확인한 일우는 얼굴에 곧 물음표를 띄웠다. 웬 지도가 맨 앞에 있었다. 서쪽에 바다가 있고 섬이 늘어진 걸 보니 서해안 쪽인 듯싶었다. 지도 위론 빨간색으로 항로가 표시돼 있었다. 그 뒷장엔 배 운항 시간표가 요일별로 나와 있었다. 여기까진 평범한 해운 회사의 수첩이었다.
그렇게 몇 장을 더 넘기다 보니 영문을 알 수 없는 글자들이 보였다.

1982. 3. 5.
A, 2, 17, 上
?, 2, 18, 中
O, 2, 18, 上

"82년 3월 5일? 밑에 A는 뭐야."

자기들끼리 사용하던 암호인가 싶었다. 뒷장으로 넘기니 한 달 간격으로 적게는 세 개, 많게는 열 개도 넘게 적혀 있었다. 순서는 항상 똑같았다.

첫 번째 칸은 A, B, O, AB. 두 번째는 1 아니면 2. 세 번째는 10에서 20까지 다양했다. 마지막은 상중하 세 가지로 분류됐다.

쎄한 촉이 발동했다. A, B, O, AB, 아니면 물음표. 이거 아무리 봐도 혈액형 아닌가. 두 번째 칸에 적힌 1과 2는 성별. 세 번째는 나이. 마지막 네 번째는 모르겠지만 첫 번째부터 세 번째까진 딱 들어맞았다. 사실 여부를 떠나 이게 보통 물건이 아니라는 것쯤은 알 수 있었다.

섬 노예, 인신매매, 이런 단어들이 머릿속을 스쳐 갔다. 해운 회사였으니 눈에 띄지 않고 사람을 옮기는 덴 문제없었겠지.

그러나 정말 인신매매를 했더라도 이제 와서 처벌할 순 없었다. 수첩에 기재된 날짜만 해도 30년이 훌쩍 넘었으니 공소 시효도 문제고, 피해자를 찾는 것도, 누굴 처벌하느냐도 문제였다. 심지어 회사는 14년 전에 부도났고, 사장은 화재로 죽었고, 아들 하난 살해당하고, 또 다른 아들은 형을 죽이고. 콩가루도 이런 콩가루가 따로 없었다.

"씨발, 어째 얘네는 파면 팔수록 이상한 게 나오냐."

욕을 중얼거린 일우가 수첩을 다시 비닐 백에 넣으려다 말고 따로 옆에 챙겼다. 미심쩍은 기분이 계속 남은 탓이었다.

이어서 피해자가 살해당할 때 입고 있었던 옷을 살폈다. 거뭇한 핏자국이 말라붙은 얇은 회색 니트였다. 자창이 남았던 옆구리 쪽은 구멍이 나 있었다.

"하아, 진짜 보기 싫은데……."

가장 경험하기 싫은 순간이 도래했다. 더는 지체할 수 없다는 생각에 능력을 쓴 일우가 아득히 먼 눈으로 과거를 읽었다.

거울에 비친 남자, 회색 니트를 입은 이인경의 모습이 보였다. 이주경과 많이 닮은 얼굴엔 세월의 흔적이 엿보였다. 피곤한 듯 눈가를 짓누른 이인경이 침대에 주저앉아 거울 옆에 놓인 시계를 바라봤다. 얼마나 지났을까, 검은색 후드를 뒤집어쓴 남자가 이인경과 나란히 거울에 비쳤다. 얼굴은 보이지 않았지만 정황상 남자는 이주경이었다.

둘은 무언가 이야기를 나누기 시작했다. 점점 언성이 높아지고 인상을 찌푸리는 게 보였다. 이인경이 흰색 봉투를 뒤흔들다 남자의 가슴팍에 던졌고 만 원짜리 몇 장이 공중에 휘날렸다.

상체를 숙여 떨어진 돈을 다 주운 남자가 이번엔 이인경을 칼로 위협하기 시작했다. 이인경보다 키가 더 커서 그런지 충분히 위협적이었다. 키가 족히 10센티미터는 차이 나는 것 같았다. 또 한 번 실랑이를 거친 뒤 이인경이 바닥에 엎어졌다.

이어서 벽에 피가 점점이 튀었고 니트는 날붙이에 의해 찢어졌다. 아래에 깔린 이인경을 무자비하게 찔렀던, 전에 봤던 기억이 맞물려지기 시작했다. 한 번 찌르고 또 한 번. 지켜보다 마지막으로 한 번 더. 총 세 번.

피를 흘리는 이인경을 내려다보다 일어서는 것 또한 같았다. 얼굴이라도 봤으면 좋겠는데 어두워서 보이지 않았다. 그는 손에 쥔 칼을 바닥에 내동댕이쳤다. 이윽고 남자는 싸늘하게 죽어 가는 이인경을 뒤로한 채 일우가 확인 가능한 시야에서 사라졌다.

기억에서 빠져나온 일우가 숨을 몰아쉬며 다급히 기억을 더듬었다. 분명 이주경은 체포 당시 칼을 쥐고 있었다고 했다. 깜박하고 칼을 두고 나갔다가 챙기는 과정에서 체포된 건가? 하지만 이렇게 되면 경우의 수가 너무 많았다.

"……씨발, 뭐야."

남은 방법은 다시 한번 기억을 더듬는 것뿐이었다. 일우가 덜덜 떨리는 손으로 흉기를 꺼내 손에 쥐었다. 아래는 능력을 쓰기 무섭게 발기하기 시작하고, 머릿속은 뜨거운 열기로 가득 찼다. 한 번 더 능력을 쓰면 위험할 걸 알면서도 지금 당장 의문을 해결해야만 했다.

이젠 너무 많이 봐서 익숙한 모텔 방 안이 눈앞에 펼쳐졌다. 검은색 후드 티를 뒤집어쓴 남자, 이주경이 형을 죽인 뒤 모텔을 빠져나간 시점부터 확인했다. 이주경이 돌아와서 칼을 집어갈 때까지 진득하게 기다렸다. 시곗바늘이 10시 55분에서 11시를 향할 때, 누군가 이인경 앞에 나타났다. 아까와 동일하게 검은색 후드 티를 뒤집어쓴 이주경이었다. 새하얗게 질린 얼굴로 무릎을 꿇어 이인경을 살피던 그가 옆에 떨어진 칼을 집어 들었다.

그리고 그 순간, 열린 문틈 사이로 수 명의 경찰들이 들이닥쳤다. 개중엔 자백 영상 속 이주경을 추궁하던 형사도 있었다. 칼을 툭, 떨어뜨린 이주경이 두 손을 들며 일어섰다.

일우는 능력을 두 번 사용하며 본 기억에서 형사들은 발견하지 못한 의문점을 캐치했다. 그 순간 만감이 교차했다. 씨발. 진짜 좆 된 것 같은데.

조사실에 늘어놓은 증거를 빠르게 정리한 일우가 사무실로 돌아왔다. 시야가 팽글팽글 돌았다. 용암에 절여진 듯 열이 오르기 시작한 몸은 차후 해결할 문제였다. 벌컥 문을 열고 사무실에 들이닥친 일우가 정 계장에게 물었다.

"계장님, 이주경 씨 키가 몇입니까?"

"키요? 170 초반인가…… 그럴걸요?"

"피해자 이인경 씨는요."

기억 속 이주경은 이인경보다 키가 컸다. 근데 일우가 보기엔 이주경은 그리 큰 키가 아니었다. 이인경이 이주경보다 작지 않다면 제삼자의 개입을 고려해야 했다.

씨발, 현장 체포에 자백 사건이라 제삼자의 개입은 전혀 고려하지 않고 있었는데. 초동 수사를 담당한 경찰들이 이주경을 범인으로 지목한 탓에 일이 제대로 꼬여 버렸다. 하필 같은 검은색 후드 티를 입고 있을 건 또 뭐야.

"확인 한번 해 볼게요."

"그리고 거기, 피해자가 묵었던 방 구조 좀 알아봐 주세요. 문이 어디고 창문이 어느 쪽인지 알아야 합니다."

지금까지 믿었던 진실이 진실이 아닐 수도 있다는 걸 깨달은 순간, 눈이 터질 듯 머릿속에 과부하가 걸리기 시작했다. 이주경이 혀를 깨물고 실려 가기까지 했으니 일우의 머릿속은 더욱 복잡해졌다.

"창문은 잘 열리는지, 성인 남자가 드나들 수 있는 크기인지도요. 아니, 그냥 내가 지금 가겠습니다. 연락만 부탁드립니다."

일우가 다급한 목소리로 정 계장한테 말했다. 의문이 든 지금 당장 확인해야만 했다. 이후 벌어질 일을 생각할 시간도 없었다.

"검사님이 직접 가시게요?"

'너 그러고 가니?'의 준말이었다. 정 계장이 일우의 꼴을 위아래로 훑으며 경악했다. 지금 일우한테는 옷을 갈아입고 자시고 할 시간이 없었다. 능력을 쓴 탓에 조금만 더 지체했다간 남은 이성마저 눈 깜짝할 사이에 증발할 것이다.

"네. 자리 비우는 거 백업 좀 부탁합니다. 늦으면 연락할게요."

정 계장이 그러든 말든 일우는 슈트 재킷과 차 키를 빠르게 챙겼다. 단 1초라도 낭비할 시간이 없었다.

* * *

지체 없이 출발한 덕분에 일우는 현장에 빠르게 도착할 수 있었다. 차를 주차한 뒤 시동을 끈 일우는 내리기 전 숨을 골랐다.

"후우……."

능력을 두 번 연속 쓴 대가는 지독했다. 겨우 30분 남짓 운전했을 뿐인데 아래가 터질 듯 답답했다. 차라리 택시를 탈걸, 하고 운전하면서 열 번도 넘게 후회했다.

능력을 쓰고 난 다음 이성이 유지되는 시간은 보통 두 시간 남짓이었다. 능력을 한 번도 아니고, 연속으로 썼으니 이성이 그보다 더 빨리 무너질 것이다. 자위로 진정될 수준인지도 모르겠다. 혀를 깨물고 병원에 실려 간 이주경이든, 이성이 무너지기 시작한 일우의 몸이든 모두 좆됐다는 공통점이 있었다.

"씨발……."

차 안에 가만히 앉아 있는 동안 5분이란 시간이 흘렀다. 한시가 급한데

시간을 땅바닥에 내던진 꼴이었다. 더는 혼자 욕할 시간도 없었다. 일우의 오만한 예단 때문에 애먼 사람이 다 뒤집어쓰게 생겼다. 특히 이주경은 목숨의 경각까지 다투고 있었다. 그런 상황에서 발기한 좆 따위는 일우를 방해하지 못했다.

차에서 내린 일우는 그의 속도 모르고 맑은 하늘을 한 번 노려봤다. 햇빛이 쨍쨍한 게 아주 좆같았다. 아주가 말한 것처럼 뱀파이어는 아니지만, 오늘따라 밝은 햇빛이 마음에 들지 않았다.

안 그래도 불편한 아래에 지나가는 모든 이의 시선이 꽂히는 기분이었다. 피 묻은 셔츠는 재킷을 입어 어떻게 가렸지만 발기한 좆은 가릴 방도가 없었다. 미친 변태 새끼라는 오명을 쓸 날도 머지않은 듯했다. 평일 낮이라 그런지 지나가는 사람이 적어서 그나마 다행이었다.

일우는 흔들리는 시야 속, 정신을 꽉 붙들고 모텔 안으로 들어갔다. 살인 사건이 일어난 곳이라 모텔은 외부인 출입이 금지된 상태였고, 경찰관 한 명이 현장 보존을 위해 지키고 있었다.

"여기 들어오면 안 됩니다. 누구십니까?"

"인천지검에서 나왔습니다."

"아, 현일우 검사님이십니까? 미리 연락받았습니다."

모텔 안에 들어온 일우를 발견한 경찰이 잠시 경계하더니 일우의 신분을 듣고는 짧게 경례했다.

"예, 현장 좀 보려고요. 혹시 저 좀 도와주실 수 있습니까?"

"아, 예. 그럼요. 뭐 도와드릴까요?"

"일단 가서 말씀드리죠. 2층 어딥니까?"

일우가 앞서 걷는 경찰을 따라 실제 피해자가 묵었던 방으로 향했다. 이곳은 다른 곳과 달리 엘리베이터부터 낡은 느낌이 물씬 풍겼다.

CCTV가 제대로 작동했던 게 천만다행일 정도였다. 그게 이주경의 발목을 제대로 잡아 결국 스스로 혀를 씹으며 자살을 기도하게 했지만.

2층에 도착한 엘리베이터에서 내린 둘은 201호 앞에 섰다.

"여깁니다."

"혹시, 장갑 있습니까?"

일우가 노란색 폴리스 라인이 쳐진 201호 안을 유심히 바라봤다. 방은 넓지 않았다. 핏자국이 검붉게 남아 있는 바닥도 보였다.

"여기요."

일우는 경찰이 건넨 장갑을 끼고 201호 안으로 들어갔다. 먼지 묵은 내와 약간의 비릿함, 그리고 기분 탓인지 모를 스산함이 느껴졌다. 고개를 돌려 가볍게 방을 둘러봤다. 침대 옆에는 기억에서 봤던 거울이 있었다. 만 원짜리가 공중에 휘날리던 모습이 선명했다. 이인경과 그보다 키가 컸던 이주경이 그를 위협하던 것까지 스쳤다.

"키가 어떻게 되십니까?"

가만히 서서 고민하던 일우가 경찰관을 보고 물었다.

"저요? 한 175쯤 됩니다."

"잘됐네요. 여기 한번 서 보시겠습니까. 절 보면서요."

마침 이주경과 눈높이가 비슷한 경찰관도 있었다. 일우는 기억을 대조하기 위해 그때 봤던 모습 그대로 재연을 시도했다. 경찰을 이주경 역할로 세우고 일우가 이인경 역할을 했다.

"키가 몇 센티미터 정도 차이 나야 위협적으로 보일 것 같습니까?"

"저한테 물으시는 겁니까?"

"예."

"글쎄요…… 지금 검사님과 저 정도면 아, 좀 차이 난다 싶지 않을까요?"

경찰과 일우의 키 차이는 대략 13센티미터로 경찰의 말대로 이 정도는 돼야 남들이 봤을 때 차이를 느낄 것이었다. 기억 속 두 사람의 모습도 이 정도 차이였다. 이주경이 일우와 키가 비슷하다면 말이 되는 모양새이겠으나, 이주경은 일우보다 키가 작았다. 딱 눈앞에 있는 경찰관의 키 정도였다. 그럼 그보다 키가 작은 이인경은 160대 중후반이라는 건데, 성인 남성의 키라기엔 다소 일반적이지가 않았다. 좀 이상한데.

일우는 방 안을 더 둘러봤다. 그러다 무언가 발견한 그는 바닥에 점점이 묻은 피를 조심스레 피해 앞으로 갔다. 일우는 꽉 닫힌 창문 앞에 서서 주위를 살폈다. 창문은 닫혀 있었지만, 잠금장치는 걸려 있지 않은 상태였다. 원래 열려 있었나?

"수고하십니다."

"예, 안녕하십니까."

그때 익숙한 목소리가 인사하는 게 들렸다. 일우가 뒤를 돌아봤다. 어디서 소식 듣고 왔는지 부르지도 않은 김민철 형사가 서 있었다. 이주경 역할을 하던 경찰관은 김민철이 온 걸 확인한 뒤 방 안을 떠났다.

"웬일입니까."

둘만 남은 뒤, 일우가 물었다. 반가운 목소리는 전혀 아니었다.

"검사님이 사건 현장 출동하셨다길래 후딱 뛰어왔죠. 저만큼 현장 사정 잘 아는 사람도 드물고."

그건 맞는 말이었다. 사건을 서류로만 확인한 일우와 달리 김민철은 체포부터 초동 수사까지 전부 담당했으니까. 보통 검사가 수사할 때 부족한 정보는 신문이나 보완 수사를 통해 얻는데, 이주경의 비협조로 제대로 이루어지지 않았다.

"근데 이미 기소한 거 아닙니까? 뉴스에서 그러던데. 여긴 왜 오셨어요? 그만 현장 폐쇄할까 했는데요."

김민철이 핏자국을 이리저리 피하더니 일우 앞에 섰다.

"기소하면 뭐 합니까. 좆 됐는데. 이주경이 혀 깨물고 자살 기도 했어요. 아직 소식 안 들어갔나 봅니다."

저기도 어지간히 소식이 느리네. 일우는 어차피 밝혀질 거 숨겨서 뭐 하나 싶은 심정으로 사실 그대로 전했다.

"예에?! 자살 기도요?"

일우가 전한 소식에 화들짝 놀란 김민철이, 이내 쿨럭 사레들린 목을 가다듬었다.

"일단 모른 척 입 다물고 있어요. 소문나서 좋을 것도 없으니까. 이주경이 마지막 신문 때 자긴 죽어도 안 죽였다고 해서 다시 살펴보는 겁니다. 보완 수사 여부도 결정해야 하고. 여기 2층이라 1층에서 침입 가능성도 있는데, 확인하셨습니까?"

기억 속 이주경은 방 안에 총 두 번 들어왔었다. 형을 죽일 때와 쓰러진 형을 보고 놀라는 척할 때. 하지만 CCTV엔 엘리베이터를 타고 2층에 올라 방 안에 들어서는 이주경만 찍혀 있었다. 그 뒤론 경찰이 모텔 방 안으로 들어와 이주경을 체포하는 것밖에 없었다.

그렇다면 처음 방 안에 들어올 땐 다른 방법을 썼다는 건데. 가장 가능성이 큰 방법은 창문이었다. 하지만 이인경이 그 모습을 가만히 지켜보고 있었을까 싶었다. 또 기억에서 본 이인경은 갑자기 나타난 이주경을 보고 놀라지 않았다.

문을 두고 굳이 창문으로 들어온 이주경을 보고 왜 놀라지 않았지?

문득 의문이 들었다. 그렇게 들어올 걸 미리 알고 있지 않은 이상 말이 안 됐다.

"예에…… 뭐 그거야 당연하죠. 보긴 봤는데 누가 그렇게 번거롭게 와서 죽이겠습니까. 딱 봐도 이주경 그 새끼 말고는 죽일 사람도 없더 구먼요."

"이주경이 찌른 시각이랑 체포 시각이랑은 어느 정도 차이 납니까?"

"신고 받은 게 55분쯤이니까…… 한 10분 정도요. 10분이면 사람 하나 찌르기 충분한 시간이죠."

"신고는 누가 했는데요."

"같은 모텔 투숙객이요. 문이 열려 있어서 싸우는 소리가 온 복도를 채웠다나 뭐라나."

"CCTV에 찍힌 시간이랑은 비교해 봤습니까?"

이주경이 엘리베이터를 타고 다시 방 안에 들어온 시간이 10시 55분에서 11시 사이. 신고도 55분쯤. 경찰이 출동하는 데 아무리 오래 걸려도 10분 남짓이었다. 너무 절묘한데.

"……예? 예, 뭐……. 했을걸요?"

"했다는 겁니까, 안 했다는 겁니까."

"거, 안 했으면 지금이라도 확인해 보면 되죠. 근데 이주경이 아니면 누구겠습니까."

지랄한다, 지랄을. 뻔뻔스러운 김민철의 태도에 일우가 지끈거리는 이마를 짚었다. 자백 건이라고 대강 넘긴 벌을 받는 건가. 일우가 자조했다.

그런 김민철을 뒤로한 일우는 창문 밖을 이리저리 둘러봤다. 만약 창문으로 들어왔다면 그냥은 힘들 것이다. 분명 뭔가를 밟고 올라왔을 텐데, 적절한 게 있는지 살펴봤다.

옆 건물과 모텔을 나누는 담이 있었다. 그리 높진 않은 담이지만 저 길 밟으면 창문에 얼추 매달릴 수 있겠다 싶었다. 이걸 타고 올라온 건가. 확인을 위해 일우가 창문을 타 넘은 뒤 가볍게 담에 올라섰다.

"검, 검사님?!"

갑자기 창문을 넘는 일우를 바라본 김민철이 소리를 꽥 질렀다. 시야에서 사라진 일우를 찾으려 창문턱을 잡고 몸을 쭉 뺐다. 일우는 멀리 가지 않았다. 담 위에 아슬아슬하게 서 있었다.

"거기서 뭐 하시는 겁니까?!"

"확인요."

"무슨 확인을 한다고요. 참 나. 그러다 다치고 저 원망하지 마십쇼."

"종일 서류만 쳐다보는 샌님들이랑 비교하지 마시고. 내가 형사님보다 운동 신경 나을 겁니다. 그건 그렇고, 여기 담 있다는 거 확인은 하신 겁니까?"

"보기는 했죠."

"여기서 창문으로 뛰어넘어 갈 수 있다는 건요."

"그게 쉽게 되겠습니까?"

"비켜 봐요."

일우의 말에 김민철이 미심쩍다는 표정을 지으며 물러났다. 일우가 가볍게 뛰어 창문에 매달렸다. 이윽고 아무 도움 없이 창문을 다시 넘어 방 안으로 들어왔다.

"쉽게 되네요."

"……그건 검사님이라 되는 거 아니겠습니까? 일반인들이 어떻게 그래요. 그리고 이게 뭐가 중요하다고 이러십니까."

너무나 쉽게 성공하는 일우의 모습에 벙찐 김민철이 더듬더듬 대답했다.

"중요하죠. 이주경이 안 죽였을 가능성도 생기는 거니까."

일우의 허무맹랑한 주장이 끝나기 무섭게 김민철이 허, 헛웃음을 지었다.

"샌님들이랑 비교 말라면서 딱 그렇게 생각하시네, 허 참. 검사님, 형사들이 의심하기 시작하면 끝장나는 거예요. 살인 사건에 가능성 따지기 시작하면 한도 끝도 없어요. 얘도 죽인 것 같고, 쟤도 죽인 것 같고. 난리도 아니라니까요?"

"형사 소송법 대원칙엔 이런 말이 있죠. 의심스러우면 피고인의 이익으로."

"아니, 그건 나도 알아요! 그런데 범인이 아닌 것 같다고 생각되면 다 놔줍니까? 증거까지 다 있는데, 미쳤어요?"

"나도 경찰들 입장이 어떤지는 알아요. 근데 검찰 입장은 또 다릅니다. 내가 기소하는 순간 무죄 나올 확률은 한 자리 숫자로 떨어집니다. 특히 구속 중 기소당하면 더 심하죠. 그게 사람 어깨를 얼마나 짓누르는지 아십니까."

"아무리 그래도 그렇지……! 이주경 그 새끼 현장에서 체포당한 사람이에요."

"아닐 수도 있죠. 형사님, 전에 내가 살인자라고 규정짓지 않아서 감동받았다고 하지 않았습니까?"

"감동은 감동이고요. 이건 너무 말이 안 되잖아요."

"왜 안 돼요. 누가 피해자를 죽이고 도망간 그때, 마침 아무 죄 없는 이주경이 나타났다, 말이 영 안 되는 얘기는 아니잖습니까."

"아니, 검사님. 그건 영화에서나 그런 거고요."

"형사님, 현실이 영화보다 더해요. 아는 사람이 왜 그러실까."

현실이 영화보다 더하다, 여러 의미가 축약된 말이었다. 그 말의 산증인이 자신이었다.

"쓸데없는 소리 지껄이기 전에 사람 불러서 이주경이나 이인경 혹은 제삼자 지문 체크해 봐요."

잠시 자조적인 미소를 지었던 일우는 빠르게 김민철의 입을 봉쇄했다.

"아, 다 확인했다니까요!"

"체크했다면 여기 창문에 이주경 지문이 있었는지도 아시겠네요?"

"걘 문으로 들어왔는데 그게 무슨 상관이에요."

"상관있으니까 묻죠. 그리고 이주경이 그날 입고 있었던 옷 어딨습니까."

"그거야 아까 검사님네 수사계장한테 넘긴 증거물 상자에 같이 있겠죠."

회사까지 돌아갈 힘은 없는데. 일이 안 풀리려고 작정하고 꼬인 듯했다. 일우가 흐트러진 머리칼을 손으로 대강 정리하며 한숨을 쉬었다. 여느 배우보다 잘생긴 얼굴에 짜증이 서렸다. 점차 열이 오르는 게 느껴져 손을 쥐었다가 펴며 호흡을 가다듬었다. 그때 슈트 재킷에 넣어 둔 핸드폰이 진동했다.

"현일웁니다."

―검사님, 저예요.

"계장님?"

―네. 아까 물어보신 거 확인해 봤어요. 이인경 씨는 177센티미터고 이주경 씨는 173센티미터예요. 이인경 씨가 더 커요.

씨발. 이주경이 더 작다고? 그럼 그 검은색 후드는 대체 누군데. 일우는 눈앞이 새까맣게 변하는 걸 느꼈다. 앞으로 펼쳐질 미래 역시 한 치 앞도 구분할 수 없을 만큼 캄캄해졌다.

"……확실합니까?"

—네? 네. 이인경 씨는 국과수에서 부검할 때 잰 거예요. 이주경 씨는 구치소 들어갈 때 잰 거고. 가장 최근 거니까 정확하죠.

"알겠습니다."

—아, 그리고 부장님이 아까 검사님 찾았어요.

"말 떨어지기 무섭게 전화 들어오네요. 끊습니다."

일우가 정 계장과의 통화를 서둘러 끊고 부장의 전화를 받았다.

"예, 부장님."

—너 이 새끼 사고 치고 어디 갔어! 당장 회사 복귀 안 해?!

"현장입니다. 그래서 말인데 오늘 복귀 못 할 것 같습니다."

—뭐, 복귀를 못 해? 그걸 말이라고 해? 너 어디야. 당장 말 안 해?!

"눈앞에서 피 본 충격 때문에 그런지 좀 힘드네요. 더 통화 힘드니 그만 끊겠습니다."

거짓말은 아니었다. 실제로 일우는 어떻게든 침착함을 유지하려 했다. 하지만 능력을 쓴 부작용과 눈앞에서 자살 기도 한 이주경을 목격한 충격은 아직 사라지지 않았다. 씨발, 애초에 이 사건을 받는 게 아니었는데. 후회막심이었다. 그러나 과거로 돌아가기엔 너무 멀리 왔다.

"……그렇게 끊어도 괜찮습니까?"

"예, 뭐. 욕밖에 더 듣겠습니까. 심하면 몇 대 맞고 끝나는 거죠. 일이 있어서 먼저 가겠습니다. 저거 흔적 옅어지기 전에 지문 채취 꼭 하세요."

"뭔 상황인지 설명을 해 주셔야 저도 감식반 끌고 오죠. 끝난 사건 가지고 갑자기 지문 채취 좀 해야겠습니다, 하면 걔들이 오겠어요?"

"말했잖아요. 이주경, 범인 아니라고."

정 계장한테 이주경의 키가 몇 센티미터인지 전해 들은 순간부터 일우는 이주경을 잔악무도한 살인범에서 무고한 피해자로 수정했다. 아직 정확한 물증이나 증인 없이, 능력으로 본 기억에서 비롯된 심증만 있다는 게 문제였다.

일우가 7년을 검사로 살면서 처리한 16,000개의 사건 중 한 개. 그것 때문에 내 인생 안 바뀐다고 호언장담했던 일우의 말이 허무하게 아스러지는 순간이었다.

"……예? 아니, 아깐 범인 아닐 수도 있다고만 했잖아요! 저기요, 검사님!"

일우는 다급히 자신을 부르는 김민철을 무시하고 엘리베이터에 올랐다. 1층을 누르고 닫힘 버튼을 눌렀다. 그 사이로 김민철이 쫓아오는 게 보였지만 문은 무심히 닫힌 뒤였다.

빠아아아앙! 경적이 날카롭게 귀를 찢었다. 열기 때문에 안압이 높아져 눈을 빠르게 깜박이며 온갖 짜증을 참는 일우의 신경을 건드리는 소음이었다.

"야 이, 씨발 새끼야! 미쳤어? 뒤지려면 너 혼자 뒤져!"

옆 차선에 멈춰 선 차주가 창문을 내리고 소리쳤다. 자기가 차선 변경 늦게 해 놓고 뭐라는 거야? 정신이 반쯤 나가 있긴 해도 운전은 제대로 했다. 노란불로 바뀌는 타이밍에 맞춰 멈췄을 뿐인데, 자기가 국도에서 속도 내서 달리다가 급정거해 놓고 애먼 사람한테 지랄이었다.

"미쳤으니까 가던 길 가세요."

"뭐? 씨발, 야! 내려!"

"씨발, 별 지랄 같은 게 다 시비 거네."

일우는 창문을 다시 올리고 액셀을 밟았다. 뒤차가 빵빵거리며 쫓아오든 말든 일우는 갈 길을 갔다.

법조인들 사이에서 가장 문제가 되는 게 바로 예단이었다. 넘겨짚는 것. 상대를 피의자로 혹은 피해자로 규정짓는 것. 실제 밝혀진 진실이 정반대인 경우도 왕왕 있었다.

게다가 일우의 능력이 언제나 득이 됐던 건 아니다. 오히려 실이 더 많았다. 능력은 일우가 범인을 판단하고 확신하는 도구일 뿐, 증거로 채택될 수 없었다. 능력을 통해 정황을 포착하는 경우는 있어도 증거로 이어지긴 힘들었다. 발기라는 치명적인 부작용도 큰 단점이었다.

이주경 같은 경우엔 짧은 기억이 오히려 독이 됐다. 기억 속 후드를 뒤집어쓴 남자를 이주경이라고 생각했다. 그럴 수밖에 없었다. 현장 체포, CCTV, 자백, 증거 모두 이주경을 범인으로 가리켰다. 일우를 포함한 모두가 당연히 그가 범인이라 생각했다.

하지만 방금 알아낸 진실은 일우가 도출해 낸 결과와 정반대를 가리키고 있었다. 그럼 씨발 왜 제삼자가 등장한 건지, 그 사람이 무슨 의도로 이인경을 죽이고 촘촘한 거미줄을 만들어 이주경한테 뒤집어씌운 건지 알아내야 했다.

"하아……."

빨간불로 바뀐 신호에 브레이크를 밟았다. 일우가 긴 한숨을 토해 냈다. 이처럼 머리가 혼란스러운 때도 없었다. 감정의 격동이 더 심해졌다.

능력이 없었다면 이주경을 범인이라 확정 짓는 일은 없었겠지. 하지만 이주경이 범인이 아니라고 확인할 수도 없었을 것이다. 능력이 축복이 아니라는 건 알았다. 그러나 영 저주만은 아닌가 보다. 플러스마이너스는 곧 제로라는 말이 있다. 지금까지 했던 사건 기록을 다 엎고 다시 수사를 시작해야 하는 현 상황과 딱 어울렸다.

"……풀떼기 보고 싶네."

생각을 한차례 환기한 그의 눈이 아주를 갈망했다. 이제 5분만 더 있으면 아주를 볼 수 있는데도 당장 품에 끌어안고 향기에 도취되고 싶었다. 부드러운 볼에 입을 맞추고, 입술을 탐하고, 마른 어깨에 잇자국을 내고 싶었다. 오래된 흉터가 남은 귓바퀴도, 멍 자국이 희미하게 남아 있는 배에도. 솜털만 있는, 매끈한 아래엔 좆을 처박으며 오래도록 울리고 싶었다.

"미친, 새끼."

일우가 왼손으로 핸들을 잡고 오른손으로 주먹을 쥔 채 입술을 가렸다. 조금 이따가 아주를 마주치면 바로 그렇게 할 것 같았다. 새파랗게 어린 애한테 욕정을 품는 자신의 모습이 이따금 웃기기도 했지만 그는 굳은 표정을 풀지 않았다. 이게 농담이 아니라 진심임을 알고 있어서였다. 단순히 몸을 탐하고 싶은 게 아니었다. 좋아하니까, 나아가 사랑하니까. 진심으로 섹스하고 싶었다.

일우에게 있어서 섹스란 곧 능력의 부작용을 해소하기 위한 수단이었다. 얼굴과 몸이 잘난 덕분에 상대를 구하기 어렵지 않아 다행이었지, 아니었으면 문자 그대로 분골쇄신하는 기분으로 종일 자위만 했을 수도 있었다. 그런 탓에 나이 서른 넘게 먹고도 진정한 사랑은 경험해 보지 못했다.

안정적인 가족이란 테두리도 있었던 적 없는 일우가 남을 진심으로 아껴 주고 애정을 쏟는 연애를 할 수 있을 리도 없었다. 애초에 그리 다정한 성격도 못 됐다. 다가오는 사람을 밀어 내기 바빴지 다가가고 싶었던 건 아주가 처음이었다.

사랑의 시작은 곧 관찰이라고들 하지. 일우는 아주의 뻔뻔하고 웃긴 모습을 여럿 겪으면서도 몰랐다. 아주를 바라보는 시간이 점차 늘어났다는 걸 전혀 몰랐다. 사랑한다는 걸 깨달은 뒤에야 알았다. 내가 항상 풀떼기를 보고 있었구나, 하고. 곤충학자 파브르처럼 풀떼기 관찰 일지를 머릿속에 그리고 있었다.

"……하아."

여기 코너만 돌면 아주가 있는 집이 나오는데 돌지 못하고 가만히 정차해 있었다. 골목길을 가로막은 일우의 차 뒤로 다른 차가 오지 않았더라면 그대로 움직이지 않고 있었을 것이다.

어쩔 수 없이 액셀을 밟은 일우가 집 앞 주차장에 주차했다. 내리기 직전 숨을 깊게 뱉으며 슈트 재킷 단추를 채웠다. 가슴 근처까지 올라온 열에 다 벗고 싶었으나 셔츠만 입은 채로 가면 말라붙은 핏자국을 보고 아주가 놀랄 자빠질 게 분명했기 때문이었다.

재킷 단추까지 채우며 최대한 자국을 숨긴 일우가 차에서 내렸다. 근데 눈앞에 아주가 있었다. 얘가 왜 여기 있어? 일우의 가슴이 아주를 발견하고 제멋대로 빨리 뛰었다. 능력을 쓴 탓이라고 여겨 보려 해도 진심은 거짓말하지 못했다. 일우의 변화는 모두 아주 때문이었다.

"어, 영감님!"

일우를 발견한 아주가 활짝 웃으며 벌떡 일어났다. 고양이와 노느라 주저앉아 있어서 차에서 보이지 않았던 거였다.

"……풀떼기?"

맹세코 이런 상황은 예상하지 못했다. 일우는 당황스러움을 온몸으로 풍기며 아주의 별명을 읊조렸다.

"영감님, 오늘 많이 바빴어요? 계속 기다렸는데 점심 먹을 때 안 와서 실망했어요."

오후 4시를 훌쩍 넘긴 시각, 느릿느릿 넘어가는 노을이 아주의 뒤로 눈부시게 펼쳐졌다. 표현 그대로 눈이 부셨다. 한 걸음씩 다가오는데 가슴이 더 빨리 뛰었다. 바람결에 실려 온 비누 향기가 입을 바싹 마르게 했다.

"……좀 바빴어."

실망, 이라는 단어가 가슴을 묵직하게 눌렀다. 농담이래도 그런 말은 듣고 싶지 않았다.

"치, 밥 먹을 시간도 없어요?"

"없었으니까 못 왔지. 있는데 안 왔겠냐."

"근데 지금 와도 돼요?"

"안 되지. 어차피 다시 나가야 해. 옷만 갈아입으러 온 거야."

일우는 혹여 아주가 피 묻은 셔츠 깃을 발견할라, 몸을 재빨리 틀었다. 곧장 아주가 일우의 뒤를 따라오고 있는 게 느껴졌다.

"나 다시 나간다니까? 따라오지 말고 애들이랑 마저 놀아."

일우가 뒤따라오는 아주를 흘깃 쳐다보며 말했다. 꼭 필요할 때 말고 이상한 데서 눈치가 빨라서 일우가 뭘 숨기고 있다는 걸 알아챌까 봐 연기에 심혈을 기울였다.

"애들이랑은 다 놀았어요. 나도 올라갈래요."

"그래라, 그럼."

탈탈 손을 턴 아주가 치즈와 검은 고양이한테 손바닥을 흔들며 인사했다.

"노랑아, 깜장아, 잘 가."

"노랑이랑 깜장이는 또 뭐야."

털이 노란색과 검은색이라 노랑이랑 깜장이인가. 너무 직설적인 이름에 일우가 헛웃음을 터뜨렸다. 쟤들이 저 이름을 용납하겠어?

"애들 이름이요. 솔직히 이름도 없는 건 너무하잖아요."

이름도 안 지어 주고 애들 밥만 챙겼던 일우를 무심하다 책망하는 것 같았다. 도리어 찔린 일우가 아주의 볼멘소리를 매정한 목소리로 차단했다.

"이름이 뭐 대수냐. 좀 없으면 어때서."

"나는 싫던데……. 이름 없으면 꼭 내가 아무것도 아닌 것 같잖아요."

또 풀떼기의 쓸데없는 생각이 튀어나왔다. 쟤는 해맑은 것 같으면서 은근히 심각하단 말이야.

"존나 쓸데없는 거에 의미 부여하네. 너 내 이름이 왜 일우인지 알아?"

"아뇨……."

칭찬은커녕 일우한테 한 소리 얻어들은 아주가 풀이 죽은 목소리로 답했다.

후우, 순간 시야가 하얗게 점멸됐다. 시간이 얼마 남지 않은 게 느껴졌다. 당장 이 상황을 피하고 싶은 마음을 눌러 참은 일우가 한 계단씩 오르며 말했다.

"내가 수녀님을 처음 만난 날 비가 왔어. 아주 많이. 그해 겨울 처음으로 내린 비였대. 눈이 아니라 비."

일우는 앞을 바라보며 과거를 회상했다. 숨만 쉬어도 입김이 나오고 손이 꽁꽁 얼었던 때, 비에 쫄딱 젖은 일우의 손을 잡아 준 원장 수녀님.

"그래서 처음을 뜻하는 일(一)에 비를 뜻하는 우(雨) 해서 일우(一雨)야. 겨울비니까 동우(冬雨)여야 맞는데, 거기 보육원에 이미 동우가 있어서 일우가 됐어. 이름이라는 거 생각보다 별거 아니야."

그날 일우란 이름을 받았다. 이름도 없이 번호로 불리던 실험체에서 이름을 받았다고 세상이 드라마틱하게 바뀌거나 그러진 않았다. 일우의 감성이 거기까지여서 그럴지도 몰랐다.

"그럼 영감님 이름 뜻은 처음 내린 비예요?"

아주가 눈을 반짝이며 물었다. 예쁘다, 하며 아주의 혼잣말이 귓가를 파고들었다. 기분이 썩 괜찮았다.

"어. 근데 풀떼기 넌 네 이름이 무슨 뜻인지 아냐?"

"내 이름이요?"

"어. 너 이름 존나 특이하잖아."

명아주란 이름이 절대 흔하진 않지. 거기에 특별한 뜻이 있을까 궁금했다. 이참에 참지 말고 물어보기로 했다. 일우의 마음속에 영원히 각인될 이름의 뜻은 과연 뭘까.

"으응, 희야 누나가 그랬는데요."

그놈의 희야 누나. 몇 번 듣지도 않았는데 벌써 지겨웠다. 그러면서도 그 사람이 뭐라고 했을까 궁금했다. 일우가 모르는 시간의 아주를 알고 있는 사람이었으니 말이다.

"명아주는 지팡이래요."

"지팡이?"

어디서 들어 본 것 같은데. 일우가 인상을 팍 쓰며 머릿속을 더듬었다.

"할머니, 할아버지가 들고 다니는 건데 이게 뭐라더라? 장수? 아무튼 오래 사는 거라고 했어요. 그래서 나한테 희야 누나가 건강하게 오래 살라고 했어요."

명아주가 풀인 건 진작에 알았는데 지팡이를 만든다는 사실은 아주의 말을 듣고 나서야 뒤늦게 떠올랐다. 명아주 지팡이의 다른 이름은 청려장. 그래, 분명 그런 이름이었다. 아주의 말대로 명아주 지팡이가 장수의 상징이라는 것도 생각났다.

"희야 누나가 그렇게 말했다고?"

뜻도, '아주야' 하고 부르는 부드러운 발음도 모두 좋은 이름이었다. 그러나 그것과 별개로 희야란 사람이 어떻게 아주 이름의 뜻까지 알고 있었냐는 게 일우의 질문의 핵심이었다. 건강하게 오래 살라는 말도 꼭 부모가 자식한테 품는 바람 같잖아.

"네. 왜요?"

"그런 것도 알고 있고 꼭 엄마 같네."

별생각 없이 꺼낸 말이었다. 실제로 희야와 같이 살았던 아주는 그를 어떻게 생각하고 있을까, 궁금하긴 했지만 대답을 바라고 한 말은 아니었다.

"……그건 안 돼요."

그런데 아주가 그 말에 반응했다. 하지만 '아니다'도 아닌 '안 돼요'. 약간 엇나간 대답에 뒷말을 기다렸다.

"희야 누나가 내 엄마면 난 엄마가 죽은 거잖아요."

평소 아주처럼 발랄하게 말할 줄 알았는데 전혀 아니었다. 도박이긴 했지만 이런 마음 아픈 대답을 바라진 않았는데. 아주는 항상 일우의 예상을 좋은 의미든 나쁜 의미든 뛰어넘었다.

"그러니까 희야 누나는 엄마 아니에요. 그냥 누나예요."

아주의 결연한 말에서 의지가 엿보였다. 그러면서 동시에 안쓰러웠다. 죽은 희야를 단순히 누나로 정의한 건 어쩌면 어떻게든 살아가고자 하는 아주의 의지가 아니었을까 싶었다. 그가 정말 아주의 친엄마라면 아주는 가족을 떠난 보낸 셈이니까 버틸 수 없었겠지.

"……."

씨발, 나 지금 무슨 짓을 한 거지.

아주에게 엄마 얘기를 꺼낸 자신을 깨닫고 뒤늦게 욕을 했다. 아무리 정신이 없다 한들 할 말 못 할 말 구분도 못 하냐. 씨발, 미친 새끼. 외려 당사자인 아주는 크게 동요하지 않았는데 반대로 일우가 말을 잃었다. 열기로 가득 찬 탓에 지끈거리는 두통도 일우의 자학을 멈출 수 없었다.

"그래도 희야 누나가 오래 살라고 했으니까 난 오래 살 거예요. 내 이름 뜻도 오래 사는 거래잖아요."

벽에 똥칠하는 건 더러워서 싫고, 자기 이름처럼 적당히 건강하게 오래 살겠다는 아주의 포부가 참 당찼다.

"그래라, 존나 오래 살아서 이 세상 고기란 고기는 다 먹고 뒤져."

그제야 자학을 멈춘 일우가 피식 웃었다. 가능한 한 아주의 남은 인생 모두 일우의 옆에 꼭 붙어서 지금처럼 삼시 세끼 맛난 고기 먹고, 편안히 보냈으면 했다. 헤어짐 같은 아픔은 절대 겪지 않게 할 자신이 있었다.

돈도 많고, 잘생겼지, 직업 좋지, 몸이 빠지길 하나. 게다가 섹스도 잘하지. 씨발, 부족한 게 뭐야?

'인성이지.'

여기 있지도 않은 선영의 외침이 잠시 양심을 찔렀으나 일우는 곧 외면했다. 나 정도면 성격도 괜찮잖아. 순전히 일우 저 혼자만의 의견이었다.

"영감님이 말 안 해도 그럴 거예요. 근데요, 그럼 영감님은 여태 고양이들 뭐라고 불렀어요?"

"괭이."

"괭이요?"

선영은 듣고 아연실색했다지만 일우 나름의 애칭이었다. 아주는 별괴상한 단어를 다 듣는다는 듯이 얼굴을 찌푸렸다. 예전에 선영이 보였던 반응과 같았다.

"고양이를 옛날엔 괭이라고 했어."

"이상해요. 노랑이랑 깜장이가 더 귀여운데."

"귀엽긴 뭐가 귀여워."

"영감님은 괭이라고 해요. 난 노랑이랑 깜장이라고 할 거예요."

"그러든가 말든가. 네 맘대로 해."

담담히 대답한 일우가 비밀번호를 삑삑 누른 뒤 집 안으로 들어갔다. 신발을 벗은 뒤 일우는 바로 드레스 룸으로 향했다. 아주가 여기까지 따라오진 않을 거란 생각에 드레스 룸 문을 대충 닫고 서둘러 재킷을 벗었다.

회사에서 피를 어느 정도 닦긴 했지만, 남의 피가 묻은 옷을 계속 입고 있으니 여간 찝찝한 게 아니었다. 셔츠 단추를 빠르게 끌러 내려 벗으려는 그때.

"영감님, 나랑 이거 먹어…… 어?"

잠그지 않았던 문이 예고 없이 벌컥 열렸다. 노크도 없이 문을 열고 소리친 범인은 아주였다. 일우가 놀라 뒤를 돌아봤다. 두 사람의 눈이 마주쳤다. 커다란 아이스크림 통을 들고 있던 아주가 통을 놓쳤다. 통통 통…… 통이 바닥에 떨어져 굴러가는 소음이 둔탁하게 났다.

"……."

"……."

셔츠 깃과 목덜미에 흥건하게 보이는 핏자국을 발견한 아주의 얼굴이 새하얗게 질렸다. 씨발, 저거 또 오해하기 시작하네. 내가 이래서 빨리 갈아입으려고 한 건데.

"영, 영감님, 어디 다쳤어요?! 네? 영감님 죽어요? 피 먹어야 하는 거예요? 내가 피 가지고 올까요?"

혼비백산한 아주가 일우를 붙잡고 흔들었다. 일우가 정말로 다쳤더라면, 아주 때문에 상처가 더 벌어질 정도로 거셌다. 일우는 당황스러운 상황에 머릿속으로 빠르게 할 말을 정리했다.

"아니면 내 피 먹어도 되는데! 나 아침에 씻었어요. 안 더러워!"

이젠 자기 피를 내주겠단다. 당장 송곳니를 박아서 먹으라는 듯이 몸소 손목을 내미는 아주를 보다 보니 한숨도, 웃음도 났다. 걱정해 주는 건 고마운데 자기 혼자 결론 내리고 피 마시라고 하는 게 웃겼다.

"야야, 손목 좀 집어넣어. 이게 진짜 미쳤나. 그리고 씨발, 나 아무 피나 안 마시거든?"

뱀파이어 아니라고 그렇게 얘기해도 알아듣지를 않는다. 피 마시면 다 해결될 줄 아나 보네.

"그러면요? 왜 그런 건데요? 왜 다친 건데요!"

"다친 게 아니라…… 하아, 진정 좀 해. 아니다, 일단 나가 있어."

어떻게 설명을 해야 할까, 고민하다가 결국 나온 답은 입을 다무는 것이었다. 다른 사람은 몰라도 아주한테는 설명하고 싶지 않았다. 언제나 멋진 모습만 보여 주고 싶었다. 이미 첫 만남부터 제대로 망쳤지만, 마음만은 그랬다. 적당한 변명도 떠오르지 않는 지금, 일우는 아주를 바깥으로 내쫓을 수밖에 없었다.

"이게 뭐 좋은 거라고 보고 있냐. 좀 이따 얘기하자."

어떻게든 버티려 했던 아주는 결국 일우가 미는 힘에 밀렸다. 드레스 룸 밖으로 쫓겨난 아주는 잠긴 문 앞에 주저앉아 문을 쾅쾅, 시끄럽게 두들겼다.

"영감님, 왜 말을 안 해 줘요! 네?! 많이 다쳤어요?"

쾅쾅쾅! 아주의 외침에 점점 물기가 서리기 시작했다. 일우의 머릿속도 덩달아 복잡해졌다.

"······씨발, 왜 자꾸 일이 꼬이냐."

마른세수하며 욕을 중얼거린 일우가 빠르게 옷을 갈아입었다. 피가 묻은 셔츠와 재킷은 버릴 생각으로 구석에 던져 놓고 옅은 하늘색 셔츠를 꺼내 입었다. 어차피 섹스만 하고 바로 들어올 건데 넥타이는 필요 없겠지.

단추를 두어 개 푼 채로 탈의를 마친 일우가 잠긴 문을 열었다. 잠금이 풀리는 순간, 문에 기대 있던 아주가 드레스 룸 안으로 중심을 잃고 엎어졌다.

"얼씨구."

"흐윽····· 왜 대답을 안 해 주냐구요!"

"어디서 화를 내. 쪼끄만 게."

일우가 아주와 눈을 맞추며 아주 앞에 쭈그려 앉았다. 일우는 자신을 째려보는 아주의 이마에 딱밤을 가볍게 놨다. 그냥 스친 수준이었다. 그러나 이미 딱밤을 맞은 아주는 위기를 기회로 뒤집었다. 눈을 부라리며 이마를 문질렀다.

"맨날 놀리기만 하고! 영감님은 나 구해 줬으면서 왜 나는 물어보면 안 돼요?!"

눈물로 얼룩진 얼굴, 고집스레 다문 입술. 그럼에도 예뻤다. 자신을 걱정하며 종알종알 따지는 아주한테 당장이라도 입을 맞추고파 조바심 내는 속을 어렵게 억눌렀다. 들끓는 감정이 터지기 직전, 일우가 조금 가라앉은 목소리로 말했다.

"풀떼기, 네 상상을 방해해서 미안한데, 내가 다친 거 아냐."

"그럼 저 피는 뭔데요……."

울상 지은 아주가 재킷과 함께 구겨진 상태로 구석에 처박힌 셔츠를 가리켰다.

"회사에서 일하다가 다친 사람이 있어서 그 사람 옮기다 묻은 거야. 나도 나지만 넘겨짚는 건 너도 선수네. 뭘 이런 걸 닮냐."

일우와 아주 모두 넘겨짚는 데 일가견이 있었다. 일우는 그것 때문에 검사 인생 종 칠 위기에 놓여 있고, 아주는 자신의 유일한 편인 일우가 크게 다친 줄만 알고 눈물을 짜낼 준비를 하고 있었다.

"씨이! 그런 거면 미리 말했어야죠! 사람 놀라게 하고!"

뒤늦게 안도한 아주가 일우를 퍽퍽 때렸다. 어깨며, 팔뚝이며 아주가 때리는 대로 얌전히 맞아 준 일우가 속삭였다.

"아파, 때리지 마."

"아프라고 때리는 거예요!"

뒤늦게 제 페이스를 찾은 일우가 장난스레 쿡쿡, 웃으며 아주의 뺨을 감싸고 이마에 입을 맞췄다. 쪽 한 번, 쪽 한 번 더. 부드럽게 스치는 피부가 일우를 자극했다. 아, 진짜 위험한데.

"뽀뽀하지 마요!"

달래는 걸 가장한 일우의 사심을 눈치챈 것일까. 앙칼지게 소리친 아주가 고개를 확 돌렸다. 부루퉁 나온 입술이며 올망거리는 눈망울은 고개를 옆으로 돌려도 잘만 보였다.

"안 먹히네. 근데 아프라고 때리는 건 내 전문인데 왜 풀떼기 네가 하냐."

"그럼 장난치질 말든가요! 진짜 너무해……."

"장난 아닌데."

확 키스해 버릴까. 일우는 아주가 말한 장난이 피 묻은 셔츠를 일컫는 걸 알면서 다른 의미를 함께 담아 말했다. 그런 일우를 아주가 한껏 째려봤다. 그래 봤자 앙칼진 고양이, 삐친 강아지 정도밖에 안 됐다.

"나 나가니까 좀 이따가 얘기하자."

자신을 노려보는 아주를 내려 보던 일우가 숨을 들이마시곤 말했다. 이젠 정말 나가야 할 때였다. 이러다간 정말 사고 치겠네.

"어디 가는데요?"

"이거 풀러."

이걸 어떻게 얘기해야 하나. 회사 때문이라고 하면 가지 말라고 징징댈 것 같고, 그렇게 시간 지체했다간 일 치를 것 같고. 결국 일우는 솔직하게 불룩 솟은 아래를 가리켰다.

"……영감님 진짜 변태야."

아주가 눈을 가늘게 뜨며 엉덩이를 뒤로 뺐다. 아주와 일우 사이에 두세 걸음 정도 거리가 생겼다. 비누 향기가, 아주의 체온이, 촉감이 멀어지는 게 순간 아쉬워 손끝이 아렸다. 이런 거 하나에도 혼자 발끈하고 난리네. 적어도 겉으로는 침착하던 자신이 이성을 잃어 가는 중이란 걸 깨닫게 했다.

"그건 오명인데. 나도 이러고 싶어서 이런 거 아니거든."

억울한데 뭐라 설명할 수도 없고. 일우 본인도 답답했다. 내가 사이코메트리란 능력이 있는데, 그거 쓰면 발기해. 자신도 가끔 어이가 없어 헛웃음이 막 나오는데 누가 믿겠어, 씨발.

"오명이 뭔데요?"

"내 의지로 이런 게 아니라고. 나 나간다. 추우니까 나오지 말고 얌전히 집에 있어."

이러저러해서 이만해, 하는 변명 따윈 집어치우고 일어난 일우가 현관으로 향했다.

"어, 어디 가요. 집에서 자위하면 되잖아요!"

아주는 일우의 뒤를 졸졸 따라오며 소리쳤다. 일우의 셔츠를 잡고 죽죽 아래로 당기기도 했다. 아까는 변태라며 뒤로 물러나더니 왜 지금은 이렇게 가깝게 있는 건데. 후우, 일우가 한숨을 삼켰다.

"안 돼. 그걸로는 안 풀려."

능력을 한 번만 썼으면 모를까 두 번은 일우도 처음이었다. 자위로 진정이 안 된다면, 가장 가까이 있는 아주를 덮치겠지. 그런 식으로 섹스에 미친 짐승처럼 아주를 상처 주고 싶진 않았다.

"그러면요?"

"섹스해야지."

"……누구랑요? 설마…….."

아주의 눈이 보름달처럼 동그랗게 커졌다.

"아냐, 씨발. 박선영 아니라고."

이 미친 풀떼기 새끼는 이런 상황에서도 좆같은 오해를 했다. 등골이 서늘했다. 식겁한 일우가 다급히 욕을 짓씹으며 부정했다.

"그럼 누구요!"

아주는 당장 상대가 누군지 토해 내라는 듯이 화를 냈다. 일우의 착각이겠지만 꼭 질투하는 것 같기도 했다.

"왜 화를 내냐. 그냥 아무나하고 하겠지. 나도 섹스하고 싶어서 하는 거 아냐, 씨발. 그리고 변태 새끼 바라보듯 보지 좀 마라."

아주의 눈이 점점 뾰족해지는 게 꼭 바람피우는 애인 잡는 것 같았다. 그럼 자신과 아주가 애인 사이라는 건데, 이상한 데서 기분이 좋았다. 사실도 아니고 가정일 뿐인데도.

"왜 그런지 알려 주면 안 그럴게요."

"그렇게 알고 싶어? 세상엔 모르는 게 나은 게 더 많다니까. 다 알려고 하면 머리 아파."

"그건 내가 결정한다고 했잖아요. 말해 줘요."

동일한 대답에 일우가 머리칼이 흐트러진 이마를 짚고 아주를 바라봤다. 하여간 고집은 씨발. 절대 물러설 기미를 보이지 않는 아주는 어떻게든 알아내고야 말겠다는 의지를 보였다. 이젠 일우도 될 대로 돼라였다. 믿든 말든 신경 쓰지 않을 테다.

"풀떼기, 이 빌어먹을 몸이 좆같은 능력이 있거든?"

"……능력이요?"

뜬금없는 말에 아주가 고개를 갸웃거렸다.

"너 혹시 사이코메트리라고 아냐."

"사이코? 미친 사람? 영감님 미쳤어요?"

혹시는 역시였고, 역시는 일우의 뒷목을 잡았다.

"알 거라고 기대한 내가 등신이지. 씨발."

어디서부터 설명해야 하나. 미로의 중심에 서 있는 기분이라 참 막막했다.

"사이코메트리가 뭐냐면 사물에 남은 기억을 읽는 거야. 너랑 내가 같이 있지 않아도 난 네가 한 모든 일을 알 수 있어."

"영감님 외계인이에요?"

"아냐, 씨발. 아무튼 그 능력을 쓰면 이렇게 돼."

일우가 당장 이곳에서 꺼내 달라고 아우성치는 좆을 가리켰다.

"섹스해야지만 가라앉는다고. 좆같다고 욕하니까 진짜 자기가 좆인 줄 아나."

"그럼 그때 자위했던 것도 사이코 그거 때문이에요?"

"눈치 빠르네."

바로 알아듣는 아주가 기특했다. 스펀지 같던 뇌가 이제는 좀 상식을 갖춘 모양이었다. 일우가 씨익 웃으며 아주의 뺨을 살짝 꼬집었다.

"너도 그때 봐서 알겠지. 빨리 안 풀면 좆 돼. 근데 내가 죽어도 네 앞에서 또 좆 붙들고 자위하고 싶진 않거든? 늦으니까 밥 알아서 챙겨 먹어라."

"어디 가는데요!"

"내가 이 꼴로 어딜 가겠냐. 알면서 묻는 풀떼기 너도 성격 참 고약하다."

"안 가면 안 돼요?"

"안 갔으면 좋겠어?"

눈썹을 'ㅅ' 자로 늘어트린 아주가 고개를 끄덕였다. 일우는 바람 빠지는 소리를 내며 슬쩍 웃다가 시선을 내려 아주의 뺨을 잡고 가볍게 키스했다.

"안 돼. 조금만 더 있다간 너랑 섹스할 거 같다고."

"……나랑요? 백억 줘도 나랑 안 한다면서요."

모텔에서 지껄였던 말을 가리키는 것 같았다. 그걸 기억할 줄은 몰랐는데. 사실 일우 본인도 아주와 섹스하고 싶어질 줄은 몰랐다. 그땐 나사 하나 빠진 미친 풀떼기 혹은 더러운 소매치기 새끼 정도였는데 말이다. 사람 일 한 치 앞도 모른다더니, 딱 그 짝이었다.

"그걸 또 마음에 쌓아 두냐. 그냥 농담이지. 하여간 잡지 마, 풀떼기. 마지막 경고야."

그렇게 현관으로 급히 향하려는 일우의 허리를 아주가 끌어안았다. 얼떨결에 백 허그 당한 일우가 멈춰 섰다. 이윽고 아주가 일우의 넓은 등에 얼굴을 묻곤 중얼거렸다.

"섹스가 자위보다 기분 좋아요?"

아주의 중얼거림이 일우의 등을 타고 심장에 꽂혔다. 일우는 모든 이성이 한 번에 잘리는 아찔함을 경험했다. 이런 기분은 처음이었다.

혈관을 타고 심장으로 향하는 모든 혈액과 산소가 펑 터지는 기분이었다. 이건 순진함이 아니었다. 무구한 순수를 가장한 야릇한 공격이었다. 일우가 예뻐 죽고 마는 아주와의 섹스라. 숨을 들이마실 찰나도 없었다.

"분명 잡지 말라고 경고했어."

마지막 경고를 어긴 건 아주였다. 이 시각 이후로, 아주와의 관계가 과연 옳은 것인가 하는 현실적인 문제는 어떤 방해도 되지 않았다. 일우는 자신의 허리를 휘감은 아주의 팔을 붙잡아 풀었다. 뒤로 돌아 자신을 올려다보는 아주의 뺨을 쥐고 저돌적으로 키스하기 시작했다. 일우의 시선은 오로지 아주만을 향했다.

"흐읏!"

"하, 씨발, 숨 쉬어."

거친 말과 달리 일우의 행동은 조심스럽기 짝이 없었다. 아랫입술을 살살 깨물며 숨을 불어 넣었다. 헐떡거리던 아주가 후으, 숨을 고르며 일우와 눈을 맞췄다. 따뜻한 햇살이 섞인 고동색 눈동자. 저 눈만 보면 아주를 씹어 삼키고 싶은 충동이 들었다.

"……뽀뽀가 이상해요."

볼을 발갛게 물들인 아주가 조용히 중얼거렸다.

"허, 누가 뽀뽀를 이런 식으로 해?"

이게 순진한 거야, 멍청한 거야.

아주의 중얼거림에 어이없다는 듯이 대답했다. 그러면서 일우의 기분은 끝도 모르고 고공 행진했다. 모른다는 건 안 해 봤다는 뜻이니 아주의 처음이 곧 일우라는 뜻이다. 남의 첫 섹스에 의미나 부여하는 쓰레기 새끼 같다가도 아주에 한해선 어쩔 수 없다는 결론이 나왔다. 원래 남이 하면 불륜이고 내가 하면 로맨스인 법이다.

"뽀뽀는 이거고."

일우는 아주의 둥근 이마, 콧대, 뺨 순으로 위에서부터 내려오며 입 맞췄다.

"네가 말한 이상한 뽀뽀는 뽀뽀가 아니라 키스고."

조금 더 강하게 입술을 깨물고 혀를 섞고. 자연스럽게 숨이 섞이며 오롯이 하나가 되는 기분을 만끽했다. 혀에 콘돔을 낄 수도 없고, 점막과 타액이 섞이는 키스를 별로 좋아하지 않던 일우는 이날 이후로 좋아하기로 했다. 서툰 아주를 살피며 입술을 비비는 행위가 이렇게 좋을 줄은 몰랐다.

추웁, 두 사람의 입술이 마찰했다. 한여름의 아스팔트를 맨발로 달리는 것처럼 조급하고 뜨거웠다. 아주의 모든 것이 일우를 미치게 했다.

"……키스도, 흐으, 좋아요."

"하아, 나니까 좋은 거야. 너 어디 가서 입술 들이밀면, 그 사람 죽여 버릴 거야. 조심해."

아주는 겉으로 보이는 것보다 자기 몸 귀한 걸 잘 알았다. 소매치기는 해도 몸은 안 판다고 철통 방어 하는 것만 봐도 알 수 있었다. 문제는 아주의 가려운 곳을 긁어 주고 허기를 채워 주며 살살 달래 자기 잇속만 챙기는 새끼들이었다. 상상만으로도 피가 들끓는 기분이었다. 아주를 강제로 만졌던, 김민재 그 새끼도 신고받고 출동한 경찰만 아니었으면 묵사발을 만들어 뒀을 텐데.

"왜 난 안 죽이고요?"

맹랑하고 어처구니없는 물음이라 답을 안 하고는 못 배겼다. 좆으로 때리면 모를까 내가 널 왜 죽여. 이렇게 예쁜데.

"내가 너한테 어떻게 그래."

낮은 목소리가 흩어졌다. 어떤 경우라도 아주를 물리적으로 해하지 않을 자신이 있는 일우가 살짝 미소 지었다. 이어서 일우가 아주를 가볍게 안아 들었다. 갑자기 공중에 들린 아주는 놀라서 일우의 목을 끌어안았다.

"꽉 잡아라."

일우의 말에 아주가 자기 이름처럼 아주 꽉 매달렸다.

"그렇게 꽉 매달릴 필요는 없고."

그러자 아주가 힘을 조금 풀었다. 일우가 말하는 대로 착실히 행동하는 게 어쩌나 예쁜지 쿡쿡, 웃음이 난다. 아주의 엉덩이를 받친 채 일우는 침실로 걸어갔다. 한 걸음씩 옮길 때마다 아주의 얼굴에 키스 세례를 날렸다. 아주가 그만하라고 고개를 도리도리 저으며 피할 때까지 계속했다.

침실에 도착한 일우가 문을 닫았다. 모든 게 처음인 아주를 위해 불도 켜지 않고 스탠드만 켰다. 은은한 불빛이 감도는 침대 위에 아주를 조심스레 내려놨다. 하얀 침대에 앉은 아주와 눈을 맞춘 일우가 물었다. 일우가 뽀뽀하려고 먼저 다가갔는데 아주가 고개를 홱 돌려 피한 탓이었다.

"왜, 뽀뽀는 싫어?"

고개를 저으며 피할 것까지 있나. 안 그래도 터지기 일보 직전인 성욕을 눌러 참고 있는 게 누구인데.

"으응…… 뽀뽀 말고요."

"그럼 뭐 해 줄까."

저 높은 하늘의 별도 따 줄 기세로 일우는 말했다. 사랑에 빠진 남자의 자존심은 무서운 법이었다.

"키스요. 영감님, 키스해 주세요."

아주가 입술을 들이밀었다. 바람직한 아양이었다. 누구에게도 입술을 들이밀지 말 것. 그렇게 해 보라고, 그럼 그 새끼는 죽은 목숨이라고 경고했던 일우는 본인의 차례가 되자 웃으며 입을 맞췄다. 오히려 그 말을 해 주길 기다리고 있었다.

"으응……."

가볍게 신음을 흘린 아주가 고맙게도 입술을 열어 줬다. 초대받은 침입자 일우는 이미 한 번 맛본 혀를 빨았다. 선홍빛 입천장도 혀끝으로 긁었다. 서로의 타액이 섞이며 물기 어린 소리가 울렸다. 일우는 좋아하는 선배와 처음 입을 맞춘 10대 사춘기 소년처럼 성급하게 굴었다. 땀에 젖은 머리칼이 아주의 둥근 이마 위로 흩어졌다. 긴 속눈썹이 움찔거리는 광경을 지켜봤다.

그때 일우가 하는 것처럼 아주가 서툴게 혀를 움직였다. 씨발. 능수능란한 일우와 달리 어설픈 몸짓이었으나 일우를 흥분케 하기 충분했다. 다만 어설픈 건 어쩔 수 없는지, 아주가 숨을 참느라 잘 익은 사과처럼 얼굴이 빨갛게 변했다. 하여튼 산통 깨는 데 선수였다.

"하아, 풀떼기. 숨 좀 쉬어라. 씨발, 키스가 잠수야? 뭘 종일 참고 있어."

키스 몇 번 더 했다간 호흡 곤란으로 아주를 병원에 보낼 뻔했다.

"기분 좋아서⋯⋯."

"미친 새끼가, 기분 좋다고 죽으려고 하네."

아주의 말을 들은 일우가 욕했다. 일전에 급체할 때까지 음식물을 먹는 꼴을 보고 알았어야 했다. 아주한테 자제력이란 건 기대하면 안 된다는 것을. 키스도 마찬가지였다. 쾌감을 주는 행위를 아주는 스스로 끊을 생각일랑 하지 않았다.

"그럼 키스 말고 다른 거 해요⋯⋯."

"뭐."

"⋯⋯섹스요."

사람 환장하게 하네, 진짜. 그 말을 들은 즉시, 일우는 앉아 있던 아주를 살짝 밀어 침대에 넘어트렸다. 일우가 상체를 숙여 아주 위에 올라탔다. 침대 위에 흐트러진 아주의 손을 잡아 깍지 꼈다. 빈틈없이 엮인 손가락이 마음에 들었다. 아주가 손가락을 꼼지락거릴 때마다 빡빡하게 느껴지는 것까지 전부.

"너 나 어떻게 감당하려고 자꾸 자극해."

그래도 아직까진 참을 만했다. 아직 갇혀 있는 좆을 아주의 허벅지 사이를 비비며 움직여도 아직 삽입까지 가지 않은 자신을 칭찬할 만했다.

"으읏, 몰라요. 근데 왜 자꾸 엉덩이 찔러요?"

"후우, 참으려고 하는데, 힘들어서."

일우는 가능한 한 아주에게 섹스가 어떤 기쁨을 주는지, 몸의 대화가 어떤 건지 알려 주고 싶었다. 일우가 했던 것과 같은 인스턴트식 섹스는 알려 주고 싶지 않았다.

"안 참으면 되잖아요."

"맞는 말인데, 첫 섹스는 정석을 따라야지. 풀떼기, 난 너 함부로 대하기 싫어."

"……그게, 무슨 뜻이에요?"

아주는 일우와 달리 아직 배우지 못한 세계에 처음 발을 디디는 거였다. 뭐든지 첫 시작이 중요했다. 아주 자신이 언제나 상대에게 사랑받고 또 안전하고 건강하게 섹스해야 한다는 걸 몸소 보여 주고 싶었다. 해서, 일우는 자신의 좆을 학대하는 중이었다.

"나한테 섹스는 박고 흔들고 싸면 끝인 거였거든."

담배가 당기면 담배를 꺼내서 입에 물고 불을 붙이고, 들이마시고 뱉으면 끝이듯이. 일우한테 섹스란 그랬다. 배설과 해소 그 이상 그 이하도 아니었다.

"근데요?"

"풀떼기 너한텐 그러고 싶지 않아."

어딜 만지면 기분이 좋은지, 키스는 어떤지, 힘들지는 않은지. 하나하나 다 확인하며 챙겨 주고 싶었다.

"······나는 무슨 소린지 잘 모르겠어요. 그냥 기분 좋으면 되는 거 아니에요?"

푸흐, 일우가 바람 빠지는 소리를 내며 미소 지었다.

"맞아. 우리 풀떼기 존나 똑똑하네."

섹스의 본 목적을 명쾌하게 찾아낸 아주를 칭찬했다. 그러면서 아주의 옷 속으로 손을 넣었다. 두꺼운 후드 티 속 마른 몸이 부드럽게 손바닥에 안착했다.

"영감님 손 차가워요."

척추를 타고 올라와 날개뼈 주위를 누비는 일우의 손길에 아주가 몸을 떨었다.

"걱정하지 마. 곧 따듯해져."

일우가 나직이 속삭였다. 그 말은 곧 현실이 됐다. 보통 사람보다 체온이 높은 아주 덕분에 일우의 손은 곧 평소 온도보다 높아졌다. 일우 자신도 체온이 높은 편인데, 아주는 그보다 더했다. 체온이 높은 두 사람이 만나니까 불에 덴 것처럼 뜨거웠다.

"불끼리 섹스하는 것도 아니고 존나 따뜻하네."

뜨끈뜨끈한 게 전기장판이라도 켜 둔 줄 알았다. 일우의 혼잣말을 잘못 알아들었는지 아주가 볼멘소리로 항변했다.

"으응, 사람이 어떻게 불이에요? 영감님 바보야."

이게 누구보고 바보래? 심기가 불편해진 일우가 눈썹을 들어 올리며 말했다.

"그래, 너 불 아니고 풀이야. 됐냐?"

"풀도 아닌데."

"풀떼기 맞잖아."

일우는 아주가 더 이상 군말하지 못하게끔 손 빠르게 아주의 옷을 벗겼다. 후드 티가 바닥에 툭 떨어졌다. 움푹 팬 빗장뼈 하며, 목덜미가 사람 환장하게 했다. 아주 말대로 정말 뱀파이어라도 된 건지 다 물어뜯고 싶었다. 일우도 마찬가지로 셔츠 단추를 끌렀다. 하나씩 풀어 나가는 게 왜 이리도 성가신지 모르겠다.

"씨발, 내가 다신 셔츠 입나 봐라."

결국 셔츠 단추 세 개가 망가졌다. 다 망가진 셔츠를 벗어 던졌다. 아주 때문에 또 셔츠를 버리게 생겼다. 벨트도 철컥 풀고, 슈트 하의를 벗었다. 일우가 움직일 때마다 보기 좋게 자리 잡은 근육이 이리저리 움직였다. 검은색 드로어즈는 이미 앞이 젖어 있었다. 참을 때까지 참은 성기가 선액을 마구 흘린 탓이었다.

그걸 멀뚱멀뚱 바라보던 아주는 얌전히 누워서 일우가 마저 벗겨 주길 기다리긴커녕 본인 힘으로 청바지를 벗어 침대 밖에 던졌다. 그 광경을 목격한 일우가 폭소를 터뜨렸다. 적극적인 거로는 세계 일등이었다. 이래서 아주가 좋았다. 전혀 예측할 수 없었다.

"이다음에 어떻게 해요?"

"뭘 어떻게 해. 말 그대로 섹스하는 거지. 하나하나 설명해 줘?"

뭐, 그것도 나쁘지 않겠네. 난생처음 하는 종류의 섹스였다. 건강한 섹스란 이름을 단 교양 강의도 아니고 뭔 짓인가 싶긴 했다.

"전엔 맨살에 해 줬지만, 이것도 썩 괜찮지."

해맑은 아주도 예쁘지만, 쾌락에 젖어 난잡한 아주의 얼굴도 예뻤다.

하긴 뭔들 안 예쁘겠어. 일우가 속옷 위로 아주의 성기를 잡았다. 직물을 사이에 두고 성기를 자극했다. 조금만 만져져도 파드득 떨며 반응하는 게 딱 아주다웠다. 성기 아래 귀엽게 달린 고환도 살짝 긁어 주곤 기둥을 비볐다.

"아, 흐윽!"

아주가 일우의 목을 감싸며 어깨에 이를 박았다. 씨발, 미친 풀떼기가 날 도화지로 아네. 생각은 그렇게 해도 오롯이 기대 오는 느낌이 벅찼다. 심장 전부가 아주로 가득 찬 느낌이었다. 이 느낌을 아주의 안에 모두 쏟아붓고 싶었다.

"흐읏, 그만, 그만해요. 그만⋯⋯!"

아주가 사정할 것같이 굴자, 일우가 속옷 안으로 손을 넣어 귀두를 감쌌다. 애를 태운 만큼 사정은 빨랐다. 일우의 손바닥에 토해 낸 정액 냄새가 비릿하기보단 달았다. 후각이 고장 났거나 일우가 미쳤거나. 둘 중 하나였다.

일우는 다른 한 손으로 아주의 허리를 잡아 들어 젖은 속옷을 벗겨 냈다. 사정한 탓에 힘이 빠진 아주가 숨을 헐떡였다. 갈비뼈가 희미하게 드러나는 판판한 가슴이 위로 올랐다가 꺼졌다. 옅은 색의 유두가 딱딱하게 솟은 것까지 전부 야했다. 저걸 입에 넣지 않고는 버티지 못하겠다. 아주가 아주의 가슴에 혀를 대고 핥았다.

"으응! 핥지 마, 아!"

반말로 소리치는 아주의 말을 들어줄 일우가 아니었다. 살집이라곤 없는 가슴을 쥘 바엔 마음껏 핥기라도 할 생각이었다. 유두를 아프지 않게 깨물고 혀끝으로 살살 달랬다. 일우의 짓궂음에 아주의 허리가 힘을 잃고 구부러질 즈음, 일우는 정액 범벅이 된 손바닥을 둔부 사이로 가져가 발랐다. 축축한 느낌이 마음에 들지 않는지, 아주가 미간을 찌푸렸다.

"뭐, 뭐 바르는 거예요?"

"네가 싼 거."

자신의 정액을 엉덩이에 발랐단 사실에 충격받은 아주가 바르작거렸다. 그래 봤자 일우의 품을 빠져나갈 순 없었다. 아주의 탈출 시도는 1초도 이어지지 못하고 실패했다.

"풀떼기, 너 남자끼리 섹스할 때 어디에 좆을 박는 줄 알아?"

그리스 시대의 조각상처럼 훌륭한 몸을 내보인 일우가 외설적인 목소리로 속삭였다. 그의 코끝은 타액으로 범벅돼 번들거리는 아주의 유두를 스치고 있었다. 마치 포르노의 한 장면 같았다.

"으, 몰, 라요……."

"여기야, 여기에 쑤셔 박는 거야."

일우가 질척한 정액을 넓게 펴 바르며 구멍을 건드렸다. 타인의 손이 한 번도 닿은 적 없는 곳을 건드리자 아주가 어깨를 팔짝 떨며 놀라 눈을 크게 떴다.

"더럽잖아요!"

"그럼 입에 해? 다른 건 몰라도 펠라는 내 취향 아니야."

제 좆을 다 삼키는 사람도 드물뿐더러, 컥컥거리며 힘들게 빠는 사람 괴롭히는 취미는 없었다.

"펠라요?"

"입으로 빠는 거."

일우가 아주의 유두를 살짝 깨물고 머금었다. 아기처럼 혀로 쭉쭉 빨았다. 아주가 흐읏, 신음을 삼키며 일우의 얼굴을 손으로 밀어 냈지만 역부족이었다.

"아으응! 그, 그거 기분…… 좋아요?"

"왜, 좋으면 해 달라고 하게?"

"그런 건 아니구요. 그냥, 궁금해서……."

성(性)에 막 눈을 뜬 애라 그런지 이것저것 다 해 보고 싶은 것 같았다. 이해는 했다. 해 줄 용의도 있었다. 아주의 성기라면 빨 수 있을 것 같았다. 매끈한 백자지를 입에 넣고 굴리며 아주의 느끼는 얼굴을 바라본다, 라. 괜찮은데.

당장 해 주고 싶지만 이젠 정말 일우의 좆이 한계였다. 이성이 날아간다고 문제 될 상황은 아니지만, 혹여나 아주를 다치게 하면 어쩌나 하는 걱정과 이 순간을 기억하고 싶은 낭만적인 감상이 겨우 정신을 붙잡았다.

"그런 거 진짜 아닌데……."

"야, 알겠으니까 일단 씨발, 진도 좀 빼자. 나 너한테 박고 싶어 죽겠거든?"

"네?"

"박고 싶다고, 네 구멍에 쑤셔 박든 후비든, 씨발, 어? 사정하고 싶어 돌겠다고."

일우가 중얼거리다 말고 침대 옆 서랍장을 뒤져 콘돔을 꺼냈다. 정액으론 영 부족할 듯싶었다. 젤이 소량 발려 있는 콘돔을 손에 끼우고 구멍 안에 손가락을 넣었다. 갑작스러운 침입에 놀란 아주가 긴장하는 게 느껴졌다. 달래면서 천천히 넣을 정신도 없었다. 손끝이 따뜻한 내벽의 조임을 느꼈다. 아주의 안을 먼저 맛본 손과 연결된 팔뚝의 혈관이 더 도드라지게 돋았다.

이물감에 얼굴을 찡그린 아주가 일우를 끌어안아 자기 쪽으로 당겼다. 일우는 기꺼이 상체를 낮게 숙였다. 아주가 그의 어깨에 얼굴을 묻고 중얼거렸다.

"으, 이상해요. 영감님, 이상해……."

"무서워할 거 없어. 남자 뒤가 전립선이랑 연결돼서 기분 존나 좋다고 하더라."

일우도 남자는 처음이었다. 게이들의 섹스가 어떤지 평생 알 일 없이 완벽한 스트레이트였던 일우가 이런 지식을 습득한 건 다름 아닌 아주랑 언젠가 하게 될지 몰라 공부했기 때문이었다. 박히면 기분 좋다고는 하는데 그거야 사람마다 느끼는 게 다르니까 장담할 순 없었다. 아프다고 하면 뺄 수 있을까, 씨발, 솔직히 자신 없었다.

또 처음이니까 조금이라도 아프지 않게 하고 싶었다. 고통은 사람을 움츠러들게 한다. 섹스에 나쁜 기억이 심어지면 나중에 힘드니까, 그래서 더 심혈을 기울였다.

"아! 하읏!"

그런데 아주의 반응이 썩 나쁘지 않았다. 손가락을 세 개쯤 집어넣었을 때 아주가 신음을 터뜨렸다. 새된 비명이 귓가를 파고들었다. 일우의 좆이 움찔, 반응했다.

"……사람 미치게 하려고 타고났네."

길가에 널린 잡초 같은 풀떼기가 아니라 마약이었나. 별 우스운 생각이 다 들었다. 이만하면 넣어도 되지 않을까. 아주의 구멍에 손가락을 네 개 집어넣었을 때 고민했다.

"……후우."

손에 씌운 콘돔을 바닥에 던진 일우가 검은색 드로어즈를 살짝 내려

한계치만큼 발기한 성기를 꺼내 쥐었다. 그의 커다란 손으로 감쌌음에도 3분의 1 이상이 손바닥 밖으로 튀어나왔다. 다 벗지 않은 검은색 드로어즈는 발기한 성기를 더 돋보이게 했다. 핏줄이 선명하게 도드라진 성기는 당장 사정할 것처럼 굵었다.

"……현일우 존나 보살이네."

지금까지 어떻게 참았는지 모르게 바로 쏟아 낼 것처럼 조바심이 났다. 나머지 콘돔을 뜯어 능숙하게 바람을 빼고 성기에 씌웠다. 미끈거리는 귀두를 아주의 구멍에 문질렀다. 자극은 극대화되고 눈앞은 더 어지러웠다. 구멍에 뜨거운 게 닿자, 아주가 허리를 뒤틀었다. 자기 딴에는 이상해서 피하려고 한 게 더 자극이 됐다.

"큿, 으읏."

숨을 들이쉰 일우가 구멍을 꾹꾹 누르며 박기 시작했다. 열심히 풀어 준다고 푼 건데, 귀두 끄트머리만 겨우 안에 들어갔다.

"아, 아파요……!"

여름날 바닷가에서나 볼 법한 탄탄한 일우의 피부에 희미한 땀방울이 맺혔다. 아주가 일우를 더 거세게 끌어안았다.

"좀만, 참아 봐, 하아, 씨발."

삽입하는 일우도 힘들긴 매한가지였다. 본래 성기를 받아들이는 기관이 아니다 보니 너무 좁았다. 방법이 없었다. 결국 아주의 허리를 잡아 거세게 쳐올리는 수밖엔.

"하으, 윽!"

단단히 허리를 잡힌 아주의 아래로 일우의 성기가 단번에 삽입됐다. 충격에 아주가 고양이처럼 손톱을 세워 일우의 등에 자국을 냈다.

"큿, 천천히, 움직일게."

인상을 쓴 일우의 단단한 턱은 꽉 다물려 있고, 눈은 끈적한 공기가 떠도는 허공을 훑었다. 그의 눈은 꼭 타오르는 불꽃을 머금은 것처럼 보였다. 그 안에는 열정, 흥분, 열기, 욕망 여타 비슷한 감정의 집합체가 들어 있었다.

"⋯⋯아!"

온몸이 섹스를 부르짖는 것처럼 새빨갛게 변해 버린 것만 같다. 좆을 꼭 물고 놔주지 않는 아주의 안에 일우의 머릿속이 어지러워졌다. 결국 일우는 웃고 말았다. 새벽이 걷히기 직전 축축한 대기 같은 미소였다.

초식 동물의 것처럼 검고 동글동글한 눈이 생리적인 눈물을 흘리며 일우를 뚫어지게 응시했다. 팔랑팔랑 소리가 날 것 같은 속눈썹이 빠르게 감기고 뜨길 반복했다. 순진해 보이는 얼굴은 일우의 성기보다 더 붉은 빛을 띠었다.

"아, 영감님, 아파요, 아파⋯⋯."

"정말 아프기만 해?"

"으응⋯⋯ 아파."

아주가 머리칼을 일우의 가슴팍에 비비며 어리광을 피웠다. 아주의 입술은 자극 때문에 자연히 벌어져 거짓말을 하는 동시에 신음을 간간이 흘렸다. 그게 또 귀여웠다. 구멍을 파고들며 움직이는 속도를 더 늦췄다.

이어서 일우의 혼탁한 눈이 아주를 상태를 면밀히 살폈다. 정말 아파하면 어떻게든 빼려 했지만 그렇지만도 않았다. 그래도 아프다니 맞춰 주기는 해야겠지. 속도를 늦춘 일우가 아주의 성기를 쥐고 피스톤질하는 속도에 맞춰 느릿느릿 문질렀다. 일우의 손만 탄, 옅은 색의 성기가 곧추선 채, 일우의 손에 놀아났다. 아프다고 어리광 피우던 아주가 흐느끼기 시작했다.

아, 위험하네.

누군가의 속을 파고들 때의 쾌감과 땀과 타액이 뒤섞인 살 내음을 숱하게 겪은 일우였다. 경험은 욕망의 촉매제였다. 아는 게 더 재밌고, 아는 맛이 더 맛있는 법. 하지만 아주는 그 누구와도 비교되지 않았다. 이게 바로 사랑인가. 지금까지 섹스는 맛보기에 불과했다. 일우가 턱을 들고 고개까지 옆으로 비스듬히 돌렸다. 입이 마른다. 속도를 더 올렸다. 부드럽고 축축하게 감싸 오는 곳이 일우를 잠잠하게 만드는 동시에 흥분시켰다.

구멍을 쑤시는 소리가 물기 어린 속삭임같이 들렸다. 눈을 감으니 촉각과 청각이 더 곤두섰다. 벗고 있는데 춥지 않았다. 외려 상체가, 하부가 맞닿을 때마다 뜨거웠다. 진정 제정신이 아니었다. 밤하늘처럼 어둡지만 반짝이는 별 같은 순진함을 머금은 눈동자와 시선을 맞췄다. 눈으로 하는 키스 같았다. 그때, 아래에 해일이 몰아치는 것처럼 훅 자극이 가해졌다. 모든 행동이 멈췄다.

"훗! 씨, 발······!"

넓고 위협적인 등은 경직됐고, 목울대에 핏대가 섰다. 기둥을 타고 귀두 끄트머리까지 올라간 감각은 순식간에 무언가 울컥울컥 쏟아 냈다. 아주의 안에 사정한 것이다. 그와 동시에 아주도 일우의 손바닥에 사정했다.

하반신에 집중됐던 열기가 한차례 꺼지니 눈에 덧씌워졌던 혼탁함도 벗겨졌다. 능력에 이끌려 바닥까지 내려갔던 몸 상태도 정상 궤도로 올라왔다. 일우가 뻐근한 목을 뚜둑 소리가 나게 양옆으로 꺾으며 성기를 뺐다. 정액이 가득 찬 콘돔을 빼 휴지통에 버렸다. 그러곤 새것을 네 개쯤 더 집어 베개 옆에 뒀다. 마음 같아선 해가 지고 다시 동이 틀 때까지 할 수 있었다.

"이제 다 끝났어요……? 나 잘래요."

자기가 한 건 하나도 없으면서 피곤한지 아주가 꿈틀거리며 이불을 둘렀다. 어이없었다. 아주 혼자만 즐기면 다인가. 일우는 이제 시작이었다. 성기와의 마찰로 인해 부은 구멍을 바라보니 다시 성기가 몸집을 부풀렸다. 눈을 감고 숨을 고르며 두 번째 사정의 여운을 만끽하며 이제 끝이겠지, 하는 아주에겐 마른하늘에 날벼락 같은 일이었다.

"자는 척하면 내가 '아, 우리 풀떼기가 피곤하구나' 하고 그만할 것 같냐."

콘돔 포장을 뜯는 소리가 적막을 깼다. 일우는 적당히 크기를 키운 성기에 두 번째 콘돔을 씌웠다. 실눈을 감고서도 어떤 소리인지 눈치챈 아주의 눈가가 파르르 떨렸다.

"겨우 한 번 한 건데 벌써 나가떨어지면 어떡하냐. 앞으로 하루 이틀 겪을 일도 아닌데, 나 감당해야지."

일우가 씩 웃으며 푹 가라앉은 목소리로 속삭였다. 포부는 좋았으나 체력은 쓰레기인 아주는 두 눈을 더 꼬옥 감으며 베개에 얼굴을 파묻었다. 등까지 휙 돌렸다. 동글동글 작은 엉덩이가 인상적이었다. 일우 보라고 이렇게 누운 건가 싶었다. 그럼 나야 고맙지.

"풀떼기, 네 얼굴 가린다고 몸까지 가려지겠냐. 아니면 이왕 등 돌린 거 뒤로 해 볼까."

베개에 얼굴을 파묻은 아주가 그 상태로 소리 없는 아우성을 질렀다. 일우는 경련하는 등줄기를 바라보며 뒤로 하기 싫다는 아주의 의지를 읽었으나 개의치 않았다. 지금은 내 좆이 더 급해.

"왜, 잘해 줄게."

영업 따위 뛰지 않는다고 할 땐 언제고 아주의 목덜미에 키스하며 사분댔다. 사실 영업도 아니었다. 두 번째 섹스의 시작을 통보하는 거였다.

5장. 너의 인생, 명아주 (1)

담장 아래 핀 한 떨기 꽃송이도 아니고, 길가에 널린 잡초 한 포기, 풀떼기 명아주. 일우가 사랑해 마지않는 아주는 이름 없는 풀도 아니고 무려 장수의 상징인 명아주란 이름을 당당히 갖고 있었다.

얼굴은 둘째가라면 서러운 미인이며 뇌는 굉장히 청순했다. 대체 어떻게 살아 있나 싶은 정도의 상식 수준까지. 기막힌 조합에 일우가 혀를 내두르고 남았다. 신은 아주에게 얼굴을 주고 머리를 주지 않았다. 밸런스를 맞추기 위함인가.

어제 종일 섹스한 뒤로 허리가 아프다고 징징거리는 아주를 위해 아침부터 욕조에 물을 받고 반신욕을 시켜 주는 중이었다. 어디 가지 말고 옆에 앉아 있으라는 통에, 바삐 출근 준비 할 시간에 일우는 화장실 바닥에 주저앉아 욕조에 턱을 괴고 있었다. 도대체 이게 뭔 짓인지 모르겠다.

찰박찰박, 아주가 물장난 치는 소리가 들렸다. 뜨거운 물에 들어가더니 기분이 좀 좋아진 모양이었다. 그거면 됐지. 옆에 붙어 수발드는 일우가 웃으며 생각했다.

"영감님은 왜 맨날 바빠요?"

손으로 물장구치며 놀던 아주가 물었다. 오늘 출근해야 한다고 했더니 서운한지, 아까부터 가지 말고 옆에 있으면 안 되냐고 속살거렸다. 씨발, 진짜 그만둘까. 99번 생각하고, 100번째 나온 답은 '아직은 안 돼'였다. 이주경 건만 마무리됐어도 사직서 던지고 아주랑 종일 섹스하는 건데. 아쉽지만, 책임감 없이 입만 산 쓰레기가 되고 싶진 않았다.

"범인을 못 잡아서 그래."

"그…… 그 사이콘가 하는 능력 있잖아요. 그거 쓰면 되는 거 아니에요?"

"씨발, 너 내가 하는 말 다 흘려들었지? 능력 쓰면 발기한다니까. 그리고 증거가 있어야 범인을 감방에 처넣든 말든 하지."

"영감님이 아는데도요?"

흔히 나무를 보지 말고 숲을 보라고 하지. 검사는 이제 막 자라기 시작한 나무부터 숲까지 전부 훑어야 했다. 인과 관계를 파악하는 것, 사건의 전후 관계를 정확히 아는 것. 그게 수사의 시작이었다. 쉬운 것 하나 없었다.

"그게 뭔 상관이야. 남한테 보여 줄 수도 없는데."

"능력으로 범인 알아내면 되는 거 아니에요?"

"알아내면 뭐 하나? 뒷받침할 만한 증거가 없으면 말짱 도루묵이에요."

일우의 능력은 분명 쓸모 있으나 그래서 더 뒷목 잡는 일이 생기는 경우도 있었다. 불행히도 능력의 시점은 3인칭이 아닌 1인칭이었다. 어떤 때는 차라리 안 보는 게 나을 법한 몇 가지 조각을 가지고 퍼즐을 맞춰야 했다. 간접 증거와 의혹만 넘쳐 나면 뭐 하나. 실재 증거가 없는데. 증거가 명확한 경우엔 일이 쉬우나 정황만 있는 경우엔 일우만 미치고 팔짝 뛰는 거였다.

"그리고 증인, 증거 다 있어도 공소 시효 만료되면 못 잡아."

"공소 시효요?"

"범죄를 저지른 사람을 처벌할 수 있는 기간. 그 기간 넘으면 걔가 범인인 거 알아도 처벌 못 해."

"세상에 그런 게 어딨어요!"

"그런 게 어딨기는, 대한민국 법이 그래."

"그럼 고치면 되잖아요."

문제는 위에서 고칠 생각을 하지 않는다는 거였다. 분명 시대에 맞춰 개정될 때도 됐는데 행정 절차가 워낙 복잡하다 보니 고치는 데도 몇 년이 소요됐다. 그럼 또 몇 년이 지났으니 개정할 법이 생기고……. 악순환의 반복이었다.

"그럼 네가 헌재나 국회 가서 고쳐 달라 말하든가."

"거기가 어딘데요? 내가 가서 말하고 올게요."

"별 지랄을 다 하네, 가서 말한다고 고쳐지면 내가 가서 말했지. 씨발, 무슨 농담을 못 하게 해요."

대한민국 법이 말하는 대로 다 고칠 수 있는 줄 아나. 그러면 세상에 억울한 사람 하나 없고, 범죄자 하나 없게.

"그리고 허리 아프다고 징징댄 새끼가 또 어딜 쏘다니려고, 제발 가만히 좀 앉아 있어."

"이거 다 영감님 탓이잖아요."

"너도 즐겨 놓고 내 탓 하지 마라. 그것도 봐준 거야. 감사히 여겨."

"……영감님이랑 다신 안 할 거예요."

"기분 내키는 대로 함부로 말했다가 나중에 후회하지 말고 조용히
있어."

"진짜예요."

"지금 네 기분이 진짜여도 나중엔 다를 수 있다는 거지. 근데 너 허리
는 좀 괜찮냐?"

"아뇨……."

아주가 다시 시무룩한 얼굴을 하며 물속으로 깊게 몸을 웅크렸다.

"어휴, 씨발. 나이도 어린 게 몇 번 했다고 힘들어하냐. 너 체력 좀 길
러야겠다."

헬스장이라도 데려가야 하나. 아니지, 섹스도 운동인데. 이거로 체력
길러 주면 되지. 아주의 의사는 반영하지 않고 일우 멋대로 운동 종목
을 결정했다.

"영감님만 아니었어도 안 아팠어요."

"뭐 어떻게 병원이라도 가?"

"……그건 싫어요. 영감님 올 때까지 누워서 잘래요."

"그럼 쉬고 있어. 점심때 올게."

"말은 그래 놓고 안 올 거잖아요."

아주가 욕조에 얼굴을 반쯤 담그고 부글부글 입으로 거품을 만들며
중얼거렸다.

"너 내가 약속 안 지키는 거 본 적 있냐."

"어제요. 어제 점심때 안 왔잖아요."

"못 올 수도 있다고 했잖아. 반반이니까 안 지킨 건 아니지."

"그럼 오늘도 약속해요."

아주가 슬그머니 새끼손가락을 내밀었다. 귀엽긴 한데, 이거 말고 일우가 원하는 건 따로 있었다. 어린애 같은 장난은 한 번이면 족했다. 일우가 30대 혈기 왕성한 남자라는 사실을 아주도 상기해야만 했다.

"아니, 그거 말고."

쪽, 초옥. 일우가 두 번 입을 맞추곤 떨어졌다. 순식간에 입술을 강탈당한 아주가 눈을 크게 떴다가 이내 뾰족하게 째려봤다.

"뭐 하는 거예요!"

"뽀뽀."

"난 뽀뽀는 싫은데."

"그럼 키스하든가."

괴도 일우는 만족을 몰랐다. 아주의 입술을 바라보며 저돌적으로 달려들었으나 이번엔 아주가 더 빨랐다. 물에 젖은 따뜻한 손이 일우의 목을 감쌌다. 또 셔츠 버리겠네. 셔츠 윗부분이 젖는 게 느껴졌다. 그러나 키스 한 번에 셔츠 한 벌이면 싸게 먹히는 거지. 일우가 아주의 혀를 마음껏 빨았다.

"으, 응……."

"좋냐."

"네에, 영감님은 안 좋아요?"

"아니, 존나 좋아."

일우가 다시 한번 입을 맞췄다. 오늘은 아무래도 지각을 할 것 같았다. 일우 인생에서 지각은 처음이었다. 그러나 느린 아주의 발걸음에 맞춰 가려면 이런 방법밖에 없었다. 어쩌겠어. 기꺼이 늦게 가야지.

* * *

7시면 어김없이 나타나던 일우가 8시를 훌쩍 넘겨도 보이지 않으니, 회사에선 현 프로가 드디어 그만두네 마네 하며 내기가 한창이었다. 일우의 얼굴 보는 낙으로 출근하던 직원들 몇 명은 소식을 듣고 아쉬워하기도 했다. 일우는 그만둔다는 말 한번 한 적 없는데 어제 일어난 일 때문인지 자기들끼리 지지고 볶고 결론까지 내렸다.

그런 소식이 회사를 휩쓸 때, 가장 조마조마하며 속을 태운 건 다름 아닌 일우의 검사실 식구들이었다.

"어제 연락도 없으셨죠?"

"응, 없었어. 자기도 받은 거 없지?"

"네, 없어요. 어쩜 좋아, 정말 무슨 일 있으신 거 아녜요?"

"말도 없이 그만둘 분은 아닌데……. 일단 기다려 봐야지."

정 계장과 유 주임이 연락 없는 일우를 걱정하며 꽉 닫힌 문을 바라봤다. 인천지검에 일우가 온 뒤부터 사무실 출근 1등은 일우였다. 그나마 일찍 오는 편인 유 주임도 일우를 이길 순 없었다.

어제도 현장 간다며 나가더니 복귀도 하지 않았다. 늦으면 연락하겠다고 해 놓고 그런 것도 없었고. 부장 검사도 일우의 부재를 확인하곤 출근하면 당장 부장실로 오라고 전하라 하니 더 초조했다.

9시까지 겨우 5분 남았을 때, 유 주임은 경찰에 신고해야 하는 거 아니냐며 부산 떨었다. 정 계장도 유 주임을 말리기는커녕 둘이 같이 그랬다. 그리고 두 사람의 신고를 막은 건 다름 아닌 일우였다.

"두 분 뭐 합니까?"

"……검사님?"

뒤를 돌아보니 멀끔한 차림의 일우가 문고리를 잡고 서 있었다. 문이 열리네요, 그대가 들어오죠. 유명한 노랫말이 귓가에 울리는 걸 느낀 정계장이 중얼거렸다. 오늘따라 빛이 나시네. 유 주임도 뒤에서 빛나는 일우의 얼굴에 탄식을 쏟아 냈다.

"두 분 다 절 귀신 보듯 하네요. 올라오면서 본 직원들도 그렇던데. 왜, 저 없는 사이 무슨 일이라도 있었습니까."

"아뇨, 그런 건 아니고요. 어제 그 일 뒤로 검사님이 오늘 아침 늦게까지 안 보이니까 다들……."

"다들?"

"그만두시는 줄 알고……."

"아, 그런 거 아닙니다. 근데 부장님 호출 없었습니까?"

"욕 덜 먹으려면 빨리 가야겠네요. 다녀오겠습니다."

"조심히 다녀오세요."

재킷을 벗고 가방을 내려 둔 일우가 빠르게 검사실을 나섰다. 바람처럼 나타났다가 사라진 일우의 뒷모습을 끝으로 자리에 돌아온 정 계장은 안도의 숨을 쉬었다.

잘못하고 교무실에 불려 가 혼나는 학생처럼 일우는 부장실에 불려 갈 때마다 한 소리 얻어들었다. 대부분 책잡힐 일을 만들지 않아 부장 혼자 일우의 꼬투리를 잡는 것으로 끝이 났다면 오늘은 달랐다. 어제부터 부장이 꼬투리 잡고 늘어지기 딱 좋은 일들만 벌였다.

"현 프로, 이제 그냥 막 나가기로 작정했어? 응? 어제 복귀도 안 해,

전화도 안 받아, 거기에 오늘은 지각까지? 이야, 삼관왕이네. 축하해."

부장이 비아냥거리며 박수 쳤다. 막 나가는 게 하루 이틀인가. 새삼스럽지 않았다.

"차가 막혀서요. 그래서 늦었습니다."

"현 프로 너희 집 걸어서도 가깝아."

부장이 말이 되는 소리를 하라는 듯이 일우를 위아래로 훑었다.

"오늘 유난히 막히더라고요."

"참 변명도 성의 없다, 성의 없어. 입에 침이라도 바르고 해라, 좀."

"유념하겠습니다. 오늘 왜 부르셨습니까."

"왜 불렀겠나? 어? 왜 불렀겠어?!"

부장이 결재판으로 일우의 상체를 쿡쿡 찔렀다. 예전 같으면 속으로 개지랄을 떨었겠지만, 오늘 일우는 아주 덕분에 굉장히 너그러운 상태였다. 아침에 만족스레 입술까지 비벼서 더욱이.

"이주경이 죽으려고 했다며. 이거 오늘 기사 터질 텐데 우리도 언론에 뭐라도 뿌릴 준비는 해야지. 설명 좀 해 봐, 대체 어떻게 된 거야?"

부장이 신경질적으로 물었다. 자나 깨나 자기 밥줄 걱정이었다. 영 이해가 안 되는 건 아니었다. 인권위에서 또 지랄하며 물어뜯겠지. 그 전에 차장한테 얻어터질 수도 있고.

일우와 부장이 서로 별로 안 좋아하는 것과 별개로 둘은 한 팀이었다. 어떻게든 수습은 해야 했다. 같이 탄 배는 이미 출발했고 배는 해상에 떠 있는 상태였다. 선착장에 도착해 각자 다른 길을 가더라도, 같은 선착장에 내릴 수밖에 없었다.

"자기는 죽어도 범행 사실 인정 못 하겠답니다. 그러니 감옥 갈 바엔 죽겠다고 하더군요."

"그걸 가만 보고만 있었어?"

"말렸죠. 교정 공무원들이 제압하기도 했고요."

"그런데 걔가 어떻게 그래."

부장이 답답하다는 듯이 일우를 쥐 잡듯이 털었다. 나보고 어쩌라고?

"그럼 뭐 혀도 제압할까요."

지금이 조선 시대인가. 재갈 물리고 신문했다간 봐라, 인권위 뒤집어지고, 검찰청 싹 물갈이되고, 평검사 나부랭이인 일우는 모가지 날아가고. 21세기에 그런 비인간적인 행위를 어떻게 하나. 말이 되는 소리를 지껄여야 답을 하지.

"이 새끼가 은근슬쩍 짜증 내네? 그래서 이주경 공소 사실은 어떻게 된 건데. 다 확인한 거잖아."

"저도 그렇게 생각했는데 어제 현장 가 보니 좀 이상한 게 있긴 하더라고요."

"설마 걔가 한 짓이 아니라고?"

"그럴 가능성이 있다는 겁니다."

"우리가 가능성으로 움직이는 사람도 아니고 그거론 안 돼. 이주경이 한 짓이 아니라는 증거는."

"정리하고 있는데 부족합니다."

"그래서 어쩌자고."

"일단 공판 정지하겠습니다."

오늘 새벽, 정 계장이 남긴 문자를 뒤늦게 확인했다. 그때 알았다. 복귀 못 한다고 연락할 정신머리도 없었구나 하고. 문자 요지는 그거였다. 병원에 실려 간 이주경은 다행히 혀가 반만 잘려 응급 수술을 했고 수술 경과가 나쁘지 않다고 했다. 그런 상황에서 일우가 당장 할 수 있는 조치는 공판 진행을 중지시키는 것뿐이었다.

"하아, 현 프로 너 이거 어떻게 감당하려고 그러냐."

"저 있잖습니까. 어차피 언론도 탄 거 방패막이로 쓰기 딱 아닙니까?"

일우가 대놓고 날 미끼로 던지라고 얘기했다. 부장이야 모양새가 좀 빠지긴 해도 자신이 손해 보는 건 없었다.

"현일우, 너 약 했어? 밤사이 뭔 변화가 있었던 거야?"

고분고분해도 너무 고분고분한지, 부장의 인상을 찌푸리며 물었다. 하긴 했다. 풀떼기라는 마약. 거기에 매일 고기를 먹여서 그런지, 아주 고단백이었다. 섹스하고 기절한 아주를 씻기고, 뒷정리하느라 새벽 4시 넘어서 잤는데도 피곤하지 않았다.

"원하시면 마약 검사라도 받겠습니다. 뭐, 지금 갈까요?"

"그래, 시간 있으면 좀 받아 봐라, 넌."

자포자기한 부장이 중얼거렸다. 하라면 해야지. 대신 회삿돈으로 할 생각이었다.

"비용 청구는 회사로 하겠습니다."

"하여튼 한마디를 안 지지."

날이 갈수록 잘난 낯이 더 두꺼워지는 일우의 말에 부장이 앓는 소리를 냈다.

"부장님."

"부르지 마, 새끼야. 너 때문에 머리 아파."

"부탁 하나만 들어주십시오."

"뭔데. 길게 말고 요점만."

"보완 수사 하겠습니다. 재가해 주십시오."

이대로는 안 됐다. 나중에 이주경이 정말 한 짓으로 판명 나더라도 확인해야만 했다. 제삼자가 끼었는지, 아니면 이인경과 밝혀지지 않은 또 다른 사정이 있는 건지. 그러려면 보완 수사를 정식으로 허락받아야 했다.

"꼭 해야겠어?"

"안 해 주시면 부장님이 수사가 끝나기도 전에 기소 강요했다고 인터뷰할 겁니다. 기자들이 아주 좋아할걸요."

사실 가장 똥줄 타는 건 일우 본인이었다. 이주경이 범인이 아니면 모가지가 바로 덜컹, 잘리게 생겼는데 외려 협박을 일삼았다. 나 혼자 죽진 않을 겁니다, 부장님. 일우의 눈이 딱 그렇게 얘기하고 있었다.

"이 새끼가 이젠 협박까지 하네. 야, 넌 위아래도 없냐? 어?"

일우의 진심을 읽었는지 부장이 아뿔싸, 하는 표정을 지으며 화를 냈다. 그래 봤자, 일우를 건드리면 본전도 못 찾는다는 걸 부장이 제일 잘 알았다. 화는 내도 삿대질하며 소리치는 게 끝이었다.

"어려운 거 아니지 않습니까. 어차피 욕은 제가 먹는데요."

"내가 사람을 잘못 맡았지……. 일단 알았으니까 나가 봐. 현일우 너 쳐다보기도 싫어 죽겠어."

"앞으로 마스크 끼고 다니겠습니다."

"너, 너! 이 새끼! 입 다물고 당장 나가!"

부장이 제 명에 못 살겠다며 죽는소리를 했다. 하룻밤 사이, 일우의 얼굴이 두 배는 더 반짝반짝해진 것과 달리 부장은 더 칙칙해졌다. 하지만 연민 따위는 갖지 않았다. 일우의 머릿속은 오늘 점심때 소고기 구워 달라는 아주의 부탁으로 꽉 찼기 때문이었다.

마님은 왜 돌쇠한테 쌀밥을 줬을까. 왜겠어. 자신이 아주에게 소고기 먹이는 것과 같은 원리겠지. 부장실에서 나와 사무실로 돌아가는 동안 웃음이 피식피식 새어 나왔다. 부장 말대로 약을 했든지 광대버섯이라도

처먹었든지 하여튼 정상은 아니었다. 넘치는 기운과 기분을 주체할 수
없었다.

* * *

"현 프로, 현 프로!"

점심시간에 집에 가려고 계단으로 향하는데 저 멀리서 이 검사가 일
우를 발견하고 달려왔다. 이 검사한테 붙잡히면 최소 10분인데. 절묘한
타이밍에 욕이 절로 나왔다.

"너 이거 뭐야?"

이 검사가 핸드폰을 들이밀고 일우를 추궁하기 시작했다.

'인내동 화재 유가족 형제 살인, 검찰의 강압 수사 의혹

지난 10일, 부평의 한 모텔에서 발생한 친형 살해 혐의로 기소된 피
의자 이 모 씨(27)가 어제 26일, 검찰청에서 관련 조사를 받던 도중, 구
급차에 실려 가는 일이 발생했다.

피의자 이 모 씨는 친형을 살해했던 혐의를 계속 부인한 사실이 있다.
구급차에 실려 간 것도 본인이 기소됐다는 사실에 분노하며 극단적인
선택을 한 것으로 전해졌다.

인천지검 관계자는 '해당 사건의 경위를 조사 중'이라며 일축했다. 담
당 검사인, 인천지검 형사 3부 현일우 검사 역시 여러 매체의 연락에도
불구하고 묵묵히 입을 닫은 상태다.'

일우도 오전에 읽은 기사였다. 부장한테 자신을 방패막이로 쓰라고 선전 포고 하긴 했는데, 이렇게 빨리 언론에 흘릴 줄은 몰랐다. 하긴, 기사가 더 늦게 뜬다고 달라질 것도 없었다.

"뭐긴요."

좆 된 거지. 일우의 얼굴이 딱 그렇게 얘기했다.

"저 바쁩니다."

가서 풀떼기 고기 구워 줘야 하고, 입술 좀 빨아야 하고. 가능하면 아래도 빨아 주고. 하여튼 존나 바빴다. 일분일초가 귀한 지금, 일우는 제 셔츠를 붙잡은 이 검사를 놓으라는 듯이 훑었다.

"대체 현 프로 이름이 기사에 왜 나와?"

"부장님은 욕먹기 싫은가 보죠. 어차피 언론 노출 빈도도 제가 제일 높고, 잘됐네요. 이참에 욕이나 실컷 먹고 퇴사하렵니다."

가능하면 10년은 채우려고 했는데 아쉽게 됐네. 그렇게 생각하는 일우의 얼굴은 전혀 아쉬워 보이지 않았다. 때려치우고 풀떼기랑 하와이나 갈까 싶었다.

따뜻한 나라에서 뜨거운 밤 좀 보내고. 맛있는 것도 먹이고. 물에 들어가 있는 거 좋아하니까 바다에서 수영도 시켜 주고. 괜찮은 계획이었다. 물론 여권은커녕 신분증도 없는 아주와 함께 떠나려면 그 전에 말소된 주민 등록을 되찾든지, 출생 신고를 하든지 해야 했다. 할 일이 안팎으로 산더미처럼 쌓여 있었다.

"현 프로 자리 날아가게 생겼는데 지금 농담할 때야?"

"그럼 우중충하게 인상 쓰고 있을까요."

이 검사가 자신의 안위까지 걱정할 줄은 몰랐는데 의외였다. 그러나 놀람도 잠시, 더 이상 말을 주고받을 시간도 없다는 걸 깨달은 일우는 바쁘다는 핑계로 자리를 떴다.

"바빠서 저 먼저 갑니다, 선배님."

"어디 가는데? 이거 얘기하고 가!"

뒤도 돌아보지 않고 매정히 계단을 내려가는 일우를 내려다보며 이 검사가 소리쳤다. 얘기하고 가, 가, 가……. 이 검사의 외침이 메아리쳤다. 그 소리에 계단에 있던 사람들이 일우 쪽을 돌아봤다. 무슨 일인가, 궁금해하는 시선이었다. 별걸 다 궁금해하네. 일우가 못마땅한 목소리로 한마디 했다.

"풀떼기 밥 주러 갑니다."

일우가 이 검사를 쳐다보지 않고 계단을 내려가며 말했다.

"뭐, 풀떼기? 풀떼기가 뭔데? 화분? 지금 화분에 물 주러 간단 소리야?"

물 주러 가는 것보단 물 빼러 간단 표현이 맞지 않을까 했지만 더는 상대하기 귀찮았다. 일우는 손을 들어 두어 번 대강 흔들어 줬다. 아주를 정말 화분으로 오해하든 말든 상관하지 않겠다는 행동이었다.

"뭔 화분 물 주러 집까지 가?"

많이 비싼 식물인가? 점점 시야에서 사라지는 일우의 뒷모습을 보며 이 검사가 허탈한 목소리로 중얼거렸다.

비싸긴 존나 비싸지. 주차장에 도착해 차에 올라탄 일우가 픽 웃었다. 매일 고기 처먹이느라 집 근처 마트에서 일우 얼굴을 외울 정도였다. 하긴, 한 번만 봐도 잊히지 않는 얼굴인데 올 때마다 고기를 몇 근씩 사 가니 잊으려야 잊을 수도 없었다.

오늘도 어김없이 집에 가는 길에 동네 마트에 들러 필요한 것들을 샀다. 그래 봤자 고기나, 과자 종류뿐이었다.

"얼마 전에도 사 가더니 오늘도 또 오셨네요. 뭐, 운동하세요?"

직원이 고기를 장바구니 가득 사는 일우를 보고 아는 체했다.

"네."

일우는 귀찮음에 대강 고개를 끄덕였다.

"무슨 운동이요?"

"그냥 운동이요."

"아아, 헬스하시나 보다."

일우가 개떡같이 말해도 직원은 찰떡같이 알아들었다. 계산을 마치고, 묵직한 비닐봉지와 카드를 건네받은 일우는 다시 마트 앞에 주차한 차에 올라탔다. 5분도 채 지나지 않아 집 앞에 도착한 그는 차에서 내렸다.

그런 일우를 반기는 건 다름 아닌 사료를 넘치게 담은 밥그릇들이었다. 아주의 흔적을 발견한 일우가 슬쩍 웃었다. 밥그릇에 담기지 못한 사료 몇 알이 바람에 쓸려 바닥을 굴러다녔다. 날씨가 점점 쌀쌀해지는 게 겨울이 한층 더 다가온 듯했다. 아무래도 밥그릇을 건물 안쪽으로 옮겨 두든지 해야겠다. 아니, 날도 추우니 미리 집을 만들어 둘까.

여러 생각을 하며 건물 안으로 들어간 일우는 계단을 올랐다. 한 칸씩 오를 때마다 괜히 가슴이 울렸다. 운동 부족, 부정맥 모두 아니었다. 아주 때문이었다. 왜 사람 설레게 해서는. 아주는 아무 짓도 하지 않았는데 저 문 너머에 존재한다는 이유만으로 일우의 심장 박동 수를 높였다.

비밀번호를 누르고 문을 열었다. 황량한 빈집 냄새만 가득했던 집 안에 사람 사는 냄새가 났다. 아주의 체향이 코끝을 스치며 간지럽히는 것만 같았다. 같은 비누, 같은 샴푸를 쓰는데 느낌이 너무나도 달랐다.

"어! 영감님!"

소파에 앉아 있던 아주가 문이 열리는 소리에 뒤를 돌아봤다. 일우를 발견한 아주가 활짝 웃었다. 소파에서 일어나 후다닥 달려오는 것까지 예쁘기 그지없다. 콩깍지가 제대로 씌었는지 아주의 모든 게 귀엽기만 했다.

"풀떼기, 밥 먹자."

제 앞에 쪼르륵 온 아주를 보며 씩 웃은 일우가 고기를 담은 비닐봉지를 들고 흔들었다. 아주는 부스럭거리는 봉지 소리에 꼭 주인 마중 나온 강아지처럼 굴었다.

"아깐 아프다면서 잘 걸어 다니네."

새벽까지 몰아붙인 탓에 갓 태어난 짐승 새끼처럼 눈도 못 뜨고 다리도 벌벌 떨 줄 알았는데 아주는 일우의 예상보다 컨디션을 금방 회복했다. 아침엔 다 죽어 가더니 지금은 또 팔팔하네.

"누워서 자니까 괜찮아지던데요?"

그럼 횟수나 빈도를 좀 늘려도 괜찮겠네. 아주가 들으면 경악할 소리였다. 물론 굳이 입 밖으로 그 소릴 꺼내진 않았다. 아주라면 당장 바닥에 드러누우며 아프다고 꾀병 부리고도 남을 테니까.

"오늘은 안 바빠요?"

"바빠도 와야지."

그런데 일우를 바라보는 아주의 눈이 묘하게 아래를 향했다. 혹시 섹스하고 싶다는 신호인가 싶었는데 그게 아니었다. 아주의 시선은 일우가 아닌 비닐봉지를 향했다. 어이없단 표정을 지은 일우가 자신의 얼굴과 비닐봉지를 번갈아 가리켰다.

"너 날 반기는 거야, 이걸 반기는 거야?"

"당연히……."

잠시 뜸을 들이는 아주의 모습에 뒷말을 지레짐작한 일우가 말을 막았다.

"아니다, 그냥 말하지 마라."

"영감님 반긴 거예요."

곰의 탈을 쓴 여우처럼 영악한 대답이었다. 맹하게 생긴 게 꼭 이럴 때만 일우가 원하는 대답을 착착 내놨다. 평소에 좀 그럴 것이지.

"이게 거짓말을 숨 쉬듯 하네. 입가에 묻은 침이나 닦아."

말은 그렇게 해도 기분이 좋아진 일우가 스스럼없이 아주의 말랑한 뺨을 건드렸다. 정말 침이 묻은 건 아니고 그냥 놀리려는 의도였다. 그 말에 아주가 온 얼굴을 손바닥으로 문질렀다.

"다 닦였어요?"

"어. 근데 여태 뭐 하고 있었냐."

애초에 묻은 적도 없건만 일우는 대강 고개를 주억거렸다.

"TV 봤어요."

"TV? 무슨 프로?"

"저거요."

아주가 TV를 가리켰다. TV 화면 속엔 화려한 석양과 푸른 야자수, 드넓은 바다가 펼쳐져 있었다. 여행 프로인가 싶었는데 그게 아니었다. 여행 상품을 판매하는 홈쇼핑 프로였다. 개그 프로나 드라마도 아니고 뭘 저런 걸 보고 있나 싶었다.

"저게 뭔데?"

"하와이요. 영감님, 하와이 안 가 봤어요?"

풀떼기가 이젠 하와이에 가고 싶어서 수를 쓰는 건가. 합리적인 의심이었다.

"내가 거길 왜 가."

하와이 가는 게 너무 당연하다는 말투에 도리어 일우가 이상한 사람이 됐다.

"어른 되면 다 갈 줄 알았는데."

"사람이 죽으면 다 천국 가는 것처럼 말하네. 신종 사이비냐? 죽으면 천국이 아니라 하와이에 갑니다, 이런 거냐고."

"네."

농담이라고 건넨 말에 아주가 고개를 끄덕였다. 이윽고 알 수 없는 말을 중얼거렸다.

"사과 한 개를 따면 하와이에 한 발자국 더 가까워진다, 고구마 하나를 캐면 하와이에 벽돌 하나를 더 쌓을 수 있다……."

생뚱맞은 소리에 일우가 미간을 찌푸렸다.

"대체 무슨 소리를 하는 거야?"

"교주 아저씨가 맨날 했던 소린데요."

교주는 또 뭐야? 점점 더 알 수 없는 것들이 아주의 입에서 마구잡이로 튀어나왔다.

"그래서 하와이가 엄청 좋은 곳인 줄 알았어요. 열심히 일해서 어른이 되면 갈 수 있는 그런 곳이요. 근데 열심히 일해도 못 갔어요. 사과는 내가 제일 많이 땄는데."

이제야 상황이 파악됐다. 하와이를 천국으로 지정한 사이비 교주한테 노동력 착취당했단 말을 이렇게 해맑게 얘기하는 건 아주뿐일 것이다.

어이가 없어도 너무 없어서 헛웃음도 안 나왔다.

"농담이 아니라 정말로? 거긴 어쩌다가 갔는데?"

일부러 가려고 해도 못 가겠다. 아주의 기막힌 불운에 일우는 속으로 갈채를 보냈다.

"잘 기억은 안 나요. 근데 오래는 못 있었어요. 교주 아저씨가 경찰에 잡혀서 다 뿔뿔이 흩어졌거든요."

"진짜 별 지랄을 하면서 살았다, 너도. 거기서 안 힘들었냐."

"힘들긴 했는데, 난 배고픈 게 더 싫었어요."

"그렇다고 사이비 종교를 들어가? 차라리 구걸을 해."

"구걸도 구역이 있는 거 모르죠? 그거 아무나 못 한단 말이에요."

아주가 샐쭉한 눈으로 일우를 쳐다보며 중얼거렸다. 자긴 잘못한 게 없다는 아주 당당한 태도였다.

"그러는 영감님은 일주일 굶어 봤어요?"

"어. 굶어 봤는데. 근데 그게 뭐 훈장이라도 되냐? 뭘 그렇게 자랑스럽게 얘기해."

동정할 거면 차라리 돈으로 해라, 일우가 꼬박꼬박 지키는 신조 중 하나였다. 위로도 못 되는 싸구려 동정보단 돈이 나았다. 해서, 일우는 아주를 안타깝게 봐도 동정하진 않았다. 차라리 물질적으로 지원해 주면 했지.

"……그럼 영감님도 알잖아요."

"알긴 뭘 알아. 몰라."

과거에 좀 굶었다고 뭐가 달라지나. 안타까운 건 안타까운 거고 아주의 행동이 이상한 건 이상한 거였다. 하와이가 천국이라는 뭔 말 같지도 않은 소리를 지껄이는 교주 아저씨나, 사과를 따고 고구마를 캐던

노동 착취의 과거는 이미 지났다. 자신의 안타까운 환경을 합리화의 소재로 써선 안 되지. 아주가 일우의 지갑을 훔친 행위를 겨우 3,200원이라며 어물쩍 넘기려던 것처럼 말이다.

"너 은근슬쩍 나 끼워 넣지 마라. 그리고 난 내 목숨 아까운 거 알아서 그런 곳엔 절대 안 갔어."

가만 보니 아주는 양심이라곤 약에 쓸래도 없었다. 배고프다는 이유로 사이비 종교에 들어가 숙식을 해결한다는 건 대체 어디서 나온 발상이야? 그냥 평범하게 일용직 일을 하면 될 것을. 아니면 너무 어려서 안 써 줬나. 하여간 아주란 인간을 알다가도 모르겠다. 도대체 머리가 좋은 건지, 나쁜 건지도.

"거기 간다고 죽는 것도 아닌데 뭐 어때요. 난 어떻게든 살려고 했던 것뿐이에요."

후회는 안 해요. 아주의 눈이 그렇게 얘기했다. 저렇게까지 해서 생존해야 했던 강력한 동기가 뭘까. 문득 궁금했다. 그러나 또 희야의 이름이 튀어나올까 물어보진 않았다. 이젠 그 이름을 듣기도 지겨웠다.

이어서 혹여 아주가 자신을 단순히 숙식을 위한 수단으로 사용하는 건 아닐까 생각됐다. 먹여 주고, 재워 주고, 아랫도리의 은밀한 일까지 다 처리해 주는…… 씨발, 가능성이 있는데?

"야, 풀떼기."

"네?"

그런데 중요한 건 아주가 일우를 그렇게 생각하더라도 크게 나쁠 건 없다는 거였다. 일우를 좋아하면 좋겠지만 그게 아니라도 상관없었다. 어차피 일우가 아주를 놔줄 생각이 없기 때문이었다. 일우는 아주한테 정을 준 적이 없었다. 아주가 당연하게 자기 거라며 강탈해 갔지. 그

뜻은 곧 자신을 감당하겠다는 거 아닌가.

"아니다, 됐다. 밥이나 먹자."

그런데 만에 하나 풀떼기가 입을 쓱 닦고 도망간다면…… 그땐 어떻게 해야 할까. 자신의 모습이 전혀 짐작되지 않았다. 사실 짐작되지만 그런 상황을 굳이 상상하기 싫다는 게 맞았다.

* * *

"유 주임님."

"네?"

"상대가 한없이 귀엽고 예뻐서 밥 먹이고, 사 달라는 거 다 사 주는데 상대는 날 그렇게 안 본다면, 이거 뭔 상황인 것 같습니까?"

뜬금없이 시작된 일우의 물음에도 유 주임은 당황하지 않았다. 오히려 눈을 반짝였다. 인간 불신과 혐오의 끝판왕인 현 검사가 드디어 사랑을 시작한다, 그것도 상대가 한없이 귀엽고 예뻐 보인다, 라. 메신저가 불나기 딱 좋은 소재였다.

"상대도 자기 예뻐하는 거 알아요?"

"아마 알 겁니다."

알겠지. 아니, 모른다면 그게 더 문제였다. 아니까 그렇게 사람 속을 몇 번씩 뒤집는 거겠지.

"그럼 답은 하나밖에 없는데요? 호구 잡힌 거죠. 자기 귀엽고 예쁜 거 아는 사람이면 더 심하겠네요."

현일우, 호구 되다. 유 주임의 입을 통해 화룡점정을 찍는 순간이었다. 알고 있었지만 남의 입으로 듣는 건 또 다른 충격이었다. 씨발, 사랑하면 어쩔 수 없는 건가. 자신이 호구라는 걸 납득하려는 일우의 머릿속이 복잡하게 뒤엉켰다.

"아, 맞다. 검사님, 혹시 화분 키우세요?"

"화분이요?"

갑자기 웬 화분 얘기인가. 집에 식물이라곤 풀떼기와 냉장고에서 시들어 가는 채소뿐이었다. 화분은 집에 잘 들어가지도 않던 일우와 백만 광년쯤 떨어진 물건이었다. 물을 많이 줘서도 아니고, 너무 안 줘서 말려 죽이기 일쑤였다.

"네, 이 검사님이 그러시던데요? 화분 물 주러 집에 가셨다고."

범인은 다름 아닌 이 검사였다. 아까 풀떼기 밥 주러 간다고 얘기했던 게 화근인 듯했다.

"누가 괴소문을 냈나 보네요."

'괴소문'이 흡사 '개소문'처럼 들렸다. 일우가 그런 효과를 노리고 일부러 꼬아 발음한 거였다.

"어, 안 키우세요? 이 검사님이 잘못 안 건가?"

유 주임이 중얼거리며 고개를 갸웃거렸다.

"아뇨, 키우긴 합니다."

이름은 풀떼기지만 식물이 아니라 사람이라는 게 좀 다를 뿐이었다.

"어, 정말요? 뭐 키우세요?"

"글쎄요. 나무?"

명아주를 나물이라고 해야 하나, 나무라고 해야 하나.

"나무를 키우세요? 행운목 같은 건가요?"

"어디서 굴러온 거 키우는 거라 잘 모르겠네요. 아마 잡종이겠죠."

"나무에도 잡종이 있나……. 아무튼, 검사님. 이거 받으세요."

"이게 뭡니까?"

정말 몰라서 물은 건 아니었다. 유 주임이 노란색 영양제를 다발로 건네는 이유를 몰라서였다. 예상치 못한 선물을 받은 일우의 얼굴은 웃지도, 찡그리지도 않는 해괴한 표정이 되었다.

"영양제요. 저 꽃집 딸이잖아요."

"꽃집 따님은 영양제를 다발로 들고 다닌답니까. 오늘 처음 알았네요."

"아이, 그런 건 아니고요. 민원실 화분들 다 죽어 간다길래 생각나서 들고 온 거예요. 민원실에 주고도 조금 남아서요. 영양제 꽂아 두면 물 주러 자주 안 가셔도 될 거예요. 근데 영양제 오래 두진 마세요. 나중에 벌레 꼬여요."

"주의하죠. 고맙습니다."

유 주임에게 건네받은 영양제 다발을 내려다보며 일우는 이걸 얻다 쓰나 고민했다. 풀떼기한테 쓰지도 못할 영양제보단 다른 걸 꽂고 싶은데.

서로 농담을 건네다 슬슬 일을 시작할 즈음 전화벨이 울렸다. 세 사람의 시선이 시끄럽게 울리는 전화로 향했다. 유일하게 자리에 앉아 있던 정 계장이 전화를 당겨 받았다.

"네, 현일우 검사실입니다. ……네, 네. 잠시만요."

통화하는 정 계장의 표정이 점점 굳어 갔다. 이윽고 수화기를 손으로 가린 채 얼굴에서 잠시 떼어 일우를 바라봤다. 정 계장의 얼굴에서 난처함, 두려움 같은 부정적인 감정을 읽었다.

"무슨 일입니까?"

일우가 심각성을 깨닫고 순식간에 마찬가지로 얼굴을 굳혔다. 이윽고 반가운 듯 반갑지 않은 소식이 들렸다.

"이주경 씨, 깨어났대요."

〈다음 권에 계속〉